동아
COMMUNICATION
GROUP

동아
COMMUNICATION
GROUP

빙의로
최강요원

빙의로 최강 요원 2권

초판 1쇄 인쇄일 | 2022년 4월 21일
초판 1쇄 발행일 | 2022년 4월 27일

지은이 | 박현수
펴낸이 | 박성면
펴낸곳 | (주)동아

출판등록 | 제406−2007−000071호
주소 | 경기도 파주시 문발동 223-1 2층
전화 | (031)8071−5201
팩스 | (031)8071−5204
E−mail | lion6370@hanmail.net

정가 | 8,000원

ISBN 979−11−6302−580−1 (04810)
ISBN 979−11−6302−578−8 (Set)

빙의로 최강요원

박현수 현대판타지 장편 소설
DONG-A MODERN FANTASY STORY

동아
COMMUNICATION
GROUP

빙의로
최강요원

목차

빙의로
최강요원

1. 결판을 내고 올 테니

빙의로
최강요원

신정환은 차를 몰고 가며 마구 성질을 냈다.

"사람을 불러놓고는 그냥 그렇게 도망을 쳐버리다니. 대체 무슨 수작이었던 거야? 그냥 나를 떠본 거였어? 이 새끼들이 감히 나를 가지고 놀다니. 어디 잡히기만 해 봐라. 아주 갈기갈기 찢어 줄 테니까!"

그때, 그에게로 전화가 걸려 왔다.

1팀장 장호철이었다.

"어, 왜?"

[모인 인원들은 어찌할까요? 해체시켜도 되겠습니까?]

"어, 전부 돌려보내. 다시 부를 때까지 대기하라고 하고."

[네, 알겠습니다.]

그렇게 그는 목적지까지 가는 듯싶었다.

그런데 잠시 신호에 차가 멈춰 섰을 때, 갑자기 뒤에서 이상한 소리가 들려왔다.

"아샤이 무루아 에파뤄아."

작게 속삭이는 듯한 기이한 소리에 뒤를 돌아본 그때, 그는 눈앞이 캄캄해지며 정신을 잃고 말았다.

그렇게 잠든 신정환이 다시금 깨어나려 할 때, 그의 귀에 누군가의 말소리를 들려왔다.

"휴, 풀리기 직전이었는데, 좀 아슬아슬하긴 했네요."

"그 순간에 손을 뻗어서 기어도 파킹으로 바꾸길 잘했지, 안 그랬다가 앞으로 튀어 나갔으면 대형 사고였다고요."

흐릿한 시선으로 앞을 보니 누군가가 혼잣말을 하고 있는 게 보였다.

"뭐야…… 누구야…….."

"어! 깼다. 잘 자고 일어났나, 신 과장?"

"너, 너는……!"

"응, 나야. 최강."

* * *

풀벌레 소리가 귀를 간질였다.

어둠이 깔린 주변은 빛이 없다면 귀신을 떠올릴 만큼 음산하기 짝이 없었다.

사르르륵. 사르르륵.

작은 짐승의 움직임 소리에도 어쩜 이리도 소름이 끼치는지.

"캠핑을 온 것도 아닌데, 빨리 끝내고 가자."

나는 얼른 몸을 움직였다. 차의 라이트로 비추고 그 옆에는 영상을 찍을 카메라까지 설치했다.

이제 차 앞으로 의자에 묶인 신정환 과장에게 질문만 하면 되었다.

"자, 이걸로 준비는 끝냈고. 시작해 볼까?"

"너…… 뭘 어떻게 한 거야? 나한테 무슨 짓을 한 거지?"

어떻게 잡혀 온 건지 아주 궁금해 미치겠지?

투명 마법으로 너 몰래 차에 타고 있었다, 인마.

정이한 요원은 그러기 위한 미끼였고.

"질문을 할 사람은 당신이 아니라, 나야. 자, 할아버지, 시작해 주세요."

-알았다.

신정환의 뒤로 간 나의 입에선 속삭임이 흘러나왔다.

"아쉴레나 미레우라 카뮤쉐리."

신정환이 부르르 떨더니 축 늘어지는 게 보였다.

마츠오카 때와 똑같은 증상이다.

이것만 하면 다들 상태가 안 좋아 보이던데.

이거 몸에 심각한 부작용을 주거나 그런 건 아닐까?

에이, 내 코가 석자인데 지금 이놈 걱정할 때야?

그래도 일단 밧줄은 풀자.

너무 강압적인 모습으로 질문을 하면 그의 대답이 증거로서의 효력을 상실할 테니까.

"신정환 과장, 이제 질문을 시작하지."

* * *

정이한은 막 옥탑방에 도착했다.

시선을 끈 후에 곧장 투명해지는 최강의 차에 올라타고 이곳까지 몰고 온 거였다.

그래서 곧장 포위했던 이들도 그를 찾을 수 없었던 것이다.

"왜 혼자 와요?"

그는 방 내부를 보더니 의외라는 듯 최소현을 쳐다봤다.

내부가 깔끔하게 정리되고 청소되어 있어서다.

"이거, 당신이 그런 겁니까?"

서로 으르렁대며 못 잡아먹어 안달인 둘이긴 했지만, 같이 지내기로 한 이상 과거는 잊고 서로 지킬 건 지키기로 합의를 봤다.

그 시작이 바로 말투였다.

"하여간 누가 남자들만 사는 곳 아니랄까 봐. 좀 치우고 살지 그랬어요. 아주 귀신이 안 나오는 게 신기하지."

"금방 다 허물어질 곳이라서. 재개발될 테니까요. 그리고 여기가 우리가 살 집도 아니고."

"어유, 핑계는. 냉장고에 반찬도 조금 사다 놨어요. 나도 뭐 즉석식품 자주 즐기기는 하는데, 가끔은 밥다운 걸 먹고 싶을 때도 있으니까. 근데 왜 냉장고 안에 있는 것들은 별로 안 시원해지는 느낌이죠?"

"주변에서 이사 가고 버리고 간 거라고 하던데. 제대로 굴러갈 턱이 없죠."

"아……. 쩝, 그럼 어쩔 수 없네. 그냥 써야지."

"여기 막 애써서 정리하고 꾸미고 그러지 마요. 어차피 며칠 있지도 않을 건데."

"옛날 어른들이 그러기를, 그래도 사람 사는 곳은 늘 깨끗해야 한다고 했어요. 그나저나 나갔던 일은 잘 해결된 거예요?"

"그건 최강이 와 봐야 알 것 같은데……."

잠시 뒤, 최강이 들어왔다.

그도 방 내부를 보더니 살짝 놀라는 눈치다.

"와……."

자신들 둘이 없는 사이 누가 이랬는지는 굳이 물어볼 필요도 없었다.

"귀신 집 같던 곳을 깨끗하게 정리해 놓으셨네요."

"내가 있기가 불편해서요."

정이한은 초조한지 얼른 물었다.

"어떻게 됐어? 신정환, 잡았어?"

"잡았고, 풀어 줬죠."

"뭐? 아니, 왜……?"

"들을 걸 다 들었으니까요."

최강은 들고 있는 핸드폰을 흔들어 보였다.

정이한은 그곳에 신정환이 실토한 내용이 들어 있구나 하고 짐작했다.

"봐도 될까?"

최강은 순순히 건넸다.

그러자 정이한은 밖으로 나가 동영상을 보기 시작했다.

[국가정보원 내에 있는 발라스는 총 몇 명이지?]

[스무 명 정도.]

[많기도 하네. 하나하나 이름을 아나?]

[안다.]

[그럼 그 이름들을 전부 말해.]

국가정보원 내에 있는 발라스를 모두 색출하기 위해선 중요한 정보임에는 틀림없다. 하지만 정이한이 원하는 건 그게 아니었다.

그는 앞으로 당겨 자신이 원하는 질문을 찾았다.

[그 카드 말이야. 그냥 아무 곳에나 연결하면 바로 쓸 수 있는 건가? 듣자 하니 금융기관에 연결하면 해킹으로 인식하지 않아서 돈을 빼 가도 아무도 모른다고 하던데. 그게 사실이야?]

[나도 몰라. 하지만 다음 주인이면 뭔가 알고 있겠지.]

[그 다음 주인이 누구인데?]

[김종기 의원.]

[아~ 일전에 당신이 몰래 만났던?]

드디어 알고 싶던 사실을 알게 된 정이한.

해결의 실마리를 찾은 그는 미소를 머금었다.

"최강 저 녀석이 도움이 되지 않을까 싶었는데. 이렇게 내 일을 전부 해결해 주었군. 이걸 몰라서 그동안은 어찌 해야 하나 골치가 아팠는데 말이야."

그가 카드를 전달할 사람은 김종기 의원이 아니었다.

이름도 모를 누군가였지만, 내용을 들어 보니 아무래도 김종기 의원의 수족이었던 모양이다.

"발라스는 원래 수행요원이 다른 지시자를 모르게 하는 게 특징이지. 수행요원은 단순히 쓰고 버리는 부품이니까. 그래야 꼬리를 자르기도 좋고."

솔직히 그도 거기서 제안하는 많은 금액의 급여에 혹해서 일원이 된 게 사실이다.

어차피 비밀스러운 삶, 좀 더 비밀을 가진다고 달라질 것
도 없다고 여겼다.

그런데 그러던 중 카드에 관해 알게 되고, 그걸 자신이 직
접 배송하는 기회를 얻었다.

거기에 돈을 조금만 챙기자는 허상훈 과장의 유혹적인 제
안까지.

"일이 꼬이지만 않았어도 돈만 조금 챙기고 제대로 전달하
는 건데…… 카드만 있어서는 아무것도 할 수 없을 줄 누가
알았겠어."

물론, 그도 바보가 아닌 이상에야 허상훈 과장이 자신을
이용하려는 목적인 건 진즉에 알았다.

허상훈의 입장에서 생각해 보면, 자신이 카드를 가져다주
면 돈을 뺀 후에 자신은 죽이려 했을 것이다.

돈도 챙기고 배신자를 제거함은 물론, 카드까지 되찾아 정
상적으로 건네기까지.

오히려 공로까지 세우니 허상훈의 삶은 그야말로 창창 대
로였을 것이다.

그러나 그걸 알기에 정이한은 자신이 카드를 이용해 먼저
돈을 손에 넣고 그를 배신하여 정상적으로 배송을 하려 했었다.

그런데 중간에 돈을 빼려고 하는데 되지가 않았다.

계획이 틀어지자 당혹스러워진 그는 안 되는 이유가 있을
까 싶어 그것을 물어보기 위해 7과에 돌아갔던 건데.

설마하니 배송하는 자신의 뒤를 또 누군가가 밟고 있을 거라고는 생각지도 못했다.

이후 7과의 습격과 긴 시간 도망을 다니기까지.

결국 지금까지 최강에게 일어난 모든 일들은 바로 이들 두 사람의 욕심에서 비롯되었던 것이다.

"그렇게 만만한 조직이 아닌데, 너무 쉽게 봤다가 내가 내 다리에 걸려 넘어진 거지. 멍청하게."

아무튼 여기서 포기할 순 없다.

어떻게든 돈이라도 챙겨야 했다.

그래야 자신의 목숨을 이어갈 기회라도 얻을 수 있었다.

"김종기 의원. 이제 그만 잡으면 길이 생기겠군."

정이한이 밖에서 동영상을 보는 사이 최강은 냉장고를 열어 봤다.

물을 마실 생각으로 연 건데, 안이 꽉 차서 살짝 놀랐다.

"와, 반찬이 많아졌네요?"

"식사 전이면 좀 먹을래요? 계속 얻어만 먹은 것 같아서 좀 차려 줄까 하는데."

"어쩌면 오늘이 마지막일지도 모르니까. 그럴까요?"

"오늘이 마지막이라니요?"

"나한테 누명을 씌운 사람한테서 실토를 받았고, 그 증거를 넘긴 후에 배신자들을 색출하면? 저도 누명을 벗고, 국정원도 청소가 될 거라서요."

"오오~ 그런 거였어?"

"아, 맞다! 이런 거 말하면 안 되는데. 저기요, 소현 씨. 이건 비밀입니다. 어디 가서 공개하고 그러면 안 돼요. 너무 기분이 좋은 나머지 저도 모르게 그냥 말을 해 버렸네요. 제가 무늬만 요원이지 사실은 그냥 사무실 직원이라. 이렇게 허술하답니다."

"괜찮아요. 어디 가서 발설 안 할게요."

"진짜죠?"

"내가 경찰이지, 기자는 아니잖아요?"

그녀는 식사를 준비하며 말했다.

"그동안은 뭔가 그냥 좀 짜증이 났다고 해야 할까? 뭘 알아보려고 하는데 전부 은폐한 흔적들이고, 대체 총을 맞은 사람은 무엇 때문에 총에 맞았는지 알 길이 없고. 막 답답해서 더 캐고 싶게 되더라고요. 그것뿐인 줄 알아요? 거기에 위에서 공개 수배까지 내려오는데, 대체 이 사람은 무슨 죄를 지었기에 이렇게 되었을까 더 궁금해지는 거 있죠. 그러다가 보니 국정원 요원들도 잔뜩 만나고, 총을 막 쏘고 다니는 사람들도 만나고. 그래서 생각했죠. 뭐지, 이 사람? 정말 뭔가 비밀스러운 일에 엮인 거 아냐? 그랬었죠."

"그랬군요."

"근데 이제는 뭐, 대략 돌아가는 상황도 알 것 같아서. 이젠 더 궁금한 것도 없어요. 어쨌거나 당신은 누명을 쓴 거고,

오늘 얻어 온 증거로 누명을 벗게 될 거라는 거잖아요."

"그렇죠."

"총을 쏜 건 누명을 씌운 배신자들 무리일 거니까 총 맞은 이유도 알았고. 총상 환자도 이렇게 눈앞에 있고. 그럼 됐죠, 뭐. 그래서 제 의문은 여기서 그만 정리할까 합니다. 사실은 온 세상에 다 까발리려고 했는데, 에휴, 뭔가 다 알고 나니까 김빠지는 거 같아서. 그것도 관두려고요."

잠시 후, 두부까지 올라간 김치찌개가 식탁 위로 올라왔다. 거기에 사 온 반찬들까지 놓고 나니 영락없는 집밥이다. 그제야 들어온 정이한도 흡족해하는 눈치다.

"오~ 김치찌개 냄새? 좋은데?"

"와서 들어요. 먹고 죽을 맛은 아니니까."

정이한과 최강은 맛을 보고는 살짝 놀란 눈치였다.

최소현이 둘에게 물었다.

"먹을 만하죠?"

둘은 동시에 답했다.

"맛있는데요?"

"호호, 그럼 많이 들어요. 양은 많으니까."

* * *

다음 날 아침.

신정환 과장은 도로변 차 안에서 정신을 차렸다.

퍼뜩 정신을 차린 그는 주변부터 둘러봤다.

"뭐야, 나 왜 여기서 이러고 있어? 여긴 또 어디야?"

전날 분명 최강 그놈한테 붙잡혀 있었는데.

혹시 꿈을 꾼 게 아닐까?

하지만 자신이 이렇게 있는 걸 보면 이상한 게 한두 가지가 아니다.

"아, 블랙박스!"

혹시나 싶어서 블랙박스를 확인해 보려 했지만, 칩이 없었다.

결국 전날 있었던 기억은 모두 사실이란 결론을 내렸다.

"최강, 정이한 이 새끼들이……. 니들이 감히 나한테 이런 짓을 해? 어디 잡히기만 해! 죽여 버릴 테니까! 으아아아아 -!"

* * *

아침에 깨어난 나는 옥탑방을 나와 기지개를 폈다.

밤새 훈련을 했을 텐데 땀 냄새도 안 나는 걸 보니 케라가 샤워도 해준 모양이다.

오늘따라 유난히 몸도 가볍고, 기분도 상쾌했다.

그리고 더 놔두면 안 될 것 같아서 옥탑방을 감추는 룬도 제거했다.

"다 됐다. 휴, 오늘이면 이제 전부 끝인 건가. 와, 생각해보니까 일도 참 많았네."

평생의 다사다난함을 한 달 사이에 전부 겪었지 싶다.

"정말 다신 이런 일에 엮이지 말자. 이젠 진짜 질린다. 질려."

내 말을 들었는지 최소현이 나오며 물었다.

"뭐가 질린다는 거예요?"

"아, 들었어요?"

"근데 최강 씨는 안 피곤해요?"

"네?"

"아니, 보니까 밤늦게 나가서는 해 뜰 때쯤 들어오는 것 같던데. 한 시간쯤 자다가 벌떡 일어나 나가서는 들어와서도 잠깐 누워 있지 않았어요?"

"아, 그거요."

"매일 그러는 것 같던데, 어딜 그렇게 다녀오는 거예요?"

"운동이요, 운동."

"운동을 밤새도록 한다고요? 헐."

"이번 일로 많은 걸 깨달아서요. 제가 몸이 좀 약한 편이었거든요. 오죽하면 안에 있는 저 인간이 저보고 뒷방 정보요원이라고 하겠어요. 하는 일의 특성 상 운동 부족은 어쩔수 없죠."

"그래서 평생 안 해 오던 운동을 몰아서 한다고요? 잠까지 줄여 가며? 하여간 최강 씨도 이상한 사람이네."

"훗, 그런가요?"

그런데 같이 이렇게 나란히 서서 주변 풍경을 보고 있자니 이 여자한테 미안한 게 많았다.

"그러고 보니 제대로 사과도 못 했네요."

"사과?"

"납치에 감금에 묶어 둔 거. 정말 미안했습니다."

허리를 숙여 진심으로 사과를 했다.

근데 이 여자, 의외로 성격이 시원시원한 구석이 있다.

"아~ 그거. 솔직히 나쁜 놈들한테 잡혀서 안 죽은 게 어디에요. 나도 조심성이 없었지. 당신들이 흉악범들이었으면 내가 살아 있겠어요?"

"아니, 그래서 물어보는 건데요. 경찰이 왜 파트너도 없이 혼자 움직인 거죠?"

"그게 그날은 그런 사정이 있었네요~!"

최소현이 기지개를 펴더니 물어 왔다.

"일은 언제 정리돼요?"

"오늘 끝내야죠."

"그럼 내일은 마음 편히 밖에서 식사도 할 수 있겠네?"

수배자가 아니니 그래도 되겠지.

"아마도?"

"그럼 내일 밥이나 같이 먹읍시다. 밖에서 따뜻하게. 술도 한잔하고~!"

"훗, 술 좋죠. 안주 선택은 제가 양보할게요."

"술은 그쪽이 사고?"

"지은 죄가 있으니 그래야겠죠?"

분위기 파악 못하고 제라로바가 훅 하고 끼어들었다.

-좋을 때구나! 역시 젊음이 좋긴 좋아!

할아버지, 낄 타이밍 아니거든요?

가만히 있어 주시죠.

우리가 서로 호감이 있어서 이러는 것도 아닌데. 그런 말은 오버라고요.

* * *

밭일을 나가려던 박 씨는 길을 걷다가 말고 동네 주민 김 씨가 가만히 서 있는 걸 보았다.

"김 씨, 거기서 뭐해? 넋이 나가서는."

"이봐, 박 씨. 여기 이 땅 말이야. 얼마 전까지만 해도 집이 있지 않았어?"

"그랬던가……. 워낙 외부인들이 많이 들어와서 집을 지어 대니까. 잘 모르겠네."

"이상하네. 분명히 여기에 집이 있었는데."

결판을 내고 올 테니 23

"거 요즘은 목조 주택이다 뭐다 하면서 하루아침에도 집을 옮겨간다고 하지 않나. 그런 거겠지, 뭐."

"그런가……."

펜션 내부에선 말끔하게 차려입은 신우범 원장을 보며 최정순이 환하게 웃고 있었다.

"어머~ 이렇게 입으시니까 멋지시네요."

"하핫, 그렇습니까? 최 여사님 덕분에 며칠 잘 챙겨 먹었더니 어째 옷이 좀 끼는 것 같은데요."

"뭘요, 딱 맞고 잘 어울리시는데."

"음음, 저기 최 여사님?"

"네?"

"저기 혹시 말입니다. 오늘 일이 잘 해결되고 나면 저녁에 식사 같이 하시는 거 어떠십니까?"

"여기서요?"

"아뇨. 밖에서요. 오늘은 제가 좋은 곳으로 잘 모시겠습니다."

"저희 둘이서만요?"

"네."

그녀도 눈치가 없는 사람은 아니어서 그게 무슨 뜻인지는 알았다. 하여 무척 부끄러워하면서도, 신사다운 그가 싫지 않아 작은 목소리로 답했다.

"네, 알겠어요."

"하하, 그럼 이따가 저녁에 근사하게 모시러 오겠습니다."

"아, 잠깐만요. 여기 조금 틀어졌어요."

최정순이 그의 넥타이를 잘 만져 주자 신재섭이 나오며 말했다.

"두 분, 그러다가 너무 가까워지시는 거 아닌가 모르겠습니다."

그의 말에 둘은 민망하여 서로에게 몸을 돌렸다. 그들은 마치 다른 사람에게 감추었던 마음을 들킨 사람처럼 행동했다.

"어흠, 자네는 무슨 또 그런 말을 굳이. 같이 있다가 보면 사람이 정이 들기 마련인 것을."

"하하하, 짓궂다고 뭐라고 하지는 마십시오. 보기 좋아서 그런 거니까. 저는 두 분, 응원합니다. 어차피 혼자이신 분들인데, 이렇게 인연이 되면 그것도 좋은 일 아닙니까?"

최정순이 얼굴이 붉어져서는 말했다.

"아휴, 이상한 소리 마시고 얼른 일이나 마무리하러 가세요. 우리 강이 언제까지 저렇게 밖으로 돌게 할 수는 없으니까요."

신우범 원장이 그녀를 안심시켰다.

"마음 푹 놓으시고, 기다려 주십시오. 오늘 제가 가서 결판을 내고 올 테니."

"네, 원장님만 믿을게요."

신우범 원장이 간 곳은 바로 청와대 대통령실이었다.

그의 등장에 모두가 하나같이 깜짝 놀랐다.

"어! 저거 국가정보원장 아니야?"

"죽었다고 하지 않았어?!"

"어떻게 된 거지?"

대통령도 처음엔 그를 보며 많이 놀랐다.

하지만 그가 보여 주는 동영상을 보고, 그의 설명을 들으며 그가 그럴 수밖에 없었던 사정을 알게 되었다.

"그렇군. 그럼 내가 무엇을 도와주면 되겠는가?"

"청와대 경호실 인력을 좀 빌려주십시오. 신속하게 잡으려면 지금 당장 필요합니다."

"그렇게 하게."

허락이 떨어지기 무섭게 신우범 원장은 청와대 경호실 경호원들을 데리고 곧장 국가정보원을 덮쳤다.

"거기 꼼짝 마!"

곳곳에서 발라스로 지목된 자들이 포위되어 잡혔다. 몇몇은 저항도 하려 했으나 그들을 데리고 나타난 것이 신우범 원장이어서 놀라며 붙잡힐 뿐, 큰 저항은 하지 않았다.

"원장님?"

"뭐야……! 죽었다던 원장님이 어떻게……?!"

잠시 뒤, 화장실로 숨은 3과의 1팀장 장호철이 급하게 신정환에게 전화를 걸었다.

이른 아침 차에서 깨어나 출근이 늦던 그는 막 국가정보원의 도착을 앞두고서 그 전화를 받았다.

"과장님! 지금 들어오시면 안 됩니다!"

[그게 무슨 말이야? 왜?]

"저희 발라스가 걸린 것 같습니다! 지금 신우범 원장이 다른 인력을 몰고 와 전부 잡아들이고 있습니다!"

[뭐……?!]

신정환은 전화기 너머에서 급박한 상황을 듣게 되었다.

[거기 멈춰! 어디다가 전화하는 거야! 무기 버리고 당장 나와!]

그러한 소리는 통화가 끊어지며 더 이상 들려오지 않게 되었다.

"뭐야……. 대체 어떻게 된 거야. 국가정보원 내의 발라스가 왜……?"

그는 그 목록을 넘긴 것이 자신이란 사실을 전혀 몰랐다.

최강의 심문은 사실을 털어놔도 기억이 없는 것이 특징이었다.

아무튼 국가정보원 내의 발라스가 전부 붙잡히는 상황이라면, 자신 역시 위험할 터.

그는 떨리는 손으로 혹시나 싶어 고무겸에게 전화를 걸어 보지만, 그도 전화를 받지 않았다.

그 역시도 전화와 무기를 압수당한 채 결박당하고 있었기 때문이다.

상황을 정리한 신우범 원장은 뒤이어 나타난 신재섭 차장과 함께 다른 두 차장과 기조실장을 만났다.

"원장님! 이게 대체 어떻게 된 일입니까?"

"간단히 설명하자면, 우리 국가정보원 내에 숨어 있던 다른 은둔 세력을 색출한 것이네. 자네들도 7과의 세 사람에게 누명을 씌웠다는 마츠오카 하루의 영상을 보았지 않나? 그게 모두 사실이었어. 전부 정이한 요원이 그 카드라는 물건을 놈들에게서 훔치면서 일어난 일들이었지."

2차장 윤성준이 물었다.

"그럼 설마, 두 분의 죽음은 위장되었던 겁니까?"

"갑자기 정이한 요원이 찾아와 우리 둘의 죽음을 위장하면 놈들이 더 활발히 움직일 거라고 하더군. 그의 말이 맞았어. 아주 대놓고 움직이더군. 잡힌 자들이야 발뺌하겠지만, 그들의 활동도 이미 증거로 모두 가지고 있지. 정이한 요원과 여기 있는 기조실장이 그 모든 자료를 잘 모아 주었거든."

두 차장이 기조실장 박명훈을 보았다.

"그럼 자네는 이미 다 알고 있었다는 거야?"

"미안하게 되었습니다. 원장님의 지시가 있어 말씀드릴 수가 없었습니다. 누가 발라스인지 알 길이 없는 상황이어서 은밀함도 필요했고요."

"이거 원, 우리만 아무것도 모르고 놀아나고 있었군그래."

1차장 김재혁이 신우범 원장에게 물었다.

"근데 아까 고무겸 과장도 잡혀가는 것 같던데요, 아니, 그럼 그도 그 다른 조직의 일원이었습니까? 우린 그가 최강이랑 한 편이라고 보고 있었는데……."

"목록에 있으니 더 조사해 보면 뭔가 나오겠지."

"목록이요? 그건 또 어디서 구하셨고요?"

신우범 원장이 짙은 웃음을 머금었다.

"최강, 그가 큰일을 해 준 덕분이지."

* * *

같은 시각.

정이한은 김종기 의원의 집을 뒤지고 있었다.

김종기 의원은 출근을 하여 없었고, 그의 집에 있던 가족들은 복면을 쓴 그에 의해 전부 꽁꽁 묶인 상태였다.

아무리 찾아도 찾는 물건이 없는 것일까.

초조해진 그가 부인에게 가 물었다.

"금고! 김종기가 중요한 물건을 숨겨 두는 곳이 있을 거 아냐. 어디 있어?!"

그의 부인을 따라 애들 방으로 간 그는 다시 부인을 쳐다봤다.

"여기라고? 여기 어디?"

"책상 뒤에요."

두려움에 떠는 그녀의 말처럼 금고는 손자의 공부 책상 책장 뒤에 숨겨져 있었다.

당연히 서재나 그들의 방에 숨겨져 있을 거라는 생각했는데.

완전히 그 생각을 뒤집는 장소에 금고가 위치해 있었다.

책장을 문처럼 열어 옮기고 금고를 찾았다.

"비밀번호."

"그건 저도 몰라요. 남편밖에는 아무도 몰라요."

"빌어먹을, 시간도 없는데 미치겠네."

정말 시간이 없었다.

신우범 원장이 그렇게까지 빨리 움직일 거라고는 예상하지 못했다.

어떻게든 오늘 끝내야 했다.

곧 신우범 원장이 카드를 가져오라고 할 터다. 당연히 그 기능도 살펴볼 테니 어설프게 가짜를 가져갈 수도 없는 노릇이다.

그가 카드를 가져오라고 하기 전에 어떻게든 카드를 작동시킬 장치를 찾아 원하는 바를 이뤄야 했다.

"어쩔 수 없군."

김종기 의원은 경선에 대한 회의를 마치고 막 국민평화당을 나오는 중이었다.

그런데 그에게 다짜고짜 영상 통화가 걸려 왔다.

"으음? 뭐야 이건."

걸려 온 상대는 아내였다.

살면서 이런 적은 한 번도 없었기에 그는 황당해하며 전화를 받았다.

"뭐야, 당신? 당신 이런 것도 할 줄 알았어?"

[여보, 잠깐 사람들 없는 곳으로 가 주면 안 돼요? 중요하게 할 얘기가 있어서요.]

"뭐? 왜 그래, 당신? 무슨 일 있어?"

[얼른요……!]

초조해 보이는 아내의 모습으로 그는 뭔가 잘못되었다는 것을 느낄 수 있었다.

사무실로 온 그는 다시 물었다.

"뭐야? 대체 무슨 일인데?"

그제야 화면에 나오는 사람이 바뀌었다. 김종기 의원은 복면을 쓴 인물을 보며 깜짝 놀랐다.

"당신 뭐야! 내 가족들한테 무슨 짓이야!"

[당신이 발라스라는 건 이미 알고 있으니까 허튼 수작 말고. 카드와 결합되는 장치, 어디에 있어? 그것만 말하면 가족들은 안전할 거야.]

"크흠, 무슨 말을 하는 건지는 모르겠군."

이 영상 자체가 녹화가 되고 있는지도 몰랐다.

큰일을 앞두고서 그런 수작에 걸려들 만큼 어리석은 김종기 의원이 아니다. 하여 그는 모른 척을 했다.

[발뺌을 하겠다고? 좋아, 그럼 애들 방에 있는 금고 비밀번호. 그거부터 말해.]

"내 가족들을 어쩔 생각이지?"

정이한이 총을 들이대며 말했다.

[하나하나 죽여야지. 당신이 비밀번호를 제대로 말할 때까지 말이야.]

"알았어. 말할게. 비밀번호는 547024야. 내 아내 생일이지. 됐지?"

전화가 끊어지는 걸 본 김종기 의원은 표정을 구겼다.

"뭐야, 끊었어?"

그는 곧장 이 실장에게 전화를 걸었다.

"이 실장, 나야. 정이한이 내 집에 들어가서 내 가족들을 인질로 삼았어. 대체 일을 어떻게 하기에 그놈이 내 집까지 들락거려! 그놈이 내가 발라스라는 것도 이미 알고 있었다고!"

차를 타고 어딘가로 향하던 이진석은 긴 숨을 몰아쉬었다.

"네, 제가 처리하겠습니다. 걱정 마시고 기다려 주십시오."

전화를 끊은 그가 운전사에게 물었다.

"신정환 과장은 연락이 안 되고?"

"네, 혼자만 출근이 늦어 화를 피했다고 합니다."

"이거 일이 단단히 꼬이는군. 그 노인네도 참 대단하지. 손발이 다 잘려 나가도 모르는 척 자기 몸만 지키겠다는 건가……."

그는 곧장 전화를 걸었다.

"나다, 충열아. 지금 당장 김종기 의원 집으로 가서 정이한이 잡아 와. 아, 혹시라도 가족을 인질로 잡더라도 신경 쓰지 말고. 조직의 안위가 우선이라는 거 잊지 마라."

운전사가 물었다.

"그래도 간부의 가족인데, 그렇게 하셔도 되겠습니까?"

"간부가 어디 그 하나뿐인가?"

"그렇지만 차기 회주이시고, 차기 대통령도 되실 분인데……."

"부속이란 건 말이야. 작은 것들만 갈아치우라는 법이 없어. 큰 것들도 문제가 생기면 갈아치워야 할 때가 생기지. 중요한 건, 기계가 잘 굴러가느냐, 그거인 거야. 잘 들어둬, 그게 바로 세상의 순리니까."

한편, 정이한은 금고를 열었음에도 표정이 굳어졌다.

"어쩐지 순순히 알려 준다 했더니……."

금고 안에는 여러 재산에 대한 문서와 약간의 현금이 전부였다.

그가 원하는 건 그곳에 없었다.

"으아아아아-!"

화가 머리 끝까지 난 그는 가족들이 묶인 채로 모여 있는 거실로 와서는 모두를 쳐다봤다.

그는 총에 소음기를 달며 말했다.

"원망은 김종기 의원에게 하도록 해. 내가 원하는 게 뭔지 다 알면서도 나를 가지고 놀았으면, 이 정도 대가는 치러야 하는 거 아니겠어?"

피웅! 피웅!

피웅-!

바깥 정원에서는 다섯 번의 짤막한 소음기 권총의 소리만 연이어 들려왔다.

* * *

급하게 집으로 달려온 김종기 의원은 앞을 막아서는 양충열로 인해 멈춰 섰다.

"보시지 않는 게 좋습니다."

"비켜. 안 비켜? 죽고 싶어!"

그가 못 이기는 척 비켜 주는 가운데, 집 안으로 들어간 그가 참혹한 광경을 보고 말았다.

"끄음……."

아내는 물론이고, 며느리와 손자들까지 모조리 죽어 있어서다.

그는 시신의 정리를 주도하는 이진석에게 다가가 분노를 드러냈다.

"너 대체 뭐 하는 새끼야. 그런 새끼 하나 못 잡고 대체 뭘 했냐고!"

이진석은 담담한 목소리로 답했다.

"마음 아프실 건 이해하지만, 진정하시죠. 애초에 실수를 제가 한 것도 아니고. 국가정보원 측에서 방해만 안 했어도 진즉에 잡았을 놈이었습니다. 저희 시스템의 그런 문제들은 이미 다 아실 테고. 혹시라도 책임을 물으시더라도 그게 저는 아니죠."

"뭐?"

애초에 국가정보원에서 저지른 실수라는 소리였다.

거기에 정이한을 놓친 것 역시 국가정보원의 방해 때문이었고.

번번이 일을 망치고 방해하는 쪽은 국가정보원 쪽이니 자신의 잘못은 없다는 소리다.

"잘 아시다시피 저희들의 일은 정리입니다. 어떤 분들께선 저희를 쓰레기 청소부라고도 부르던데, 조직이 굴러갈 수 있도록 유지하는 게 저희들의 일이죠."

그가 김종기 의원을 보았다.

"그래도 생각보다 충격이 크진 않으신 것 같고. 배우들한테 정은 많이 안 드셨던 모양입니다."

배우.

그랬다.

그의 가족 구성은 철저히 조작되어 있었다.

20년 전 아내를 만나 재혼한 걸로 되어 있지만, 그의 아내도, 그 아내의 자식과 다른 가족들도 전부 발라스에서 만든 배우였다.

"여긴 제가 정리하죠. 밖으로는 뇌물을 받은 아내 때문에 서로 다퉈 이혼 절차를 밟고, 아내분께서 그 외 가족들과 함께 해외로 출국했다는 그림으로 가시죠. 부패와 담을 쌓고, 올바른 정치를 위해 이혼까지 마다하지 않는 대선 후보. 경선을 넘어, 대선에서도 좋은 선전 효과가 될 것 같습니다만."

"닥치고, 일 더 커지기 전에 그놈부터 잡아. 카드를 당장 찾아오란 말이야!"

"네, 이제부터 제대로 움직일 테니, 혹시라도 일이 커지면 그땐 뒷수습을 부탁드리죠."

* * *

나는 말끔한 옷을 차려입고 국가정보원으로 들어갔다.

입구부터 복도를 걷기까지 주변에서 보는 눈길이 하나같이 따가웠다.

이해는 간다.

국가정보원에 들어와 그 난리를 쳐 놨으니 그 시선이 고울 리가 없다.

어떻게 여기서 도망칠 수 있었는지 저들에겐 여전히 미스터리로 남아 있을 것이다.

"최강 요원, 맞지?"

"어, 그런 것 같아."

"누명을 벗었다더니, 정말로 복귀를 하는구나."

"그러게."

복귀?

웃기지 말라 그래라.

누명만 벗고 나면 이 일도 끝이다.

내가 오늘 이후로 국가정보원 근처라도 오나 봐라.

잠시 뒤.

신우범 원장의 소집으로 모든 요원이 모이고, 그가 나의 무죄를 증명해 주었다.

"이로써 최강 요원에게 씌워진 죄는 이 시간부로 삭제 조치될 테니, 모두 그리 알도록. 이상, 해산해도 좋다."

이 말을 듣기를 얼마나 기다려 왔던가.

와, 이거 꿈 아니지?

그래, 이렇게 되려고 내가 그동안 노력한 게 얼마인데.

꿈이면 큰일 나지.

-잘되었구나.

-축하한다, 최강.

"네, 이게 다 두 분 덕분입니다. 그동안 정말 고마웠습니다. 앞으로는 행복한 일만 있기를."

만족스러움에 미소 가득한 나에게 신우범 원장이 다가왔다.

"최강, 잠깐 시간 좀 되겠나?"

"네."

잠시 후 나는 원장과 세 명의 차장, 그리고 기조실장이 있는 자리 중에 가장 말석에 앉았다.

신우범 원장은 그간에 있었던 나의 힘겨움을 위로했다.

"그동안 고생이 많았네. 신정환 과장의 증언도 다 자네가 한 일이라고 하던데. 그 덕분에 이렇게 국가정보원 내에 기생하던 타 조직들도 일망타진하고. 정말 자네만큼 유능한 요원이 어디에 있나 싶어. 다들 안 그런가?"

두 차장이 어색함 가득한 얼굴로 급히 말했다.

"그, 그러게 말입니다! 이런 일을 밝혀내다니, 웬만한 요원도 못 해냈을 일이죠."

"거기에 신출귀몰함은 또 어떻고요? 아직도 최강이 여길 어떻게 빠져나갔는지는 아무도 풀지 못하고 있거든요. 그의 능력은 정말, 당장 현장요원으로 전환해도 부족함이 없다고 봅니다."

이놈, 저놈, 새끼 어쩌고 하면서 다른 요원들 족치는 걸 내가 못 본 것도 아닌데.

연기들 참 잘하신다.

저기요들~ 보안실에서 나한테 하던 욕들 제가 다 들었거든요?

범죄자 취급할 땐 언제고 이제 와서 딴소리는.

내가 그딴 말에 혹해서 넘어갈 것 같아?

"그래서 말인데, 최강 요원."

"저기요, 원장님. 말씀 중에 죄송하지만, 혹시 국가정보원에 관한 일이면 제가 먼저 말씀드릴 게 있는데요. 더는 이곳 내부의 일을 제가 들어서는 안 될 것 같거든요."

"그게 무슨 말인가?"

나는 준비해 둔 사직서를 앞으로 건넸다.

촌스럽게 한자가 쓰인 그런 거 아니다.

한글로 아주 또박또박하게 썼다.

물론, 손 글씨는 아니고. 프린터로.

"이보게, 최강? 이게 지금 뭔가?"

나는 더 말이 나오기 전에 옷을 단정히 하며 자리에서 일어났다.

"사직서입니다. 저, 오늘부로 여기 그만두려고요. 더는 이런 일, 체질에 안 맞아서요."

신우범 원장이 매우 당혹스러워하는 눈치다.

"이보게, 자네. 다시 생각해 보는 게 어떻겠나? 자네만큼 유능한 요원을 키우는 게 우리 국가정보국에서도 쉬운 일이 아니거든. 내 자네를 크게 쓰려고 많은 걸 생각해 두고 있었는데, 이렇게 그만둬 버리면 어쩌자고?"

"방금 전 2차장님의 말씀처럼 현장요원으로 전환할까 봐 그게 가장 큰 걱정이었고요, 사무실 직원이나 다름없는 정보요원으로도 총을 맞는데, 현장요원이 되면 또 얼마나 위험할지. 아무튼 저 이제 그런 일과는 멀리, 아주 멀리 떨어져서 살고 싶습니다. 저 때문에 우리 엄마까지도 죽을 뻔했는데, 그것만 생각하면 아직도 무섭습니다."

"음……."

"그럼 겁도 많고, 나라를 위한다는 사명감은 1도 없는 저는 이만 퇴장하겠습니다. 그럼 안녕히 계십시오."

사무실을 나오자 모두가 자리에서 일어나 나를 불렀다.

"이봐, 최강!"

"최강 요원! 잠깐만 기다려 봐!"

백날 불러 봐라, 내가 돌아서나.

이젠 정말 끝이다. 지금까지의 일들을 생각하면 아주 지긋지긋하다.

넥타이를 풀며 그곳을 걸어 나오는데 얼마나 속이 후련한지. 속이 뻥 뚫리는 기분이었다.

"우와-! 좋다-! 드디어 자유구나!"

-이제 앞으로는 뭘 할 생각이냐?

제라로바가 물어 와 답해 주었다.

"그야 당연히 편안한 삶이죠. 그동안 가슴 졸여 온 걸 생각하면 아직도 어휴……. 싫어요, 싫어. 다신 안 해요."

-그럼 앞으로는 지루한 일들뿐이겠구나.

케라의 말에 나는 그들을 위로해 주었다.

"지루하기는요. 제가 느끼는 고통은 물론이고, 제가 느끼는 맛도 전부 똑같이 느끼신다면서요? 그동안 제가 간편식에 인스턴트 음식만 먹어서 힘드셨죠? 이젠 진짜 제대로 된 음식을 먹어 드리겠습니다."

케라의 목소리 톤이 달라졌다.

-그것들보다 더 맛있는 게 있다고? 그게 정말이야?

"아이, 참……! 당연하죠! 지금까지 먹어 온 것들은 진짜 음식을 흉내 낸 수준에 불과하거든요. 자, 아침도 거르고 나왔으니까 점심으로는 제대로 된 걸 먹어봅시다! 카레? 스테이크? 뭐든 말씀하세요. 오늘은 제가 쏩니다! 물론, 제 입으로 들어갈 거지만. 큭큭."

-좋구나! 어서 가자!

* * *

사무실에 남겨진 네 사람은 하나같이 표정이 심각했다.

"이거 곤란하군그래. 최강 요원이 이대로 나가 버릴 줄은 정말 생각도 못했어."

기조실장 박명훈이 신우범 원장에게 물었다.

"그런데 정이한 요원은 왜 오질 않는 것입니까? 그 카드라는 것도 그가 가지고 있다면서요? 국가정보원 내에 왜 이런 조직이 암약하고 있고, 그 카드가 그들에게 왜 그리 중요한 물건이었는지 와서 소상히 밝혀야 하는 게 아닙니까? 그래야 대선 후보인 김종기 의원 건도 절차를 밟아 갈 테고요."

"사실 오늘 아침에 당장은 못 온다는 얘기를 들었네."

"아니, 왜요?"

"이곳까지 오는 동안에도 언제 그들에게 카드를 빼앗길지 알 수 없다는 것이 그의 말이었어. 국가정보원 내의 암약 조직을 다 색출을 못 할 수 있다는 불안감도 있지만, 그들 조직의 일원이 어디에든 있어서 오기가 걱정스럽다고 하더군."

"흠, 그만큼 그 조직의 규모가 상상 이상이란 거로군요."

신우범이 각 간부들을 보았다.

"그 조직의 정체가 뭔지 이제부터 우리가 하나하나 밝혀 봐야겠지. 하니 다들 색출한 요원들이 그동안 무엇을 했고, 누구의 지시로 움직였는지 알아봐 주게."

"네, 원장님."

"그러겠습니다, 원장님."

한편, 최소현은 출근을 하며 윤석준 반장에게 한 소리 들었다.

"야, 최소현. 너 어떻게 된 거야? 갑자기 병가에 연가에, 무슨 일이라도 있었던 거야?"

"하아, 말도 마세요. 저 이번에 진짜 죽을 뻔했다고요."

"뭐? 그건 또 무슨 말이야?"

최소현은 사실을 털어놨다.

그녀가 며칠간 못 나올 수밖에 없었던 이유를 들은 그는 크게 놀랐다.

"인마, 그런 일이면 혼자 가지 말았어야지! 그러다가 그것들이 누명을 쓴 게 아니라 정말 흉악한 놈들이었으면 어쩔 뻔했어? 동운이 이 새끼는 어디 갔어? 파트너라는 새끼가 자기 파트너 죽는 줄도 모르고!"

"아우, 아우. 동운이는 놔두세요. 제가 그날 일찍 퇴근하라고 하고서는 혼자 간 거니까."

"너 인마, 그러면 안 돼. 경찰이 왜 2인 1조로 다니는 건지 몰라서 그래?"

"어디 가서 쥐도 새도 모르게 죽지 말라고요?"

"그게 아니잖아, 인마!"

"아우, 잔소리할 거면 그만요. 이럴 줄 알았으면 괜히 얘기했어, 진짜."

"그래서, 몸은 괜찮고?"

"그러니 이렇게 멀쩡하게 나왔겠죠?"

최소현이 게시판에 붙은 수배자 전단을 보며 웃었다.

"어! 그 수배 전단, 떼어냈네요. 최강 씨 거."

"위에서 수배 취소했다고 하면서 다 떼 가더라. 방금 네 말한 것처럼 정말로 누명을 쓴 거였다고 하고."

"아~ 그래요? 호홋. 일이 잘 풀렸나 보네."

"왜, 너 뭐 여기에 대해 아는 거 있나?"

"알아도 말 못하네요~! 소매치기 김봉식이 또 일 쳤다면서 요? 전 그놈 소재지나 가 볼 테니 그렇게 아세요."

"야야! 동운이 데려가!"

"알았어요!"

"하여간 저거, 지켜보고 있으면 내 간만 쪼그라들지. 어 휴."

그러던 중 윤석준 반장이 얼굴을 찌푸렸다.

"잠깐만. 그래도 이건 납치에 감금으로 잡아들이기는 해야 하는 거 아냐? 그리고 저 녀석은 당한 게 있을 텐데 왜 저렇 게 해맑아? 허, 참."

* * *

"어머, 강아! 그래, 갔던 일은 어떻게 됐어? 누명은 벗은 거야?"

"후훗."

"웃지만 말고 얘기 좀 해 봐, 얼른!"

사정을 들은 엄마는 무척 기뻐하셨다.

아마도 엄마도 하루도 편할 날이 없었을 것이다.

아들이 수배자가 되어 쫓기는데 그 마음이 어찌 편했을까.

그러고 보면 그간의 불효가 너무 미안했다.

"정말 다행이다, 얘. 그럼 이제 도망 다니지 않아도 되는 거지? 이렇게 숨어 지내지 않아도 되는 거지?"

"우리 엄마, 많이 불편하셨구나."

"그게 시장 물건들도 걱정이고. 아무리 겨울이라 괜찮다지만, 너무 오래 놔둔 것 같아서."

엄마는 시장에서 건어물 가게를 하신다.

아들 키우며 한푼 두푼 모아 겨우 마련한 가게다.

그 가게 하나로 나와 엄마가 이렇게 먹고살 수 있었다.

나는 손을 내밀어 그런 엄마의 손을 가만히 잡았다.

가꾸지 않는 탓에 주름도 많이 지고 퍼석하게 느껴졌다.

삶의 풍파가 그만큼 거칠었다는 뜻이다.

"우리 엄마 손이 이렇게 거칠었네. 아들이라고 하나 있는 놈이 화장품 하나 안 사 주고. 참 철도 없고, 너무 무심했다. 그지?"

"얘는, 왜 안 하던 짓을 해. 그럼 장사하는 사람 손이 거칠지 고와? 엄마는 괜찮아. 우리 아들 건강하고 아프지 않으면, 그걸로 엄마는 행복해."

그 말을 듣는데 나도 모르게 왈칵 눈물이 쏟아질 것 같았다.

기뻐서 온 길인데, 왜 이렇게 가슴이 뭉클해지는지.

나는 손을 내밀어 엄마를 포근히 안았다.

"어머? 얘, 무슨 일 있어? 얘가 오늘따라 정말 왜 이래? 좋은 날에?"

"미안해서."

"뭐가, 또……."

"그런 소소한 걸 행복인 줄 알게 만들어서. 더 행복하게 해 줄 수도 있는 건데. 너무 늦게 알았어, 내가. 미안해, 엄마. 이제부터는 나, 진짜 잘할게. 엄마만 위해서 살게."

"호훗, 우리 아들 철들었네. 그래, 이 참에 나도 우리 아들 좀 안아 보자. 어이쿠, 언제 이렇게 컸어?"

"큰 지 한참 됐거든요?"

"몰랐네, 이 엄마는. 학생 때나 지금이나 아침에 나갈 때면 늘 똑같은 모습이라."

그런데 떨어진 엄마가 걱정이 많은 표정을 지어 보였다.

"얘, 근데 우리, 집에는 갈 수 있는 거니? 우리 집, 괜찮아?"

그러고 보니 잊고 있었다.

"아, 맞다-! 우리 집 아직 그대로일 텐데."

화재로 불타버린 집.

누명을 벗느라 바빠서 신경 쓸 겨를이 없었다.

"아휴, 그러고 보면 정이한 그 사람은 멀쩡한 집에 왜 불을 질렀나 몰라. 굳이 그럴 필요까지 있었나?"

"그때는 그게 맞는 거였어요. 판단이 빨랐던 거지. 때마침 여자 시신에 화재까지. 엄마가 죽은 걸로 꾸미기에는 좋은 조건이었을 거야. 그 덕분에 놈들이 엄마를 찾지 않은 거니까."

"그게 또 그런가……. 에휴, 당장 갈 곳이 없으니까 괜히 또 그 사람 탓을 하게 되네……."

"그래도 여기서는 나가요, 엄마."

"어딜 가려고?"

"어디든. 설마 이 세상에 우리 둘 갈 곳 없겠어요?"

돈이 없는 건 아니지만 그래도 혹시나 싶어 시내로 나와 통장을 확인했다.

역시나 여전히 동결된 상태다.

"풀리려면 좀 있어야 되는 모양이네. 빨리 좀 풀어 주지. 하여간 사람들이 이런 일에는 꼭 느려 터졌다니까."

그래도 아직 빌린 돈이 천만 원 가까이 남아 있었다.

그 돈이면 그래도 당분간은 호텔에서 지내도 될 것이다.

엄마도 그동안 갇혀 지내느라 힘드셨을 텐데. 이왕이면 편한 곳으로 모시고 싶었다.

"엄마, 집을 수리하려면 시간이 좀 걸릴 테니까 그동안 호텔에 있는 거 어때요?"

"호텔? 비싸게 그런 곳엔 뭐 하러 가."

천 원짜리 한 장도 아까워하시는 분이니 그런 곳에 가려고 할 턱이 없지.

"이번엔 아들 말 좀 들읍시다. 평생 있을 것도 아니고, 이런 때나 한번 가 보는 거지."

그렇게 해서 가게 된 곳이 5성급 우드그린 호텔이다.

차에서 내릴 때부터 들어갈 때까지 안내를 받으니 왠지 기분이 이상했다.

대접받는 느낌이랄까?

나도 호텔은 처음이라 낯설었다.

예전에 친구들과 놀러 갔을 때도 기껏 콘도에서나 머물렀지, 호텔은 가 본 적이 없었다.

아무래도 가격대가 있다 보니 피해 왔던 거다.

호텔 식당들 중에서도 유명한 곳들이 많은데, 한번쯤 와 보지 않고 그동안 뭐 했나 모르겠다.

"두 사람 묵을 방으로요. 침대는 두 개면 좋겠고요."

"네, 1105호로 안내해 드리겠습니다."

안내 받은 방으로 들어오니 넓은 창 바깥으로 시내가 한눈에 들어온다.

왜 사람들이 그토록 돈을 벌어서 전망 좋고 높은 곳에서 살려고 하나 했더니 이런 맛에 그러는 모양이다.

-방이 좀 좁은 거 아니냐?

"그렇긴 해도, 넓은 건 너무 비싸서요."

케라의 물음에 무심결에 대답을 하고 말았는데, 그걸 듣고 엄마가 대답을 하셨다.

"이만하면 충분하지, 뭘 더 넓은 방을 얻으려고 그래. 근데 이 방은 얼마야?"

"에이, 가격 신경 쓰지 말고. 오늘은 그냥 편히 쉬라니까요. 네?"

"뭔가 숨만 쉬고 있어도 돈이 나가고 있는 기분이 들어서 그러지."

엄마 기분도 이해는 간다.

돈 몇천 원 더 벌자고 뼈 빠지게 일해 온 세월이 있으니 적응이 안 될 것이다.

그냥 다 잊고 편히 있으면 좋을 텐데.

역시 엄마에겐 그조차도 무리인 모양이다.

"그래도 좋네요. 잠자리도 깨끗하고. 무엇보다 마음이 편하니까 몸이 이렇게 가벼울 수가 없네요."

"그래……. 엄마도 이제야 마음이 놓이는구나. 이제 정말 다 끝난 거지?"

"네, 끝났어요."

"다행이구나. 정말 다행이야……."

그동안 마음고생 하느라 잠도 제대로 못 주무셨을까, 엄마가 꾸벅꾸벅 조신다.

나는 그런 엄마를 흐뭇하게 바라보고는 침대에 잘 눕혀 드렸다.

그리고는 창가를 바라보며 흐뭇하게 웃었다.

"그래, 이거면 돼. 이거면 충분한 거야."

* * *

언제 잠에 들었던 걸까, 엄마가 나를 깨웠다.

"얘, 강아. 전화 온다. 전화 좀 받아라."

"네? 아, 네."

대포폰으로 오는 전화번호는 모르는 번호였다.

"누구지?"

어디서 본 것 같긴 한데, 기억이 나질 않았다.

그런데 전화 너머로 익숙한 목소리가 들려왔다.

[일 잘 해결된 거 축하해요.]

"소현 씨?"

[그럼 나 말고 또 누구 전화 올 여자 있나?]

"아뇨. 그런 건 아니고."

[수배는 해제되었던데요.]

"그래요? 그건 다행이네요. 통장 동결이 아직 안 풀려서 그건 또 얼마나 가나 걱정했는데."

[그럼 최강 씨의 문제는 이제 다 끝난 건가요?]

"덕분에요. 문제 안 일으키고 잘 잡혀 있어 줘서 고마웠네요. 안 그랬으면 일이 좀 더 복잡해질 뻔 했거든요."

[그럼 오늘 저녁에 식사 어때요? 그때, 그 약속, 잊지 않았죠?]

"아…… 잊지는 않았는데요. 오늘 제가 엄마를……!"

엄마를 모시고 나왔는데, 호텔에 혼자 둘 순 없다는 말을 하려고 했다.

그런데 엄마가 자기 때문에 약속을 취소하려 한다는 걸 금방 눈치채시고는 속삭였다.

"나 오늘 저녁에 원장님하고 식사하기로 했어. 다녀와도 돼."

"에엥?"

손까지 휘휘 저으며 나가라는 엄마.

[뭐라고 했는지 잘 못 들었어요. 최강 씨?]

"아……! 아뇨! 괜찮다고요. 제가 사야죠, 그 술."

[그럼 잘 아는 고깃집 있는데, 주소 보내 줄 테니까 거기로 와요. 거기 이모가 서비스가 좋거든요.]

"네, 그럼 이따가 거기서 보죠."

전화를 끊어 가는데 엄마가 귀신처럼 스윽 다가왔다.

"왜, 왜?"

"누구야……?"

"아~ 나 쫓던 경찰. 어쩌다 보니까 알게 되었어. 내가 좀 미안한 행동을 했던 것도 있고."

"들려오는 목소리가 여자 같던데?"

"그, 그렇지. 여자지."

"몇 살?"

"그것까진 아직……."

"호호, 그럼 오늘 가서 많이 알아 와. 나이는 몇 살이고, 부모님은 뭐하시는지."

"에이, 엄마도. 그런 거 아냐. 그냥 내가 미안한 게 있어서 식사 겸 술 한 번 사기로 한 거야. 그냥 그것뿐이야."

엄마가 내 어깨를 찰싹 때렸다.

"아야!"

"얘는, 원래 다 그렇게 인연을 갖는 거야. 너는 여태 그런 것도 모르니."

그러자 빙의된 둘이 한마디씩 거든다.

-너보단 어머니가 많이 현명하시구나.

-내가 봐도 어머니 말씀을 듣는 게 맞지 싶다.

뭐야, 이 의기투합은?

지금 나만 어색한 거야?

"에이, 우리 엄마 김칫국부터 마시신다. 그런 거 아니고요, 잠깐 나갔다가 올 테니까 식사나…… 아니, 잠깐만. 근데 내가 방금 잘못 들었나? 원장님하고 식사를 하신다고요?"

"어, 오늘 연락 주신다고 했어. 저녁을 같이 먹기로 했고."

"오오~ 엄마도 뭐 좋은 일이 생길 모양인데?"

찰싹!

-아프다!

-그만 좀 때리시라고 해라! 너의 어머니 손맛이 너무 맵구
나!

"아야……."

어머니가 등을 떠밀었다.

"이상한 소리 하지 말고 어서 가. 이 엄마도 꾸미고 나가
려면 바쁘니까."

"훗, 그럼 이따가 저녁에 봐요? 좋은 시간 되시고?"

"얼른 가래도!"

문을 나서며 복도를 걷는데, 뭔지 모를 뿌듯함이 번진다.

"엄마한테도 조만간 봄날이 오려나~?"

그런데 순간 섬뜩함이 번졌다.

"엇! 잠깐만. 혹시 이러다가 내 새 아빠가 원장님이 되는
거 아냐? 그건 좀 이상한데……."

* * *

최소현은 전화를 끊고 잠시 후, 막 밖으로 나오던 김봉식
과 눈빛이 마주쳤다.

"아이, 씨!"

"거기, 서! 김봉식!"

왜 도망을 가고, 왜 쫓는지는 이미 서로가 잘 알았다.

한 사람은 안 잡히기 위해 달렸고, 최소현과 김동운은 그를 잡기 위해 온 시내를 뛰어다녔다.

그리고 잠시 후.

두 사람이 김봉식에게 수갑을 채워 사무실로 복귀했다.

윤석준 반장이 그들 둘을 보며 박수를 쳤다.

"히야, 그새 나가서 그놈을 잡은 거야? 역시 최소현, 일 하나는 잘해."

"자, 그럼 제가 맡은 일은 해결했고. 전 오늘 여기서 퇴근합니다? 조금 일찍 해도 되죠?"

김동운이 눈을 동그랗게 떴다.

"어! 범인 잡았는데, 저녁에 소주 한잔 같이 안 하고요?"

"오늘은 선약 있어. 그러니까 오늘은 여친이랑 놀아. 그럼 조서 쓰는 건 부탁한다?"

"어어, 선배! 아이, 진짜 치사하게!"

집으로 간 최소현은 말끔히 씻고 어울리지 않게 화장도 해 봤다.

했다가 지우기를 여러 번, 결국 성질을 냈다.

"에이, 씨……. 안 해, 안 해."

하지만 그러다가도 다시 거울 앞에 서서는 가벼운 화장을 했다.

그러고는 옷장을 여는데, 그녀가 고민에 빠졌다.

있는 옷이라고는 바지에 점퍼가 전부였던 것이다.

"후우……. 이게 현실인 거지? 나 어쩜 이렇게 막 살았냐. 여자라는 자각이 있긴 했던 거야?"

없었다.

그저 나는 형사다 하고 살아왔지.

"에이, 뭐! 내가 무슨 데이트 나가는 것도 아니고! 깨끗하고 단정한 옷을 입고 가면 되지!"

그렇다고 고깃집에 갈 건데, 장례식 갈 때 입던 정장은 좀 그랬다.

결국 그녀는 그나마 무난한 검은 바지에 와이셔츠, 그리고 갈색 코트를 입기로 했다.

그날 저녁.

아직 해가 지기 전이었지만 두 사람이 만났다.

"왔어요?"

아직 저녁 전이라 그런가 사람은 별로 없었다.

최강은 어색하게 웃고는 최소현에게 다가가 그 앞에 앉았다.

"여기에 이런 곳이 있었네요. 처음 알았어요."

"여기 고기가 정말 맛있거든요. 특히 파채가 기가 막혀요."

"오~ 그래요? 그렇죠, 고기엔 역시 파채죠."

"최강 씨도 고기 좀 먹을 줄 아는구나~?"

"오랜만에 고기 먹을 생각하니까 위가 막 긴장되는데요?"

그렇게 둘은 술을 한 잔 기울이며 서로의 얘기를 주고받았다.

"진짜요? 거길 그만둔다고요? 아니, 그 좋은 직장을 왜요?"

"이번에 그 일을 겪고 나니까 뭔가 좀 안전한 직업을 구해야 하지 싶더라고요. 나 하나면 앞으로 내가 뭔들 못 하겠나 싶긴 한데, 우리 엄마만 생각하면 너무 미안하고…… 또 미안하고……. 무슨 엄청난 일을 한다고 엄마까지 위험하게 만드나 싶고요. 그래서 그냥! 그만두려고 사직서도 이미 던졌습니다."

"와우, 우리 최강 씨 은근 화끈하네?"

"멋지죠?"

"무모한 멋짐인 건 알죠?"

"휴, 우리 소현 씨 또 엄청 현실적이시네."

"먹고살기 힘든 세상이잖아요."

그런데 바로 그때, 누군가가 들어오더니 대뜸 말했다.

"우리 소현 씨? 지금 내가 잘못 들은 건가?"

최소현이 막 들어오는 김동운을 보고 깜짝 놀랐다.

"허업! 동운아! 네가 여길 어떻게 왔어?!"

"우리 오늘 회식."

그 뒤로 보니 반장님에 같은 반 형사들까지 우르르 들어왔다.

최소현의 얼굴에 망했다는 속내가 그대로 드러났다.

좋은 곳이라서 최강을 데려오고 싶단 생각만 했지, 팀원들과 자주 회식 자리를 하던 곳임은 생각지 못한 것이다.

"뭐야, 최소현? 오늘 남자 만나려고 일찍 퇴근한 거였어?"

"여~ 최소현도 할 건 하는구나?"

선배들의 말 뒤로, 윤석준 반장이 어색해하는 최강을 보며 눈을 동그랗게 떴다.

"어어? 당신, 혹시 그 살인 수배자?"

"오오~! 맞아요, 맞아! 그 수배 전단지……! 살인 용의자!"

"사, 살인 용의자라고요?"

살인 수배자라는 말에 주변 손님들이 깜짝 놀라고, 팀 동료들이 권총을 꺼내어 들려고 했다.

최소현이 소리를 빽 내질렀다.

"아니, 뭐하는 거예요, 지금! 그거 누명으로 밝혀진 거 몰라요?! 갑자기 와서는 대체 왜 이러는 건데-!"

최소현의 고함에 소동이 일단락되고…….

어쩌다 보니 모두가 한자리에 앉게 되었다.

최소현은 한숨을 푹 내쉬었다.

"하아, 내가 생각이 짧았지. 여길 오는 게 아니었는데."

윤석준 반장이 최강에게 인사를 건넸다.

"반가워요. 나는 얘네들 반장. 그리고 누명 벗게 된 걸 축하합니다."

"아, 네. 고맙습니다."

갑자기 김동운이 조용히 다가와 속삭였다.

"근데요……. 맞죠? 국가정보원."

다른 형사들이 그 말에 깜짝 놀랐다.

"국정원? 진짜……?"

"정말로?"

최소현도 당황해서 주변 시선을 의식했다.

"야, 김동운! 너 미쳤어? 그런 걸 여기서 말하면 어떻게 해?!"

"아, 안 되는 거였나요?"

"이런 사람들 신분 같은 거 숨겨야 하는 거 몰라?"

최강은 정말 다들 왜 이러실까 싶었다.

"소현 씨가 그렇게 말하니까 아니란 말도 못 하겠네요."

"아……."

그녀는 그제야 깨달았다.

자신이 의문에 쐐기를 박았다는 걸.

"그래도 뭐 이젠 상관없습니다. 오늘부로 사직서 낸걸요. 이제 저 국정원 아닙니다. 그냥 무직자. 백수. 그러니까 편히 말씀하셔도 됩니다."

김동운이 다시 물어 왔다.

"그럼 누명은 어떻게 쓰시게 된 거예요?"

"그건 기밀……. 그거 누설하면 저 철창 갑니다."

"아……. 그렇구나……."

최강은 그가 참 분위기 어색하게 만드는 캐릭터구나 싶었다.

"그런 얘기 말고 다른 얘기를 했으면 싶은데요. 하하, 하……."

잠시 뒤, 모두와 헤어진 최강은 택시를 잡으려고 했다.

최소현은 그를 걱정하며 따라 나왔다.

"괜찮아요? 아휴, 준다고 그 술을 다 받아 마시면 어떻게 해요."

"괜찮습니다. 정말요."

"혀가 이렇게 꼬이는데, 괜찮기는. 나 가는 길에 내려 줄 테니까 택시 같이 타고 가요."

그렇게 택시에 오르고, 출발하는 택시에서 최소현이 물어 왔다.

"어디로 가면 돼요? 주소를 말해 줘야죠."

최강이 몸을 가누지 못하며 말했다.

"네, 가야죠. 우리 가야죠. 아저씨, 우드그린 호텔로 가 주세요."

"네, 알겠습니다."

최소현은 당황하여 최강을 보았다.

"호텔? 지금 나하고 호텔을 가자고요?"

그녀는 뭔가 좀 당혹스러우면서도 살짝 거부감을 나타냈다.

"이 남자, 취하더니 금방 속내를 드러내네. 저기요, 최강 씨. 나도 최강 씨가 싫은 건 아닌데, 그렇다고 하루 술 한잔 했다고 그런 곳에 같이 가 주고 하는 여자는 아니거든요? 그래도 최소한…… 두세 번은 만나야지……."

"우리 엄마……."

"네?"

"집에 불이 나서…… 우리 엄마 거기에 계세요. 거기서 같이 지내요, 지금……."

"아……. 예. 네에에……?!"

그녀는 순간 자신이 무슨 말을 했나 싶어 고개를 창가로 비틀어 표정을 구겼다.

-이 여자가 너를 마음에 들었던 모양이구나!

-최강아, 이런 걸 기회라고 하는 거다. 야, 그만 좀 정신 차리고. 오해했을 때 그냥 확! 남자답게!

그 민망하고 부끄러운 마음도 모르고 최강은 취해서는 말했다.

"우리 소현 씨, 오해하셨구나. 하하, 하하하."

"하하하하……. 아니, 그게…… 요즘 남녀들이 그렇다. 뭐,

그런 말을 하려는 거였죠. 그리고 저는 이렇게 취해서 자기 몸도 못 가누는 사람 딱 싫거든요?"

"제가 원래는 안 그러는데. 오늘은 좀 많이 마셨네요. 후훗."

그런데 그때, 최강의 몸에서 벨소리가 흘러나왔다.

최강이 받을 생각을 하지 않자, 그녀가 그를 흔들었다.

"최강 씨? 전화요. 전화 왔어요."

"아, 전화. 누구지……."

최강은 전화를 받다가 깜짝 놀랐다.

"네? 원장님이시라고요? 아니, 원장님께서 제게 왜……."

그는 애써 정신을 차리며 듣다가 표정을 돌처럼 굳혔다.

"네에……?! 잠깐만요. 그게 무슨 말씀이세요. 엄마가 사라지셨다니요!"

* * *

호텔 앞으로 가 보니 신우범 원장이 그 앞에서 나를 기다리고 있었다.

"원장님!"

"왔군, 최 군."

"엄마가 사라졌다니요, 그게 무슨 말씀이세요?"

"내가 모시러 오기로 했는데, 올 때까지만 해도 연락을 받던 분이 받지를 않으시더군. 그래도 나오겠거니 해서 한참을 기다렸어. 근데 다시 연락을 해 봐도 안 받고 그러시기에 무슨 일이 생겼나 싶더라고. 그래서 알려 준 방으로 올라가 문을 두드렸더니 문이 그냥 열리지 뭔가. 근데 안에는 아무도 없는 거야. 하여 난 자네와 함께 있는 게 아닌가 싶어서 전화를 걸었던 거네."

같이 방으로 올라가니 정말로 아무도 없었다.

전화를 걸자 침대 옆에서 전화가 울렸다.

"뭐야, 전화기도 안 가지고 대체 어디로 가셨어……."

"따로 자네에게 한 말은 없는 겐가?"

"전혀요. 오늘 원장님과 식사를 하신다고, 그러니 저도 약속에 나가도 된다고 하셨는데."

뭔가 불안했다.

이렇게 아무 말도 없이 나갈 분이 아니다. 거기다가 핸드폰까지 두고 사라지니 더 걱정이 컸다.

복도를 나간 나는 복도 끝과 중간에 있는 카메라를 확인, 즉시 보안실로 달려갔다.

"제가 나간 4시부터 쭉 확인 부탁드립니다."

내가 나가고 얼마 후, 엄마가 밖으로 나오는 게 보였다. 엘리베이터를 타고 로비로 내려와 호텔 밖까지 나가는 것까지는 확인이 되었다.

"뭐야……. 대체 어디를 가신 거야……."

"최 군, 뭔가 어머니께서 누굴 만난다거나 하신다는 말씀은 없으셨고?"

"네……. 전혀요."

"이거 걱정이 되는구먼. 전화기를 놔두고 가셔서 연락할 방법도 없으니……."

"우선 제가 어떻게든 찾아보겠습니다. 원장님께는 정말 죄송합니다. 어머니를 대신해 사과드리겠습니다."

"뭔가 사정이 있으니 그리 나가신 거겠지. 혹시라도 연락 닿으면 내가 연락 준 번호로 연락 부탁하네."

"네."

* * *

최강과 헤어지고 집으로 돌아온 최소현은 괜히 걱정이 되었다.

"어머니는 잘 찾았으려나. 갑자기 어머니가 사라졌다니 대체 무슨 일이야, 이게."

어머니가 사라졌다는 말에 놀라고 당혹스러워하던 그의 모습이 떠올랐다.

앉아도 가시방석 같고, 뭔가 도와주고 싶은 마음이 들었다.

하여 그녀는 결국 벌떡 일어나 다시 외투를 들고서 밖으로 나갔다.

"어, 서진아. 미안한데, 오늘 내린 수배자 중에 최강이라고 있었잖아. 그 사람 관련해서 조사할 게 좀 있는데, 가족 관계 내용 좀 메일로 보내 줄래? 어, 고마워? 내가 나중에 밥 살게?"

차를 타고 경찰서로 향했을 때쯤, 메일이 왔다.

그녀는 경찰서로 들어가 곧장 실종신고부터 했다.

"실종신고 좀 할게요."

"사라지신 게 언제죠?"

"몇 시간 쯤 된 것 같아요."

"저기 그건……."

"알아요. 실종 예정 시각에서 일정 시간이 지나야 신고가 가능하다는 건. 근데 이분 아들이 얼마 전에 심각한 일에 연루가 된 적이 있어서요."

그녀는 자신의 신분증까지 내보이며 말했다.

"강남경찰서 최소현 경위입니다. 실종자 아들이 오늘 오전까지만 해도 살인 누명을 썼던 사람이었어요. 여기저기서 노리는 사람도 많을 걸로 추정되고, 얼마 전엔 집에 화재까지 났었습니다."

"정말요?"

"이만하면 가벼운 사건 아니란 건 알 만하죠?"

"그러네요."

"누군가 고의로 납치했을 가능성, 매우 크고요. 당장 긴급한 실종으로 신고 접수 부탁드립니다. 요청자는 저로 해 주시면 됩니다. 여기서 생기는 문제는 제가 다 책임지겠습니다."

"알겠습니다. 주변 순찰대에 자료 넘겨서 실종 인물 주의 깊게 찾도록 해 두겠습니다."

"고맙습니다. 실종자 신분 내용은 여기……."

밖으로 나온 그녀는 최강에게 전화를 할까 싶다가도 그만두었다.

"안 그래도 걱정이 많은 사람한테 전화를 거는 건 좀 그런가."

하지만 다시 생각해 보니 그사이에 어머니를 찾았으면 어쩌나 싶었다.

"그래도 물어나 보고 신고를 할걸. 그사이 찾기라면 했으면 나만 곤란해지는 거잖아……. 하아, 최소현, 왜 이렇게 앞뒤 안 가리고 몸부터 나가냐."

고민도 잠시, 그녀가 주저함을 내려놓고 전화를 걸었다.

"최강 씨, 저예요, 최소현."

[네, 소현 씨.]

"혹시 어머니 찾았어요?"

[아뇨. 아직이요.]

"어디로 가셨는지도 전혀 모르고요?"

[호텔을 스스로 나가신 건 확인이 되었는데, 아직까지 어디로 가셨는지는 알 수가 없네요. 휴대폰도 놔두고 가셨고요.]

"많이 답답하겠네요. 그래서 제가 혹시 몰라서 긴급 사항으로 실종신고 해 두었는데요. 괜찮죠? 괜히 보호자 동의도 없이 제가 참견 말아야 할 짓을 했나 싶어서……."

[아뇨. 신경 써 주셔서 고맙습니다. 안 그래도 그래야 하나 싶었는데. 덕분에 일을 덜었네요. 고마워요, 소현 씨.]

"뭘요. 아무튼 빠른 시간 내에 어머니 꼭 찾길 바랄게요."

[네. 보답은 나중에 따로 할게요.]

뭔가 뿌듯하면서도 걱정도 함께 밀려왔다.

"얼른 찾아야 할 텐데……. 부모 잃은 걱정은 누구보다 내가 잘 알거든……."

* * *

최소현이 해 준 일은 무척 고마웠다.

"소현 씨 덕분에 신고는 된 것 같지만, 그렇다고 가만히 있을 수만은 없고. 이제 어떻게 해야 하나."

생각할 건 많은데 취기에 도저히 생각이란 걸 하기가 어려웠다.

"아, 머리야. 눈앞도 어질어질하고 미치겠네."

-기분은 좋다만, 이 상황에서는 무척 번거롭구나.

"그러게요, 할아버지. 뭔가 숙취를 날려 버리는 마법은 없나요?"

답은 케라가 대신 해 왔다.

-그건 내가 도와주마. 흐읍!

갑자기 명치가 뜨거워지더니 그 열기가 전신으로 퍼져 나갔다.

동시에 숨을 내뱉자 하얀 기운이 진하게 흘러나왔다.

그러면서 정신이 말끔해졌다.

"와! 방금 그거 뭐였어요?"

-너의 몸에 있는 탁한 기운을 모조리 몰아낸 거다. 독에 중독되어도 이거 하나면 말끔해지지.

"케라 형님, 싸움만 잘하시는 게 아니었네요. 이게 카우라의 능력인가요?"

-활용에 따라 카우라는 무궁무진한 힘을 낸다. 아직 활용할 만큼 힘이 모이지 않았을 뿐.

마법만 유용한 줄 알았더니, 카우라라는 거, 제법 쓸 만한 것 같다.

앞으로 뭐가 더 될지 기대가 되기도 했다.

"이제 머리도 말끔해졌고, 엄마의 행적부터 쫓아 봐야겠어."

주변 감시 카메라의 해킹을 위해 컴퓨터가 있는 곳으로 향하려 할 때, 갑자기 모르는 번호로 전화가 걸려 왔다.

혹시라도 엄마일 수도 있어 나는 얼른 받았다.

"여보세요?"

그런데 건너편에서 변조된 목소리가 흘러나왔다.

[최강, 어머니를 다시 보고 싶으면 내가 시키는 대로 해야 할 거다.]

납치!

가장 먼저 드는 생각이다.

"당신 누구야?"

변조된 음성이 답해 왔다.

[시키는 것만 잘하면 어머니는 무사히 보게 될 거다.]

"나한테 원하는 게 뭐야? 그리고 엄마가 무사한 건 맞아?"

핸드폰에서 소리가 들려왔다.

음성에서 영상으로 전환되는 표시였다.

확인을 누르자 어딘지 모를 침대에 묶여 있는 엄마가 보였다.

"너, 이 새끼……! 엄마한테 손끝만 대봐. 내가 너 죽인다. 진짜 죽여 버릴 거야!"

[서로 원하는 것만 얻고 깨끗이 헤어졌으면 하는데. 어때?]

"좋아, 알았어. 그래서 내가 뭘 해야 하는데?"

[카드에 관한 건 알고 있겠지?]

"카드……. 혹시 당신도 발라스인 거야? 그걸 원해서 내 엄마를 납치한 거였어?"

[그 카드를 건네받을 사람이 김종기 의원이었어. 아마 그 카드를 쓸 수 있는 장치도 그에게 있을 거다. 너는 그것을 찾아서 내게 가져오면 돼. 기한은 3일, 다시 연락하도록 하지.]

전화는 그렇게 끊어졌다.

"염병……. 끝인 줄 알았더니. 미치겠네, 진짜."

-최강아, 그럴 필요 없이 어머니가 어디에 있는지 찾을 방법이 있다.

제라로바의 말에 나는 당장 물었다.

"정말요?"

-방에 너의 어머니의 물건이 있을 게 아니냐? 거기에 혹시라도 침대에서 머리카락을 찾을 수 있다면, 마법으로 그 위치를 찾을 수 있다. 내가 일전에 말하지 않았더냐? 찾고자 하는 대상의 물건이나 신체 일부면 추적이 가능하다고.

"맞아! 그랬었죠! 그럼……!"

방으로 달려가려던 나를 케라가 말렸다.

-멈춰라, 최강!

"네? 아니, 왜요?"

-지금 바로 어머니를 찾는 건 어리석은 행동이다. 너에게 그런 일을 시키면서, 시킨 자가 너의 행동을 감시하지 않을

거라고 어떻게 장담하지?

갑자기 뒤통수를 얻어맞은 기분이다.

그래, 그의 말도 맞다.

충분히 가능성이 있는 일이잖아!

-내 세상에선 그런 일을 했을 때, 납치된 사람의 신체 일부가 전달해 오곤 했다.

"저, 정말요?"

-그런 걸 원하는 건 아니겠지?

제라로바가 말해 왔다.

-케라, 이놈아! 최강의 어머니가 당장이라도 위험해지면 어찌 하느냐? 추적 마법을 걸고, 투명 마법으로 이곳을 나가면 누구도 최강을 보지 못한다! 그럼 그 이후부터는 최강의 어머니를 찾는 건 쉬워!

-그곳에 함정이 있다면 어쩔 것이냐? 그렇게 두 번의 마법을 쓰고, 다시 어머니가 잡힌 장소에 잠입하려면 또 한 번의 마법을 써야 한다! 일이 잘못되면 남은 한 번으로 위기를 모면해야 하는데, 자칫 둘 다 목숨을 잃을 수도 있는 일이잖아! 똑똑하다는 마법사가 왜 그걸 생각 못 해?!

위험하기는 하지만 제라로바의 말대로 하면 엄마를 구할 수 있을 것 같긴 했다.

하지만 케라의 말에도 일리는 있다.

납치한 자가 그곳에 아무것도 안 해 두고 엄마만 놔두었을

리 없다.

혹시라도 부비트랩이나 폭탄이 있으면 마법 같은 건 사용하기도 전에 둘 다 모두 죽을 것이다.

"확실히 혼자 하는 생각보단 여러 사람이 하는 게 낫기는 하네요. 그럼 이렇게 합시다."

* * *

누군가 망원경으로 최강을 감시하고 있었다.

그리고 그런 그에게 연락이 왔다.

[최강은 어떻게 하고 있어?]

변조된 음성에 감시자가 답했다.

"호텔로 들어갔습니다. 순순히 말에 따를 것처럼 보입니다."

[한 번 사라지면 찾기 어려운 놈이니까 시선 절대로 떼지 마. 어딜 가든 항상 따라붙고.]

"놈이 장치를 찾으면, 그땐 어떻게 할까요?"

[기회가 되면 직접 장치를 빼앗아도 되지만, 죽이지는 마.]

"네, 알겠습니다."

* * *

"할아버지, 두 사람이 동시에 사라지는 건 안 된다고 했죠."

-그런 마법이야 있지만, 아직 너에겐 불가능하다.

"만약에 쓰면 어떻게 되죠?"

-너의 뇌가 터지겠지.

"그럼 룬은요? 그거로도 안 되는 건가요?"

-이 멍청아! 룬으로 새기는 것이 더 무리를 준다는 걸 몰라?! 그냥도 안 되는 마법을 무슨 수로 룬을 새기겠느냐?

아직은 시도조차 불가능한 마법이란 거다.

안 되면 안 되는 거지 성질은.

내가 오죽 답답하면 이럴까.

"그럼 빼내 오는 건 너무 위험하다는 거고. 일단 작전부터 짭시다."

침대를 보니 엄마 베개에 머리카락이 보였다.

쓰던 물건도 가능하다고 하지만, 신체 일부는 더 잘 찾는다고 했다.

"할아버지, 엄마를 찾아 주세요."

케라가 따져 왔다.

-무슨 짓을 하려고?

"형님, 아무것도 안 할 겁니다. 마법에 횟수 제한이 있다면, 그걸 좀 나눠 쓰려고요. 해서 엄마가 있는 위치부터 미리 알아 두려고 합니다."

오늘은 엄마가 있는 위치만 알아 놓고, 나중에 찾으러 가겠다는 말이다.

내가 말하는 게 무슨 뜻인지 알았는지 케라가 조용했다.

"할아버지, 시작해 주세요."

내 입이 저절로 움직였다.

"라울라 오로코르, 이크나크스……."

그 순간 눈앞에서 수없이 많은 거리들이 오갔다. 빠르게 오가는 도시를 지나 숲속 어딘가까지 시야로 모든 게 들어왔다.

그곳을 본 순간, 마치 하늘 높은 곳으로 떠오른 기분과 함께 그곳의 위치가 정확하게 보였다.

"거기구나!"

빙의로
최강요원

2. 어떤 새끼인지 얼굴 좀 보자

빙의로
최강요원

잠시 뒤, 나는 침착하게 침대에 앉아 생각했다.

"놈들을 안심시키려면 지금은 시키는 대로 하는 척은 해야 한다고 봅니다. 그래야 놈들이 엄마를 위협하지 않을 테니까."

-옳은 말이다.

"그 발라스라는 조직……. 내가 그 장치라는 것까지 훔치면 정말 나를 가만히 안 놔둘 텐데……."

-걱정하지 마라. 우리가 너를 더 강하게 만들 것이다. 그리되면 그들도 너를 건드리는 게 얼마나 큰 실수인지 깨닫게 될 것이야.

이렇게 되면 내가 먼저 그들을 건드리는 꼴이 되니까 그러지.

그리고 그 말은, 앞으로 날더러 편하게 살날은 포기하란 말 아닌가?

"근데 김종기 의원은 발라스의 일원일 텐데, 대체 누가 그 장치라는 걸 원한다는 걸까요?"

카드만 있어서는 그것을 활용할 수 없다는 말이 된다. 신정환에게 자백을 받아낼 때 들었던 그 말처럼 장치가 필요한 모양이다.

카드를 지닌 자.

"혹시 정이한?"

그에게 전화를 걸어 보았다.

"안 받네. 혹시 정이한이 욕심이 생겨서 내게 장치를 가져오라는 건지도 모르는데."

카드만 있어서는 활용이 어렵다는 건, 마찬가지로 장치만 있어서도 활용을 못한다는 것이다.

즉, 카드를 지닌 자가 장치를 원한다는 것이 된다.

그러니 당연히 정이한이 가장 의심스러워지는 것이다.

"엄마는 마치 누군가의 연락을 받고 나오는 사람처럼 자연스럽게 호텔을 빠져나갔어. 스스로 납치범에게로 갔다는 건, 엄마가 잘 아는 사람이라는 게 돼."

생각할수록 정이한에게로 의심이 쏠렸다.

"그가 범인이건 아니건, 엄마의 안전이 최우선이야. 아무래도 김종기 의원을 만나야겠군."

김종기 의원의 집을 찾는 건 어렵지 않았다.

그가 사는 동네로 가면, 주변 아무에게나 물어도 그의 집을 알고 있을 정도다.

유력한 대선 후보.

내년이 대선이어서인지 그의 유명세는 연예인 그 이상이었다.

터덕.

휘익-!

그의 집 주변을 돌다가 카메라를 피해 담을 넘었다.

운동신경이 좋아진 탓인지 높은 담도 넘는 게 쉬웠다.

그런데 안을 살펴보니 어쩐지 너무 조용하다.

"시간이 조금 늦기는 했어도 잘 시간은 아닐 텐데."

불도 꺼져 있고, 안에선 어떠한 인기척도 들려오지 않았다.

투명 마법을 펼칠까 했지만, 굳이 그럴 필요가 없어 보였다.

"캄캄해서 아무것도 안 보이네."

-마법을 펼쳐 주련?

"어둠 속에서도 잘 볼 수 있는 마법도 있을까요?"

어차피 저 집을 뒤져야 한다. 그렇다고 불을 켜고서 찾는 멍청한 짓은 할 수 없었다.

누군가가 오거나 감시를 하고 있다면 금방 들켜 포위되거나 위험이 닥칠 테니까.

-당연히 있지.

"그럼 해 주세요."

곧바로 주문이 흘러나왔다.

"카브라나 아트라투스."

눈앞이 회색으로 보이는가 싶더니, 환하게 밝아졌다.

주변을 둘러보니 낮처럼은 아니어도 구석구석 정말 또렷하게 보였다.

"훗, 훌륭하네요. 혹시 이건 룬을 새길 수 있을까요?"

-이건 가능하다. 간단한 거니까.

룬, 이러다 보면 나도 조만간 온몸이 룬 천지가 되는 게 아닌가 싶다.

하지만 마법의 횟수를 늘리려면 몇 개 정도는 더 있어야 하는 게 아닌가 싶었다.

"아, 근데 말이에요. 나중에 지우는 것도 가능한가요?"

-가능은 하다만, 그건 좀 아플 것이다.

"음……. 편리함을 누린 대가는 치러야겠죠."

문신도 새기는 것보다 지우는 게 더 힘들다지 않던가.

아무래도 룬도 같은 맥락이지 싶었다.

아무튼 지문이 남지 않도록 장갑을 끼고 안으로 숨어들

었다.

집안에 사람이 있나 없나 확인이 먼저다.

그런데 방마다 다 들어가 봐도 사람은 없었다.

"이렇게 아무도 없어도 되는 거야?"

그런데 거실로 나오니 뭔가 코가 아려 왔다.

소독약 냄새.

"이건……."

화장실에나 쓸 법한 강한 소독약 냄새가 왜 거실에서 날까?

간혹 요원들이 그러한 냄새를 맡을 때면 살인 현장일 가능성부터 추측하고는 하던데.

"궁금하긴 한데, 여기서 또 마법을 썼다간 정작 김종기 의원을 만났을 때 심문할 방법이 없을 것 같고. 아쉽네."

지난번 화재가 난 집에서의 과거를 봤던 것처럼, 여기서 무슨 일이 일어났을지 마법으로 살펴보고 싶었다.

그렇지만 김종기 의원을 잡고 장치에 관해 알아낸 후에 도주를 하기까지. 최소한 두 번의 마법 횟수는 남겨 둬야 했다.

케라의 능력이면 어디든 못 빠져나갈 곳이 없겠으나, 몸으로 싸우는 건 정말이지 최후의 수단으로 남겨 둬야 했다.

체력이 한계에 부딪치면 정말로 그땐 아무것도 할 수 없을 테니까.

"일단 집부터 뒤져 보자."

한 시간 후.

정말 샅샅이 뒤졌지만 발견한 게 아무것도 없다.

"그 중요한 물건을 집에 놔뒀을 거라고 생각한 내가 어리석은 걸까요?"

-누구든 숨겨 둔 물건을 찾기 위해선 집부터 뒤질 테니까.

"역시 그렇죠?"

케라가 말해 왔다.

-일단 이곳에서 김종기라는 놈이 올 때까지 기다려 보자.

"네, 그래야겠어요. 만날 수만 있다면, 장치라는 게 어디에 있는지 금방 알아낼 수 있을 테니까."

순순히 말하지는 않겠지만, 마법이라면 그가 아무리 감추고 싶은 것이 있다 해도 술술 말할 수밖에 없을 것이다.

그래서 그가 올 때까지 기다리기로 했다.

* * *

김종기 의원은 이진석이 안내해 준 곳을 둘러봤다.

"음, 괜찮군."

"정이한을 잡을 때까지 당분간은 여기서 지내도록 하시죠."

"그래. 놈이 또 나를 노릴 테니 그 집은 너무 위험하겠지."

"그 집을 너무 오래 비워 두는 것도 이상하게 보일 테지만, 갑자기 경호 인력이 배치되면 사람들이 그걸 더 이상하게 여길 겁니다. 바깥 일로 바빠서 못 들어간다는 핑계가 낫겠죠."

"그래."

"그리고 이혼 기사에 대한 건 내일 바로 나갈 겁니다. 기사 내용은 저희가 알아서 할 테지만, 보도 내용에 관한 건 미리 보여 드릴 것이니 숙지 잘하시기 바랍니다."

김종기 의원은 자신이 정이한 그 한 놈 때문에 쫓겨 다닌다는 것 자체가 매우 불쾌했다.

"그 한 놈 때문에 대체 이게 무슨 짓인지. 그놈, 반드시 잡아. 카드도 꼭 되찾고 말이야."

"그럴 것이지만, 그놈이 보통의 일반인이 아니란 건 감안해 주셔야 합니다. 7과, 아니 국정원 내에서도 에이스 요원으로 통했던 자입니다. 당연히 쉽게 잡힐 리가 없겠죠."

"국정원에서 일이 터졌다는 말은 들었네만. 그럼 신정환 과장은 어찌 되는 건가?"

"수배가 된 모양이지만, 아직 잡히지는 않은 모양입니다. 근데 참 이상한 일이죠. 마츠오카에 이어 신정환까지. 죽을 만큼의 고문에도 순순히 입을 열 자들이 아닐 텐데, 왜 그렇게 쉽게 조직을 배신한 걸까요?"

"흠, 국정원 내의 조직원들이 들킨 것이 그가 다 밝혀서라지?"

"아무튼 이 문제에는 그 최강이란 놈이 연관된 모양인데, 나중에 차차 밝혀내 보겠습니다. 지금 급한 건 정이한이니까요."

"그래, 내 자네만 믿네. 정말이지 이젠 믿을 놈들이 없어. 하나같이 일처리가 이렇게 불안해서야……. 예전엔 안 그랬는데, 어쩌다가 조직이 이 모양이 되었는지 원."

이진석이 가만히 고개를 숙였다.

"그럼 전 이만 가 보겠습니다. 애들한테만 맡겨 두자니, 저 역시도 믿음이 안 가서……."

"그래, 가서 일 보도록 하게."

한편, 정이한은 멀리서 전자망원경으로 이진석이 나가는 것을 지켜보고 있었다.

위험한 걸 알지만, 김종기 의원이 집에 왔다가 이곳으로 자리를 피하기까지 모두 지켜보고 미행을 했던 것이다.

"저 새끼는 뭐야……."

그러고 보니 언젠가 허상훈 과장이 했던 말이 떠올랐다.

[우리 발라스에는 처리반이란 놈들이 있어. 이 실장이란 놈이 그 조직을 움직이는데, 윗분들에게 꽤나 신임이 두텁지. 그만큼 위험한 놈들이란 거니까 너도 조심하도록 해. 그놈과 엮여서 좋은 꼴을 볼 일이 없을 거거든.]

"혹시 저놈이 그 이 실장인가?"

그는 차를 타고 떠났다.

지켜보던 정이한은 김종기 의원이 머무는 집 주변을 쭉 둘러보았다.

곳곳에 배치되어 있는 인원이 상당했다.

카메라도 많은 것이 보안도 무척 철저했다.

"들어가기는 무리일 것 같군. 흠……."

당장은 그를 잡을 방법이 없다는 걸 깨달은 것일까, 그가 뒤로 빠지며 은밀히 몸을 숨겨 갔다.

* * *

호텔에서 눈을 뜬 나는 가만히 천장을 바라봤다.

도대체 왜 자꾸만 내게 이런 일이 일어나는 것일까. 많은 생각이 들었다.

옆을 보니 비어 있는 침대가 보인다.

엄마가 있어야 할 자리.

그런데 엄마가 없다.

엄마를 이런 일에 끌어들이지 않으려고 사직서까지 던진 건데.

여전히 나는 그 일에서 벗어나지 못했고, 엄마는 또 위험에 처하게 되었다.

"엄마, 이 일에 끝이라는 게 있기는 한 걸까?"

나의 정신을 때리는 목소리가 들려왔다.

-나약한 소리 마라. 지금은 그 어느 때보다도 더 분노하고, 더 강해져야 할 때다. 그런 소리나 지껄이고 있을 시간이 어디에 있어!

한소리 듣고 났더니 절로 미소가 지어졌다.

"후후후. 정말이지 짜증이 난단 말이죠."

-뭐?

"형님 말고요. 저의 이 모든 상황이. 형님이나 할아버지가 있는 게 이럴 때 얼마나 큰 힘이 되는지, 아마 모를 겁니다. 없었으면 저 정말 못 버텼을 것 같거든요.

-최강…….

제라로바가 말했다.

-힘내라, 최강아. 여기서 지체하고 있을 시간이 없다.

"압니다."

케라도 말했다.

-가서 발라스든 뭐든 다 부수어 버려라! 우리가 뭐든 도와주마!

"그것도 압니다."

나는 벌떡 일어났다.

"나를 이렇게 만든 그 중심에 있는 그거…… 정말 다 부수어 버릴 겁니다. 어디 한 번 해보자, 그래. 다시 나를 이 일에 끌어들인 것을 반드시 후회하게 해 주마."

나는 탁자 위에 놓인 물건과 머리카락들을 보았다.

전날 새벽 3시까지 기다렸지만, 김종기 의원은 집으로 오지 않았다.

어차피 이렇게 하루 공칠 거라면, 마법의 횟수나 다 소비하자는 생각이 들어 소독약의 이유도 살펴봤다.

그리고 그곳에서 복면을 쓴 누군가가 일가족을 모두 죽이는 장면을 목격하였다.

집이 빈 이유, 그걸 알게 된 것이다.

"애초에 기다리는 행위 자체가 너무 바보 같았던 거지. 진즉에 이랬으면 그런 시간 낭비를 안 해도 되었잖아."

거기에 김종기의 물건과 배수구에 있던 머리카락까지.

그걸 이용해 김종기 의원이 있는 곳까지 알아 둘 수 있었다.

"아무튼 이제 김종기 의원이 어디에 있는지도 알았겠다, 그만 만나면 협상 테이블에는 앉을 수 있다는 건데."

* * *

아침에 출근을 한 최소현은 실종에 대한 것부터 알아봤다.

"아무것도 나온 게 없다고요."

"네, 순찰 도는 차량들 긴급으로 돌려봤지만, 그 호텔 주변도 그렇고, 다른 지역도 그렇고, 그런 사람은 찾을 수가 없었습니다."

"네, 고맙습니다."

최소현은 걱정스러움에 최강에게 전화를 걸었다.

"최강 씨, 저예요? 혹시 어머니 찾으셨는지 해서요."

[아직 못 찾았지만, 그 실종신고 취소해 주셨으면 합니다.]

"아니, 왜요?"

잠시 뒤, 최소현은 커피숍에서 최강을 만났다.

"그게 정말이에요? 정말로 어머니가 납치를 당하셨다고요?"

"네. 범인에게서 연락이 왔고, 요구를 들어주면 풀어 준다고 했습니다."

"미치겠네. 와, 세상 진짜 무섭다. 그래서 뭐가 목적이라는 데요? 최강 씨한테 뭘 시키고 싶다는 건데요?"

최강이 주변을 둘러봤다.

감시의 눈이 있는지 살피기 위함이었다.

"그건 말해 드릴 수가 없네요. 소현 씨까지 이 일에 끼어들게 하고 싶지 않아서요."

"이봐요, 최강 씨. 저 경찰이에요. 이런 일 하라고 이 직업 가지고 있는 거라고요. 납치라면 당연히 제 업무 중에 하나고요. 강력 범죄를 강력반이 안 하면 누가 합니까?"

최강이 그녀를 빤히 쳐다봤다.

"이렇게 적극적으로 도와주시려는 거, 솔직히 저 되게 고맙습니다. 오히려 피해를 줬으면 줬지, 뭘 해 준 것도 없는

데. 미안하기도 하고요. 그래도 이런 말을 해 주는 건, 최소한 소현 씨라면 알아야 하는 게 아닌가 해서입니다."

사건 당일 직접 가서 실종신고도 대신 해 준 그녀.

귀찮을 법도 한 일을 해준 그녀가 최강은 많이 고마웠다.

하지만 거기까지다.

"근데 여기서 더 깊이 아시는 건 안 됩니다. 이번 일이 일전에 국정원 때의 일에 연장이라서. 그래서 말을 해 줄 수가 없습니다. 이해해 주십시오."

최소현은 그와 자신 사이에 법을 넘어서는 보이지 않는 벽이 존재하는 것만 같았다.

그리고 그 벽 너머에 있는 최강은 어딘가 모르게 불안하고 위험해 보였다.

"혹시 당신한테 그 누명을 씌웠다는 조직, 그 조직과 관련된 거예요?"

"소현 씨, 그만. 그만이요. 누가 듣고 있을지도 모릅니다."

"들으라고 해요! 저 안 무섭거든요!"

"제가 무섭습니다."

"네?"

의문을 담아 바라보는 그녀를, 최강이 걱정스러운 시선으로 쳐다봤다.

"이렇게 고마운 소현 씨가 다칠까 봐, 제가 걱정이 된다고요. 그러니까 여기까지만 해 주세요. 부탁합니다. 그리고 일이 해결되면, 그때 다시 연락드리겠습니다."

자리에서 일어나려는 그를 최소현이 붙잡았다.

"잠깐만요! 그래서 그 요구를 들어줄 생각인 거예요?"

"그럼 어쩌겠어요. 그렇게 안 하면 엄마를 찾을 수가 없는데."

"그 일, 위험한 건 아니죠?"

최강은 어색한 미소를 지으며 답했다.

"네, 별거 아닌 일입니다. 걱정하지 않으셔도 됩니다."

최강과 헤어진 최소현은 신고를 취소하며 경찰서를 나왔다.

"별거 아니긴. 그 얼굴에 걱정이 가득하던데. 아~ 그 나쁜 놈들. 대체 강이 씨한테 뭘 시킨 거지? 겨우 컴퓨터나 두드릴 수 있는 사람한테 무슨 가족까지 납치를 해서는 일을 시키냐고. 아주 순해 빠진 사람한테."

그녀는 이대로 있을 수가 없었다.

곧장 강력팀으로 가 윤석준 반장에게 사실을 털어놨다.

당연히 놀라는 윤석준 반장이다.

"뭐? 어제 네가 실종신고 한 게 실종이 아니라 납치였다고?"

"네, 근데 정작 피해자인 최강 씨는 범인들의 요구를 들어줄 생각인 모양이더라고요."

"흠, 그럼 접수는 안 된 사건이겠네."

"그렇긴 하죠."

"그래도 넌 손을 대고 싶으니까 나한테 말하는 거고."

"헤헷, 역시 우리 반장님. 얘기가 빨라."

"내가 너희들 어떻게 움직이는지 하나하나 보고서 써서 올려야 하는 건 알고 있지?"

"그냥 다른 선배들 하는 일에~ 포함시켜 주세요~ 한 번만. 네?"

"그거 그 선배들 실적 빼먹는 짓이란 것도 알고 있는 거고?"

"제가 다른 사건 하나 해결하면! 그거 그대로 전부 넘겨 드린다고 하세요. 그럼 되죠?!"

"속 편한 소리 하고 있다. 그래, 경찰대 나와서 호봉 수만 채우면 알아서 승진이 되니까 상관없다 이거냐? 야, 그래 봐야 그것도 총경까지야. 경무관 이상 오르려면 지금부터라도 착실히 실적 쌓아야 하는 거 몰라? 경찰을 아버지로 둔 네가 그걸 모르……!"

사락!

치켜뜨는 도끼눈에 그가 말문을 닫았다.

"아, 이건 미안. 이 얘기 꺼내는 거 싫어했지."

"그래서 해 줄 거예요, 말 거예요!"

"아우, 성질은……! 알았어, 근데 너 하나는 알아 둬. 무조건 저 떨거지 새끼 꼭 달고 다녀. 그거 안 할 거면 절대로 안 돼!"

김동운이 뒤를 돌아보다가 손가락으로 자신을 가리켰다.

"떨거지? 누구, 나?"

최소현이 고개를 끄덕였다.

"알았어요. 달고 다니면 되잖아요."

그러면서 김동운에게 말하며 밖으로 나갔다.

"뭐하고 있냐, 떨거지! 안 따라오고!"

김동운이 실망한 얼굴로 둘을 번갈아 보더니 최소현을 따라갔다.

"아이, 진짜! 두 분 다……! 너무해요!"

윤석준 반장이 손가락질을 하며 큰 소리를 쳤다.

"너무하긴, 인마! 잘 따라다니면서 지키기나 해! 지 파트너 하나 못 지키는 놈이 무슨 할 말이 있어서는. 아휴, 근데 저 거 또 위험한 일에 끼어드는 건 아닌가, 걱정이네. 그 사람, 국정원이었다면서?"

* * *

나는 케라에게 물었다.

"어땠어요? 누구 따라다니는 사람, 있는 것 같던가요?"

나의 시선이 저절로 여러 반사되는 거울과 창, 자동차의 미러 등으로 빠르게 움직였다.

그러면서 한 사람을 찰나로 잠깐씩 보여 주었다.

-아까 그 여자하고 씁쓸한 차를 마실 때도 있던 놈이었다.

"그건 커피고요. 아메리카노. 이게 처음엔 태운 물 같을지도 모르는데, 또 익숙해지고 나면 나중엔 그 향부터 찾게 될 겁니다. 아무튼 예상대로 누군가가 쫓고 있다 이거죠."

최소현을 굳이 만난 건, 그녀가 여기서 더 관여하여 방해가 될까 봐 그것을 걱정해서다.

물론, 신고를 대신 해 준 건 고맙다.

그렇지만 단순 실종이 아니란 걸 안 시점부터는 자칫 그녀의 관여가 귀찮은 일로 번질 수 있었다.

그리고 그것과 더불어 미행이 붙었는지, 붙었다면 내가 그들의 협박을 심각하게 여기고 그 요구를 들어주려 한다는 것을 보여 주고 싶었다.

"그럼 지금부터 제대로 일을 하는 척을 해 줘야겠네요."

그런데 때마침 그때 전화가 걸려 왔다.

"아, 네. 원장님."

[최 군. 어머니는 찾았는가?]

목소리엔 걱정이 가득했다.

그사이 같이 지내시면서 정이라도 드신 건가.

저녁을 함께하려고 했으면 두 분 다 호감은 가지고 있다고 봐야 하나?

물론, 내가 오버하는 걸 수도 있다.

아무튼 국정원 원장이 이처럼 걱정해 주는 건 다행스러운 일이다.

정말 필요할 때 어쩌면 도움을 한 번쯤 주지 않을까 싶다.

그렇게 쉽게 국정원 인력을 휘두를 분은 아니지만, 마음의 위안으로 삼자.

"네, 연락됐습니다. 친척 중에 사고가 생겨서 급히 나가신 모양입니다. 원장님께는 연락 못 드려서 죄송하다고 전해 달라고 하시네요. 전화를 안 가져가서 연락드릴 길이 없었다고."

[그런가. 그렇다면 다행이고. 그 다친 친척분도 완쾌를 바란다고 전해 드리게.]

"네, 원장님."

거짓말은 어쩔 수 없다.

나를 협박하는 누군가가 국정원이 움직인다는 걸 안다면 엄마를 위협할 것이다.

지금은 최대한 내 선에서 해결해야 했다.

잠시 국민평화당을 기웃거리고, 김종기 의원이 갈 법한 곳을 돌아다녔다.

미행이 여전히 잘 좇아다닌다는 걸 확인한 나는 저녁이 되었을 때쯤, 차를 꺾으며 골목으로 숨어 버렸다. 동시에 차에 새긴 룬을 만지며 투명 마법을 펼치니 미행은 다른 곳으로 빠르게 가 버렸다.

도저히 찾을 수가 없지.

누가 이걸 예상이나 하겠어.

나는 미행을 따돌린 후, 곧장 방향을 틀어 전날 추적 마법으로 찾은 김종기 의원의 거처를 향해 이동했다.

차를 몰아 도착한 곳은 서울과 멀지 않은 곳의 별장이었다.

숲길 한쪽에 차를 세우고 투명하게 만들어 놓았다. 그리고는 숲 위로 올라 별장을 내려다봤다.

"역시 지키는 사람이 많네요."

별장 주변으로는 내부는 물론이고 외부까지 지키는 인력이 상당했다.

-들키면 저들 모두가 너에게 덮쳐들 거다. 신중해야 해.

"오늘은 신중함보단 신속함과 은밀함이 중요할 겁니다. 그 누구도 제가 여길 다녀간 걸 모르게 할 거거든요. 그럼 시작해 주시죠."

솔직히 발라스라는 조직, 알수록 위험한 자들이다.

하기야 국가정보원에 자기 사람들을 수없이 넣어 놓고 차기 대선 후보도 그 조직의 일원이라고 하니 조직의 규모가 어느 정도일지 상상도 되지 않는다.

그런데 그런 조직과 적이 된다고?

웬만해선 서로 신경 쓰지 않는 한도 내에서 살고 싶다.

근데 그런 나를 자꾸 이 일에 끌어들인다?

그렇다면 카드든 장치든 그 원흉을 부수어 버려 주지.

그게 사라져야 더는 이 일에 관여되지 않을 것 같으니까.

투명해진 나는 안으로 감쪽같이 스며들었다.

왈왈!

근데 개가 있다.

"뭐야! 개한테는 보이는 건가?"

-냄새다!

"그럼 어떻게 해요!"

개가 마구 달려온다.

이건 뭐 발로 차 버릴 수도 없고.

-나무 위로 올라가라!

나는 서둘러 나무 위로 팔짝 달라붙었다.

개 짖는 소리에 사람들이 우르르 몰려들고.

보이지는 않을 테지만, 개가 자꾸만 내가 있는 쪽을 향해 짖고 있으니 심장이 쫄깃하다.

아, 뭐냐고!

저리 안 가!

경호원들도 개가 나무에 대고 짖어 대자 살피기 시작했다.

아무것도 못 찾자 그들은 개를 나무랐다.

"이 미친 것들이 대체 뭘 보고 짖는 거야?"

"야, 시끄러우니까 어디 좀 가둬 두든가 해라. 귀 따갑다."

경호원들이 개를 끌고 가서야 겨우 나무에서 내려올 수 있었다.

"십년감수했네."

때마침 그때, 김종기 의원이 나와서 경호원에게 묻는 모습이 보였다.

"무슨 일이야?"

"개들 상태가 좀 이상합니다. 확인해 봤지만 아무것도 없었습니다."

"그래? 제대로 확인한 거 맞아?"

"네, 저희들 전부가 몰려갔지만 아무것도 없었습니다."

"근데 개는 왜 짖고 지랄이야."

"개는 신경 쓰이지 않으시도록 잘 치워 두겠습니다."

"알았어."

다시 안으로 들어가는 김종기 의원을 보며 나는 서둘러 그 뒤를 쫓아 들어갔다.

* * *

정이한은 주변에서 별장을 지켜보다가 우르르 몰려가는 경호원들을 보았다.

무슨 일인지 개들이 마구 짖어 대고 있었다.

뭘까 싶지만 그는 절호의 기회라고 여겼다.

그는 즉시 몸을 날려 담을 넘고는 빠르게 안으로 숨어들었다.

벽 뒤로 몸을 숨기고 있는데, 김종기 의원이 나와서 확인을 하는 모습이 보였다.

그는 가스관을 타고 얼른 방으로 올라 경호원이 보기 전에 몸을 숨겼다.

'김종기, 드디어 잡았다!'

그런데 문을 슬그머니 열고 거실로 나가려 하는데, 갑자기 김종기 의원이 소파에 앉아 있다가 부르르 떠는 게 보였다.

'뭐야, 왜 저래?'

그러더니 혼자 말하기 시작했다.

"장치는 기원에 있어……."

"맞아, 거기……. 바텐더가 그 장치를 보관하고 있어……."

정이한이 눈을 크게 떴다.

'기원이라면 일전에 놈이 신정환을 만났던 거기?'

신정환을 미행하다가 우연히 가게 되었던 기원.

신정환이 김종기 의원과 관계가 있다는 걸 안 것도 그곳에서 나오는 김종기 의원을 목격한 덕이었다.

'장치를 숨겨 둔 곳이 거기였구나!'

그가 왜 혼자서 그러한 사실을 중얼거리는 건지는 알 수 없다.

하지만 장치가 어디에 있는지 아는 이상, 그에게 더는 김종기 의원이 필요치 않았다.

* * *

김종기 의원에게 주소까지 알아낸 나는 별장을 나왔다.

막 그곳을 나오니 저절로 마법이 풀리고 있었다.

마법의 유지 시간은 대략 15분에서 20분.

그날 컨디션에 따라 조금씩 달라지는 것 같지만, 그래도 20분을 넘기진 않았다.

"이제 위치도 알았겠다. 기원에 가서 장치만 찾으면 되겠네요."

어차피 밤은 길었다.

뭐가 급할 게 있나 싶어 천천히 차로 걸어갔고, 그렇게 여유롭게 기원을 향했다.

기원 앞으로 도착하여 그곳을 가만히 지켜보기를 잠시, 마법을 사용한 지 적당한 시간이 되었다고 여긴 나는 천천히 기원으로 다가갔다.

"나튤라 미브로울라."

그런데 반 지하 같은 기원으로 다가갔을 때, 문이 살짝 열려 있는 걸 보게 되었다.

'열려 있네. 왜……'

가만히 들어간 나는 나 말고 누군가 먼저 온 손님이 있나 싶었다.

비밀 공간처럼 보이는 책장이 활짝 열려 있는 거였다.

안쪽을 보니 술집 같은 형태의 공간이 보이긴 했다.

"바텐더가 보관하고 있다더니, 무슨 말인가 했더니 그게 이런 뜻이었구나."

그런데 그곳을 향해 다가가는데 뭔가가 발에 걸렸다.

물컹한 느낌에 걸린 아래를 내려다보니 사람의 팔이었다.

뭐야, 사람이 왜 여기에 쓰러져 있어?

뭔가 불안한 느낌이 스치는 것도 잠시, 나는 얼른 뛰어 들어가 내부를 살폈다.

"엇……!"

나는 놀람에 말이 나오질 않았다.

총을 든 여자 종업원과 남자 종업원이 피를 흘리고 쓰러져 있었다.

그들뿐만이 아니다.

남자 바텐더도 머리에 총알이 박힌 채로 바에 쓰러져 있는 게 보였다.

"왜 이래……! 왜 다들 죽어 있는 거야?"

혹시나 싶어 쓰러져 있는 여자의 맥을 짚어 보았다.

역시 죽어 있다.

그렇지만 이 일이 벌어진 지 얼마 안 된 일이란 걸 알 수 있었다.

그 시신이 생각보다 그렇게 차갑지가 않았기 때문이다.

-시신의 온도로 보아선 최강 네가 도착하기 직전에 일어

난 일이다!

"누가 나보다 선수 쳐서 여길 덮쳤네요. 미치겠네. 대체 그걸 노리는 사람들이 몇이나 된다는 거야?"

케라에 이어 제라로바가 말해 왔다.

-누가 오기 전에 이곳에서 무슨 일이 일어난 거지 환영으로 확인해야 한다!

벌써 여기에 오기까지 마법은 세 번이나 사용했다.

환영 마법을 펼치고 나면 더는 마법을 펼칠 수 없다.

누가 오기 전에 이곳을 나가지 않는다면 이 짓을 벌인 것이 나라고 오해를 살 수도 있었다.

"잠깐만요!"

-아니, 왜?

나는 얼른 마법을 풀고 환영 마법을 펼치려는 제라로바를 말렸다.

"카메라요! 천장을 봐요, 카메라가 있잖아요! 그게 저까지 찍고 있을 건데, 여기서 모습을 보이고 환영 마법을 펼쳤다간 다른 누군가가 볼 지도 모른다고요!"

마음이 급했다.

카메라가 있다면 전산실이 있을 것이다.

그렇지만 술집 내부에서 그런 곳을 찾기란 쉬운 게 아니었다.

어디다가 숨겨 놓은 것인지 곳곳을 두드려 댔다.

그러다가 한쪽에 있는 컴퓨터로부터 이어진 선을 하나 발견, 그 선을 따라가 비밀 공간 하나를 더 찾아낼 수 있었다.

"무슨 비밀 공간이 이렇게 많아? 하긴, 이놈들이 이런 걸 경비업체에 맡겨 놓을 리는 없고. 이런 곳이 당연히 있을 테지."

안으로 들어간 나는 한가하게 그곳에서 영상을 확인하진 않았다.

안 그래도 여길 찾느라 시간도 많이 걸린 상황.

마음이 초조해진 나는 당장에 저장장치를 떼어내어 서둘러 그곳을 빠져나왔다.

끼이이익!

"야, 서둘러!"

"어서 들어가 봐!"

막 그곳을 빠져나오는데 어찌나 많은 차들이 그곳으로 도착하며 많은 사람들이 내리는지.

서둘러 어둠 속으로 간 나는 투명 마법이 펼쳐져 있는 차로 올라 조용히 그곳을 빠져나갔다.

"어우, 이씨. 조금만 늦었어도 들킬 뻔했네."

환영 마법으로 그곳에서 일어난 사건을 살펴보았다면, 필시 그들과 맞닥뜨려 몸싸움을 해야 했을 것이다.

생각만 해도 심장이 쫄깃했다.

순간의 판단이 목숨을 구한 것이다.

　　　　　　　　　　　* * *

　이진석은 표정까지 심각해져서는 기원으로 도착했다.

　뒤늦게 도착한 그는 안으로 들어가며 시신을 확인했다.

　"어떻게 된 거야? 어떤 놈이 이랬어?"

　"안에 있는 카메라 녹화분을 침입한 놈이 다 뜯어 가는 바
람에 알 수가 없습니다."

　이진석이 표정을 찌푸리며 사내를 향해 얼굴을 들이 밀었
다.

　"이 새끼야, 그럼 바깥에 있는 카메라를 살펴서라도 찾아
봐야 할 거 아냐. 방범 카메라든, 블랙박스든 어떤 놈이 이
랬는지 당장 찾아와!"

　"네, 실장님."

　안으로 더 들어서던 그는 속이 터지는 것 같았다.

　"어떻게 된 게 하나하나 명령을 내려야 일들을 하고 말이
야. 한심한 새끼들."

　그런 그에게 양충열이 다가왔다.

　"금고는?"

　"털렸습니다."

　이진석은 무척 암담해하며 한숨을 내쉬었다.

　"후우……. 근래 들어서 조직이 아주 개판이야. 대체 배신
하는 새끼들이 왜 이렇게 많아. 어떻게 여기까지 털리냐고.

야, 충열아."

"네, 실장님."

"이러다가 우리 발라스, 세상천지가 다 알게 되는 것도 시간문제 아니겠냐?"

"어떤 새끼가 이랬는지 당장 찾아내겠습니다."

"정이한 이 새끼 손에 넘어간 거면 진짜 곤란해져. 빨리 찾자. 안 그랬다간 너나 나, 여기에 있는 우리 모두까지 정말 곤란해지니까."

"네, 실장님."

이진석은 얼마 지나지 않아 방범 카메라와 근처에 세워진 차량 블랙박스의 영상을 볼 수 있었다.

검은 옷차림에 복면을 쓴 누군가가 기원에 들어가고, 몇 분 지나지 않아 그곳을 나오는 게 보였다.

어두운 밤에 복면까지 쓴 사람을 찾는 건 불가능했다.

"이 새끼가 타고 온 차량 행적 추적하고 지금 바로 쫓아간다. 담당자한테 실시간으로 연락하라고 해."

"네."

* * *

늦은 밤에 컴퓨터를 이용할 만한 곳을 찾기란 어려웠다.

피시방이야 많겠지만, 가지고 온 장치를 컴퓨터에 연결하는 걸 보면 알바가 가만히 놔둘 리 없다.

하도 부품을 훔치거나 피시방 컴퓨터로 이상한 짓을 하는 사람들이 많으니 바로 신고각인 것이다.

하여 그 누구도 제재하지 않을, 컴퓨터가 딸린 여관을 찾아 들어왔다.

"보자, 이렇게 하면?"

곧 저장장치의 내부로 들어가 그 내용을 확인할 수 있었다.

"됐다!"

내용을 보니 비밀 책장이 열리고 곧바로 총격전이 벌어지는 장면이 나왔다.

침입자는 두 사람을 죽이고 바텐더와 격한 싸움을 벌인 후에 그를 제압하는 것 같았다.

검은 복면.

"이 사람 혹시…… 김종기 의원 집에 갔던 그 사람이 아닐까요?"

-이것만으로는 알 방법이 없겠구나.

제라로바의 말처럼 나도 그렇겠구나 싶었다.

그런데 케라가 말해 왔다.

-동일 인물이 확실하다.

"그걸 어떻게 알아요?"

-사람은 걸을 때나 움직일 때 자신도 모르는 특유의 몸짓

이 있다. 그렇기에 아무리 멀어 얼굴이 보이지 않더라도 그 사람의 몸짓만으로도 내가 아는 사람인지 판별하는 게 가능하지.

"그건 AI가 잡아내는 걸음걸이랑 같은 맥락인 것 같은데……. 그걸 한 번 보고 알아본다고요?"

-그야 관심 있게 봤으니까.

가만 보면 이 사람, 은근히 천재 같다.

죽은 사람의 기억력이 뭐가 이렇게 좋아?

"아무튼 동일 인물이다 이거죠."

곧장 방범관제센터를 해킹하여 기원 주변에 찍힌 카메라들을 역순으로 살펴보려 했다.

근데 누군가가 이미 나보다 먼저 그 정보들을 훑고 있다는 걸 알 수 있었다.

"누가 나보다 먼저 그를 추적하고 있어. 그렇다는 건……."

발라스다.

내가 빠져나갈 때 그곳에 도착한 사람들.

그들이 그곳에서 일을 벌인 사람을 추적하고 있는 게 틀림없었다.

-아까 거기에 왔던 그놈들이 아닐까?

"맞을 겁니다. 그것도 누가 방범관제센터를 해킹하는 게 아니라, 거기서 직접 살펴보고 있는 거네요. 후우, 그 내부에도 발라스 조직원이 있다는 거겠죠."

머리를 긁적인 나는 마음이 급해졌다.

"이래서는 그들보다 늦어."

이미 그들은 움직이고 있다. 거기에 누군가가 방향까지 알려 주고 있다.

지금 당장 고성능 노트북이라도 있다면 비슷하게는 추적할 수 있을 테지만, 그렇게 하더라도 저들보단 한참 늦을 것이다.

운전과 추적을 동시에 하는 건 어려울 테니까.

도착했을 땐 이미 상황이 종료되어 있겠지.

당장 그런 고성능 노트북을 얻는 것도 불가능하고 말이다.

"미치겠네. 어떻게든 저들보다 그를 더 빨리 찾아야 하는데."

마법의 횟수도 이제 겨우 한 번밖에 남지 않았다.

놈들이 장치를 찾고, 그것을 내가 다시 훔친다?

발라스가 다시 장치를 되찾을 때에 도착할 수만 있다면 어쩌면 도박을 시도해 볼 만하다. 그렇지만 지금 나 혼자로서는 그 적기에 그곳에 도착하는 게 불가능했다.

조급해 있는데 케라가 말해 왔다.

-이봐, 늙은이! 혹시 흘린 피로 상대가 어디에 있는지도 찾을 수 있나?

-그야 가능하지. 그것도 그의 일부였을 테니까. 하지만 양이 조금 많아야 할걸?

-최강아! 방금 전에 네가 본 것들을 조금 돌려 봐라! 안에 있는 놈들을 모두 죽인 그놈도 분명 총이란 것에 맞았었어!

다시 영상을 돌려 보니 정말로 그랬다.

"할아버지, 이 정도 피면 가능할까요?"

-흠, 그곳에 다시 가 봐야 알 것 같구나.

"근데 이제 마법은 한 번밖에 못 쓰잖아요. 누가 거길 지키고 있으면, 그땐 어쩌죠?"

케라가 재촉해 왔다.

-지금 그런 걸 따질 시간이 어디에 있어! 당장 움직여!

그래, 그의 말이 맞다.

시간이 없다.

지금 장치를 얻지 못하면 앞으로 그것을 얻기는 더욱 어려워진다.

거기다가 지금쯤이면 그곳이 치워지고 있을지도 모를 일.

그 전에 그곳으로 가지 못한다면 여기서 발라스보다 더 빨리 장치를 추적하기란 불가능했다.

* * *

숲길로 들어선 수많은 차량들이 한쪽 공터에 세워져 불타오르고 있는 차량을 발견했다.

차에서 내린 이진석은 이를 빠득 갈았다.

"이 개새끼가……."

그에게 양충열이 다가와 말했다.

"타는 불길로 보면 불을 지른 지 기껏해야 십여 분 정도일 겁니다. 다른 이동 수단을 이용했든, 산을 타고 사라졌든, 바로 쫓겠습니다."

"찾아. 이 근처를 빠져나간 차량 하며 이동 수단까지 전부다……."

"네."

그나마 알아서 움직여 주는 건 양충열 정도일까.

그는 다른 수하들에게 명령을 내린 후에 사방으로 흩어지며 산을 타기 시작했다.

하지만 이진석은 그렇게 해서 놈을 쫓기란 무척 어렵다는 걸 알았다.

"이 새끼, 도망치는데 아주 이골이 난 놈이야. 그래도 내가 어떻게든 너 잡는다. 잡아 죽일 거다, 이 새끼……."

그들이 그곳에 도착했을 무렵, 오토바이 한 대가 급히 근처 산을 빠져나오고 있었다.

오토바이는 카메라가 없을 농로를 따라 이동했고, 일정 거리까지 이동한 후에 차를 바꿔 타고 그곳을 빠져나가고 있었다.

그 차량은 계속해서 멀어져 인천으로 향했다.

"네, 접니다. 만날 장소를 알려 드릴 테니 그쪽으로 오시죠."

정이한은 복면을 벗으며 전화기에 대고 다시 말했다.

"이제 과장님과 제가 보는 건 이게 마지막일 겁니다."

* * *

기원에 도착하니 그곳을 두 사람이 지키고 정리를 하고 있는 게 보였다.

그들은 이제 막 그곳에 있는 시신을 검은 포에 싸 차량에 싣고 있는 모습이었다.

그사이 몰래 안으로 들어가니 안에는 아무도 없었다.

처리해야 할 사람은 겨우 둘.

"케라 형님?"

-충분해.

다시 들어오는 둘을 가볍게 쓰러뜨렸다.

정말 몇 번 움직이지도 않은 것 같았는데, 대단했다.

"뭔가 힘이 막 엄청나진 것 같은데. 대체 제 몸으로 무슨 훈련을 하시는 거예요?"

-최대한 빨리 힘을 끌어모을 훈련을 하던 중이었지. 근데 이렇게 밤마다 돌아다니니 훈련을 하지 못해 곤욕스럽구나.

"뭔가 어깨도 엄청 빵빵해진 것 같고, 팔도 두꺼워진 것 같긴 한데……."

대체 뭘 하면 사람의 몸이 이렇게 빨리 변화할 수 있을까?

내 몸을 인간 병기로 만들 생각이야 뭐야?

궁금하지만 지금은 중요한 일이 있으니 그건 나중에 다시 생각하기로 하자.

안으로 들어간 나는 정이한이 총을 맞고 피를 흘린 곳으로 다가가 바닥을 보았다.

끈적하게 말라붙은 피가 그곳에 묻어 있었다.

"이거면 충분할까요?"

-충분하다.

"그럼 바로 찾아보죠."

그런데 케라가 막아 왔다.

-잠깐. 근데 굳이 여기서 할 필요가 있을까? 그사이 누가 몰려오기라도 하면 빠져나가기 어려워진다.

남은 횟수는 한 번.

오늘 쓸 수 있는 유일한 마법이다.

마음이 급한 건 사실이지만, 케라의 말처럼 굳이 여기서 할 필요는 없는 일이다.

"그러네요. 일단 여기서 나가죠."

감시의 눈길은 사방에 널려 있다.

게다가 이번엔 투명 마법으로 이곳엘 들어온 것도 아니어서 누가 언제 덮쳐 올지 알 수 없다.

나는 칼로 얼른 그 피를 다 긁어 담아 잘 싸고는 그곳을 빠져나왔다.

그래도 차라도 어두운 곳에 세워 두길 다행이지.

정말 거기에 새겨 둔 룬 마법이 아니었으면, 이 많은 카메라들을 다 어떻게 피하고 다닐지 암담했을 것이다.

기원에서 충분히 멀어졌다고 생각한 나는 한쪽으로 차를 세우고 제라로바에게 부탁했다.

"이제 해 주세요. 발라스보다 놈을 먼저 찾아야 합니다."

곧 내 입에서 주문이 흘러나왔다.

"라울라 오로코르, 이크나크스……."

일전에 엄마를 찾았을 때처럼 수많은 길들이 빠르게 머릿속을 스치고 지나갔다.

쫓고자 하는 이가 어디로 향하는지 이정표도 보였다.

"인천?"

그리고 그가 여관 한 곳으로 들어가는 것이 보이며, 높고 높은 곳에서 그곳의 위치를 보여 주는 것을 마지막으로 환상은 사라졌다.

"어디에 있는지 알았어요. 이 살인자 새끼, 어디 어떤 새끼인지 얼굴 좀 보자."

* * *

인천항이 보이는 여관으로 중년 사내가 주변을 살피며 들어서고 있었다.

주인은 누가 들어오는 소리에 깨어 확인해 보지만 이미 지나가고 아무도 없었다.

잠시 복도의 CCTV로 누가 복도를 걷는 걸 확인하지만, 금방 방으로 들어가는 걸 보며 다시 누워 잠을 청했다.

손님 중에 누군가가 나갔다가 들어오나 싶은 것이다.

허상훈은 방으로 들어간 즉시 총으로 정이한의 머리를 겨누었다.

"뭐야, 나는 여기로 왜 불렀어?"

"돈, 안 필요합니까?"

"뭐?"

"찾았습니다. 장치."

그는 믿지 못하겠는지 다시 물었다.

"정말? 진짜로 그 장치를 찾았다고? 어떻게?"

"하늘이 도왔다고 해 두죠. 아무튼, 이거 받으십시오."

거기엔 계좌와 비밀번호가 쓰여 있었다.

"이게 뭔데?"

"보면 모르십니까? 계좌잖아요. 그거면 정상적인 루트는 아닐지라도 돈을 빼내는 건 쉬울 겁니다. 보안 번호도 적혀 있으니까 거기서부터는 과장님이 알아서 하시죠."

"너 이 새끼, 이거 진짜야? 또 나 엿 먹이는 거 아니지?"

"그만 총 좀 내리시죠. 그럴 거였으면 제가 과장님을 여기로 왜 부릅니까?"

이 정도까지 하는 그를 허상훈 과장은 믿지 않을 수 없었다.

"그래도 마지막엔 의리를 지키겠단 건가? 너도 참 이상한 새끼다."

"그러게요. 나쁜 짓은 참 많이 하고 다니면서도 마음에 걸리는 건 또 왜 그렇게 많은 건지. 관계없는 사람은 참 잘도 죽이는데, 잠깐 알고 지낸 사람은 그게 잘 안 되더란 말이죠."

"미친 놈. 미쳐서 그래, 그거."

"제가 미친 게 과장님한테는 좋은 일이죠. 제가 설마 과장님이 무서워서 그걸 드리겠습니까?"

"얼마나 들었어?"

"5000억."

"후훗."

"이제 만족하십니까?"

"목숨을 걸 만은 했잖아, 이 정도면. 안 그래?"

정이한은 그에게 카드와 장치 모두를 건넸다.

"자, 받으시죠."

"뭐야? 무슨 수작이야?"

"저한테는 이제 필요 없는 물건입니다. 거기서 돈을 더 빼어 쓰시든, 그걸로 발라스와 거래를 하시든, 이제 마음대로 하십시오."

"영악한 새끼. 나를 이용해서 이제 더 이상 발라스가 너를 쫓지 않게 하겠다?"

"그런 셈이죠."

"그런다고 발라스가 너를 안 찾을 것 같아?"

"찾겠죠. 그렇지만 집요하진 않겠죠. 그 정도면 충분히 숨어 다닐 만하다고 생각합니다."

"음……."

허상훈이 총을 만지작거리자 정이한이 웃으며 말했다.

"이상한 생각은 마시고 그거나 가지고 떠나시죠. 설마 제가 대비 같은 것도 안 해 뒀겠습니까?"

정이한이 작은 리모컨 같은 걸 흔들어 댔다.

"펴엉! 후훗."

방 내부에 폭탄이 있다는 걸 알아차렸을까, 허상훈이 황당해했다.

"미친 새끼……."

"후훗, 계속 계실 건가요? 좀 쉬고 싶은데."

"간다, 가. 몸조심하고. 그동안 수고했다."

"후훗, 네."

그런데 허상훈이 막 방문을 열고 나가려는 그때였다.

그곳 앞으로 누군가가 서 있었다.

허상훈이 그를 보며 크게 놀랐다.

"아니, 너는……!"

생각지도 못한 사람의 등장.

그는 바로 최강이었다.

* * *

기껏 쫓아온 여관을 들어오고 복도를 걷는데, 문이 열렸
다.

그곳에 서 있던 허상훈 과장.

나도 놀란 게 사실이다.

"과장님이 왜 여기에 계시죠?"

"최강, 너는 왜 여기에 있어? 혹시 정이한이 불렀나?"

그의 어깨 너머를 보니 정이한도 함께였다.

"정이한 씨……."

그의 어깨를 보니 피가 묻은 게 보였다.

"당신이군요. 김종기 의원 가족들을 모두 죽이고, 기원 사
람들을 죽인 게."

허상훈 과장이 막 손에 지니고 있던 걸 품에 넣고 있었다.

"둘이 무슨 용건이 있는 모양인데, 나는 자리를 피해 주
지."

그것이 카드와 장치란 걸 안 나는 그의 팔을 붙잡았다.

"잠깐만요. 그거 맞죠? 카드, 그리고 장치."

"뭐하는 짓이야?"

"어머니가 납치되셨습니다. 그 장치를 가져오지 않으면 해 친다고 하고요. 그거, 저 주십시오."

"이거 안 놔?"

"죄송하지만, 저는 그게 필요합니다."

허상훈 과장이 갑자기 총을 들어 내 머리에 들이밀었다.

"비켜. 죽고 싶지 않으면."

정이한이 다급히 허상훈 과장을 말리려 했다.

"과장님, 그만하십시오, 그러시면……!"

그 순간, 내 손은 저절로 움직였다.

파바밧!

순식간에 그의 손목을 꺾어 총을 빼앗아 그를 겨누기까지.

1초도 걸리지 않았다.

허상훈 과장도 놀랐는지 커다랗게 변한 눈으로 나를 쳐다 본다.

"뭐야, 너……. 언제 그런 걸……."

정이한은 그렇게 될 걸 알았는지, 한숨을 푹 내쉬었다.

"그러니까 그러면 안 된다니까……."

그는 나의 실력을 알기에 그러면 오히려 다친다는 경고를 해 주고 싶었던 모양이다.

나는 총을 겨누며 말했다.

"카드, 장치. 둘 다 내놓으시죠."

"너 이 새끼……. 죽고 싶어?"

"저희 엄마가 붙잡혀 있다고 했지 않습니까? 그거 안 가져 가면 우리 엄마 죽습니다!"

"너 이 새끼, 다음에 내 눈앞에 띄면 내가 너 죽인다."

이럴 시간이 없었다.

"정이한 씨가 기원에서 장치를 가지고 간 후에 발라스가 내내 뒤를 쫓고 있었습니다. 여기까지 오는 것도 금방일 겁니다. 다 죽을 게 아니면, 빨리 넘겨주시고 여길 피해야 한다고요."

그가 머뭇거리자 총을 겨눈 내 손이 그의 다리를 겨누고 쐈다.

피육!

"커윽! 끄어어억!"

나는 놀라 오른손으로 왼손을 붙잡았다.

"무슨 짓이에요! 총을 쏘면 어떻게 해요!"

-시간이 없는데 언제까지 꾸물댈 것이야! 놈을 죽여서라도 당장 필요한 걸 챙기고 여길 떠나!

케라에 이어 제라로바도 말했다.

-오늘은 더는 마법도 쓸 수가 없다! 여기서 포위되면 네가 위험해! 최강아, 케라의 말을 들어야 해!

놀라서 나온 정이한도, 허상훈도, 혼자 말하고 당황하는 나를 이상하게 쳐다봤다.

그래, 내가 미친놈 같겠지.

그렇지만 지금은 설명할 시간 없거든?

"카드하고 장치, 얼른 내놔요. 빨리!"

"크윽!"

허상훈이 카드와 장치를 꺼내려 하자 정이한이 손을 내밀며 나를 말렸다.

"최강, 사정은 알겠는데, 너 지금 이러면 안 돼. 너까지 이일에 관여되어선 안 된다고!"

"내 말 못 들었어요? 그 카드 안 가져가면 우리 엄마 죽는다니까!"

"어머니를 납치한 게 나나 과장님이 아니란 건 이제 알았을 거 아냐! 그럼 그게 누구겠어?!"

"네?"

"카드에 관해 알고 있으면서도 너를 이용하면 그걸 찾을 수 있을 거라고 믿는 사람을 찾아야 해! 그도 발라스인 게 분명해. 발라스 내에서도 서로 권력을 잡기 위한 암투가 시작된 거야. 이 카드는 그 핵심이고! 카드를 넘겨야 더는 어머니를 잡고 있을 이유가 사라져. 그러니까 허상훈 과장님 그냥 보내 드리자. 그리고 내가 도와줄게. 내가 도울 테니까! 더는 이 일에 개입하지 마. 부탁이다."

나는 총을 정이한에게 겨누었다.

"내가 당신을 어떻게 믿고! 지금까지 연락도 끊고서 사람까지 죽여 가며 장치만 손에 넣으려고 했으면서. 결국 당신도 욕심 때문에 그랬던 거 아냐? 그러다가 일이 꼬이니까, 발라스를 배신하고 다시 국정원 쪽으로 붙은 거잖아! 내 말 틀렸냐고!"

"맞아. 맞는데, 이건 정말 너를 걱정해서 하는 말이야. 그러니까 제발……! 여기서 그만두자. 너의 어머니를 납치한 놈들도 분명, 카드가 다시 발라스로 돌아갔다는 걸 알면 포기할 수밖에 없을 거라고."

"그러다가 우리 엄마 죽으면, 그땐 어떻게 하는데. 발라스가 얌전히 우리 엄마를 살려 두겠냐고!"

"그래서 도와준다고 하잖아……!"

"당신 도움 따윈 필요 없어. 물러서. 당장 물러서라고!"

정이한이 물러나자 나는 허상훈 과장의 품에서 카드와 장치를 챙겼다.

"다신 보지 맙시다. 나를 이런 일에 끌어들인 당신들 둘다……! 다시 봤을 땐 진짜 가만히 안 놔둘 테니까."

정이한이 이상한 눈길로 나를 쳐다봤다.

"너, 진짜……. 너로 인해 쉽게 풀릴 일이 얼마나 꼬이게 되는지 알기는 하는 거야?"

언제는 사전에 계획을 주고받기는 했어?

이제 와서 날더러 그 말들을 믿으라고?

"당신 목적이 뭔지는 나도 모르겠는데. 지금 나한테 가장 중요한 건 우리 엄마뿐이야."

그곳에 둘은 놔둔 나는 시끄러운 소리에 방밖을 나와 보는
사람들을 지나 여관을 빠져나갔다.

* * *

정이한은 허상훈과 함께 여관을 빠져나왔다.

차를 타고 얼마쯤 이동했을까, 허상훈이 그에게 말했다.

"차 세워."

"뭘 어쩌시게요."

"좀 세우라면 세워."

허상훈이 차에서 내려 바다 쪽 계단 아래로 앉았다.

정이한은 그를 이해 못 하겠다는 시선으로 보다가 그의 옆
으로 앉았다.

서로 담배를 주고받는 두 사람.

허상훈이 긴 담배 연기를 뿜어내며 웃었다.

"너의 말대로 그게 있었으면 협상은 해볼 만했을 텐데
……."

"최강 이 멍청한 새끼……."

"후후, 나한테 다 떠넘기고 벗어나려 했을 텐데, 일이 꼬
여서 어떻게 하냐."

"그러게 말입니다."

"그 새끼가 자초한 거야. 그놈이 카드를 가져간 거야 여관

CCTV에 다 찍혔을 거고. 이젠 발라스가 놈을 쫓게 되겠지."

"이제 과장님께선 어쩌실 겁니까?"

"어쩌긴. 그거 넘긴다고 해서 안 쫓을 놈들도 아니지만, 이렇게 된 이상 이대로 도망 다니면서 신분 세탁도 하고 어떻게든 살길을 찾아야지. 그러는 너는?"

"저는 좀 다르게 살아 볼까 합니다."

"너 설마⋯⋯. 대항할 생각이냐?"

"제가 어디까지 할 수 있을지, 저도 모르겠습니다."

"이 새끼⋯⋯. 너 대체 얼마나 챙긴 거야?"

정이한이 자리를 털고 일어났다.

"이제 헤어져야죠."

허상훈도 자리에서 일어났다.

"그래. 이제 서로 갈 길 가자. 죽지 마라, 정이한. 서로 못 보고 살아도 어떻게든 목숨은 부지하자고."

"네, 과장님."

"과장 그만둔 지가 언제인데 아직도 과장이래. 나 간다."

"왜요, 가시는 곳까지 태워 드릴 건데."

"됐다. 이대로 갈란다."

정이한은 파도 소리와 함께 어둠속으로 사라져 가는 허상훈을 가만히 쳐다봤다.

앞으로도 그는 어둠과 그늘에 묻혀 스스로를 감추며 살아갈 것이다.

그 고독함과 외로움을 온전히 지니고 살아가는 게 가능하긴 할까.

자신은 그와는 다른 미래를 살기를 바랐지만, 사람 일이 마음대로 되진 않을 것이기에 입 안이 쓰다.

이내 차에 오른 그는 바다를 등지고 빠르게 달렸다.

여전히 최강만 생각하면 마음에 걸리지만, 더는 자신이 할 수 있는 게 없기에 계속 달리는 것만이 유일한 길이었다.

* * *

이진석은 활활 타오르는 여관을 보며 난감한 표정을 머금었다.

"가는 곳마다 뭐가 이렇게 전부 활활 타 버리는지. 아주 속이 타들어 가는군."

곧 그에게 양충열이 다가왔다.

"어떻게 됐어?"

"근처에 CCTV도 별로 없고, 여관 주인도 누가 이랬는지 아는 게 아무것도 없답니다."

그런데 수하 하나가 다가와 이런 말을 했다.

"실장님, 저기 여관 손님 하나가 말하는데, 복도에서 누가 싸우는 걸 봤다고 합니다."

"싸워?"

"세 사람이 복도에 나와 싸웠는데, 무슨 카드 어쩌고 말을 하더랍니다."

"세 놈이라고……."

자료는 시간이 지날수록 계속해서 모여들었다.

"실장님, 여기 이걸 좀 보십시오. 국정원 7과 과장이었던 허상훈입니다."

"이게 어디야?"

"저쪽에 있는 사거리라고 합니다."

"그럼 셋 중 하나는 그놈이란 거고. 나머지 둘은?"

"아직 확인은 안 됩니다만, 하나는 정이한이 아닐까요? 카드를 가지고 있는 놈이면 그놈뿐이니까요."

이진석도 같은 생각인지 고개를 끄덕였다.

"그럴 수 있지. 그럼 나머지 한 놈이 문제인 건데. 대체 어떤 놈이 카드와 장치를 가지고 있다는 거야……."

지금까지는 한 놈만 보고 추적 중이었으나, 셋이 있었다고 하니 한 놈이 계획한 건 아니라는 뜻이다.

문제는 그 셋이 흩어졌다면 지금까지 해 온 것보다 더 광범위한 감시와 수색이 필요하다는 거였다.

일이 보다 어려워진 것이다.

양충열이 말했다.

"끝까지 추적해서 어떻게든 잡고 말겠습니다."

"이 주변 일대 카메라는 전부 뒤지라고 하고, 허상훈하고

정이한을 집중적으로 찾으라고 해."

"네."

* * *

멀리서 불길을 확인한 나는 괜히 불안한 마음이 들었다.

"누가 다치진 않았겠죠? 나름 소리를 지른다고 질러 댔는데."

-아주 불이 났다고 목이 쉬도록 외치더구나.

"저 때문에 누가 죽는 건 바라지 않으니까요."

케라가 물었다.

-근데 왜 다시 돌아가서 불을 지른 거지?

"복도에 카메라가 있어서요. 제가 카드와 장치를 가져가는 게 찍혔을 텐데, 발라스가 곧장 저만 쫓아오면 어떻게 합니까."

-하지만 놈들은 너의 차를 추적할 방법이 없을 텐데?

"그러니 오히려 정이한이나 허상훈을 쫓아가겠죠. 그사이전 엄마를 구하면 됩니다."

-호오, 그렇군. 그들을 미끼로 던지기 위해 불을 지른 거로군.

"저 두 사람의 욕심으로 죽은 사람이 수없이 많아요. 그정도 벌은 받아야 마땅하다고 봅니다."

쫓기다가 죽거나 말거나.

더는 신경 쓰지 않기로 했다.

김종기 의원이 아무리 발라스이고 악인이라 할지라도 그의 가족인 애들까지 죽인 건 너무 잔혹했다.

그리고 저들로 인해 죽은 7과 사람들까지.

그것만 하더라도 조금도 연민을 가질 필요도 없는 자들이었다.

"이제 하루 쉬고, 엄마를 찾으러 가도록 하죠."

다음 날.

다시 호텔로 돌아온 나는 뭔가 축축해진 느낌으로 잠에서 깨었다.

"뭐야, 내 복장이 왜 이래?"

-따듯한 물에 씻었더니 기분이 좋구나.

"아, 네……."

막 훈련을 마치고 씻고 나왔을 때 내가 깬 거구나 싶었다.

그런데 막 목욕 가운을 벗고 옷을 갈아입으려고 하는데, 온몸이 놀랍도록 빵빵한 느낌이 들었다.

거울을 보니 역시 몸이 장난이 아니다.

예전의 근육 하나 없던 빈약한 몸이 아니었다.

어깨는 돌을 집어넣은 것처럼 뭔가가 들어가 있는 것 같고, 가슴 근육은 찢어질 듯 탄탄해 보였다.

거기에 배의 왕 자 근육까지.

살아생전 가져 보지 못했던 게 거울에 비추어져 있었다.

"와우……. 꼭 보디빌더가 된 느낌이네. 허……!"

-보디빌더?

"근육만 엄청 키우는 사람들이 있거든요."

-아? 이곳 건물 밑으로 갔더니 그런 사람들이 운동하는 시설이 있더구나. 안 그래도 오늘 훈련은 거기서 했는데.

"사람들이 보는 앞에서 훈련을 했다고요?"

-후훗, 그들이 나의 훈련에 많이 놀라기는 했지.

"저기 말이죠. 시선을 끄는 행위는 자제했으면 싶은데요. 요즘은 핸드폰으로 한 번 찍으면 세상 전체로 퍼져 나가는 시대라서요. 그렇게 되면 진짜 곤란하단 말이죠."

-나는 누구처럼 그렇게 생각 없이 다른 사람한테 마법을 쓰거나 하진 않아.

-그 누군가가 설마 나를 말하는 것이냐?

-당신 말고 여기서 마법 쓸 줄 아는 사람이 누가 있나?

아무래도 지난번 대포차를 빼앗을 때의 일을 얘기하는 모양이다.

그래, 그땐 진짜 당혹스럽기는 했지.

제라로바가 갑자기 그 세 명을 땅에 묻어 버렸으니까.

그놈들이 어디 가서 그런 얘기를 하기라도 했다면 정말 곤란해질 일이다.

하지만 나는 그때 케라가 그들을 죽이지 않아서 그게 더 다행이다 싶었다.

살인 행위.

그런 걸 내 몸으로 했다간, 세상 사람들에게 살인마로 낙인찍히는 건 순식간일 것이다.

다른 누군가를 죽인다니, 생각만 해도 끔찍했다.

그런데 갑자기 뭔가 이상한 변화를 느꼈다.

"으음?"

머릿속에서 두 사람이 마구 싸우고 있지만, 크게 두통이 생기거나 하지 않았다.

시끄럽고 정신 사납기는 해도, 뭔가 많은 저항이 생긴 모양이다.

"두통이 사라진 건 다행이라고 해야 하나."

-두통? 아, 그거는 아마도 내 덕분일 거다.

나는 무슨 말인가 싶어 제라로바에게 물었다.

"할아버지 덕분이라니요?"

-케라에게 나에게도 훈련의 시간을 할애해 달라고 했거든.

"마법에도 무슨 훈련 같은 게 있습니까?"

-당연히 있지! 명상과 집중력 훈련을 통해 보다 마법을 자연스럽게 펼칠 수 있거든! 아무리 마법에 재능이 없는 너라지만, 최고의 마법사인 이 몸이 손을 본다면 금방 내 수준으로까지 끌어올릴 수 있을 거다.

"그럼 마법의 횟수도 점점 더 늘어나겠네요."

-그렇지!

아무래도 난 내가 느끼지 못하는 사이 이 둘로 인해 무척 강해지고 있는 듯했다.

무엇보다 마법의 횟수가 늘어난다는 것은 환영하는 바였다.

그 대단한 활용을 필요할 때 못 쓰는 상황일 때에는 너무 답답했기 때문이다.

"나도 이젠 마법이란 것에 친숙해진 거려나."

처음엔 놀랍고 신기하기만 했지만, 지금은 없어선 안 될 능력처럼 느껴지고 있었다.

이런 편리함에 정말 이렇게 적응이 되어도 괜찮은 걸까…….

* * *

최소현은 아침부터 최강이 머무는 호텔 앞에 와 있었다.

한쪽에 주차를 하고서 최강이 어디로 이동하는지 그것을 지켜보기 위함이다.

"선배, 진짜로 그 사람을 미행할 생각이에요?"

"그럼 혼자 위험 속으로 뛰어들려는 사람을 가만히 놔둬?"

"이거 뭔가 또 국정원들이나 국제 범죄자들이 연관된 일은 아니겠죠? 저희 손 밖의 일이면 어쩌냐고요?"

"어쨌거나 우린 시민의 안전을 지키는 경찰 아니냐. 대한 민국에서 버젓이 납치가 일어났고, 그 피해자는 어머니가 다 칠까 봐 납치범들이 시키는 거를 뭐든 하려고 해. 그걸 뻔히 아는데 아무것도 안 하고 있을 순 없잖아, 경찰이 되어서."

"선배, 혹시 말이에요. 그 사람 좋아하거나 뭐 그래서 이 러는 건 아니죠?"

최소현이 김동운의 뒤통수를 후려쳤다.

퍽!

"쿠억!"

"내가 누구 쉽게 좋아하고 그럴 사람으로 보이냐?"

"아야야. 그렇죠. 이런 선배를 누가 좋아하겠어요."

"뭐? 이게 말을 이상하게 하네. 내가 어디가 어때서?"

"늘 폭력적이고, 거칠고. 여성미가 없잖아요, 여성미가."

"아하~ 이게 또 사람 도발하네. 야, 너 내가 여성미 한 번 보여 줘? 이 얼굴에, 이 몸매에 옷 갖춰 입으면 진짜 남자들 눈알 돌아간다. 그걸 몰라?"

"아우, 저는 그 눈 다른 사람한테 팔겠습니다."

퍼억!

욱해 버린 최소현의 구타가 시작되었다.

"눈을 팔아? 그러지 말고 오늘 아주 파 버리자. 응? 일로 와!"

"아우, 선배! 잘못했어요! 아프다고요!"

"아프라고 때리지 그럼! 이 새끼가 요즘 풀어났더니 아주 막 기어올라."

마구 흔들리는 차를 누군가가 두드렸다.

똑똑똑.

누군가 싶어 밖을 보던 김동운이 깜짝 놀랐다.

"허억! 최, 최강 씨 아니에요?!"

김소현도 많이 당황한 눈치다.

그녀는 얼굴을 찌푸려 보이더니 애써 미소를 장착하며 창문을 열었다.

"어머, 최강 씨? 여긴 어쩐 일이에요?"

"그건 제가 하고 싶은 말인데요. 혹시 여기 계신 건 저를 감시하기 위한 목적이신가요?"

"아, 아뇨! 저희는 그냥 다른 범인 잡으려고 잠복 중이었는데. 이렇게 우연히 최강 씨를 보게 되네요. 헤헤, 헤헤헤."

"아~ 네. 그럼 제가 괜히 방해를 한 거겠네요. 잠복 계속하시죠."

최강이 물러나자 최소현은 얼른 차에서 내렸다.

"근데요, 최강 씨!"

"네?"

"어머니 일은 아직 해결이 안 된 건가요?"

"아마도 오늘이면, 잘 해결이 될 걸로 생각됩니다. 그러니 걱정하지 않아도 되요."

"그래요? 정말요?"

"네. 어머니를 안전한 곳에 모시고 나면 그때 다시 연락드리죠. 그 전까진 어딜 가나 마음이 편치 않을 것 같아서요."

"아, 네……."

* * *

나는 차를 타고 도심을 달리다가 한 빌딩의 지하 주차장으로 내려왔다.

그리고는 차를 투명하게 만든 후에 상황을 지켜봤다.

그러자 차 두 대가 내 앞을 돌며 서성이는 게 보였다.

한 대는 최소현이 탄 차이고, 다른 한 대는 나를 미행하던 차였다.

-저 여자, 다른 범인을 잡으러 왔다고 하더니 쫓는 대상이 너였던 모양이구나.

"그 마음이 고맙긴 하지만, 그 참견이 곤란한 것도 좀 알아주었으면 싶은데 말이죠."

제라로바에 이어 케라가 말해 왔다.

-어쨌거나 둘 다 따돌려야 할 게 아니냐?

"그래야죠. 지금부터 엄마를 구할 생각인데, 방해가 되면 곤란하죠."

카드와 장치.

그것은 정말 최후의 수단이었다.

엄마를 구하려는 행위가 들키거나 엄마가 위험에 놓였을 때에는 그것만이 유일한 협상 카드가 된다.

물론, 그걸 준다고 해서 놈들이 엄마와 나를 살려 둘 거라는 기대 같은 건 없다.

이 상황들이 정말로 정이한이 말한 것처럼 발라스 내의 권력 다툼 때문이라면, 그들이 누구건 결코 우리를 살려 두지 않을 것이다.

그 누구도 자신들이 카드를 지녔다는 걸 알리고 싶지 않을 테니까.

그런데 한참을 차를 타고 이동 중에 나는 이런 생각이 들었다.

"흠, 자꾸만 정이한이 한 말이 거슬리네. 누군가가 나의 능력을 아니까 이런 일을 시키는 게 아니냐고 했었는데."

제라로바가 말했다.

-너의 능력을 아는 사람들이라면 너에게 당한 놈들도 있을 테지만, 그 국정원이란 곳의 간부들도 있지 않느냐?

"원장님과 차장님이야 워낙 좋은 분들이니까 용의선상에 둘 필요는 없다고 봅니다. 아마도 도망친 신정환이 유력하지 않을까 싶긴 한데요."

-아, 그놈! 하긴 너에게 당한 것이 있고, 그렇게 잡으려고 해도 못 잡았던 경험이 있으니 너를 이용하려 들 법도 하겠

구나.

"제가 얼마나 잘 싸우는지도 그 폐차장에서 다 지켜봤던 놈입니다. 그 외에도 발라스 내에서 누가 제 능력을 크게 보고 있을지 잘은 모르겠지만, 딱히 더 생각나는 사람은 없네요."

처음엔 정이한을 의심했다.

카드를 가지고 있는 그가 장치를 가장 원할 거라는 생각에.

하지만 알고 보니 그도 나와 마찬가지로 장치를 찾고 있던 중이었다.

그와 함께 만난 허상훈도 엄마에 관해선 전혀 모르는 눈치였다.

물론 정이한이 나를 이용하면서도 자신 역시 따로 움직인 것일 수도 있지만, 정이한이 했던 말을 떠올리면 그가 한 일은 아닌 것 같았다.

["카드에 관해 알고 있으면서도 너를 이용하면 그걸 찾을 수 있을 거라고 믿는 사람을 찾아야 해! 그도 발라스인 게 분명해. 발라스 내에서도 서로 권력을 잡기 위한 암투가 시작된 거야. 이 카드는 그 핵심이고! 카드를 넘겨야 더는 어머니를 잡고 있을 이유가 사라져. 그러니까 허상훈 과장님 그냥 보내 드리자. 그리고 내가 도와줄게. 내가 도울 테니까! 더는 이 일에 개입하지 마. 부탁이다."]

"정이한. 정말 모를 사람이야. 그렇게 사람을 가차 없이 죽이는 사람이, 왜 내게는 그렇게 걱정되는 투로 말을 했을까. 엄마와 지내면서 그동안 정이 들어서?"

다른 사람의 마음을 무슨 수로 짐작할까.

아무튼 더는 볼일이 없는 사람이다. 보고 싶지도 않고.

그에 관한 생각은 여기서 접기로 했다.

차로 한참을 달린 끝에 이틀 전에 환영에서 보았던 장소 근처에 도착할 수 있었다.

그곳은 마을 조금 위쪽에 있는 버려진 병원이었다.

하필이면 으스스한 이런 곳을 고르다니.

밤에 오는 거였으면 오싹해서 한 걸음도 못 들여놓았을지도 모르겠다.

"장소 참 잘도 골랐네. 누가 이런 곳을 오겠냐고. 어우, 씨. 낮에 봐도 무서워."

—왜, 귀신이라도 볼까 봐 무서운 것이냐?

"제가 또 그런 거에는 아주 자지러지거든요."

—하여간 겁은 많아가지고.

주변을 살피다가 안으로 들어가려는 나에게 케라가 말해 왔다.

—바로 들어가려고?

"왜요, 무슨 문제라도 있나요?"

—그사이 장소를 옮겼을지도 몰라서. 어쩌면 이런 걸 대비

해서 함정을 잔뜩 깔아 놨을지도 모르고.

함정.

있다면 뭐가 있을까?

발라스 정도 되는 조직이면 수많은 첨단 장비를 이용할 거라고 본다.

움직임 감지는 물론이고, 열 감지 같은 감시 카메라 같은.

"할아버지, 혹시 투명 마법이 열 감지에는 걸릴까요?"

-열 감지?

아차, 이렇게 말해서야 알아들을 리가 없지.

"그러니까 기계로 온도를 색으로 표현하고 감지하는 그런 건데……."

-뭘 말하는지는 모르겠다만, 그 마법은 눈에만 안 보이는 것이지 존재 자체를 왜곡시키는 것은 아니다. 추가적으로 그림자까진 지우겠지만, 세상에 없도록 만들 순 없는 거지.

"들킬 수 있다는 걸로 들리네요."

케라가 걱정스러워했다.

-조심해라. 어쩐지 불안한 장소구나.

"그렇다고 여기서 시간을 끌면서 계속 지켜만 볼 수는 없어요. 들어가겠습니다. 두 분도 제가 놓치는 게 있는지 잘 살펴 주세요."

잠시 후, 투명 마법을 펼친 후에 안으로 조심스럽게 들어갔다.

그런데 입구부터 들어서는데, 케라가 경고를 해 왔다.

-다리, 조심!

움찔하며 겨우 자세를 잡던 나는 발밑으로 가느다란 실이 있는 걸 볼 수 있었다.

가만히 보니 부비트랩 같은 건 아니다.

양쪽 끝을 보니 실이 끊어질 경우 다른 쪽으로 무게가 달린 것이 떨어져 침입자의 존재를 파악할 수 있게 만들어 놓은 것 같았다.

정말 실 하나와 깡통 하나면 설치할 수 있는 간단한 침입자 감지 수법이다.

근데 이건 너무 옛날 방식 아닌가?

"뭐 이런 걸 설치해 났어. 레이저를 이용한 핸드폰 알람 같은 걸 생각하고 있었는데."

첨단 설비가 설치되어 있을 거라고 생각한 내가 다 부끄러워진다.

아무튼 방비는 해 둔 것 같으니 조심은 하자.

또 뭐가 있을지 모르니까.

2층쯤 올라 양옆을 살필 때, 사람 목소리가 들려왔다.

슬그머니 보니 두 사람이 카드 게임을 하는 것 같았다.

그리고 막 복도로 사람 하나가 걸어 다니며 밖을 살피는 걸 볼 수 있었다.

하나같이 총을 들고 있어 그 위험은 매우 커 보였다.

'감시는 셋뿐인 건가?'

엄마가 잡혀 있는 곳이 3층인 걸로 보았던 나는 그들 몰래 다시 계단 한 층을 더 올랐다.

근데 그곳에도 사람 하나가 의자를 두고 앉아 있는 게 보였다.

'이놈들 하나같이 소총을 들고 있네. 와, 여기 진짜 대한민국 맞아?'

저런 거 한 번 갈겨지면 진짜 온몸이 총알구멍 되는 건 순식간일 것이다.

조심, 또 조심하자.

앉아 있는 사내의 앞을 지나가는데 어찌나 간이 쪼그라드는지.

잠시였지만 숨도 참은 것 같았다.

"후우……."

잠시 후, 복도 끝으로 간 나는 그곳 안쪽에 묶인 채 누워 있는 엄마를 볼 수 있었다.

'찾았다!'

다행히 숨도 쉬고, 피를 흘리거나 하는 것 같지는 않았다.

엄마가 무사한 걸 보니 마음이 한결 놓였다.

기다려요, 엄마!

내가 곧 구해 줄게!

하지만 안쪽에도 여자 하나가 의자에 앉아 핸드폰을 보고 있었다.

가로막고 있는 문을 살짝 살펴보니 열릴 때 그 소리가 제법 크게 들릴 것 같았다.

엄마를 되찾고 나서도 약간의 시간이 필요했던 나에겐 어떻게 문을 열고 여자를 처리하고, 다른 사람이 오기까지 시간을 버는지가 문제였다.

손바닥의 마법이 있다고 하지만, 아직 총알 같은 걸 막을 수 있다고 장담할 수는 없었다.

제라로바가 한다면 가능할 테지만, 위험은 최대한 피하고 싶었다.

'어떻게 한다.'

시간은 계속 흐른다.

마법의 유지 시간도 점점 짧아지고 있는데.

언제까지 생각만 하고 있을 순 없다.

그런데 때마침 2층에서 사람이 올라오고 있었다.

"어이, 뭐라도 좀 먹어야지?"

"여긴 내가 지키고 있을 테니까, 소진이나 데려가."

"그래? 알았어."

사내가 다가와 문을 열었다.

끼르르르륵!

여닫이문이 열리는데 뭐가 이렇게 시끄러운지.

안 열기 잘했단 생각이 들었다.

"소진아, 밥 먹자."

"아줌마는요?"

"우리부터 먹고, 두석이 교대할 때 가져다 주면 되지."

"그래요, 그럼."

여자는 나가면서 말했다.

"근데요, 우리 언제까지 여기에 있어야 한데요?"

"그 새끼가 물건을 잘 가져와 봐야 알지 않겠냐? 왜, 지겨
워?"

"당연히 지겹죠. 화장실은 또 얼마나 냄새가 많이 난다고
요."

"물이 나오는 걸 다행으로 알아라. 큭큭."

끼르르르륵.

문이 닫히기 전에 겨우 들어온 나는 그들 발걸음이 멀어질
때까지 기다렸다.

그런데 갑자기 엄마가 몸을 일으키더니 한숨을 내쉰다.

저들에게서 내 얘기가 나오고 나니 걱정이 되는 모양이다.

"엄마."

엄마가 놀라 눈을 크게 뜰 때, 내 모습이 서서히 나타났다.

엄마의 눈은 더욱 커졌다.

"가, 강……!"

나는 얼른 엄마의 입부터 틀어막았다.

"그러다가 들키면 우리 둘 다 곤란해진다고요. 쉬잇, 조용

히요. 알았죠?"

손을 때자 엄마가 와락 안겨 왔다.

"아이고, 강아. 어디 다친 곳은 없어? 몸은 괜찮은 거야? 저놈들이 너한테 이상한 걸 시켰다던데, 혹시 나쁜 짓 같은 거 하고 그런 건 아니지? 그렇지?"

"납치당한 건 엄마면서 나를 걱정하면 어쩌자는 거야. 몸은?"

"엄마는 괜찮아. 저놈들이 그래도 먹는 건 잘 챙겨 주더라."

"손 내밀어 봐요. 풀어 줄게."

나는 엄마의 손발을 풀어 주고 자세히 설명했다.

"엄마. 지금부터 내 얘기 잘 들어요. 우리가 여기서 들키지 않고 나가려면 내가 시키는 대로 해야 해요. 알았죠?"

"밖에서 몇 놈이나 지키고 있는데, 무사히 나갈 수 있을까?"

"훗, 나만 믿어요. 그럼 아무 일도 안 일어날 거니까."

빙의로
최강요원

3. 전부 이것 때문이에요

빙의로
최강요원

김소진은 밥을 먹고 올라오다가 사내에게 말했다.

"선배, 식사하러 가세요."

"그래, 알았다. 날도 추운데 하루 종일 앉아 있으려니까 이것도 못 할 짓이다."

복도를 걸어 끝 방으로 다가온 그녀.

그런데 그녀가 막 내려가려던 사내에게 소리쳤다.

"선배!"

"어? 왜?"

"어떻게 된 거예요? 아줌마가 없잖아요!"

"뭐!"

놀란 사내가 다가와 방을 확인했다. 그 역시도 아무도 없는 걸 보며 당혹스러워했다.

"뭐야……! 문 열리는 소리도 안 들렸는데, 어딜 간 거냐고?!"

"혹시 죽은 거 아니에요?"

"아니야, 인마!"

"아니, 그럼 묶여 있는 아줌마가 어딜 가냐고요!"

"야, 이씨……! 큰일 났다! 얼른 찾아야 해!"

사내는 복도를 달려가 아래로 소리쳤다.

"야, 아줌마 찾아! 아줌마가 사라졌어!"

"뭐!"

건물 안에 있던 이들이 서둘러 건물 밖으로 뛰쳐나갔다.

"아줌마가 사라졌다니, 대체 그게 무슨 말이야?"

"사라졌으니까 사라졌다고 하지! 야, 소진아. 너는 건물 안을 뒤져봐라. 우리가 밖을 뒤질 테니까!"

"네, 선배!"

"못 찾으면 우리 죽는다! 빨리 찾아!"

최강과 최정순은 밖으로 나간 게 아니었다.

둘은 여전히 그 방 안에 있었다.

눈에만 보이지 않을 뿐이다.

그들은 모를 것이다. 최강이 최정순의 손 위에 룬을 새기고, 제라로바가 대신 주문을 외어 주어 투명 마법을 펼칠 수 있게 했다는 것을.

제라로바는 분명 다른 이까지 투명하게 만들어 주는 건 어렵다고 했다.

환상 계열 마법으로 그런 마법이 있지만, 고차원의 것이어서 아직 최강에겐 무리라고 했다.

하지만 최정순의 몸에 룬을 새긴다면 얘기는 달라진다.

집을 사라지게 했듯이 최정순의 몸에 룬을 새기고 사라지게 만든다면 그녀도 눈에 보이지 않게 만들 수 있는 것이다.

단점이 있다면 최강도 그녀를 볼 수 없고, 룬을 지워야 다시 본래대로 돌아갈 수 있다는 것이지만, 최강이 그녀의 손을 꼭 붙잡고 있을 것이기에 상관없었다.

"자, 이제 나가요. 걸을 때 문턱을 조심하시고요."

열린 문으로 나가고 차를 숨겨 놓은 곳까지 도착했을 때쯤 최강의 마법이 저절로 풀렸다.

최정순의 손을 끝까지 놓지 않은 최강은 조수석 문을 잘 찾아 그녀를 잘 태운 후에 차를 끌고 조용히 그곳에서 사라졌다.

두 사람이 사라진 후, 한 중년인이 전화를 받았다.

"뭐……! 그 여자가 사라졌다고!"

[정말 감쪽같이 사라져서 저희도 어찌 된 일인지 모르겠습니다. 지금도 찾고 있는데, 어디로 갔는지 아무리 찾아도 보이지가 않습니다!]

"최강, 그놈이 다녀간 거야. 그러게 조심하라고 했잖아! 빌어먹을, 어떻게든 찾아!"

흥분하여 전화를 끊는 중년인.

그는 다름 아닌, 국가정보원 원장인 신우범이었다.

그리고 그의 앞으로는 기조실장 박명훈이 있었다.

"아무래도 최강이 어머니를 구해 간 모양이군요."

"후우……. 그런 모양이야. 그래서 그렇게 조심하라고 일러두었거늘. 멍청한 놈들."

"지난번에 여길 탈출할 때도 그러더니…… 어딘가를 숨어들고 도망치는 데에는 정말 탁월한 능력을 지닌 것 같습니다. 해킹으로 특채로 들어온 보통의 사무직원이 그 정도의 능력을 지녔다는 게 좀 아이러니하지만 말입니다."

"그러게 말이야. 현장요원도 아닌데 어떻게 그럴 수가 있는 건지, 원."

"현장요원들이 몇 년간 특수부대 정도의 훈련을 받는다고 한다면, 사무직 직원이나 마찬가지인 정보요원은 그 정도의 훈련을 받지 않습니다. 거기에 최강 녀석은 해킹 능력만으로 채용된 특채이니 거의 기초 훈련과 보안 수칙 교육만 받았고요. 평소 뭔가 따로 훈련이라도 하고 있었던 건 아닌지…… 아무튼 그런 능력을 지니고도 지금까지 평범하게 살아왔다는 게 신기합니다."

공익이 특수부대 요원들보다 뛰어나다는 것이니, 그들 관점에선 이해가 안 되는 부분이었다.

　그리고 신우범은 최강이 자신들이 머물던 곳에 마법을 펼쳤던 것도 알지 못했다.

　숨어 있는 동안은 절대로 밖으로 나온 적이 없었기 때문이다.

　신우범이 집을 나설 때에는 룬을 지워 둔 상태여서 그들은 자신들이 머물던 집에 어떤 일이 있었는지조차 알지 못했다.

　그걸 아는 건 오직 정이한뿐이었다.

　하여 그들은 최강이 신출귀몰하고 잘 싸운다는 것 외에는 아는 바가 없었다. 단지 그 능력이 보통이 아니다 하는 것만 아는 거였다.

　"최강이 그 능력을 장치를 찾는 일에 써 줬으면 했는데. 아쉬움이 많군."

　"이제 어쩌실 생각이십니까?"

　"어쩔 수 없이 정이한을 구슬려 카드와 장치를 모두 가져오게 만들어야지."

　"김종기 의원도 가만히 두시면 안 될 텐데요. 그걸 얻고 나시면 그를 없애 장악력을 키우셔야 합니다."

　"카드와 장치를 가지는 사람에게 힘이 쏠리는 건 당연한 거겠지. 일단 그것을 얻는 게 중요해."

　기조실장 박명훈이 곰곰이 생각에 잠겼다.

　"근데 말입니다. 최강은 대체 자기 어머니가 그곳에 있는지 어떻게 알고 찾아갔을까요?"

"흠, 나도 그걸 모르겠단 말이야."

"만약 최강이 전화 통화로도 그 위치를 알아낼 수 있는 해킹 실력을 지니고 있다면, 자칫 원장님도 위험할 수 있습니다."

"그 정도 장비를 개인이 가지고 있을 수 있을까?"

"모르죠. 아무튼 놈은 그걸 해냈습니다. 그러니 원장님께서도 조심하셔야 합니다."

"그래야겠지. 이번 일로 내게 복수를 하러 올지도 모르니까 말이야."

"저희들 밑으로 끌어들이면 참으로 좋을 텐데 말이죠."

"나도 그러려고 했는데, 사직서를 내버려서 무척 안타깝던 차야. 사직서만 아니었으면 굳이 그의 어머니까지 납치할 필요는 없었는데 말이지."

* * *

"끄응……!"

룬을 지울 때는 꽤나 고통스럽다더니.

엄마가 무척 힘겨워하셨다.

엄마가 손에서 문양이 사라지는 걸 보며 내게 물어 왔다.

"강아, 대체 이게 다 뭐인 거냐. 너 어떻게 이런 걸 할 수 있는 거야?"

엄마에겐 아무것도 숨기고 싶지 않았다.

"그게 사실은요. 어떻게 된 거냐 하면요."

나는 사경을 헤맬 때 내게 무슨 일이 일어났는지 전부 말씀드렸다.

그렇지만 엄마는 내게 일어난 일보다도, 아들이 그만큼 위험했다는 사실에 더 마음 아파 하셨다.

"그렇게 심하게 다쳤던 것도 모르고……. 아이고, 우리 아들. 얼마나 아팠을까……."

"괜찮아요, 이젠. 같이 있는 분들 덕분에 금방 나을 수도 있었고요."

엄마는 나의 손을 붙잡더니 말했다.

"정말 고맙습니다……. 우리 아들 보살펴 주어서 정말 고맙습니다……."

그 진심에 둘도 뿌듯해했다.

-흘흘, 그래. 우리가 아니었으면 진즉에 죽었을 녀석이긴 하지.

-우리도 나름 즐거운 일을 경험하고 있으니 너무 마음 쓰지 말라고 전해 드려라.

나는 엄마에게 둘의 마음을 전했다.

"너무 마음 쓰지 말라고 전해 달라네요."

나는 한참을 이 두 사람이 어떤 일을 행할 수 있는지에 관해 설명을 해주었다.

하지만 그러기를 잠시, 엄마가 걱정하며 물어 왔다.

"근데 말이다, 강아. 이제부터는 어떻게 할 생각이냐?"

"아, 그거요……."

"이 엄마는 너무 무섭구나. 이대로 언제 또 납치를 당할지 몰라서 밖을 다니기도 너무 무서워."

그럴 만도 하시다.

한 번은 살해 위협에, 이번에는 납치까지.

보통 사람인 엄마가 PTSD를 안 겪을 리가 없다.

나는 엄마 앞에서 카드와 결합한 장치를 꺼내 보였다.

"전부 이것 때문이에요. 이것만 공개적으로 없애면 다 해결될 겁니다. 그리고 다시는 엄마를 위협하게 두지 않을 거예요."

"뭘 어쩌려고?"

"저만 믿으세요. 다 방법이 있으니까."

다음 날 아침.

나는 엄마를 모시고 국가정보원으로 갔다.

입구에서 나를 알아봤지만, 출입 권한은 주지 않았다.

그 난리를 겪고 수배까지 되었으니 모를 턱이 없다. 그러나 이제는 직원이 아니기에 허락 없이는 들이지 않는 거였다.

그렇지만 원장님과의 통화 한 번으로 쉽게 안으로 들어갈 수 있었다.

"정순 씨! 어떻게 몸은 괜찮으십니까?"

안으로 들어가자 신우범 원장이 다급히 마중을 나왔다.

"네, 저는 괜찮아요."

"아니, 대체 무슨 일이 있었던 겁니까?"

"그날 원장님을 낮에 만나고 호텔로 들어갔는데, 뒤에서 누군가가 덮친 이후에 납치가 되었지 뭐에요. 약속에 나가지 못한 건 정말 미안합니다."

어라?

이건 또 무슨 말이야.

나는 얼른 물었다.

"엄마, 잠깐만. 그날 낮에 호텔 밖을 나가면서 납치가 된 게 아니었던 거야?"

"어, 아니야. 다시 들어와서 그때 납치를 당한 거였어."

아, 이런.

그때 엄마가 나가는 것만 확인했지, 다시 들어왔을 거라고는 생각을 못했다.

그래서 친숙한 자에 의해 불려 나갔다가 납치를 당했구나, 했는데.

그게 아니었다고?

하지만 그때 카메라를 같이 봤던 원장님도 아무 말씀이 없으셨는데!

그때, 원장도 물어 왔다.

"최강 군. 이게 대체 어떻게 된 일인가? 가족이 다쳐서 어머니가 급히 나갔다고 하지 않았나?"

"그, 그랬죠."

원장님께 진즉에 사실을 말했으면, 그날 낮에 납치된 게 아니란 걸 알았을 텐데.

원장님도 자신을 만나러 나왔다가 그길로 납치를 당했던 걸로 알고 있었던 모양이다.

얘기를 하고, 소통을 할 것을!

괜히 걱정하실까 봐 둘러댄 게 납치된 경로를 완전히 잘못 파악하는 일로 이어질 줄이야.

사무실로 자리를 옮긴 나는 거짓말을 한 이유와 함께 카드와 장치를 원장님 앞에 꺼내 놓았다.

"아무튼 그래서 사실을 말씀드릴 수 없었던 거였고요, 그리고 이건 엄마를 납치한 자들이 원하던 겁니다."

"이게 그들이 찾던 물건이라고?"

"네, 카드와 장치입니다. 아, 이렇게 결합되는 물건이고요."

"하지만 카드는 정이한 요원이 가지고 있던 걸로 기억하는데."

"장치를 찾다 보니까 어떻게 그렇게 얽히게 되더군요. 아무튼 이제 원장님께서 이것들을 공개적으로 처분해 주셨으면 합니다. 그래야 저도 더는 그 카드와 얽히는 일이 없을 테니까요. 엄마의 안전을 빌미로 저를 이용하는 일도 없을 테고요.

카드.

아주 카드 소리만 들어도 지겹다.

아무튼 어떻게든 이걸 처분해야 비로소 이것들로부터 자유로워질 것 같았다.

물론 당장 파괴하는 방법도 있지만, 이렇게 공개적으로 처분하는 것이 다른 의심 없이 완벽하게 벗어날 수 있을 것이다.

가지고 있으면서 가짜를 파괴했다고 생각할 수도 있으니까.

"그렇군. 알았네. 이것은 내가 취득 경위에 대해 보고서를 작성하고 대통령님께 보고 올린 후에 처분 절차를 밟도록 하지."

오후 무렵, 원장님께서 말씀하신 일들이 이루어지고 카드와 장치의 처분이 시행되었다.

국가정보원 내에 있는 연구실에서 영상의 녹화와 함께 모두가 지켜보는 자리에서 소각이 진행되었다.

기계 안에서 녹아내리는 카드와 장치를 보고 있자니 얼마나 가슴이 후련한지.

드디어 끝났구나 싶었다.

저것들이 사라지면 그 보복이 나에게 가해질 것도 알지만, 처분을 국가정보원에서 맡아 준다면 조금은 화살이 덜 날아오지 않을까 하는 마음도 있었다.

아무튼 카드와 장치는 고열에 재로 변하고, 압축기로 가루로 만들어서야 연구원이 지켜보는 모두에게 보고를 했다.

"소각을 완료하였습니다."

* * *

신우범 원장이 최강과 최정순을 배웅했다.

"그럼 조만간 다시 연락을 드리도록 하겠습니다."

"네, 원장님. 그리고 오늘 일은 정말 감사했습니다."

"뭘요. 국가적으로도 위협이 될 만한 물건을 처분하는 일이니 당연히 저의 일인 걸요."

신우범 원장이 최강에게 말했다.

"그래, 이제 어떻게 할 생각인가? 그래도 당분간은 위험하지 싶은데."

"저 나름대로 엄마를 보호할 방법을 생각 중입니다."

"내가 안가를 빌려주면 어떤가? 내 능력이면 어머니 정도는 충분히 보호해드릴 수 있네만."

"말씀은 감사하지만, 죄송하게도 그것도 안심이 안 되어서요."

국가정보원 내에서 발라스가 완전히 제거되지 않았을 수도 있기에 그것을 우려해서 하는 말이었다.

신우범 원장도 그걸 아는지 그의 마음을 이해했다.

"그렇군. 그래도 도움이 필요하면 언제든 말하게. 내 그 정도는 할 수 있으니 말이야."

"네, 원장님. 고맙습니다."

잠시 후, 기조실장이 신우범 원장의 사무실로 따라 들어왔다.

"어떻게 되었습니까?"

"소각을 믿고 안심하며 가더군."

"잘되었군요. 정말 생각지도 못했습니다. 최강이 카드와 장치를 여기로 가져올 줄 누가 알았겠습니까?"

"그만큼 나를 믿었다는 거겠지."

"후훗, 원장님께서 발라스의 간부라는 걸 알면 최강이 얼마나 놀랄까요."

"알아서도 안 되지만, 알 방법도 없을 테지."

곧 신우범 원장이 카드와 장치를 꺼내 놓았다.

"자네가 수고가 많았군. 이것과 똑같은 것을 만들어 내느라 말이야."

"수고랄 것까지야 있나요. 요즘 3D 프린터가 워낙 잘 나와서 만드는 게 그리 어렵지 않았습니다. 거기다가 적당한 부품을 끼워 넣으니 감쪽같았을 겁니다."

"그래, 다행히 모두가 잘 속아 주었지. 기록도 남겼겠다, 발라스에서도 당분간은 포기를 할 거라고 봐."

"그러던 중에 각 간부들을 회유하신다면, 회주가 되는 건 시간문제로군요."

신우범 원장은 무척 감격스럽다는 듯이 카드와 장치를 보았다.

"최강이 이것을 고스란히 내게 가져올 줄이야. 정말 생각지도 못한 복덩이라니까."

"원만한 요원도 못 해낼 일을 혼자서 해낸 그 능력이 정말 아까운데 말이죠."

"그래, 맞아. 그래서 드는 생각인데, 조만간 만나서 다시 그 마음을 돌려놓을까 해."

"설마 발라스로 끌어들이실 생각이십니까?"

"그건 아니더라도, 두고두고 써먹을 일이야 많지 않겠나?"

"흠, 그렇군요. 하지만 조심하십시오. 능력이 뛰어난 만큼, 언제 우리의 정체를 알아차릴지 모르니 말입니다."

"쓰임이 큰 만큼, 양날의 칼이 될 수도 있다는 건 감안해야겠지."

* * *

최소현은 사무실로 와 빌딩 CCTV를 돌려보고 있었다.

그녀는 하루치를 다 뒤져 보지만 정말 이해할 수가 없었다.

"와, 진짜 귀신이 곡할 노릇이네. 분명히 차가 들어가는 건 있는데, 왜 나오는 게 없지?"

김동운이 커피를 들고 오며 말했다.

"뭔가 그 특수 요원들만이 타는 그런 차량이 아닐까요? 광학 시스템이 달린, 모습을 숨길 수 있는 그런 차요. 요즘은 막 차 색도 마음대로 바꾸는 기술이 나온다던데."

"야, 이게 무슨 007이냐? 말이 되는 소리를 해야지. 그리고 그 사람은 이미 사직서 냈다고 했거든! 그런 차가 있을 리도 없지만, 있다고 해도 개인이 가질 수 있는 거겠냐고."

"아, 맞다. 그 사람 더는 국가정보원 사람 아니라고 했었죠? 그럼 도대체 어떻게 들어간 차가 감쪽같이 사라질 수가 있는 걸까요?"

그러고 보니 그때 옥탑방이 떠올랐다.

"아, 맞아! 그러고 보니 그때 옥탑방도 감쪽같이 안 보였는데……."

최소현이 보이지 않는 방의 겉모습에 관해 물으니 정이한과 최강은 이렇게 말했다.

["아, 이게! 그러니까 특별한 장치가 되어 있거든요. 요즘 신기술이에요, 신기술."]

"혹시 이것도 그런 건가……. 이런 기술을 개인이 막 쓰고 그래도 돼?"

김동운이 표정을 굳히더니 말했다.

"저기요, 선배."

"왜?"

"근데요. 어떻게 사라졌는지는 몰라도, 그렇게 모습을 감춘 걸 보면 이미 미행을 알아차리고서 숨었던 게 아닐까요?"

그제야 최소현이 눈을 크게 떴다.

"그, 그게 그렇게 되려나? 아이, 참……! 그럼 그날 말했던 게 다 거짓말이란 걸 그 사람이 안다는 거잖아. 하아, 다음에 만날 때 뭐라고 말해야 하나……."

"방법은 하나! 말하기 민망하시면 그냥 피해 다니시죠. 안보면 민망할 일도 없을 테니까. 흐흐, 흐흐흐."

최소현이 그에게 등짝 스매싱을 날렸다.

짝!

"커윽!"

"야이 씨, 그걸 말이라고 하냐? 하여간 이건 이 머리로 어떻게 경찰이 됐나 몰라."

"어우, 나 등……! 뭔가 척추가 나간 것 같아……."

최소현은 오만상을 다 찌푸렸다.

"아이, 진짜. 그런 거면 정말 얼굴 보기 창피한데……. 나를 거짓말이나 하는 여자로 볼 거 아냐."

진실되지 못한 걸 가장 싫어하는 자신이 남에게 그렇게 보인다고 생각하니 당장 쥐구멍에라도 숨고 싶은 기분이었다.

최소현은 다음에 최강을 어떻게 봐야 하나 고민이 컸다.

* * *

차를 타고 가는데 엄마가 그늘진 얼굴로 나에게 물어 왔다.

"근데 말이다, 강아."

"네, 엄마."

"정말로 이제는 다 끝난 걸까? 이제 우리 안전해진 거야?"

"사실대로…… 말하는 게 좋겠죠?"

"어. 엄마한테는 숨김없이 말해 주는 게 좋을 것 같은데."

앞으로의 예상되는 삶을 말씀드리자니 입을 떼기가 어렵다.

그렇지만 입을 닫고 있다고 해서 앞으로 닥칠 일이 오지 않는 것도 아니다.

하여 나는 솔직한 내 생각을 말씀드렸다.

"엄마도 겪어 봐서 알겠지만, 그놈들은 사람 하나 죽이고 납치하는 일이 아무것도 아닌 놈들이에요. 그래서 앞으로는 가게도 못 나가고, 원래 살던 곳에서도 못 살아요. 어쩌면 평생 도망쳐 살아야 할지도 모르고요. 그래서 당분간은…… 아니, 어쩌면 매우 오랫동안 숨어살아야 할지도 모르겠네요."

"그렇구나……."

"미안해요, 엄마. 못난 아들 때문에……."

엄마는 눈을 크게 뜨며 말씀하셨다.

"무슨 그런 말을 해. 이게 어떻게 너 때문이야?"

"그래도 나 아니었으면 엄마가 이렇게까지 힘들지는 않았을 텐데 싶어서."

"엄마는 괜찮아! 엄마는 너만 무사하면 다른 건 다 필요 없어. 그러니까 아무 생각 말고, 안전에만 신경 쓰자. 우리 둘이 이렇게 살아서 얼굴 보고 있으면 그걸로 됐지, 뭐."

그런데 그때, 제라로바가 말해 왔다.

-어머니를 숨기는 일은, 마법으로 어떻게든 될 것 같다만.

"네? 혹시 숨는 거 말고 다른 방법이 있다는 건가요?"

"뭐?"

엄마는 자신에게 하는 말인 줄 알고 물어 왔다.

나는 어색한 미소를 머금으며 머리로 손짓했다.

"아뇨, 엄마한테 하는 말이 아니라 이쪽한테 말하는 거예요."

"아……. 맞아. 혼자가 아니라고 했지."

나는 계속 제라로바에게 물었다.

"뭔데요? 뭔가 좋은 방법이 있으면 좀 알려주세요."

-모습을 완전히 다른 사람으로 바꿔 버리면 되는 게 아니냐?

"그런 게 가능하다고요?"

차를 멈추고 잠시 후, 내 손에 의해 엄마의 손등에 새로운 룬이 새겨졌다.

그리고 내 손이 엄마의 손등에 대어지며 제라로바의 주문이 흘러나왔다.

"아르마토 리울라 카나분타……."

그 순간, 엄마의 모습이 예쁜 외국 사람으로 변해 버렸다.

"허억!"

-왜, 마음에 안 드느냐?

"모습은 왜 이런 거예요?"

-그거야 내가 마음에 드는…….

케라가 욕을 했다.

-이 미친 노인네야! 이러면 오히려 더 관심을 끌게 되잖아! 우리 세상의 여자 모습으로 만들면 어떻게 해!

-좀 이상한가? 그래도 예쁜데…….

엄마가 거울을 보더니 무척 흡족해하신다.

"와! 이게 정말 나라고? 어머, 너무 예쁘다……!"

"하지만 외국인처럼 보이는데……."

"그래도 예쁘니까 엄마는 마음에 든다, 애. 그 마법사라는 사람 정말 대단한 분이시네~!"

하여간 엄마도 여자는 여자인 모양이다.

자신이 예뻐졌다는 사실에만 만족을 하시는 걸 보면.

"하아, 할아버지. 좀 더 우리나라 사람처럼 안 될까요? 아무래도 마법을 펼치는 사람의 생각이 개입되는 모양인데……. 그래도 이건 너무 튄단 말이죠."

-해 보자. 하지만 뭔가 참고할 만한 게 있으면 싶은데…….

"참고 될 거?"

그런데 엄마가 초롱초롱해진 눈으로 나를 쳐다봤다.

"왜 그렇게 봐요?"

"강아. 모습을 마음대로 바꿀 수 있으면, 엄마는 이왕이면 젊고 예뻤으면 하는데. 안 될까?"

"그, 그러면 내가 너무 적응이 안 될 것 같은데."

"얘는! 평생 숨어살아야 할지도 모르는데, 엄마도 이 정도 보상은 받아야지!"

"이제 와서? 갑자기?"

신기한 걸 겪으시더니 엄마가 갑자기 변하셨다.

한 번 예뻐지고 나더니 욕심이 생기는 모양이다.

"그렇지만 뭔가 자꾸만 예상하는 범위를 벗어나는 것 같은 불안감이……."

아무튼 제라로바가 참고할 게 필요하다고 하니 잠깐 서점에 들렀다.

"이거 주세요."

"네, 손님."

잽싸게 모델이 나와 있는 잡지를 사온 나는 그것들을 펼치며 제라로바에게 보여 주었다.

"할아버지, 그렇다고 여기에 있는 사람들과 똑같은 모습이면 곤란하고요, 비슷하게. 조금 섞어서. 나이는 한…… 30대 후반?"

그러자 엄마가 내 허벅지를 찰싹 때린다.

"아야……!"

"쓰읍……!"

"왜요, 여기서 더 낮추라고?"

엄마가 강하게 쏘아보며 고개를 끄덕이시는데, 정말 이래도 될까 싶다.

"아이, 진짜 적응 안 될 것 같은데……."

"낮춰. 많이."

"아니, 무슨……. 새 시집이라도 가시게요?"

"호호, 그럴 수 있다면 그것도 나쁘진 않겠다, 얘."

"점점 왜 이러실까……. 우리 엄마 어디 갔나? 최 여사님 맞으세요?"

"언제든 바꿀 수 있는 거면 좀 해 보자. 응? 엄마가 언제 또 이런 걸 해 보겠니? 안 그래?"

그렇게 엄마의 제안이 반영되고 나자 내 옆에는 막 30대쯤 될 법한 젊은 여성이 앉아 있었다.

그것도 상당한 미인인…….

"어머~ 너무 예쁘다, 얘……. 이게 정말 나라고? 호호, 그 할아버지한테 정말 마음에 든다고, 고맙다고 말씀 좀 전해 드려라."

"할아버지. 나 어쩐지 머리가 아픈데. 좀 전에 펼친 이 마법들, 뭔가 무리가 심하게 오는 마법인 거 아니에요?"

-흠흠! 네 녀석이 곤란하니까 오는 두통이겠지!

"그러니까요. 뭔가 넘어서는 안 될 영역을 넘은 느낌이어서. 근데 이거 지속 시간은 어떻게 되요?"

-룬을 새긴 거니까, 다시 바꿀 때까지는 계속이겠지.

"룬을 지우기 전까진 계속 유지가 된다……."

엄마가 그 말을 듣고는 더욱 좋아하신다.

"정말? 너무 좋다, 이거!"

"조, 좋으세요?"

"얘, 그동안 화장품 못 사 줘서 미안하다고 했지? 이왕 효도할 거면 이렇게 하자. 이거면 최고지."

"꿀꺽. 최고……. 하아, 만족하셨다니 다행이네요……. 난 적응이 안 되어서 미치겠지만."

"너 이제, 앞으로 엄마라고 부르면 안 돼. 알았지?"

"네?"

"이러고 나가서 네가 엄마라고 부르면 사람들이 뭐라고 생각하겠니?"

나는 머리가 백지가 된 것 같이 정신이 멍했다.

나, 엄마를 잃어버린 것 같아.

어쩌지?

우리 엄마 어디 갔어-!

* * *

한편, 허상훈은 누군가에게 얻어맞고서 쓰러지고 있었다.

퍼억!

철퍼덕!

도로 일어나 사내 둘을 쓰러뜨리는 그였지만, 다시 날아든
발길질에 다시 쓰러지고 말았다.

"꺼윽, 쿨럭! 쿨럭!"

피를 뱉어내는 그에게 건장한 이들 뒤에서 다가오는 사람
이 있었다.

"그렇게 일을 어렵게 만들지 말자니까. 말씀을 안 들으신
다."

"이 실장, 너 이 새끼……. 나를 어쩔 생각이야?"

이진석이 허상훈의 앞으로 쭈그려 앉았다.

"카드하고 장치, 그거만 어디에 있는지 말하라니까. 그게
그렇게 어렵나 그래?"

"내 말 못 들었어? 그거 전부 최강 그놈이 가져갔다니까!"

"하아……. 우리가 허 과장님이 그렇게 말한다고 해서 진

전부 이것 때문이에요 167

짜 믿을 거라고 생각하는 건 아니죠? 그죠? 또 우리 따돌리고 무슨 수작을 하려고. 어?"

"진짜라니까! 내 다리의 총상 안 보여? 이것도 그 새끼가 한 거야. 여관에 와서 그 새끼가 다 가져간 거라고!"

"그럼 정이한은 뭐하고?"

"최강 그 새끼가 나한테 총을 쏘고 총을 겨누는데 우리라고 뭘 할 수 있었겠어. 그렇게 빼앗기고 남겨진 거지. 야, 그 여관 CCTV 살펴봤을 거 아냐? 그런데도 못 믿는 거야?"

"그랬으면 물어볼 거 없이 그랬구나 했을 텐데, 하필 거기서 불이 나는 바람에."

"뭐? 불?"

"가는 곳마다 타는 냄새만 맡아서 아주 짜증이 난단 말이지."

이진석이 자리에서 일어났다.

"그러니까 여관 복도에서 싸운 사람 중 하나는 최강, 그놈이란 거지……."

그런데 때마침 그때였다. 수하가 다가와 하는 말에 이진석이 깜짝 놀랐다.

"뭐……! 그게 정말이야?"

이진석은 갑자기 화가 난 듯이 두 주먹을 불끈 쥐더니 바닥을 마구 발로 찍어 댔다.

"아우우……! 진짜 미쳐버리겠네. 그 노인네 미친 거 아냐? 그게 어떤 물건인지 알면서도 그랬다고?"

"네. 최강이 공개적인 소각을 원해서 어쩔 수 없었다고 합니다."

허상훈이 이상함을 감지하며 물었다.

"야, 뭔데? 무슨 일인데 그래?"

이진석이 답답해하는 얼굴로 말해 주었다.

"그 최강이란 놈이 카드와 장치를 국정원에 가져갔다고 하는데, 그 안에서 카드하고 장치를 모두가 보는 앞에서 소각했답니다."

"뭐……?"

놀란 것도 잠시, 허상훈이 낄낄거리고 웃었다.

"허허허, 흐하하하!"

"웃어? 지금 웃음이 나와?"

"최강, 그놈 그거……. 아주 머리가 비상한 놈이네. 그래, 그 물건에 계속 엮이고 있으니 차라리 부수어 버리는 게 나았겠지. 지 엄마 구한다고 가져가더니, 그렇게 한 걸 보면 뜻하는 바는 다 이룬 건가? 내가 왜 처음부터 그놈이 그런 능력자인 걸 몰라봤을까?"

이진석이 총을 꺼내더니 소음기를 달아 그대로 허상훈을 쏴 버렸다.

피웅! 피웅!

털썩.

그러더니 총을 수하에게로 넘기며 말했다.

"그러니 자기가 죽을 자리인 줄도 모르고 처 웃고나 있는 거겠지. 등신 같은 새끼⋯⋯."

자리를 옮기는 그에게 양충열이 다가와 물었다.

"그럼 이제 어떻게 되는 겁니까?"

"어떻게 하긴. 카드 문제는 여기서 종결인 거지. 김종기 의원이 아주 발광을 해 댈 텐데, 이거 머리 아파지겠어⋯⋯."

"그럼 정이한과 최강이란 놈은요?"

"수배는 해 놓는다고 해도, 윗선의 지시가 있을 때까지 두고 보자고."

이진석은 차에 올라 달리는 차 안에서 창밖을 보며 중얼거렸다.

"신우범 원장⋯⋯. 대체 무슨 생각인 거야⋯⋯."

* * *

어디로 가야 할지 막막해진 나는 혹시라도 그사이 동결된 통장이 풀렸을까 싶어 은행에 가 보았다.

"국정원에 갔을 때 물어볼 것을. 아~ 어떻게 그걸 깜빡하냐. 아무튼 동결이 풀려야 집을 얻든 뭐든 할 것 같은데."

카드를 넣고 비밀번호를 누르니 화면이 바뀌었다.

"엇! 풀렸구나? 아~ 이제야 좀⋯⋯!"

그런데 잔액을 확인한 순간 이게 뭔가 싶다.

"뭐야, 이거……. 이거 왜 이래……!"

잔액이 자그마치 30억이 넘게 들어 있는 것이다.

"허업……! 30억? 진짜?"

-뭐냐, 최강?

-너 심장이 너무 두근거리는 거 아니냐?

당연히 두근거리지.

내 잔액이 지금 30억이 넘게 되어 있는데.

"뭐지? 국정원에서 돈을 안 빼 간 거야? 왜에에……?"

꿀꺽.

내 통장에 이만 한 돈이 있다고 생각하니 욕심이 생기는 게 사실이다. 하지만 괜히 이 돈을 썼다가 범죄자가 되느니 확실히 이실직고하는 게 나았다.

그래서 얼른 전화를 걸어 보았다.

"저기 원장님? 뭔가 일이 잘못된 것 같은데요. 제 통장의 잔액이 왜 이렇게 되어 있죠?"

원장님의 설명은 이러했다.

[아, 그거 말이군. 그러고 보니 말해 주지 않아서 자네도 놀랐겠구먼. 그게 말이네. 그 돈을 대가성으로 받은 게 아니라는 건 자네의 무죄가 밝혀짐에 따라 확인이 된 사항이지 않은가?]

"그렇죠."

[근데 각신 기업에 물어봐도 그들은 돈을 보낸 사실이 없다고 하면서 알아서 하라고 하고, 마츠오카 하루 측의 가족에게 물어도 자신들은 상관없는 일이니까 연락을 하지 말라는 거야. 행여 자신들에게 책임이 떠넘겨질까 봐 그게 걱정들인 거지.]

"그, 그래서요?"

[준 사람이 줬다고 말하지 않고, 자네도 대가를 치르고 받은 게 아니라서 범죄 수익금이라고 말하기도 좀 그렇고……. 단순히 오입금 문제라고 봐야 할지 여기서도 고심이 많긴 했는데, 우리 결정은 그냥 들어가 있는 그대로 자네의 소유로 돼야 하는 게 아닌가 그렇게 결정이 나서 말이야.]

"그럼 이제 이 돈이 제 돈이라고요?"

[그간 국가정보원이 무능해서 힘든 일들도 많이 겪고, 목숨도 위험할 뻔했는데, 그건 그냥 그 위로금이라고 해 두세. 음음, 그래도 내가 조금은 힘을 써 준 걸 잊지는 말아 주고 말이네.]

그 결정에 원장님의 입김이 상당량 영향을 주었다는 뜻이다.

원장님 고맙습니다!

사랑합니다! 알 러브 유~!

"고맙습니다, 원장님. 그럼 바쁘실 텐데, 이만 끊겠습니다."

전화를 끊은 난 온몸에서 희열이 마구 솟구치는 것 같았다.

"우와아아아아아아-!"

고함을 지르자 사람들이 나를 불편한 시선으로 쳐다봤다.

"죄, 죄송합니다……. 하하, 제가 기분이 너무 좋아서."

나는 얼른 밖으로 뛰쳐나왔다.

대박 사건!

하늘에서 30억이 뚝하고 떨어졌다.

그 돈이면 서울에서도 근사한 아파트 한 채를 살 돈이다.

지방으로 가면 넓은 아파트에 떵떵거리고 살 수도 있었다.

엄마에게 가 말씀드렸더니 엄마도 놀라서 입을 다물지를 못하신다.

"그 뇌물로 받았다는 돈이, 너의 소유가 되었다고? 정말?"

"그렇다니까요, 엄마……!"

"근데 정말 그 돈을 네가 써도 되는 거야? 그러다가 범죄로 엮이면 어쩌려고……."

"이미 원장님한테 확인해서 물어봤죠. 근데, 써도 괜찮다고 해요. 이렇게 될 수 있도록 원장님이 힘을 많이 써 준 거라면서요."

"어머, 너무 고마워라……. 이 은혜를 어떻게 갚니……. 하여간 그분, 처음 볼 때부터 정말 좋은 분인 것 같더라. 엄마가 사람은 잘 보잖니, 얘."

암담한 그늘 위로 빛이 드는 기분이었다.

"돈도 없이 어떻게 떠돌아야 하나 걱정이 많았는데. 돈이라도 많아져서 정말 다행이네요. 이 돈이면 엄마 신분을 바꾸는 것도 충분히 가능하겠어요."

"신분을 바꿔? 어떻게?"

"하하, 그건 저한테 맡기세요. 현장요원들이 신분 바꿔서 도망쳐 다니는 사람들을 추적할 때 봐 두었던 곳이 있거든요."

흔히 말해서 블랙마켓.

어둠 속에서 돈을 받고 무언가를 파는 상점을 말한다.

그런데 전자상가로 가서 깨끗한 신분으로 주문을 하는데, 그 부르는 액수가 상당히 컸다.

"5천이요? 진짜요?"

"요즘 가격이 많이 올랐거든. 그리고 사망 선고 안 된 사람 것을 완벽하게 자기 것처럼 쓰는 건 그 정도 돈이 들어. 그중에 반은 주민 센터 직원에게 들어간다니까? 그 사람들도 자기들 목줄이 달린 일이라 적은 돈으로는 움직이려고도 안 하지. 안 그렇겠어?"

"그럼 여기서 다 알아서 해 주는 건가요?"

"그건 아니고, 자…… 어딜 갔나……. 아, 여기에 있네. 이걸로 주민 센터에 가서 내가 말하는 직원한테 사진 바꾸러 왔다고 말하면 돼. 그럼 그 직원이 알아서 해 줄 거야."

왠지 위험을 감수하는 것 같은 기분으로 시키는 대로 하고 났더니, 현재 엄마가 변한 모습의 주민등록증이 생겼다.

떨며 관공서로 들어갔던 엄마도 무척 신기해했다.

"어머나, 정말 이런 게 이렇게 생길 수도 있구나. 엄마는 드라마나 영화에서만 나오는 줄 알았거든."

"근데 안 들키려면 의료보험이나 국민연금 같은 것도 꾸준히 내야 한다고 하네요. 그리고 그 신분의 기존 가족들을 만나는 건 금물이라고 하고요. 아, 또 하나, 그 신분으로 통장 같은 건 만들지 말래요. 원래 가족들이 빚을 지게 되면 차압이 들어오는 경우가 있다고……."

그렇지만 집은 따로 살 필요가 있었다.

그래서 그 일에는 친구를 좀 이용하고자 했다.

둘도 없는 친구, 김정원을 말이다.

"뭐? 집을 사 달라고? 지방에?"

"어. 돈은 여기. 올 현금으로다가 가져왔어."

"허억! 이게 다 얼마야?"

"4억. 집도 이미 알아봤어. 그러니까 너는 가서 계약만 해 주면 돼."

"너 거기로 이사 가려고?"

"그런 건 아니고, 누구…… 도와줄 사람이 있어서."

일부러 엄마에 관한 얘기는 뺐다.

믿는 친구이긴 하지만, 그래도 괜히 위험에 끌어들일까 봐서다.

물론 나의 일에 도움을 청하는 것 자체가 녀석에겐 위험이 될 수 있다는 걸 알지만, 이런 큰돈을 주고 명의까지 빌리는 건 이런 친구가 아니고서는 믿을 수가 없었다.

"그리고 이건 빌린 돈에 이자."

"야, 액수가 너무 많잖아. 굳이 안 갚아도 된다니까……."

"너한테는 그렇게 해 주고 싶어. 고마운 것도 너무 많고. 앞으로도 계속 고마워질 것 같고."

"야, 근데 무슨 돈이 생겨서 이러는 거야?"

"후훗, 내 인생을 나락으로 끌어내리려고 했던 돈. 근데 그게 이렇게 도움이 되네. 돈이라는 게 참, 끔찍하면서도…… 쓰임이 달라지니까 이렇게 좋아지기도 한다. 신기하게도 말이야."

"무슨 헛소리야……. 야, 근데 어머니는? 무사하셔? 만나 보기는 한 거야?"

"무사하시지. 너무 잘 계셔서 탈이라고 할 만큼."

며칠 후, 넓은 집으로 오게 된 엄마는 무척 기뻐하셨다.

"어머나, 정말 넓다, 얘……. 정말 앞으로 우리가 여기서 산다고?"

"여기 카드 받으세요. 대포 통장 카드니까, 필요한 거 있으시면 여기서 빼 쓰시면 돼요. 그리고 혹시라도 수상한 사람이 있으면 저한테 꼭 연락해 줘야 하고요. 여기 대포 폰도

줄게요. 절대로 엄마나 새로운 명의로 뭔가를 등록하면 안
된다는 거, 잊지 마시고요."

그러자 예뻐진 엄마가 다가와 물었다.

"얘, 근데 너 어째 말을 이상하게 한다. 꼭 엄마 혼자서 여
기서 지내야 할 것처럼?"

"당분간은 그래야 할 것 같아요. 정말 안전해진 건지 확인
이 될 때까지는."

엄마는 그제야 상황 파악이 되셨는지 다시 표정에 그늘이
졌다.

"정말 엄마 혼자 두고 가겠다고?"

"저랑 있으면 엄마가 또 위험해질까 봐서. 그러니까 당분
간은 솔로인 여자로 살아 봐요. 아셨죠?"

"왜, 너도 나처럼 이렇게 하면 될 텐데. 너도 얼굴 바꾸고
신분을 바꾸면 되잖아. 아들, 그냥 엄마랑 여기서 살자. 응?"

"나도 그러고 싶지만, 엄마를 더 잘 숨기려면 제가 모습을
드러내고 다닐 필요가 있어요. 그리고 그래야…… 놈들이 저
를 어떻게 보는지 확인도 가능할 테고. 그러니까 당분간은
이렇게 지내요. 아셨죠?"

* * *

다시 서울로 올라온 나는 뭔가 모를 자유로움을 느꼈다.

"좋구나. 이젠 정말 걱정할 게 없어서."

유일한 걱정인 엄마의 안전을 확보했다.

물론 엄마를 짐으로 여긴다거나 하는 건 아니다. 하지만 매번 엄마가 납치가 되거나, 목숨을 위협받으면 정말 할 수 있는 게 아무것도 없었다.

또다시 같은 일이 반복되지 말란 법이 없어서다.

"이제 혼자인 나는 아무것도 무서울 게 없어. 발라스, 니들 생각은 나도 모르겠는데, 제발 건드리지만 마라. 서로 모르는 척하고 살아갈 수만 있으면 나도 더는 너희들 일에 관여하지 않을 테니까."

하지만 두고 볼 일이다.

그리고 만약 그들이 계속해서 위협을 가하려고 한다면, 내가 가진 모든 능력을 이용해 저항해 줄 생각이었다.

"그건 그렇고 이제 복잡한 일도 사라졌겠다, 은혜를 갚아야겠군. 그 여자, 아직도 그 일에 매달려 있는 건 아니겠지?"

* * *

최소현은 갑작스러운 최강의 전화에 받을까 말까 고민을 했다.

누군가를 피하는 게 성격에 맞지는 않지만, 만약 그가 정말로 자신이 미행했던 걸 알고 있으면 어쩌나 해서다.

"여보……세요?"

[접니다, 최강. 오늘 저녁에 시간 어떠세요?]

"괜찮긴 한데요……. 근데 왜요?"

[왜긴요. 늘 도움만 받는 것 같아서 식사 한 끼 사 드리려고 하죠.]

"아, 식사요. 뭐 좋죠."

[이번에는 약속 장소를 제가 고르도록 하죠. 주소 보내드리겠습니다.]

"네, 그럼 이따가 봐요."

전화를 끊은 그녀가 곤란한 표정을 짓는 걸 보며 옆 책상에 있던 김동운이 물었다.

"누군데 그래요?"

그는 묻고 나서야 그 상대를 알아차렸는지 눈을 크게 뜨며 다가왔다.

"엇! 혹시 최강 그 사람? 방금 밥 먹자고 한 거, 그 사람 맞죠?"

윤석준 반장과 모든 팀원들의 시선이 그녀에게로 향했다.

안 그래도 곤란해 죽겠는데 그런 시선까지 받자 아주 화가 치밀어 올랐다.

곧 김동운을 향한 구타가 시작되었다.

퍽! 퍼억!

"아주 동네방네 다 얘기하고 다니지 그러냐, 인마. 아주 공개 방송 스피커야 이 새끼!"

"아우, 아파요! 아파! 아우, 선배……!"

윤석준 반장이 물어 왔다.

"뭐냐, 최소현? 설마 내년쯤엔 우리 국수 먹을 수 있는 거
냐?"

그녀가 크게 당황했다.

"구, 국수는 무슨……! 저희 아무 사이도 아니거든요? 그
뭐냐, 피해자와 조사관으로서…… 서로 고마웠던 걸 표현하
자. 그런 건데요, 뭘."

"그런 걸로 비싼 거 얻어먹으면 뭔지 알지, 너? 그냥 터놓
고 만나 인마. 강남서 강력 2팀 최소현이 접대받았다는 소리
안 들으려면."

"아이, 진짜! 그런 거 아니라니까!"

버럭 소리를 지르며 나가 버리는 그녀.

잠깐이었지만 움찔했던 윤석준 반장이 누가 봤을까 싶어
무척 민망해했다.

"아니, 저 새끼는 아니면 아니지 반장한테 무슨 말버릇이
야? 아이, 씨. 놀래라."

김동운이 실실거리고 웃었다.

"흘흘, 반장님도 선배 저럴 때면 살짝 쫄고 그러시죠? 아
우, 저도 저렇게 빽 하고 소리 지르면 막 겁부터 난다니까
요."

"쫄기는 누가! 그 주둥이 닥치고 얼른 따라 나가지 못해! 하여간 저놈 저거는 언제 철이 드나 몰라. 빨리 안 나가!"

"네! 나가요! 나갑니다."

"하여간 요즘 것들……! 너무 건방져. 나 때는 진짜 반장 말이면 똥도 된장이라고 하면 찍어 먹는 시늉이라도 했는데 말이야."

"요즘 그렇게 하면 직장 갑질이라고 난리 납니다, 반장 님."

팀원의 말에 그가 간신히 삭였던 화를 다시 끄집어냈다.

"말이 그렇다고 인마……! 하~! 진짜 요즘 분위기 파악 못 하는 놈들 왜 이렇게 많니?! 짜증, 짜증……. 아우, 뒷목이 야……."

* * *

나름 깔끔한 옷으로 갈아입은 최소현이 고깃집으로 들어섰다.

최강이 손을 들어 그녀를 불렀고, 그녀가 어색한 웃음을 지으며 그에게 다가왔다.

"뭐야, 난 또 무슨 엄청난 거 사 준다고. 잔뜩 기대했더니 겨우 고기예요?"

"지난번에 그랬잖아요. 회나 해산물 같은 비싼 건 소화가 안 된다고. 고기가 가장 좋다고."

"내가 그랬나? 호호, 그날 취했었네. 무슨 식사 취향까지 그렇게 공개를 해 버렸대."

"앉아요. 오면 바로 드시라고 미리 굽고 있었으니까."

"오홍~ 센스 만점. 그럼 본격적으로 먹어 볼까요?"

둘은 식사를 함께하며 이런저런 대화를 나누었다.

"근데 말이에요, 어머니 일은 어떻게 됐어요? 납치범들은 잡은 거예요?"

"납치범을 잡지는 못했지만, 어머니는 잘 구출해 냈습니다. 아무도 모르는 곳에 잘 모셔 두기도 했고요. 그래서 사실 마음이 한결 홀가분해졌습니다."

"호옹~ 그래서 기분이 좋아서 나를 불러냈다?"

"실종신고도 대신 해 주시고 신경도 많이 써 주셨는데, 이젠 그러시지 않아도 된다는 말을 전해 주고 싶어서요. 해결된 일에 여전히 힘 빼고 있을까 봐."

"아······."

어쩐지 그때 미행을 한 걸 아는 눈치다.

그냥 대놓고 까발리고 전부 물어볼까 싶지만 입이 쉽게 떨어지질 않았다.

괜히 자기만 민망해질까 싶어서였다.

결국 먼저 말을 해 주기 전까지는 굳이 꺼내지 말자는 생각으로 결론, 궁금증은 묻어 놓기로 했다.

그녀는 어색한 미소를 보이고는 곧 고기를 한 점 먹으며
물었다.

"그럼 이제 뭐하고 살 거예요? 국정원도 그만뒀잖아요."

"당분간은 자기 개발에 힘을 좀 써 보려고요."

"자기 개발?"

"원래는 IT계열 회사로 들어가서 개발자로 일을 할까 했
는데, 이번에 여러 일로 많은 걸 깨달았거든요."

"그 깨달음이 뭔지 저도 좀 들어볼 수 있을까요?"

"음……. 신체 단련이 필요하다는?"

최소현이 갑자기 최강을 빤히 쳐다봤다.

"그러고 보니 처음 봤을 때보다 뭔가 몸이 좀 듬직해진 것
같긴 하네요. 여러 일로 바빴을 텐데, 그동안도 계속 운동을
한 거예요?"

옥탑방의 한집에서 식사도 함께하고 며칠 지내던 사이라
자세히 보았을 것이다.

그때는 훈련을 한 지 얼마 안 되었던 시점이라 최강의 몸
은 많이 빈약했었다.

하지만 지금은 다르다.

그로부터 한 달이나 지났으니 그사이 몸이 더 좋아진 건
당연했다.

근육만 키우는 게 아닌, 케라의 특별한 수련법대로 몸이
만들어지고 있었다.

그 변화는 천양지차.

그녀가 달리 보는 것도 무리는 아닌 것이다.

"운동은 뭐, 틈틈이……. 저 새벽에 잠도 안 자고 운동 다녔던 거 기억 안 나요?"

"그러니까. 어떻게 그런 생활을 하는지 나는 도무지 이해가 안 되던데. 난 잠 적게 자면 하루 생활 자체가 안 되거든요."

"잠복도 자주 하는 형사가 잠이 많다고요? 그런 말은 또 처음 듣네."

"그러니까요. 그래서 근무시간 외에는 항상 잠만 잔다니까요. 팀원들이 절더러 4계절 곰이래요. 곰. 1년 내내 겨울잠을 잔다고."

"하핫."

최소현은 궁금한 게 많은지 계속 물었다.

"그럼 결국 건강관리 같은 걸 하겠다는 건데, 이유는요?"

"제 몸은 제 스스로 지켜야 한다고 생각해서요."

"그래서 신체 단련을 하시겠다? 결국 운동하면서 백수로 지내겠다는 거네. 근데, 그동안 생활 유지는 되요?"

"돈 빌려 달라는 말은 안 할 테니까, 식사나 많이 드시죠?"

"오오~ 같은 공무원이었어도 연봉이 꽤 컸나?"

"억대는 넘었으니까 그렇다고 봐야죠."

최소현이 입에 넣던 고기를 도로 뱉어 냈다.

"풉! 앗 뜨거⋯⋯. 그게 정말이에요? 아니, 연봉이 그렇게 많았다고요? 아니, 어떻게?"

"저 같은 실력 좋은 해커를 특별 채용하려면 그 정도 제안은 있어야 하니까요. 요즘 괜찮은 기업의 개발자들이 얼마나 받는지는 알아요? 그 두 배는 될 겁니다. 사실 그 연봉에 들어갈까 말까도 얼마나 고민이 많았는데요."

"우와, 알고 보니까 능력자였구나, 최강 씨."

"그냥 어려서부터 게임 좋아하고, 유달리 프로그램 손대는 걸 좋아했을 뿐인 걸요. 좋아하는 것도 즐기다 보니 이렇게 되더라고요."

"그렇구나. 대단하네요. 난 진짜 경찰 되려고 악착같이 공부했던 것만 기억나는데."

"경찰은 왜 되려고 한 건데요?"

갑자기 그녀의 얼굴에 쓸쓸함이 깃들었다.

"경찰이 뭐가 그렇게 잘났나 싶어서요. 뭔데 가족이 위급해도 자기 일에만 빠져 있을까 그게 궁금했거든요."

최강은 그녀의 말이 가족과 연관된 일이란 걸 짐작할 수 있었다.

약간의 슬픔도 맺힌 얼굴이라 깊게 묻거나 하진 않았다.

늘 밝아 보여서 재밌게 살아가는 사람이라고 생각했는데, 그녀에게도 나름 풍파 같은 삶이 존재했던 모양이다.

최강은 그녀와 식사도 하고, 함께 길을 걷기도 하며 많은 대화를 나누었다.

그가 그녀의 가족 관계에 대해 물었을 땐 최소현이 살짝 머뭇거렸지만, 솔직하게 말해 주긴 했다.

어머니는 사고로 돌아가시고, 아버지는 없는 듯 살아가고 있다고.

확실히 가족 관계에 뭔가 사연이 있기는 한가 보다.

그리고 아버지에 대한 원망이 조금 엿보이는 것이, 정상적인 가족 형태로는 지내 오지 못한 모양이었다.

"시간이 많이 늦었네요."

"그러게요."

둘은 뭔가 살짝 아쉬운 듯 서로 눈치를 봤다.

최강은 갑자기 어색해진 것 같아 얼른 말을 꺼냈다.

"혹시 차 가져왔어요?"

"아뇨. 혹시라도 술이라도 할까 봐서."

"그랬구나. 그럼 제 차 타고 가시죠. 모셔다 드릴게요."

"아, 아니에요! 그럴 필요까지야. 택시 타고 가면 되는 걸요."

"아니, 그러지 마시고……!"

"아, 저기 택시 온다. 그럼 다음에 또 연락해요! 오늘 식사 잘 먹었어요~!"

그렇게 홀연히 택시를 타고 가 버리는 그녀.

최강은 멀어져 가는 그녀를 보며 피식 웃었다.

"뭘 또 저렇게 도망치듯이 가 버리는지……. 아무튼, 좋은 시간이었네요. 잘 가요, 소현 씨."

최소현은 택시를 타고 가며 자신의 행동을 무척 후회했다.

"그냥 태워 준다고 할 때 타고 갈 걸 그랬나……. 하휴, 하여간 이 헤어짐에는 익숙지가 않아서는. 괜히 이상하게 보면 어쩌지……. 에이, 몰라. 모르겠다구~!"

* * *

나는 며칠을 바쁘게 보냈다.

전에 살던 집은 수리를 맡겨 새로 인테리어를 하기로 했다.

"그럼 잘 좀 부탁드립니다."

"네, 다 되면 연락드리겠습니다."

내가 살려고 하는 인테리어가 아니다.

집은 팔기 위해 수리를 하는 거였다.

주변 사람들 수군거리는 것도 있고 하여, 그곳과는 떨어져 지내는 게 낫다고 생각했다.

그러는 중에도 얼마나 문자가 많이 날아오는지.

띠링. 띠링.

"아주 신나게 긁으시는구나. 뭘 또 이렇게 사시는 건지."

엄마가 카드를 쓸 때마다 울리는 알람이었다.

가구부터 옷가게 문자까지, 하루도 쉬지 않고 울려 댔다.

하지만 귀찮거나 하진 않았다.

이게 다 엄마가 잘 지내신다는 소식이다. 울릴 때마다 오히려 마음은 안심이 되었다.

물론, 천 원짜리 한 장도 아까워하시던 엄마가 그리운 것도 사실이지만……

"잘 지내신다니 다행이네요. 저도 잘 지내고 있습니다."

그렇게 부동산을 가서 내가 살 집을 알아보고 이사를 하는 날이 돌아왔다.

조용한 동네라는 말도 있고, 뒤로 산도 있어 훈련에 도움이 될 것 같아서 고른 위치였다.

20평 정도의 넓지는 않은 빌라지만, 처음 가지게 되는 혼자만의 보금자리.

혼자 살려고 하니 뭔가 어색한 게 많긴 해도, 나이도 있고 하니 독립할 때가 되긴 한 것 같았다.

언제까지 엄마가 차려 주는 밥만 먹고 살 순 없는 게 아닌가.

나도 성장이란 게 필요했다.

-그러고 보니 그놈들이 조용하구나.

그놈들이란 발라스를 말하는 것일 거다.

뜬금없는 물음이지만, 솔직히 조용한 게 다행이지 싶었다.

"안 움직여 주는 게 제 쪽에서는 이롭죠. 얌전히 사는 걸 건드리면 그땐 정말 끝을 볼 생각인데."

제라로바에 이어 케라가 말했다.

-조금 더 능력이 갖춰진다면, 오히려 그깟 놈들이 덤벼 줘야 재미가 있을 것 같은데.

"어우, 사양할게요. 저는 저만의 슬로우 라이프를 즐기고 싶답니다. 돈도 있겠다, 이젠 편하게 살 수 있는 길이 쫙 열렸는데, 뭐 하러 고생길을 택합니까."

-지루한 삶은 딱 질색이라서 그러지.

"한동안은 제 훈련에만 전념해 주시죠. 지금은 저도 배우려고 많이 노력 중인 거 아시잖아요. 그리고 자꾸만 잊으시는데, 이 몸, 제 것이거든요? 능력이 제대로 갖춰지기 전까지는 위험한 일에 뛰어드는 건 금지입니다."

그렇게 침대로 몸을 던져 잠시 누워 있기를 얼마.

여유를 즐길까 했지만 할 일이 너무 많았다.

그렇게 정리를 하고 새로 들인 가구들의 포장지를 뜯어 쓰레기를 버리러 나가는데, 익숙한 얼굴이 계단을 올라오고 있었다.

"어어?"

"어머? 최강 씨가 여긴 어쩐 일이에요? 설마, 나 보러 온 거?"

황당하게도 계단을 올라오는 게 최소현이었던 것이다.

"전 오늘 여기로 이사 왔는데…….."

"어라! 오늘 옆집에 새로 이사 온다더니, 설마 204호?"

"옆집? 소현 씨가요?"

"네, 저 205호."

"허…….. 진짜요?"

이 무슨 황당한 우연이 다 있을까.

그냥 남는 방 구하다가 저렴하고 괜찮은 전세가 있어서 들어온 건데, 그 옆집에 최소현이 산다니.

잠시 뒤, 나는 그녀와 함께 집에서 자장면을 시켜 먹었다.

이사 첫날엔 자장면을 먹는다는 최소현의 고집이 반영된 결과다.

"와, 정말 놀랐어요. 어떻게 제 옆집으로 최강 씨가 이사를 와요?"

"오해하지는 마세요. 저 진짜 모르고 온 겁니다."

"에이 설마. 최강 씨가 저 보려고 여기로 이사 온 거겠어요?"

듣고 보니 어쩐지 서로 분위기가 어색해진다.

그녀가 뭔가 이상해 하는 표정을 지어 가자 나는 얼른 말했다.

"저 진짜 소현 씨가 무슨 동에 사는지도 몰랐어요. 아시죠? 제가 데려다 준다고 했을 때도 택시 타고 막 가 버리시고. 알 턱이 없죠. 그렇죠?"

"호호…… 그러네요. 우연인 거겠죠, 뭐. 저 오해 안 해요, 진짜."

"그래도 이상하게 생각할까 봐……."

"에이, 괜찮다니까. 무슨 남자가 이렇게 소심해."

그녀는 자신만의 아지트라면서 나를 옥상으로 데려가 주었다.

"저는 가끔 여기로 올라와서 고기도 구워 먹고, 맥주도 마시고 해요. 이 좋은 공간을 다른 사람들은 이용을 안 하더라고요. 그래서 주인아주머니한테 말해서 여기다가 평상도 놓고 했죠. 어때요?"

"좋네요. 동네도 한눈에 보이고. 근데 여기서 혼자 고기를 구워 먹는다고요?"

"제가 팀원들 제외하고는 친구를 안 두는 성격이라."

"왜요, 성격 좋으신데?"

"그거야 최강 씨나 그렇게 보는 거지, 남들은 그렇게 생각 안 해요. 거칠고 사람 말 잘 안 듣고. 학창시절에도 적응을 잘 못했거든요. 그래서 항상 겉돌았어요, 제가."

"의외네요. 활달해 보여서 안 그럴 줄 알았는데."

나는 그녀와 함께 평상에 앉았다.

"최강 씨는 어때요? 친구 많아요?"

"특별하게 생각하는 친구도 있고, 동창회도 가끔씩 나가고. 남들 있는 만큼은요."

"그렇구나. 그런 사람들 보면 난 왠지 부럽더라. 좋겠어요, 친구 많아서."

먼 곳을 바라보는 그녀가 왜 이렇게 쓸쓸해 보이는 걸까.

모르는 사이도 아니고 이제 이웃도 되었는데, 함께 잘 지내보는 것도 좋지 싶었다.

"그럼 소현 씨 친구는 내가 되어 줄게요."

"네?"

"친구. 하자고요. 여기서 고기도 같이 구워 먹고. 좋을 것 같은데. 어때요?"

그녀도 싫지는 않은지 미소를 지어 보였다.

"어어? 나 그럼 거절 안 할 건데. 막 늦은 시간에도 맥주 마시자고 부르고 그럴지도 모르는데, 괜찮겠어요? 귀찮아질 텐데?"

"안 귀찮아할게요. 그러니까 심심하면 불러요. 알죠, 나 백수인 거?"

* * *

방이 마련된 한식 식당으로 이진석이 들어왔다.

방 내부엔 이미 누군가가 자리 잡고 있었다.

바로 신우범 원장이었다.

"안녕하십니까."

"그래, 나를 보자고 했다고."

"지시가 여러 곳에서 날아들면 저희들도 혼선이 생겨서요. 무엇을 따라야 할지 판단하고자 만나 뵙기를 청했습니다."

"훗, 김종기 의원한테 혼이 많이 난 모양이군."

"누구 덕분에 무능하다는 소리를 많이 들었죠. 제가 그런 말은 잘 듣지 않는데 말입니다."

신우범 원장이 술이 든 주전자를 들어 보였다.

"한잔할 텐가?"

"주시면 받겠습니다."

신우범 원장이 술을 따르고 나서 말했다.

"카드 때문에 많이 곤란했던 건 알아. 하지만 곧 정리될 테니 잠시만 참고 기다려 주게."

"근래 다른 원로들을 만나고 다니신다는 건 들어 알고 있습니다. 그 내용을 들어 보니 회주의 교체에 관한 이야기가 돈다던데요."

예리한 질문에 신우범 원장이 희미한 미소를 내비쳤다.

"어르신이 돌아가시기 전, 김종기 의원을 회주로 내정했다는 건 나도 알아. 그래서 카드가 그에게 전달되려고 했다는 것도 알고. 근데 말이네. 힘이란 건, 쥔 사람이 휘두르는 게 아닌가?"

"후훗, 옳으신 말씀입니다."

"하여 내가 그 자리에 오를까 하네만. 자네 생각은 어떤가?"

"제가 무슨 힘이 있나요? 저야 원로들께서 하명하시는 것만 잘 듣고, 뒤처리만 하면 되는 입장인걸요."

"허허, 내 앞에서까지 자네 스스로를 너무 낮출 필요는 없어. 조직을 위해서라면 원로도 감쪽같이 처리할 자네인 걸 내가 뻔히 아는데."

"무슨 그런 말씀을. 행여 혼자만의 생각을 다른 분들에게까지 새기지는 말아 주십시오. 입장이 곤란해집니다."

신우범 원장이 이진석을 강하게 쏘아봤다.

"이 실장."

"네, 원장님."

"내 편이 되게. 그리하면 자네에 대한 지원을 대폭 늘려 보도록 하지. 활동비 같은 건 늘 많이 필요한 법이지 않은가?"

곰곰이 생각에 잠기던 이진석이 술잔을 입에 털어놓고는 말했다.

"그게 조직을 위한 거라면, 마땅히 그 흐름에 따라야겠지요."

"말귀를 알아들으니 좋군."

이진석이 그에게 물었다.

"하지만 그 전에 말입니다."

"음?"

"근래 조직을 배신하는 자들이 늘어 가고 있다는 건 잘 아실 겁니다."

"흠, 그렇지. 마츠오카도 그렇고 신정환 그놈도 그렇고."

"국정원 내에 있지만, 원장님 직계 휘하는 아니기 때문에 신정환도 원장님이 조직의 원로라는 건 몰랐을 겁니다."

"신정환은 김종기 의원 휘하였으니까."

"아마도 그래서 원장님의 이름까진 거론이 안 되었겠죠."

"말하고 싶은 게 뭔가?"

"배신자들의 선임들을 이대로 놔두어도 될까 그걸 묻고 싶은데요."

신우범 원장이 그를 지그시 쳐다봤다.

"그 말은 원로까지 손을 대겠다는 말로 들리는데."

"제 결정은 없습니다. 힘을 가진 분의 선택이겠죠."

"그건 보류하도록 하게."

"어째서죠?"

"내가 자리에 앉을 때 말이 안 나오게 하려면 그게 좋은 명분이 될 거거든."

신정환의 배신을 김종기 의원에게 책임을 물어 그가 항의하지 못하도록 하겠다는 뜻이었다.

"그렇군요. 그럼 다음으로 넘어가죠. 최강과 정이한. 이 둘은 어쩔까요? 정이한은 감쪽같이 숨었지만, 최강은 그럴 생각이 없는지 노출하고 다니더군요."

"흠, 그대로 놔두게."

"하나는 조직을 배신하고, 또 하나는 조직을 곤란하게 만들었는데. 그냥 놔둔다고요? 최강은 그렇다 쳐도, 배신은 처리가 원칙입니다."

"그럼 최강만은 건드리지 않는 걸로 해 두지."

"무슨 다른 이유라도 있으십니까?"

"조만간 내가 따로 써 볼 생각이거든. 그 녀석은 뭔가 보통 사람이 아닌 것 같은 기분이 들어. 그러니까 최강은 그대로 놔두게."

"그렇군요. 잘 알았습니다. 그럼 정이한만 처리하고 최강은 놔두는 걸로 하겠습니다."

얘기를 마친 이진석은 밖으로 나와 차에 올랐다. 그는 곰곰이 생각에 잠긴 듯하더니 피식 웃었다.

"역시 대세를 따르는 게 옳은 거겠지. 멍청한 호랑이보단, 영악한 늑대가 그 자리에 더 잘 어울릴 것도 같고."

* * *

가만히 눈을 감고 편안하게 바닥에 앉은 나는 정신을 집중했다.

그리고 서서히 눈을 뜨며 내 주위로 떠 있는 아홉 개의 바둑알을 보았다.

바둑알들은 일정한 간격으로 내 주변을 돌았다.

-이제 흐르는 물결을 떠올려 보아라.

단순히 떠올리기만 하는데, 주변을 돌던 바둑알들이 일정한 간격으로 위아래로 움직였다.

-계속 그렇게. 집중을 흩트리지 말고.

어찌나 집중을 한 것인지 식은땀이 흘러내렸다.

그래도 이거면 장족의 발전이다.

이틀째까지는 바둑알 하나도 띄우지 못해 온갖 알아듣지도 못할 욕을 먹었으니까.

근데 이런 수련을 한 달쯤 하고 나니까 바둑알을 아홉 개는 띄우는 건 물론, 그 움직임까지 자유자재로 조절이 가능했다.

"후우······."

나는 바둑알들이 내 손으로 모여들어 쥐어지는 것을 마지막으로 한숨을 내뱉었다.

"저 이제는 좀 되는 것 같지 않아요?"

스스로도 만족하여 기뻐하는데 호통이 들려왔다.

-자만하지 마라! 나는 네가 타고 다니는 차만 한 바위로 그런 것을 해 왔으니까.

"할아버지하고 저하고 같나요. 초보한테 너무 많은 걸 바라지 맙시다."

아무거나 이렇게 염력을 쓸 수 있는 거냐고?

물론, 아니다.

내가 움직인 바둑알에는 룬이 새겨져 있었다.

집중력과 고차원의 마법을 쓰기 위한 훈련을 위해 만들어 놓아서이지, 아무거나 이렇게 움직일 수 있는 건 아니었다.

-그래도 이제는 2단계로 넘어가도 될 성싶구나.

"그건 어떤 것들인데요?"

-왜곡이다.

"왜곡이요?"

-너의 신체나 다른 물체를 세상의 것과 다르게 만들 수 있는 마법이지. 지금까지의 환상 마법들과는 차원이 다를 것이다.

"예를 들자면요? 지금 해 볼 수 있을까요?"

-보여 주지. 대신 지금까지의 마법과는 다르게 압박이 심할 것이다. 자, 벽으로 다가가 보아라.

벽으로 다가가자 제라로바의 주문이 흘러나왔다.

"*아스라무크스…….*"

내 몸이 제라로바의 의지에 따라 벽으로 붙어 갔다.

"어어, 어어……!"

그런데 이게 무슨 일일까.

스윽.

내 몸이 벽을 통과하여 복도로 나가게 되었다.

맨발로 순식간에 복도에 나와 있자 환희가 솟아올랐다.

"대박!"

벽을 통과할 수 있다고?

"이게 된다고? 진짜? 하핫!"

-더 놀라운 걸 보여 주지.

저절로 손이 벽에 대어지더니 위로 쭉 하고 올라갔다.

"우앗!"

그러자 2개 층을 넘어 순식간에 옥상으로까지 올라왔다.

"어, 어떻게 된 거에요?"

-이걸 사용하면 땅 속으로 꺼질 수도 있고, 그 속을 원하는 만큼 지나갈 수도 있다. 벽 역시 마찬가지지.

벽이든 땅 속이든 원하는 만큼 파고들어 이동이 가능하다는 거였다.

"그럼 빌딩도 1층에서 벽에 손만 대면 꼭대기까지 올라갈 수 있다는 거네요?"

-활용에 따라선 그렇겠지.

이거 하나면 앞으로 도망치는 거나 어딘가로 숨어드는 건 뭐든 된다는 말이었다.

"혹시 총알이 날아들면요?"

-당연히 너의 몸을 통과해서 뒤로 박히겠지.

"와우……!"

나는 감탄하며 박수를 쳤다.

짝짝!

"2단계면 이 정도가 가능하다고요? 히야, 마법 이거, 수련

할 만하네요!"

육체적 능력도 하루가 다르게 커지고 있는데, 마법까지.

정말 이쯤 되니까 겁도 상실해 간다.

발라스와 싸운다고 해도 두려울 게 없을 것 같았다.

"이제는 마법을 열 번도 넘게 쓸 수 있게 되었는데, 더 많은 게 된다고? 후훗, 후후후훗."

나 이러다가 인간의 영역을 벗어나는 거 아냐?

* * *

며칠이 더 흘렀을 때였다.

나는 그동안 가지고 다녔던 영상 장치들의 저장 내용들을 살펴봤다.

그동안 내게 있었던 모든 일들이 여기에 다 기록되어 있었다.

"정말 바쁘게도 살아왔다. 이때는 정말 하루하루가 막막했는데."

다시 떠올려도 암담한 나날이었다.

혼자였다면 어디에 기대고 누구에게 의지를 했을까?

"다시 생각해 보지만, 두 분께서 없었으면 정말 여기까지 못 왔을 겁니다. 늦었지만, 정말 고마웠습니다."

-당장 헤어질 사람처럼 새삼스럽구나.

"아, 근데 말이에요. 마법으로도 우리가 분리될 방법은 없는 건가요?"

-있기는 하다만, 네 수준으로는 불가능하겠지. 그게 되려면 3단계인 혼을 다루는 마법이 필요한데, 내가 보기엔 너의 생에는 가능하지 않다고 본다.

"결국 죽어야 가능하다는 거네요."

-그것도 방법 중에 하나지.

"네?"

-다시 너의 혼이 육체와 분리되는 상황이 생긴다면 그땐 가능하지 않을까?

"아……. 그건 좀 곤란한데요. 죽음을 감수할 바에는, 그냥 불편함을 견디렵니다."

그러고 있는데 갑자기 전화가 걸려 왔다.

"어? 원장님?"

어쩐 일이실까?

더는 내게 연락이 올 일이 없을 텐데.

혹시 엄마 때문에 그러시나?

가만 보니 원장님은 엄마에게 호감이 있는 것 같았다.

그렇지만 그 엄마라는 분은 지금 한참 젊음을 즐기는 터라.

그때와 같지는 않을 텐데.

"네, 여보세요?"

[최 군, 날세.]

"네, 원장님."

[잠깐 만날 수 있을까?]

잠시 후, 나는 집 근처 카페에서 신우범 원장님을 만났다.

"제가 사는 곳을 알고 계셨네요. 이렇게 직접 찾아도 와 주시고."

"그래도 국가정보원의 수장인데, 자네의 소재지 하나 정도 는 찾을 수 있어야지."

"그렇죠. 뭐……. 근데 저는 어쩐 일로……."

"자네에게 한 가지 제안이 있어서 말이네."

"제안이요?"

"7과를 다시 개설하려고 하는데, 자네가 거기 과장을 맡아 주면 어떨까 해서."

"제가요?"

"그동안 봐 온 자네 능력이면 충분히 자격을 갖췄다고 보 거든. 국정원 내의 암약 조직을 모두 잡아들일 수 있었던 것 도, 그리고 자네가 누명을 쓴 일의 원흉도 다 자네가 해결한 일이지 않나?"

"그렇기는 하지만……. 원장님, 저는……!"

"팀원들도 다 자네가 알아서 꾸려도 좋아. 준비 기간도 독 촉하지 않음세. 하니 자네가 하고 싶은 대로 짜도록 해. 전 부 자네에게 맡기도록 하지."

갑자기 찾아와서는 7과를 개설하고 과장을 맡아 달라니.

다신 위험한 일에 안 꼬이려고 사직서를 낸 걸 모르시는 건가.

"원장님, 죄송하지만 저는요······."

"이보게. 어른이 직접 찾아와서 부탁하는 걸 그 자리에서 단칼에 잘라 거절하는 건 안 좋은 버릇이야. 거절을 하더라도 생각을 해 주는 척이라도 해 줬으면 하는데. 며칠 시간을 주지."

"아, 네······."

집으로 돌아오는 길에 둘의 시끄러운 소리가 끊이질 않았다.

-그래서 어쩔 생각이냐?

-당연히 해야지! 이제 약점도 사라졌겠다, 뭐가 무서워서 마다하겠어?

그들의 대화는 집으로 들어와서까지 계속되었다.

-너의 장점을 이대로 썩히기에는 아까운 게 사실이야.

-맞다! 최강! 그 어떤 단련도 실전 없이는 완성될 수 없어! 너도 직접 실전을 경험해 봐야지?

물을 따라 마시고, 침대에 눕기까지 목소리는 쉼 없이 이어졌다.

-해 보는 것도 나쁘진 않을 것 같다만?

-생각할 것도 없다! 그 전화라는 걸 해서 당장 말해! 하겠

다고!

둘의 욕구 충족에 날더러 희생하라고?

"싫은데요."

-뭐?

-아니, 왜……?

"그 위험한 일에 휩쓸린 게 얼마나 지났다고 또 거길 뛰어듭니까. 어우, 싫어요, 저는."

-최강, 다시 생각해 봐라. 지금의 너는 얼마 전의 너와는 달라! 지금은 뭐든 할 수 있다고!

그래, 지금이라면 보통 사람과는 다른 많은 일을 할 수 있겠지.

영화에서 나오는 히어로가 되는 것도 무리는 아닐 거다.

하지만 갑자기 힘이 강해졌다고 해서, 새로운 능력이 생겼다고 해서 사람의 담력이 갑자기 커지는 건 아니다.

이들의 단련으로 내가 강해진 건 사실이지만, 내 스스로 정말 뭐든 할 수 있겠다고 생각하기 전까지는 그런 일에는 뛰어들고 싶지 않았다.

"안 합니다. 그러니까 더는 말씀하지 마세요."

4. 이번엔 저한테 맡겨 보시죠

빙의로
최강요원

저녁쯤에 옥상에 올라 맥주를 마시고 있는데 뒤에서 목소리가 들려왔다.

"뭐야, 여기에 있었어요?"

"아, 소현 씨."

"집에 갔더니 없길래. 혹시나 해서 올라와 봤더니 벌써 여길 이용 중이었네요."

"집에 있기 갑갑해서요. 그래서 바람이나 쐴까 해서 온 건데. 반가운 친구가 오니까 술맛이 사네요."

슬그머니 다가온 그녀가 허락도 없이 맥주를 따 마셨다.

그러거나 말거나.

신경 쓰지 않았다.

그런데 그녀가 나를 힐끔 보더니 묻는다.

"뭐 걱정거리라도 있어요? 얼굴에 근심이 가득인데."

"그렇게 보여요?"

"네."

이 여자한테 보일 정도면 정말 내 표정이 어떻다는 건지.

"쩝, 하아……."

"어우, 땅 꺼지겠네. 무슨 일인데 그래요?"

"이걸 어떻게 말해야 할지. 말 꺼내기가 조금 곤란하네요."

"뭐야……. 우리 이제 친구라면서요. 친구끼리 그 정도 고민도 못 털어놔요?"

그러고 보면 불알친구인 김정원도 모르는 걸, 최근 일에 관해선 이 여자가 더 많이 알고 있기는 하다.

납치까지 당하고, 국정원과 관련된 일도 다 알고 있으면서도 묻지 않고 숨겨 준 그녀.

현재로서는 내 주변에서 이만큼 믿을 만한 사람이 어디에 있을까 싶다.

거기에 의리도 있고, 꽤나 정의롭기까지 하니 상당히 신용할 만한 사람이다.

그래서인지 나도 모르게 속내를 털어놓고 싶었다.

"사실은 오늘, 국정원 원장님께서 다녀가셨어요. 다시 일을 해 보라면서. 거기다가 제안은 또 얼마나 파격적인지."

"정말요?"

"위험한 일이 싫어서 사직서 던지고 나온 사람한테 일을 제안하는 건 무슨 경우일까요?"

"근데요. 사람 일이라는 게, 뭐든 했던 일이 가장 쉬운 거 아닐까요?"

"했던 일이 가장 쉽다⋯⋯?"

"무서워서 싫다고 한다면 굳이 권장할 건 아니지만, 혹시 라도 그 일에 재미를 느낄 요인이 조금이라도 있다면 그 일 이 최강 씨한테 맞는 직업이지 싶은데요."

"저 그 일 하는 거 정말 무서운데⋯⋯."

"그럼 하지 마요."

"근데 익숙한 일인 건 사실이고요."

"그럼 해 보고요."

"근데 위험할 것도 같고⋯⋯."

"그럼 하지 마요."

"그래도 과장으로 승진까지 시켜 주면⋯⋯!"

최소현이 버럭 화를 냈다.

"이 사람이, 진짜! 장난하나! 그래서 하겠다는 거예요, 말 겠다는 거예요?"

"소현 씨, 화났어요?"

그녀가 버럭 화를 낸 게 과했나 싶었는지 민망해하며 몸을 돌렸다.

"아니, 화가 난 게 아니라……. 그렇잖아요. 남자라면 딱 하나 정해서 후회 없이 시원하게 길을 나아가야지 말이야. 이랬다가 저랬다가. 사람 헷갈리게."

"하핫, 남자다운 친구가 아니라서 미안하네요."

"뭘 또 그렇게까지? 아무튼! 스스로에게 잘 물어봐요. 그 일을 정말 바라는 건지 아닌 건지. 위험을 감수하고서라도 해도 되는 일인지 말이에요. 그리고 솔직한 말로, 아니다 싶 으면 또 사직서 내고 그만두면 되죠. 설마 두 번 나간 사람 한테 또 제안하러 오겠어요?"

"나올 때까지만 해도 이 문제에 관해선 생각할 필요도 없 다고 여겼는데. 조건에 혹하는 나를 보니 참, 저도 제 마음 을 모르겠네요."

* * *

이른 아침 최수현은 급하게 출근을 하고 있었다.

그런데 차에 올라 경찰서로 가려는 그녀를 멀리서 사진을 찍는 남자가 있었다.

찰칵. 찰칵.

그리고 얼마 뒤, 그 사진은 신우범 원장에게로 전달되었 다.

"강남서 강력 2팀 경찰이라고."

"네."

이미 그의 앞에는 그녀의 이력까지 꼼꼼하게 정리되어 서류화되어 있었다.

"최강하고는 어떤 사이 같던가?"

"최강이 수배되었을 때 알게 된 인연으로 간혹 만나는 사이인 것 같았습니다. 최강의 어머니가 실종되었을 때도 이 경찰이 대신 신고를 해 주었고요. 그리고 우연히 옆집으로 이사를 온 이후로 더욱 친해진 것 같았습니다."

"그래……. 후훗, 그럼 어쩌면 좋은 계기를 만들 수 있겠군."

최소현이 출근을 하고 얼마 후, 윤석준 반장이 강력 2팀 모두를 소집시켰다.

"야, 사건 터졌으니까 다들 모여."

"왜요, 무슨 일인데요?"

"들어와 보면 알겠지, 뭘 미리부터 물어, 인마!"

윤석준 반장은 보드에 사진과 자료를 붙이며 설명을 시작했다.

"일명 부스터라고 불리는 마약이야. 먹으면 흥분과 환각으로 미친다고 하는데, 황당하게도 이걸 먹으면 일정 시간 힘이 엄청 강해진다고 해서 부스터라고 불리고 있어."

곧 죽은 다섯 명의 시체 뒤로 칼을 들고 웃고 있는 사내의 사진이 걸렸다.

"나이 29세, 이름 장성기. 태진그룹 셋째인데, 사람을 다섯이나 죽여 놓고 환각 상태로 인한 심신미약을 주장하고 있어."

"이거 언제 일어난 일이에요?"

"오늘 새벽 4시 20분. 태진그룹 측에서 보도를 최대한 막고는 있는데, 핸드폰으로 찍은 사람들이 많아서 이미 유튜브를 통해 퍼지고 있을 거야. 잔혹성 때문에 거기서도 제재를 하겠지만, 퍼지는 거 순식간이고, 금방 언론 보도도 나갈 테니까 시끄러워지기 전에 얼른 처리해야 해. 태진 측에서도 빠른 마무리를 원하고 있고."

"근데 마약이면 마약반이 맡아야 하는 거 아닌가요?"

"그렇기는 한데, 그쪽도 이번에 맡고 있던 사건 때문에 인력이 부족한가 봐. 그래서 우리 강력반까지 기회가 생긴 거지."

윤석준 반장이 해야 할 일을 지명해 주었다.

"박태하하고 김영진이 장성기 만나서 유통 경로 파악하고, 최소현하고 김동운은 피의자인 장성기가 일을 저질렀던 클럽으로 가 봐. 장성기도 그 클럽에서 약을 받은 거라는 말이 있어. 가서 직원들 신원 제대로 파악하고, 누가 이런 걸 뿌렸는지 털어 봐."

"네, 반장님."

"강정민하고 이윤철은 근처 약쟁이들 만나서 부스터에 관해 아는 거 있는지 탐색해 보도록 하고."

"네, 반장님."

"자, 빨리 움직여! 다른 팀들도 다 움직이고 있다고 하니까 먼저 공급책을 찾는 사람이 이 사건 임자인 거야. 이 사건! 실적 크게 걸려 있다! 제대로 하자!"

"넵!"

클럽에는 이미 감식반이 먼저 와 조사를 하는 중이었다.

클럽으로 들어온 최소현은 내부를 쭉 둘러보다가 김동운에게 말했다.

"동운아, 나는 직원들 좀 만나 볼 테니까, 너는 사장 만나서 직원들 목록 좀 확보해 줘."

"네, 선배."

최소현은 남아 있는 직원들 하나하나를 만나 얘기를 나누었다.

"어제 사건이 일어난 시각에는 뭘 했죠?"

"저는 내부 룸 서빙을 하고 있었는데요."

"직원들은 지금 여기에 다 있는 건가요?"

"아침까지는 다 있었는데, 몇몇 형들은 나중에 조사받겠다고 하면서 집에 다들 갔어요."

그녀는 다른 직원도 만나 얘기를 나눴다.

"피의자가 클럽 내에서 약을 받았다고 하는데, 혹시 그 부분에 대해 아는 거 있어요?"

"요즘은 그렇게 안 해요. 예전에는 형들이 손님들한테 서비스로 공급하고 그랬다고 하는데, 지금은 다들 손 털었다고 했거든요. 그런 건 이제 롤러가 돈다고 들었어요."

"롤러……."

마약을 들고서 여기저기 굴러다니는 놈들이라고 해서 롤러라고 불린다.

소수로 움직이는 판매자들로, 클럽 내에서 아는 사람들끼리 만나 은밀히 거래를 하는 것이었다.

"그럼 롤러 중에…… 부스터 파는 놈 들어 봤어요?"

"죄송한데요, 저는 일한 지 일주일밖에 안 되어서 잘 몰라요. 그건 일하던 형들한테 물어봐야 할 것 같은데. 그리고 전 이제 학교에 가 봐야 해서요."

"학교? 대학생?"

"네……."

"아……."

보아하니 등록금 벌려고 새벽까지 일하고서는 쪽잠만 자고 수업에 나가는 알바생인 것 같았다.

자신이 오래 붙잡을수록 그가 곤란해진다는 건 알았지만 최소현은 한 번 더 그를 붙잡았다.

"그럼 한 가지만 더요. 혹시 여기 직원 중에서 맏형쯤 되는 사람이 누구에요?"

"중현이 형이요."

"중현이 형? 성은요?"

"함중현. 근처 클럽에서는 유명하다고 들었어요."

"어떤 쪽으로?"

"그 형이 좀 잘생겼거든요. 그래서 누나들이 많이들 찾아서 와요."

직원들을 만나 조사를 하는데, 김동운이 왔다.

"직원 목록은?"

"여기요."

"CCTV는 땄고?"

"그거야 기본이죠."

"사장은 이 일에 관계가 없나 봐? 순순히 건네주는 걸 보면."

"중요한 부분 손대고 줬을지도 모르니까 제가 매의 눈으로다가 잘 살펴보겠습니다."

"더는 볼 거 없는 것 같으니까 바깥쪽 감시 카메라 위치만 확인하고 서로 들어가자. 뭐가 찍혀 있는지 봐야 수상한 놈들을 찾지."

그런데 바깥을 살피는데 길 건너편에서 담배를 문 채 누군가와 얘기를 나누고 있는 사내 하나가 보였다.

최소현이 김동운에게 물었다.

"야, 동운아. 저 옷, 여기 클럽 직원 옷 맞지?"

"그런 것 같은데요?"

그런데 클럽 쪽을 보던 사내가 대뜸 담배를 버리더니 급히 도망을 치기 시작했다.

그들 두 사람과 시선을 마주친 걸 안 것이다.

수상해 보였던 최소현은 즉시 쫓았다.

"동운아, 저거 잡아!"

"예? 아, 예!"

둘은 차가 달리는 도로를 위험하게 횡단을 하고 골목으로 들어간 사내를 죽어라고 뒤쫓았다.

"너는 저쪽으로 가!"

골목과 골목을 넘나들고 도로변을 달리며 겨우 거리를 좁혔지만, 거의 다 쫓아와서는 좀처럼 거리가 좁혀지질 않았다.

"야, 거기 서!"

퍼억!

그녀가 지른 소리에 뒤를 돌아보던 사내는 앞서 오던 자전거를 못 보고 그만 부딪치고 말았다.

"아윽!"

다시 일어나 도망치려고 하지만 그때, 최소현이 몸을 날려 그를 넘어뜨렸다.

철퍼덕!

"서라는 말 못 들었어?"

그녀가 재빨리 일어나 말하는데, 대뜸 그가 칼을 꺼내 들었다.

휘익! 휘익!

"오지 마! 오면 뒤질 줄 알아."

최소현은 사내가 제법 잘생겼다고 생각하며 혹시나 싶어 물었다.

"혹시 함중현?"

"뭐야, 내 이름은 또 어떻게 알아?"

"직원 중에 잘생긴 놈이 있다더니, 그게 너구나?"

불안한 듯 사건 현장을 계속 살피던 그 눈길을 보면 뭔가 있는 게 분명했다.

게다가 주변에서 유명하다고 하니 약을 뿌린 게 이놈일 가능성이 크다고 생각했다.

함중현은 칼을 양 옆으로 휘둘렀다.

"오지 마, 죽인다고 했다."

"그 칼 내려놔. 여기서 너 그걸로 나 찌르면 너만 곤란해져. 그걸 몰라?"

"오지 말라고, 이 미친년아!"

미친년이란 말을 듣자 그녀의 표정이 돌변했다.

"너 지금 뭐라고 했냐……."

"미친년이라고 했다. 왜?"

"뭐? 미친년? 아놔, 이게 사람 또 꼭지 돌게 만드네. 너

진짜 미친년이 뭔지 보여 줘?"

갑자기 그녀가 옆에 떨어져 있던 닭 잡는 칼을 집어 들었다.

더 크고 무시무시한 칼을 들며 다가오자 함중현이 크게 놀랐다.

"뭐야, 너. 미쳤어?"

"그래! 미쳤다! 찔러 봐! 네가 찌르는 순간 나도 이걸로 니 목을 확 따 버릴라니까. 찔러 보라니까?"

"뭐 이런 돌아이 같은 년이……!"

"그래, 나 돌아이다! 어쩔래……! 으아아아아-!"

함중현은 다시 도망을 치고, 최소현은 칼을 들고 소리를 지르며 쫓아가기 시작했다.

뒤에서 그 모습을 본 김동운은 황당해하며 달려왔다.

"뭐야, 저 칼은?! 아우, 선배 또 왜 저래……! 선배-!"

한참 후, 최소현은 웃으며 함중현을 잡아 사무실로 끌고 왔다.

윤석준 반장은 그녀의 옷에 묻은 피를 보며 깜짝 놀랐다.

"야, 너 괜찮아?"

"네? 아, 네. 저는 괜찮아요."

최소현이 답하자 그가 다시 말했다.

"아니, 너 말고. 얘 말이야."

"네?"

"지금 막 신고 전화 들어오고 난리 났어. 어떤 미친 여자가 시장에서 칼 들고서 사람을 죽이려고 쫓아다닌다고……."

"아, 예……."

"그래도 용케 안 죽이고 데려왔네?"

"그렇죠, 뭐."

"그 피는 뭐야?"

"이 새끼가 휘두르는 거에 그냥 살짝 긁혔어요."

그 순간 윤석준 반장이 눈을 크게 뜨며 흥분했다.

"뭐……! 감히 경찰 몸에 칼을 대……! 이런 상노무시키가……! 너 죽고 싶어! 야, 이런 새끼를 왜 살려서 데려왔어, 그 자리에서 확 죽여 버리지!"

"아휴, 또 오버하신다. 저 괜찮으니까 이놈이나 조사해 보세요. 분명 켕기는 게 있는데 왜 도망쳤는지도 말을 안 해요."

"야, 누가 이 새끼 당장 끌어다가 족쳐! 얼른!"

다른 팀원이 함중현을 데려가자 윤석준 반장이 최소현에게 말했다.

"넌 쪽팔리게 강력반 형사가 칼이나 맞고 다니고. 누가 보기 전에 얼른 가서 치료나 받아!"

"네네~ 갑니다~!"

* * *

그날 저녁, 옥상에 있던 최강이 퇴근을 하는 그녀를 발견하며 손을 흔들었다.

그를 보고 마주 손을 흔들던 그녀는 곧장 옥상으로 올라오며 물었다.

"혹시 맥주 있어요?"

"있죠. 아주 시원한 걸로. 제가 저걸 가져다 놨거든요."

한쪽에 작은 천막이 쳐져 있고, 그 밑으로는 냉장고 하나가 놓여 있었다.

그녀는 놀랐는지 입을 다물지를 못했다.

"진짜? 진짜 저걸 여기다가 올려다 놨다고요?"

"네. 저런 걸 두기엔 집은 좁고, 맨날 가지고 올라오기도 귀찮고. 그래서 준비해 봤습니다. 어때요? 괜찮죠?"

"와……. 나하고 로망이 똑같은 사람이 있네."

"네?"

"호호, 나 저런 술 냉장고 하나 가지고 싶었거든요."

최강이 어색한 미소를 머금었다.

"만족한다니 다행이네요."

그녀가 냉장고에서 맥주를 한 캔 꺼내 오더니 평상에 앉았다.

"아우……."

"왜 그래요, 어디 아픈 사람처럼?"

"간만에 땅 좀 구르고 풀업 되어서 뛰어서 그런가. 안 아픈 곳이 없네요."

최강은 그제야 그녀의 옷에 묻은 피를 보며 깜짝 놀랐다.

"어! 피……. 어디 다쳤어요?"

"아유, 별거 아니에요. 범인 잡다가 그냥 조금 스쳤어요."

"어디 봐요. 그럼 상처를 얼른 치료를 해야죠, 이렇게 놔두면 어떻게 해요?"

"치료 하고 온 건데 터졌나 봐요."

"아니 그럼 다시 붕대를 대던가 해야지, 어디 좀 보자니까요?"

"아우, 뭘 자꾸 봐요, 위치도 애매한데……! 왜요, 내 옷다 까 볼려고요?"

상처 부위가 가슴 바로 아래였다.

옷을 올리자면 부끄러운 부분까지 보여야 할 것이기에 그녀가 거부하는 거였다.

"아니, 그런 건 아니고. 걱정되는 마음에……."

"그 마음 알겠으니까, 그냥 앉아서 맥주나 마셔요."

"아니, 근데. 대체 무슨 일인데 칼까지 맞은 거예요?"

그녀가 낮에 있었던 상황을 알려주었다.

살인 사건 현장에 갔다가 의심스러운 용의자를 쫓다가 이렇게 되었다는 이야기였다.

"이거 원래 일반인한테는 말하면 안 되는 건데, 최강 씨도 워낙 비밀스러운 입장에 있던 사람이니까 말해 주는 거예요. 그러니까 어디 가서 말하고 그러면 안 돼요. 알았죠? 수사 과정 노출하면 큰일 나니까."

"부스터……. 그런 건 처음 듣네요."

"아, 그러고 보면 국정원에서도 그런 쪽으로 조사하고 추적하지 않아요?"

"안보 위협에도 관여된 일이어서 따로 담당 부서가 있기는 합니다."

"근데 거기서도 못 들어 봤다고요?"

"아무래도 신종 마약인 것 같은데."

"그렇긴 해요. 저도 이번에 처음 들어 본 거니까. 보통은 기껏해야 필로폰이나 엑스터시가 주로 거래가 되는데, 어디서 이런 게 흘러들었는지 모르겠어요."

"아무튼 그게 사람을 죽일 만큼 심각한 증상을 일으킨단 거잖아요."

"단순히 환각과 흥분을 일으키는 암페타민계 유기화합물이 아닌 새로운 형태의 마약인 것 같아요. 듣기로는 일정량 힘도 강하게 해 준다는 말이 있더라고요. 아무리 칼을 들고 있었어도 혼자서 다섯 명을 죽인다는 건, 쉬운 일이 아니거든요. 근데 곱게 자랐을 재벌 3세가 그걸 했다는 거죠."

집으로 들어온 나는 잠시 생각에 잠겼다.

"부스터라고. 그 정도 근력 증가 효과까지 있는 물건이면 국정원에서도 모르고 있지는 않을 텐데……."

환각과 흥분제만으로도 이미 젊은 층에서 유행하고 있을 텐데, 거기에 근력 증가 효과까지 있다면 그 수요가 상당히 크지 않을까 싶었다.

"그리고 그런 효능이면 이미 길거리 내기 싸움에도 충분히 퍼져 있을 거고."

룰이 존재하지 않는 길거리 내기 싸움.

이기기 위해서라면 그런 약을 복용할 사람들이 수없이 많은 장소였다.

약 하나가 승리 상금보다 클 리도 없을 테고, 아픈 것도 줄여 줄 테니 일석이조일 거다.

-내기 싸움? 그런 곳도 있었어?

"왜요, 관심이 가시나요?"

-한번 가 보자! 용돈도 벌 겸 재미있겠구나.

"에이, 이거 왜 이러세요. 아마추어들 싸움에 전문가가 나서는 게 말이 돼요?"

-그런 말 마라! 그런 놈들도 한 번씩 평정을 해 줘야 조용해지는 법이다!

"그래서 저 싸움꾼으로 유명하게 만들어 주시게요? 그러다가 범죄 조직이랑 엮이는 경우가 얼마나 많은 줄 아세요? 한 번 엮이면 그놈들 놔주지도 않아요. 그러니까 행여 그런 곳에 가실 생각은 마세요. 아셨죠?"

밤에는 내 몸을 마음대로 움직이는 제라로바와 케라여서 미리 경고해 두는 거였다.

내 정신이 수면을 취할 때 몰래 그런 곳에 드나들기라도 하면 정말 곤란해진다.

그런데 시간이 흘러 자리에 눕는데 어쩐지 최소현이 걱정이 되었다.

"상처에 거즈는 잘 바꿨으려나……. 대체 얼마나 베였기에 피가 그렇게 나……."

나는 가만히 손을 들어 오른손을 보았다.

예전에 총에 맞은 상처도 단숨에 낫게 했던 손이다.

그 정도도 가능한 능력인데 그녀의 상처쯤 낫게 하는 게 뭐가 어려울까 싶었다.

"할아버지, 우리 좋은 일 하나 할까요?"

-너 설마, 저 여자가 자고 있을 때 몰래 치료를 해 주려고?

"네. 괜찮죠?"

-하는 거야 어렵지 않다만, 그럼 저 여자가 누구부터 의심할까?

"네?"

-베인 상처가 하루아침에 다 나으면 누구부터 의심할 것 같냐고 묻는 것이다.

"갑자기 왜 이래요? 언제는 제 의견도 안 물어보고 다른 사람들 앞에서 막 마법도 썼으면서?"

대포차 빼앗을 때는 사람을 막 땅에 묻어 버리더니.

갑자기 왜 이런데?

-그거야 다시는 안 볼 놈들이고, 나쁜 놈들이니까 그랬던 거고! 옆집 여자는 앞으로도 자주 볼 사이가 아니냐? 너부터 의심할 텐데, 뭐라고 둘러대려고?

제라로바의 걱정이 뭔지는 알겠다.

하지만 그럼에도 나는 치료해 주고 싶은 간절한 마음이 있었다.

"그래도 다친 게 신경이 쓰여서 잠이 잘 안 오는 걸 어떻게 해요……."

그렇게 옆집에 인기척이 없어질 때까지 기다린 나는 벽을 뚫고 지나가는 마법으로 그녀의 방으로 옮겨갔다.

몸을 뒤척이며 얼굴을 찌푸리는 걸 보니 그럴 때마다 상처가 아픈 모양이다.

그러고 보면 땅을 굴러서 다른 곳도 아프다고 했던 것 같은데.

나는 곧 마법을 펼쳐 그녀를 낫게 해 주었다.

"라울 스미라가 가이라스 코나디아……."

찌푸려졌던 그녀의 표정은 어느새 편안하게 변했다.

그 표정을 보자니 은근히 뿌듯하기까지 했다.

"그럼 편히 쉬어요, 소현 씨……."

* * *

다음 날 아침.

최소현은 무척 개운한 듯 기지개를 피며 일어났다.

"아웅, 잘 잤다. 오우! 간만에 숙면한 것 같은 이 기분은 뭐지? 뭐가 이렇게 상쾌해?"

몸을 이리저리 움직이는데 어째서인지 어제 쑤시던 몸들이 전부 괜찮아졌다.

"어? 아프지 않은데? 이상하네."

그녀는 일어나 몸을 움직이며 웃음 지었다.

"그래도 내가 단련이 잘되어 있기는 한가 봐. 하루 푹 쉬었더니 싹 나아 있고 말이야."

그런데 잠옷을 갈아입으려고 옷을 벗는데, 조심하려고 하던 상처가 아무렇지도 않았다.

"어?"

이상하다 싶어 상처 부위를 만져 가던 그녀는 붙여 놓은 붕대를 살짝 풀다가 깜짝 놀랐다.

"어라-?!"

분명 붕대에는 피가 살짝 묻어 있는데, 상처가 처음부터 없었던 것처럼 완전히 사라져 있었다.

"이게 뭐야? 나 어제 분명 다쳤었는데. 이게 왜 이렇게 된 거지?"

그녀가 대뜸 방 내부를 둘러봤다.

"나 혹시 무슨 수호천사라도 생겼나?"

하루아침에 다 나아 버린 상처.

정말 말도 안 되는 상황이었다.

"혹시 내가 울버린?"

정말 말도 안 되는 상상까지 생각하게 만드는 상황.

물론, 좋기는 했다.

며칠 고생할까 했는데 다 나았으니까 얼마나 좋을까.

그렇지만 대체 원인이 뭐였을까 하는 생각에 머리가 아파 왔다.

스윽.

그러던 그녀가 대뜸 벽을 바라본다.

최강을 의심하는 거다.

"혹시 최강 씨가?"

그녀는 현관문과 베란다 문을 확인하다가 고개를 갸웃했다.

"다 잘 잠겨 있는데. 히야, 도대체가 무슨 일인지를 모르겠네."

씻고 옷을 갈아입은 그녀는 출근을 하다가 지나친 최강의 집 문 앞으로 다시 왔다.

슬그머니 내부의 소리를 들어 보기를 잠시.

인기척이 들렸다.

"깨긴 했나 보네."

그녀는 곧 문을 두드렸다.

똑똑똑.

최강이 밖으로 나오며 웃음을 머금었다.

"출근하는 거예요?"

"네."

"몸은 좀 어때요? 상처도 있는데, 덧나지 않게 당분간은 조심하도록 해요."

"그, 그래야죠. 근데 혹시……."

"네? 혹시 뭐요?"

"아, 아니에요! 그럼 저 이만 출근할게요. 이따가 저녁에 봐요?"

"잘 다녀와요~!"

최소현은 차에 오르며 아리송한 표정을 머금었다.

"이상하다. 전혀 모르는 눈치인데. 덧나지 않게 조심하라고도 했고. 그럼 진짜 내가 울버린이 되어 버린 건가……? 오홋!"

나는 커피를 마시며 최소현의 차가 떠나는 걸 지켜봤다.

"완벽한 연기였죠?"

-살짝 의심하는 것 같았다만, 잘 넘긴 것 같기는 하구나.

"그럼 오늘은 오전 훈련만 살짝 하고서 밖으로 나가 볼까요?"

케라가 물어 왔다.

-어딜 가려고?

"케라 형님이 궁금해하던 곳. 저도 현장요원들 옷에 달린 카메라로만 봤지 실제로는 못 가 봤던 곳이요."

길거리 투기장.

보통은 저녁이 되어야 분위기가 고조되지만, 도박 중독자들이 낮과 밤을 가릴 턱이 없었다.

알콜 중독도 처음엔 밤에만 술 없이는 잠을 못 자게 되지만, 나중에는 낮에도 술을 찾게 된다.

이유야 현실도피든, 힘겨움을 잊기 위해서든 많겠지만 중독이라는 게 원래 그렇다.

중독 앞에 시간의 개념이라는 게 있을 턱이 없는 것이다.

"때려눕혀!"

"그냥 죽여 버려! 앞으로 더 치고 나가!"

"때려! 때리라고! 쉬지 마! 기회를 주지 말고 때려!"

역시나 투기장은 한낮임에도 열기가 대단했다.

살과 살이 부딪치며 피가 튀는 게 뭐가 그렇게들 좋다고 저러는지.

예전까지만 해도 나는 게임을 제외하고는 실제로 저런 걸 보는 걸 무척 끔찍해했다.

언젠가 사촌 형이 닭 잡는 걸 보여 주는데, 그게 너무 끔찍해서 일주일은 트라우마에 사로잡힌 적도 있었다.

닭을 꺼내 와 바닥에 눕히고는 목 위로 삽을 올려놓고 몸을 잡아당기는데, 그걸 보고 있자니 속이 막 울렁거렸다.

지금도 그때를 생각하면 목이 뽑힌 닭의 목이 마구 꿈틀거리던 장면이 눈앞을 어른거리는 것 같았다.

닭장의 닭들도 그 광경을 보며 마구 날뛰는데, 잠시 닭들의 입장이 되어 공포를 느껴 보기도 했다.

그런데 이런 투기장에 오면 사람이 사람한테 그런 짓을 하는 걸 종종 보게 된다.

물론 실제로 사람 목을 뽑거나 하진 않지만, 더러 광기로 상대 경쟁자를 죽이는 경우도 허다했다.

"자, 입장하시려면 핸드폰 반납하시고~!"

불법적으로 이루어지는 폭력과 살인의 경기가 밖으로 유출되면 곤란할 것이다.

하여 나도 입장하는 사람들과 마찬가지로 핸드폰을 반납했다.

"어? 또 왔네? 오늘은 낮에도 한판 하려고?"

"네?"

"와, 어제 싸우는 거 보니까 죽이던데. 잘해 봐."

이게 무슨 말일까.

멍하니 안으로 들어오던 나는 눈을 크게 떴다.

"설마……!"

-그거 봐라, 내가 언젠가 들킬 거라고 했지! 클클, 근데 그걸 하루도 안 되어서 들키는구나! 멍청한 녀석!

-최강, 그게 말이다…….

"아우…… 내가 미쳐……. 진짜 이런다고요……?!"

암담함에 손이 눈앞을 가렸다.

그래, 내가 미친놈이지.

이런 곳이 있다는 걸 알려 줬으니 케라가 안 와 보고 배겨?

아마 남들 싸우는 걸 보고서는 피가 잔뜩 들끓었겠지.

이후 어떤 상황이 벌어졌을지는 안 봐도 알겠다.

"내가 경고했죠. 이런 짓 하면 진짜 곤란하다고. 근데 말한 그날 저녁에 바로 이런다고요? 진짜 이러기에요?"

-미, 미안하다.

"이건 미안하다고 해서 해결될 문제가 아니죠! 이러시면 앞으로 제가 어떻게 케라 형님을 믿고 몸을 맡깁니까? 네!"

관계자 중 하나가 또 아는 척을 했다.

"오오~ 케라! 또 왔어? 어제 진~짜 좋았어. 죽이더라, 아주."

나는 이빨을 꽉 물며 중얼거렸다.

"케라……. 거기다가 자기 이름도 가져다 썼어?"

-끄응…….

"나중에 진짜 제대로 진지하게 얘기 좀 합시다. 네?"

-할 말이 없구나.

"저는 할 말 많거든요!"

여러 사람들이 아는 척을 해서 나는 똑같은 말을 반복해야 했다.

"오늘은 그냥 구경. 구경만 하려고요."

"오늘은 참가 안 합니다."

그 덕에 잠입이 자연스럽기는 했다.

참가까지 했던 선수이니 다른 경기의 탐색을 하러 왔다고 여길 것이다.

여기저기 둘러보고 해도 아무도 이상하게 여기지 않았다.

"근데 여긴 대체 어떻게 안 거예요? 아니, 투기장도 몇 군데 될 텐데, 어떻게 딱 여길?"

-그러게 말이다. 운도 없지.

"운을 탓할 게 아니라 반성을 해야죠! 아우, 진짜 어디 막 가둬 둘 수도 없고. 이거 뭐 마음의 감옥 같은 그런 거 없나?"

입장객은 무조건 둘 중에 한 사람에겐 돈을 걸어야 한다.

단순한 관람은 용납지 않았다.

이런 어둠의 조직들이 공짜로 볼거리를 제공할 리가 없기 때문이다.

이 또한 상당히 조직적으로 굴러가고 있었고, 그에 대한 감시도 매우 철저했다.

하지만 그건 단순한 입장객들의 경우이다.

나의 경우엔 출전했던 선수여서인지 누구도 제재를 하지 않았다.

그래도 케라 덕분에 이거 하나는 편하다고 해야 하나?

아냐! 그래도 오늘 일은 진짜 너무했다고!

나 몰래 어디 이런 곳을⋯⋯!

그런데 경기 몇 번을 지켜보는데 누군가가 나를 불렀다.

"어이, 케라! 사장님께서 부르셔."

"저를요?"

얼떨결에 따라서 올라가는데 케라가 설명을 보냈다.

─아, 그러고 보니 어제 여기 사장하고 술도 한잔하면서 얘기를 좀 나눴다.

"투기장 사장하고? 미쳤어요?"

50대 초반의 중년인이 팔을 활짝 피며 나를 반겼다.

"오오! 케라! 어서 와. 안 그래도 저런 질 떨어지는 싸움이 질리던 차에 동생이 생각났는데. 잘 왔어."

이번엔 저한테 맡겨 보시죠 233

친숙하게 안겨 오는데 어색해서 죽을 지경이다.

이 장단에 맞춰야 해?

"술 한잔할래?"

"아뇨. 차를 가져와서요."

"에이, 우리 같은 사람이 언제 그런 거 따졌다고."

"저는 그냥 생수면 충분합니다."

투기장 사장이 물을 가져오라고 시키더니 물었다.

"어제는 정말 멋졌는데 말이야. 오늘도 또 그걸 볼 수 있나?"

가져다주는 생수를 마치는데, 케라가 말했다.

-이 남자, 의외로 싸움에 관해선 나하고 잘 통하더군. 그러다가 형님 동생 하기로 했는데.

"푸읍! 쿨럭!"

투기장 사장이 나를 이상하게 쳐다봤다.

"자네, 괜찮아? 갑자기 왜 그래?"

"형님?"

"어, 왜……."

투기장 사장하고 형님 동생이라니.

내가 아주 미친다, 미쳐.

내 몸으로 대체 무슨 인맥을 만들고 다니는 거야~!

"하, 하하……. 아무것도 아닙니다, 형님. 쿨럭! 갑자기 물이 목에 걸려서."

"사람, 싱겁기는. 그래서 오늘도 할 거야, 말 거야?"

"아…… 그게…… 아! 상대할 만한 사람이 있으면, 그때 하도록 하죠."

"역시……! 그래, 자네 수준에서는 저런 것들이 눈에 차지도 않지. 쓰읍, 그럴 게 아니라, 얼마 후에 잘하면 큰 건수가 하나 생길 것 같거든? 아직 조율 중이긴 한데, 어때? 성사되면 거길 한번 나가 보는 게. 이게 액수가 아마…… 족히 수십 장은 날아다닐 건데."

"수십 장이면……."

"당연히 억대지."

"수, 수십억이요?"

"토너먼트 방식으로 두세 번 싸우게 될 텐데, 이기기만 하면 그날 도는 돈의 20%는 자네 몫이니까 잘 생각해 봐. 자네 정도면 무조건 우승이겠지만 말이야."

"생각은…… 해 보죠."

이렇게까지 나오는 걸 보면 아무래도 투기장 사장한테 제대로 눈도장을 찍은 모양이다.

그렇지만 너무 깊숙이 파고들지는 말자.

다른 사람들의 투기견이 되어 미친개가 되고 싶지는 않으니까.

"아, 근데요, 형님. 저 뭐 하나만 물어도 됩니까?"

"어, 물어봐."

"혹시 여기서 싸울 때, 약 빨고 하는 놈들도 있을까요?"

그가 왜 그걸 모를까 하는 표정으로 말했다.

"없는 게 이상하잖아. 안 그래? 저기 봐, 저놈들. 저것들도 다 약 빨고 하는 거야, 어떻게든 이기려고. 지들 몸 부서지는지도 모르고 말이야. 크크크."

마약을 투여하고 경기에 임하면 고통도 덜할뿐더러, 쓰러지지 않고 더 오래 싸울 수 있으니까 대부분의 참가자들이 쓰고 있는 모양이었다.

경기가 끝나고 나면 그 몸이 망가질 게 뻔한데.

그 돈 몇 푼 벌어 보겠다고 말이다.

"그럼 혹시 부스터라고 들어 보셨나요?"

이 형님, 왜 이래?

갑자기 눈빛이 변한다.

그뿐만이 아니라, 주변에 있던 건장한 사내들까지 곁으로 달라붙고 있었다.

마치 명령이 떨어지면 당장에라도 잡을 것처럼.

"자네, 그건 어디서 들었어?"

그가 의심 가득한 목소리로 물어왔다.

내가 너무 막 들이댔나?

나도 이런 건 해 본 적이 없어서.

아무튼 잘 둘러대 보자.

"어제 아는 기자가 그러던데요? 클럽 쪽에서 재벌 아들 하나가 그걸로 사고 쳤다고. 클럽에서 돌 정도면 여기서도 돌지 않을까 싶었는데. 아직은 여기서도 못 구하는 건가?"

"자네 혹시 경찰이나 그런 건 아니지?"

"이거 왜 이러실까."

나는 지갑에서 신분증을 꺼내어 투기장 사장 앞으로 던졌다.

"자요. 여기 제 신분증. 정 의심스러우면 가서 싹 뒤져 보세요. 뭐라고 나오나. 여기도 경찰 쪽 루트는 다 있지 않나? 그런 거 하나 안 끼고 어떻게 장사를 해. 전화 한 통화면 다 아는 거 아닌가?"

"그렇기는 한데……. 언더커버인가 뭔가 하는 것들 보면 그런 것도 다 위장을 잘해 놔서 말이야."

여전히 의심을 거두지 않자, 나는 고개를 살짝 들이밀었다.

"형님, 내가 이건 진짜 얘기 안 하려고 했는데. 사실 나, 얼마 전에 수배도 됐었어."

"수배?"

"어, 살인으로."

"진짜?"

"증거 불충분으로 해제되긴 했는데, 내가 싸움만큼이나 그쪽에선 전문가라. 그럼 일처리도 얼마나 깔끔할지 알겠지?"

"오오……. 살인? 동생 혹시, 청부업자였어?"

"아니, 뭐 그런 것까지는 아니고."

이거 너무 나갔나?

잘못하다간 킬러로 오해받겠네.

앞에서 몇 마디 오가더니 누군가가 전화를 하고는 다시 돌아와 투기장 사장한테 전했다.

"하하! 진짜였어?"

"거 왜 의심을 해서는 이런 거까지 까발리게 합니까, 사람 쪽팔리게."

"아, 미안. 미안. 이쪽 일이 워낙 의심이 많은 동네라."

"그래서 그거 있어요, 없어요? 이거 하나 물어보는데 뭐가 이렇게 경계가 심한지."

"그거 구해서 어디다가 쓸려고?"

돌발적인 질문이지만, 갑자기 머리가 빠르게 돌아가 말이 술술 튀어나왔다.

"형님, 싸움꾼이면 적어도…… 자기 힘이 어디까지가 끝인가 시험해 보고 싶지 않겠어요? 근데 이게 또 반대로, 그런 걸 복용한 놈하고 싸우면 얼마나 재밌을까, 그런 생각도 든단 말이죠. 내 한계를 이끌어내 줄 그런 싸움 말입니다."

그 말을 이해했는지 그가 히쭉 웃었다.

그러더니 갑자기 혼자만의 환상에 빠져서 말했다.

"그렇지. 힘을 갈구하는 야수들의 공통적인 생각이 바로 그런 거라니까! 내가 그건 빡 이해가 가."

"아니, 근데 왜 자꾸 얘기가 다른 곳으로 흘러. 그 약 있긴 한 거냐니까? 그게 아니면 여기에 있는 사람들 중에 누구 쓰는 사람이라도 보여주던가요."

투기장 사장이 답해왔다.

"그게…… 시제품으로 시장에 소량 깔리긴 했는데 말이야. 구하는 게 쉽진 않아. 그래도 이번에 큰 건이 성사되면 그쪽으로는 좀 돌 것도 같던데. 어떻게 내가 힘 좀 써서 구해 봐?"

"훗, 혹시라도 내가 그거 먹고 다 이겨 버리면, 형님도 좋은 거 아닌가?"

"당연히 좋지! 거기서 내가 먹는 게 얼마인데."

"그럼 어떤 물건인지 구경 좀 하게 해주시죠?"

"하핫! 좋았어. 성사되면 바~로 연락 주지."

밖으로 나온 나에게 케라가 괜히 흥분해서는 물어왔다.

-최강! 그날 싸움은 내게 맡겨라! 내가 제대로 쓸어버릴 테니까!

"미쳤어요, 내가 그런 곳에 나가게?"

-뭐? 그럼 아까 그 대화는 뭐고?

"그야 저놈들이 판매책 만날 때를 노리려고 한 말이죠."

-끄음, 그런 거였어…….

실망하는 케라에게 나는 강하게 경고를 했다.

"분명히 말하는데. 거기 또 나갔다간 정말 형님하고 나는 끝입니다. 아셨죠?"

　-알았다. 알았어. 다신 안 해. 됐냐?

* * *

　그날 저녁, 최소현은 내가 해 주는 말을 듣고 깜짝 놀랐다.

　"진짜요? 투기장 쪽에서 그게 돈다고요?"

　나는 몸에 장착한 여러 장치들에 찍힌 것들을 캡쳐한 뒤 사진으로 뽑아 그녀 앞에 놓았다.

　"이름 장익조. 나이 52세. 용인 쪽 투기장 책임자입니다. 장소가 어디냐 하면요."

　"어딘지 알아요."

　"진짜요?"

　"이거 왜 이래요? 강력반이 그것도 모를까 봐?"

　"알면서도 거길 그냥 놔둔다고요?"

　"잘못 건드렸다가 여럿 죽을 일 있어요? 그리고 말이야, 클럽에 약 돈다고 맨날 털 수 있어요? 아니죠? 똑같아요. 정말 한 방에 소탕할 수 있는 기회나, 크게 물 거 아니면 함부로 안 건드리는 게 이 바닥 생리에요. 그리고 그런 쪽엔 다 한둘씩 비밀수사 들어가고 있고요."

　"언더커버?"

　"그렇죠."

안 그래도 장 사장도 그걸 걱정하고 나를 의심하던데.

이 여자의 말을 듣고 보니 정말로 누가 들어가 있기는 한가 보다.

"아무튼 이쪽에서 조만간 부스터 판매책하고 접선할 겁니다. 쉽게 구할 수 없는 만큼, 장익조가 직접 움직일 가능성이 크니까 잠복해서 미행하면 뭐라도 건질 수 있을 거예요."

"근데 언제 이런 고급 정보를 다 알아냈어요?"

"누가 밑밥을 깔아 준 덕분에. 정보를 조금 쉽게 얻을 수 있었네요."

-후후, 그게 바로 나지.

그녀가 물어 왔다.

"그게 누군데요?"

"지금 그게 중요한 건 아니잖아요? 어때요, 그거면 일이 좀 쉽게 풀리겠어요?"

"네, 덕분에요. 히야, 최강 씨한테 이런 정보를 얻을 줄은 정말 몰랐는데. 고마워요?"

"뭘요. 할 일도 없고, 호기심도 들고 해서 조금 돌아본 건데."

"그럴 게 아니라. 최강 씨 이참에 그냥 내 정보원 안 할래요?"

"정보원?"

"아, 이런 고급 인력한테 그런 거 시키는 건 좀 그러려나?"

이 여자가 한 번 도와줬더니 자꾸 써먹으려고 하네.

"이번 일은 그냥 호기심에 한 번. 알았죠? 정 어려운 일이 있으면 한 번은 도와줄 수 있지만, 너무 의지하면 곤란합니다."

"헤헤……. 제가 너무 날로 먹으려고 했을까요?"

"네."

"쩝, 해커인데다가, 워낙 유능한 사람이 옆에 있으니까. 써먹고 싶어지는 거야 당연한 거죠."

"정부기관에 있을 때는 아무렇게나 했지만, 지금 그러면 저 범죄자 만드는 겁니다. 알고 계시죠?"

"알았어요, 알았어. 불법적인 거 안 시킬 테니까 그만해요."

"조심하기나 해요. 만만히 볼 놈들 아니니까."

"알아요, 이놈들 얼마나 지독한 놈들인지는. 아, 그리고 혹시라도 이걸로 유통 조직까지 소탕하게 되면 그땐 내가 진짜 크게 쏠게요. 알았죠? 오늘 정보 고마웠어요?"

* * *

최소현에게 정보를 건네준 지 이틀쯤 지났다.

이틀 동안 그녀의 얼굴을 보지 못했다.

그동안 형님과 할아버지에게 훈련을 받으면서도 아침과

저녁에 옆집의 동태를 살펴보지만 드나드는 사람 없이 무척
조용했다.

"잠복 중인가……. 그렇다고 이렇게 집에도 안 들어와?"

궁금해진 나는 컴퓨터 앞에 앉았다.

내 집 드나들 듯 방범관제센터로 들어가 용인 투기장 주변
카메라들을 살펴보기 시작했다.

집 근처에서 찍혔던 그녀의 얼굴을 따고, 국정원에서 쓰던
프로그램을 돌려 보았다.

그러자 67%의 근사치를 나타내는 인물이 나타났다.

"훗, 여기에 있었네."

한 장면만 따로 찍어서 프레임을 조정해 봤더니 그녀의 얼
굴이 나왔다.

"뭐야……. 컵라면이나 먹고 있는 거야?"

심심한데 한 번 가 볼까?

잠시 그런 생각이 스치긴 했다.

결국, 일하고 있는 사람 방해 말고 얌전히 있자는 걸로 결
론을 내렸다.

-불법은 안 한다더니, 이런 게 다 불법 아닌 것이냐?

제라로바가 내가 며칠 전 최소현에게 했던 말을 걸고 넘어
졌다.

"누가 시키는 불법을 안 하겠다는 거지, 내 스스로 안 하
겠다는 건 아니었거든요."

-그게 무슨 차이지?

"아주 많은 차이가 있죠. 나의 불법을 남이 아는 것과 모르는 것. 그 차이가 얼마나 큰데요, 사람 이미지에서."

그래, 이미지 관리는 늘 중요한 법이다.

언제든 마음먹은 대로 불법을 저지르는 사람으로 다른 사람에게 각인되는 건 좋지 못했다.

내 스스로가 가끔은 불법을 저지르더라도 다른 이에겐 정직한 사람으로 남고 싶은 게 모두의 공통된 생각이 아니던가.

이건 나만의 생각이려나?

어쩌면 나도 사기꾼 기질이 있는 걸지도.

"벌써 저녁 시간이 다 되어 가네."

노트북 하나를 챙긴 나는 집을 나섰다.

그러자 케라가 물었다.

-어딜 가려고?

"엄마한테요. 가끔 연락은 드린다지만, 얼굴도 한 번씩은 봐야죠. 보고 싶기도 하고."

-후후, 그 얼굴이 네가 보고 싶은 얼굴은 아닐 텐데.

"그러게요. 가서 잠깐 동안이라도 바꿔놓으면 엄마가 화낼까요?"

그렇게 서울에서 대전으로 내려갔다.

주말이라서 그런지 차가 막혔다.

도착하니 7시가 넘어 있었다.

그래도 혹시나 싶어 오면서 몇 번이나 차를 투명하게 만들고, 엄마가 사는 아파트 근처에서도 몸을 숨긴 채 엄마 집 복도까지 도착했다.

누군가 내가 오는 것을 파악하게 되면 안 되기 때문이다.

"엄마, 저 왔어……!"

비밀번호를 누르고 안으로 들어가는데, 안이 조용했다.

"뭐야……. 없는 거야? 어딜 가셨대, 또…….."

근데 거실 내부를 보니 무척 화려했다.

정말로 젊은 여성이 사는 집처럼 가구도 세련되고 무척 깨끗했다.

거기에 은은한 여자 화장품 냄새까지.

"젊어지시더니 취향도 바뀌셨나. 훗."

냉장고를 열어 보니 반찬도 많다.

"역시 우리 엄마, 살림은 일등이라니까."

배가 고파 반찬을 조금 꺼내고 밥을 먹으면서 기다리기로 했다.

그런데 밥을 먹고 텔레비전을 틀어 기다리는데 엄마가 오시질 않는다.

벌써 9시.

"뭐야……. 9시가 다 넘어가도록 안 들어온다고?"

미리 연락을 하고 올 걸 그랬나?

그래서 전화를 해 보았다.

한 번 해서는 받지를 않아 두 번을 해 보았다.

전화를 받는 소리가 들리는 순간, 그 너머로 무척 시끄러운 소리가 들려왔다.

"아우, 귀야……. 엄마? 엄마 어디에 있어요?"

그런데 시끄러운 소리 너머로 남자의 목소리가 들려왔다.

"이 여자 지금 전화 못 받아요! 큭큭큭!"

그리고서는 끊기는데 갑자기 걱정이 되기 시작했다.

"클럽? 근데 전화를 못 받는다는 건 또 무슨 소리지?"

잠시 뒤, 나는 엄마의 핸드폰 위치를 파악하여 대전 중심가의 한 클럽으로 오게 되었다.

"와…… 진짜 엄마가 이런 곳엘 다니신다고? 우리 엄마가?"

-변했을 때 가장 무서운 게 바로 여자다. 그렇게나 젊어졌는데, 네 엄마라고 즐기고 싶지 않을까.

"우리 엄마거든요? 말 함부로 하지 마세요. 저 화냅니다."

진짜 가족은 건드리지 말자.

특히 나에겐 엄마는 하나밖에 없는 가족이다.

엄마에 관해선 예민해지는 게 당연했다.

"후우, 들어갔을 때 곤란한 장면을 볼 것 같은 이 무서운 예감은 뭘까……."

그렇게 클럽 안으로 들어가려고 하는데 한쪽에서 익숙한

이름이 들려왔다.

"야, 시연아, 정신 좀 차려 봐."

"이 오빠가 잘 모실 테니까 걱정하지 마~ 응?"

"오빠 우리 시연이한테 나쁜 짓 하고 그러면 안 돼. 알았지?"

"그럴 리가. 오빠 매너 좋다?"

시야를 모아 쳐다보는데 어떤 남자 하나가 엄마를 끌어안고 차 안으로 태우려는 모습이 포착되었다.

"뭐야, 엄마?"

나는 얼른 달려가 엄마의 부축을 도왔다.

"어어어어어! 잠깐! 잠깐만……."

"뭐야, 너?"

남자의 물음에 나는 엄마를 끌어당기며 말했다.

"우리 엄마라서. 가족, 가족입니다. 제가 모셔 갈게요?"

엄마가 살짝 정신을 차렸는지 술 냄새를 풍기며 얼굴을 잡아왔다.

"어! 우리 강이네? 아이고, 우리 아들……! 엄마가 보고 싶어서 왔어?"

"어, 엄마. 근데 이게 다 뭐야……. 아무튼 일단 집부터 가자."

사내들이 이상한 표정을 짓자 나는 얼른 말했다.

"봤죠? 서로 아는 사이인 거?"

그러고서 데려가려고 하는데 갑자기 사내들 분위기가 험악해졌다.

"어이, 거기 딱 서. 서라니까?"

갑자기 안 좋은 일이 일어날 것만 같은 기분이 들었다.

나도 모르게 주변 카메라부터 확인하게 됐다.

거기다가 주변에 사람도 많아서 싸움이 일어났다간 다른 사람들의 핸드폰에 찍히게 된다.

어디서든 무슨 문제만 생기면 동영상부터 찍고 보는 게 요즘 사람들이니까.

그래서 최대한 좋은 쪽으로 문제없이 지나갔으면 싶었다.

"저기요. 저희 가족입니다. 아, 내가 엄마라고 해서 그러는 모양인데, 동생입니다. 동생."

그러자 엄마의 일행이었는지 옆에 있던 여자가 물어 왔다.

"아, 혹시 최강?"

"저를 알아요?"

"어우~ 그럼, 알죠~! 시연이가 잘생긴 동생 있다고 얼마나 자랑을 했는데."

"아, 네……. 그게 접니다. 그럼 됐죠?"

그럼에도 살짝 제정신이 아닌 것 같은 사내는 비웃음을 흘렸다.

"동생이고 나발이고 거기 서라고. 쉬발."

"뭐라고요?"

"기껏 비싼 술 처먹이고 약 처먹여서 골뱅이 만들었더니, 어딜 빼앗아 가. 그럼 내가 들인 공이 너무 아깝지 않겠나?"

약을 먹였다고?

단순히 취하기만 한 게 아니라는 거야?

그러고 보니 술 냄새에 비해 너무 정신을 못 차리는 것 같기는 했다.

상황을 보아하니 대략 어떤 흐름인지 파악은 끝났다.

"그런 거였어……."

이것들이 감히 우리 엄마한테 약을 처먹이고 무슨 짓을 하려고!

확 전부 전치 10주로 만들어 버리고 싶은 심정이 굴뚝같았다.

하지만 보는 눈도 많은데 여기서 그랬다간 그로 인해 생기는 문제가 너무 크다.

거기다가 옆에 있는 여자는 엄마와 친한지 나의 이름까지 알고 있다.

"여기서 나 막으면 경찰 부를 건데. 어떻게, 지금 부를까?"

"킥킥킥! 불러 봐, 이 개새끼야!"

휘익!

어설픈 발길질을 해 와서 엄마를 안은 채로 슬쩍 피해 주었다.

이놈도 약을 빨았는지 혼자 넘어져서는 허우적거린다.

"쉬팔, 피했어? 오늘 너 뒤졌어."

나는 그의 친구들을 보았다.

"저기 친구분들? 뭐하십니까? 친구 좀 말려 주시죠."

그런데 그들도 히쭉히쭉 웃고 있을 뿐, 말릴 생각이 없어 보였다.

와, 세상 진짜 왜 이러냐.

내가 이런 쓰레기 천지에 엄마를 홀로 놔두고 무슨 짓을 한 거지?

엄마, 설마 그동안에도 이런 일을 당했던 건 아니겠죠?

나는 옆에 있는 여자에게 물었다.

"혹시 우리 엄마…… 아니, 우리 누나랑 친해요?"

"그냥 카페 친구예요. 어쩌다가 만나서 같이 술도 몇 번 먹었고요."

"그럼 잠깐 우리 엄마 좀 다른 곳으로 데려가 줘요. 여기가 아닌 곳이면 어디든."

"아, 네……."

그런데 지금까지 조용히 있던 사내들 중 하나가 성큼성큼 걸어와 손을 뻗어 왔다.

"가긴 어딜 가?"

턱!

나는 그 손을 잡아 저지시키고는 밀어냈다.

"웬만하면 그냥 가게 두시죠."

나는 엄마를 부축해 준 여자에게 빨리 가라는 눈짓을 줬
다.

그런데 그 순간, 손을 잡힌 사내가 나의 손을 확 쳐내더니
주먹을 휘둘러 왔다.

휘익!

피하긴 했는데 팔을 쳐 내는 힘이나 날아드는 주먹이 제법
매섭다.

단순한 싸움꾼이 아닌, 운동을 좀 한 놈이란 걸 알 수 있
었다.

"싸우고 싶지 않은데, 그만하시죠."

"그러기엔 우리 입장이 열라 쪽팔리지 않겠나?"

그러다간 조만간 더 쪽팔리는 일이 벌어질 텐데.

참는 것도 한계가 있다, 이것들아.

제발 좀 꺼져 줄래?

물론, 내 속마음일 뿐, 하나둘 다가오는 이놈들은 결코 나
를 쉽게 보내 줄 생각이 없어 보였다.

"후우…… 진짜 사람 곤란하게."

여자가 엄마를 충분히 보이지 않는 곳까지 데려간 걸 본
나는 사람들이 핸드폰을 꺼내 영상을 찍으려는 걸 보며 뒤로
냅다 뛰기 시작했다.

클럽 뒤편으로 온 나는 돌 두 개를 주어 어둠 속으로 내던
졌다.

그곳을 찍고 있던 카메라부터 박살냈다.

퍼석!

텅!

케라가 만들어 준 운동신경과 힘 덕분에 아주 정확하게 명중시켰다.

안 쫓아오고 그냥 가 줬으면 싶지만, 세 놈이 쫓아와 길을 막았다.

내 뒤로는 막다른 골목이었다.

"크큭! 어쩌나. 이제 더 도망칠 곳도 없는데."

"아~ 오늘 괜찮은 거 하나 엮나 했더니 별 거지같은 게 다 나타나서는 방해를 하네."

"너 때문에 오늘 우리 소장품 하나 날아간 거 알아?"

갑자기 구역질이 치민다.

"무슨 말인지는 몰라도, 우리 엄마한테 나쁜 짓을 하려고 했다는 건 알겠네."

"나쁜 짓? 크큭. 그냥 벗겨 놓고 좀 놀다가, 사진도 좀 찍고. 영상도 좀 찍고. 그런 거지, 뭐……. 우리가 작은 사업 하나 하고 있거든."

오늘 안 와 봤으면 정말 엄마가 어떻게 되었을까.

생각만 해도 끔찍했다.

이래서 딸 가진 부모들이 늘 딸 걱정으로 노심초사 하는 게 아닐까. 이런 개자식들 때문에.

내 경우는 그 반대라지만, 분노가 치미는 건 매한가지였다.

-최강, 나에게 맡겨라. 내가 단숨에 이놈들 모두를 죽여 주마.

"아까 저기서 찍힌 것들 때문에 그러면 내가 곤란해지거든요. 가장 먼저 용의선상에 올라갈 거 몰라요?"

-그럼 이대로 이놈들을 놔두자고?

"그건 안 되죠. 그래서 하는 말인데, 이번엔 저한테 맡겨 보시죠. 저도 그동안 받은 훈련이 있는데."

사내들이 나를 이상하게 쳐다봤다.

"이 새끼, 뭐라고 지껄이는 거야?"

"야, 비켜 봐. 약빨 좀 시험해 보게."

사내 하나가 쓰레기가 모인 곳으로 가더니 버려진 책장을 잡고 나에게 확 던졌다.

후웅-!

두 손으로 들기에도 무거울 법한 책장이 야구공처럼 빠른 속도로 날아왔다.

"엇……!"

순간적으로 손바닥을 펼치려 했지만, 피하는 게 낫지 싶어 얼른 몸을 한쪽으로 굴렸다.

퍼서석!

책장이 벽에 부딪치며 산산조각이 났다. 그 던진 힘이 얼마나 강했는지를 보여 주는 결과물이었다.

"저걸 한 손으로 던졌다고?"

잠깐만, 약빨?

"설마……!"

떠오르는 건 하나밖에 없었다.

부스터.

"근력도 강해진다고는 들었지만, 이 정도라고? 이건 완전 신약 수준이잖아. 전쟁에 썼다간 아주 일반 군인도 인간 병기가 되겠어……."

책장을 던진 사내가 무척 불쾌해했다.

"어쭈, 이 새끼가 그걸 피해?"

또 뭐를 던지려고 하자 이번엔 내가 먼저 달려들었다.

파밧!

날아들어 발로 차 버리자 녀석이 뒤로 날아갔다.

친구가 당하니 다른 녀석들도 달려든다.

휘익! 휘익!

이놈들은 부스터를 먹지 못한 것일까.

움직임이 무척 둔하다.

퍽! 퍽!

이리 저리 피하다가 턱을 한 방씩 때렸다.

그대로 기절해 버리는 두 놈의 모습에 허탈하기까지 했다.

"별것도 아니잖아."

그런데 부스터를 먹은 놈이 일어나 무섭게 달려들었다.

하필이면 부스터를 먹은 놈이 운동을 했던 놈일 건 뭔지.

아까도 느낀 거지만 주먹이 정말 매섭다.

거기다가 부스터의 힘까지 곁들였으니 맞으면 무사하기는 힘들 것이다.

막는 것도 손해란 생각에 날아드는 주먹을 피해 팔 관절을 때리고, 뻗은 팔이 올라가는 걸 보며 턱을 후려쳤다.

퍽!

"커억!"

녀석이 다시 주먹을 휘둘러 왔지만 소용없다.

휘익!

퍽!

피하고 때리고.

또 피하고 때렸다.

근데 이 녀석, 그렇게 맞는데도 멈출 생각은 안 한다.

"약빨 진짜 더럽게 좋네."

다시 주먹이 날아들었다.

나는 그걸 피하고 녀석의 옆으로 돌아 몸을 띄웠다.

퍼억!

그리고는 붕 떠오른 상태에서 손바닥으로 녀석의 뒤통수를 후려쳤다.

그렇게 쓰러진 녀석은 충격이 컸던지 더는 일어나지 않았다.

"관절도 나가고 갈비뼈나 턱뼈도 나갔을 텐데. 그 약 정말 문제가 심각하네."

그대로 갈까 했지만, 한 대씩 맞고 쓰러진 놈들을 이대로 두고 가기엔 뭔가 아쉬움이 컸다.

치밀었던 화를 다 풀지 못한 답답함이 남아 있었다.

그래서 하나씩 다리를 잡아 확 돌려 꺾어 버렸다.

우두둑!

"고생 좀 해라. 안 죽이는 걸 다행으로 여기고."

그곳을 나가며 나는 전화를 걸었다.

"경찰이죠. 여기 마약을 투여한 사람으로 추정되는 사람들이 있는데요. 여기 위치가 어떻게 되냐면요……."

* * *

아침에 잠에서 깬 최정순은 머리는 깨지는 것 같고, 목은 타들어 가는 것 같았다.

"물. 아우, 물……."

무심결에 물을 찾는데, 입으로 물이 들어왔다.

정신없이 물을 들이켜기를 잠시.

조금 안정을 찾고 다시 잠에 빠져들려고 하는데, 흐릿한 시야에 누군가가 들어왔다.

"으음?"

"이제 정신이 들어요?"

"가, 강이니?"

"네."

"언제 왔어?"

"어제 무슨 일이 있었는지는 기억나요?"

상황을 설명 들은 최정희는 민망해서 죽을 지경이었다.

"아휴, 왜 하필 그럴 때 왔어……. 엄마 부끄럽게."

"제가 안 갔으면 어떤 일이 벌어졌을지 상상은 가고?"

"어우, 그 나쁜 놈들. 정말 나한테 그런 짓을 했단 말이야? 얘, 잠깐만 있어 봐. 그런 것들은 신고를 해서……!"

"이미 했어요. 다리도 확 부러뜨려 놓았고. 왜 사람들이 나쁜 놈들만 보면 다리몽둥이를 부러뜨려야 한다고 하는지 새삼 느꼈거든요."

"아……. 그랬어?"

최강이 그녀의 손을 잡았다.

"엄마, 저 진짜 실망이 커요."

"미, 미안하다, 얘. 네가 그러려고 한 건 아닌데, 아는 동생이 어제 하루만 신나게 놀아 보자고 해서. 그래서 따라갔던 거야. 정말 나도 처음 있는 일이었어."

"처음이기를 망정이지, 두 번째였으면 어쩔 뻔했어요."

"그러게. 네가 와 줘서 정말 다행이긴 했다. 정말. 그러고 보니까 어쩐지…… 술도 얼마 안 마셨는데 정신이 막 핑 도

는 거 있지. 나라고 그놈들이 술에 그런 걸 탔을 줄 알았겠
어? 이건 솔직히 내 잘못은 아니다? 그렇지?"

"훗, 그래서 잘하셨다고요?"

"아니, 그런 건 아니고……."

"잘못하신 걸 아신다니, 이걸로 저를 원망하지 마세요."

"아르마토 리울라 카나분타……."

최강의 입에서 주문이 흘러나오는 순간, 최정순의 모습이
다른 사람으로 바뀌었다.

"뭐, 뭐야, 너? 너 이거 지난번에 그거지. 나 모습 바꿔 줬
던."

최정순은 설마하며 거울을 봤다가 깜짝 놀랐다.

"허업!"

웬 처음 보는 할머니가 거울에 있었기 때문이다.

"야! 그래도 이건 아니지……! 빨리 되돌려 놔. 빨리~!"

너무 젊음만 누리고 살려는 엄마에게 한 번쯤은 충격요법
을 쓸 필요가 있다고 여겼다.

이미 제라로바와도 합의를 본 사항이기에 곧바로 마법을
펼쳐준 거였고 말이다.

"간단히 입을 것만 챙기고 따라 나서요. 서울로 올라가
게."

"정말? 야, 강아……. 나 이제 겨우 여기서 친구도 사귀었
는데. 그냥 여기 있으면 안 돼? 정말 얌전히 지낼게. 응?"

"내가 그 꼴을 봤는데 엄마를 여기에 혼자 놔두라고요? 안 돼요. 얼른 짐 싸요."

물론, 정말로 엄마를 데리고 갈 생각은 없다.

나도 당장 엄마를 데려가서 보호를 할 방법도 없었다.

사람을 붙인들 보호가 제대로 될까?

발라스가 위협을 가하려고 작정할 경우, 엄마라는 존재는 인질이 되기에 너무도 쉬웠다.

최대한 멀리 떨어뜨려 놓고, 상황을 살피는 게 최선이었다.

내가 이러는 건, 한 번 저지른 실수가 어떤 결과로 이어질 수 있는지를 제대로 보여 줄 필요가 있어서다.

그런데 이후로 엄마의 투정이 시작되었다.

엄마는 안 된다며 내 앞을 막고, 일부러 냉장고에 있는 반찬들까지 다 끄집어내시며 시간을 끄셨다.

내가 황당하다는 시선으로 쳐다보자 엄마가 앓는 표정으로 말했다.

"이거 안 가져가면 다 상해……."

"후우……."

옷을 하나하나 챙기는데, 뭐가 그리도 많은지.

그러면서도 계속 내 눈치를 살피신다.

행여 내 마음이 바뀌었으면 하는 바람으로.

"이 모습으로 이 옷들은 또 무슨 수로 입어……. 정말

......."

최후의 수단일까, 엄마가 눈물을 흘리셨다.

"내가…… 니 아빠 만나고 정말 그 고생을 하면서 너만 바라보고 키웠어. 엄마는 있잖아, 젊은 시절 다 버리고 살았다. 그거 알아? 훌쩍."

엄마의 힘겨웠던 삶을 내가 왜 모를까.

하지만 지금 저 눈물에 속을 만큼 나는 순진하지 않았다.

그리고 엄마는 아무리 많은 게 달라졌다지만, 평소 행실을 조심해야 한다는 걸 깨달을 필요가 있다.

모습이 변했다고 해서 너무 안심하고, 주변의 위험으로부터 스스로를 지키지 못하면 엄마 스스로도 문제지만, 내 입장에서도 무척 곤란해진다.

그래도 이 정도로 눈물까지 흘리셨으면 충분히 위기감을 느꼈을까?

-이만하면 됐다. 그만 하려무나. 자식 된 입장에서 어머니를 너무 몰아붙이는 것도 좋지는 않아.

안 그래도 그럴 생각이다.

자식이 부모를 혼을 낸다니, 나도 기분이 이상한 건 마찬가지다.

나는 엄마에게 다가가 말했다.

"그럼 하나만 약속해요. 다시는 밤늦게 다니지 않겠다고. 그리고 친구도 가려서 사귀겠다고."

엄마가 눈이 커져서는 고개를 끄덕였다.

"응! 그렇게! 다시는 네 걱정 안 시키도록 할게."

"신발이나 옷에 위치 추적기를 다는 건 물론, 핸드폰 감청도 할 겁니다. 그리고 룬 하나 새길 테니까, 나중에 지울 아픔 정도는 각오하세요."

"뭔데…… 또 뭘 새기려고……."

나는 제라로바에게 부탁하여 룬을 새긴 후에 말해 주었다.

"모습을 감춰 주는 룬이에요. 손에 닿기만 하면 모습을 감추게 해 줄 겁니다. 팔 안쪽인 만큼 어쩌다가 실수로 닿는 일은 없을 테니까 위험할 때만 써요."

"오오, 그래~?"

"어! 혹시라도 이걸 이용해서 위험한 일에 끼어들려고 하거나 그런 일 일어나면, 그땐 저를 단단히 원망하게 될 테니까 그땐 알아서 해요. 알았어요?"

"알았어~! 얘는 갑자기 왜 이렇게 변했어. 애 같던 애가 갑자기 너무 어른스러워진 거 아니니?"

나는 진심으로 그동안 겪었던 일들을 떠올리며 말했다.

"그동안 겪은 일이 얼마인데. 저도 언제까지 철없이 굴 순 없는 거잖아요."

나는 밖으로 나가 장비를 사 오고 설치까지 마친 후에 엄마의 핸드폰도 만져 두었다.

"이건 시계면서도 누르면 저한테 경고음이 뜨니까 무슨 일

생기면 바로 눌러요."

"어. 알았어."

"핸드폰은 항상 켜 놓고요."

"알았다니까."

나는 집을 나서며 당부했다.

"경고는 처음이자 마지막이라는 거, 잊지 마세요. 두 번은
안 믿어요. 알았어요?"

"알았어. 그러니까 얼른 가. 엄마 걱정은 말고."

아들을 저승사자 보듯이 밀어내는 엄마…….

한 번 젊음을 빼앗기고 났더니 정신이 번쩍 드셨던 모양이
다.

그래도 이만하면 충분히 충격 요법은 되었겠지?

어찌 하시는지 다음 행동은 두고 보도록 하자.

"하아, 정말 하룻밤이 길었다. 어휴……."

그런데 차에 막 오르는데, 전날의 기억이 떠올랐다.

힘차게 날아들었던 책장이 말이다.

"부스터……. 그거 정말 심각하네……."

* * *

집에 도착하고 나서도 계속해서 부스터에 관한 생각만 떠
올랐다.

"시제품으로 돌고 있다고는 했지만, 벌써 지방 클럽에까지 돌고 있다는 건……."

기사를 뒤져보니 이제야 얼마 전 클럽에서 일어났던 재벌 3세의 살인이 기사로 올라와 있었다.

그렇다고 대대적으로 올라온 건 아니다.

찾아봐야만 나오는 몇 건의 기사가 전부였다.

"이 큰 사건에 기사가 달랑 이거야? 태진그룹이 여기저기 돈을 많이 쓴 모양이네. 부스터라는 말도 전혀 없고……."

그날 저녁에도 최소현은 들어오질 않았다.

혹시나 해서 용인 투기장 주변 카메라를 살펴보지만 그곳에도 없었다.

"안 보이네. 판매책을 찾은 건가……."

그렇게 이틀, 사흘.

계속 안 보이니 궁금해지기 시작했다.

"일이 그렇게 바쁜가? 아무리 그래도 집에를 너무 안 들어오는 거 아냐?"

그래서 전화를 걸었다.

[지금 거신 전화는 전화기의 전원이 꺼져 있어…….]

그런데 전화기도 꺼져 있다.

근데 여기서 왠지 기이한 불안감이 스치는 건 뭘까.

"무슨 일이 생겼나……."

그동안 알고 지낸 정이 있어서 그런가 걱정이 됐다.

그래서 곧장 외투를 걸치고 차를 몰아 강남 경찰서로 가 보았다.

"저기 최소현 씨 좀 만날 수 있을까요? 강력 2팀에 있다고 들었는데요."

"무슨 일로 그러시죠?"

"전화가 안 되어서요. 연락하려고 해도 전화가 꺼져 있고."

"관계는 어떻게 되시는데요?"

"치, 친구예요. 친구."

"2층 강력반으로 가 보세요."

"네, 고맙습니다."

그런데 강력반으로 올라간 나는 충격적인 소식을 전해 들어야 했다.

"최소현 그 녀석 지금 병원에 입원해 있는데. 범인 추적한다고 파트너하고 나갔다가 놈들한테 당했어요. 그러게 지원을 기다렸어야지……. 아무튼, 지금 중태여서 가도 아마 못 만날 겁니다."

나는 너무 놀라 다급하게 물었다.

"어, 어느 병원인데요?"

"도진 병원이요."

병원으로 가는 내내 나는 죄책감에 사로잡혔다.

"설마 내가 알려 준 정보 때문에?"

화도 나고, 걱정도 되고.

아무튼 나는 최대한 빠른 속도로 병원으로 향했다.

그리고 병원에 도착하며 최소현에 관해 물으니 이런 답변이 돌아왔다.

"최소현 환자, 지금 수술 중이네요."

"수술 중이라고요?"

"네."

수술실 앞으로 가보니 그곳에 윤석준 반장이 있었다.

그 외에도 중년인 하나가 더 있었는데, 아무래도 아버지인가 싶었다.

"반장님!"

"아, 최강 씨. 최강 씨가 여긴 어쩐 일로."

"소현 씨가 병원에 있다고 해서 와 봤습니다. 근데 수술이라니, 지금 어떤 상황이죠? 얼마나 심각한 겁니까?"

"상태가 악화되어서 지금 2차 수술에 들어갔습니다."

"그렇게 심각해요?"

"이번 수술이 잘못되면 생명이 위험하다고 하는데……. 후우……. 안 그래도 저도 걱정이 돼서 미치겠습니다."

"혹시 부스터! 그것 때문입니까?"

"아니, 그걸 어떻게 최강 씨가……."

"저도 소식통은 있어서요. 아시잖아요. 제가 뭐 하던 사람인지."

"하긴⋯⋯."

윤석준 반장이 저만치에서 보고 있는 중년인을 소개해 주었다.

"아, 여기 계신 분은 우리 서 서장님이신 최경준 서장님이십니다."

"아, 네. 처음 뵙겠습니다. 최강이라고 합니다."

"우리 딸을 잘 아는 사람인가?"

"네. 도움을 많이 받았습니다. 지금은 옆집에 살기도 하고요⋯⋯. 며칠 연락도 안 되고, 집에도 안 들어오는 것 같아서 경찰서로 가 봤는데 여기에 있다고 해서⋯⋯."

"그렇군. 아무튼 와 줘서 고맙네. 근데 지금 상황이 이러해서. 반길 수만은 없는 처지군그래."

최경준 서장의 슬픔이 깃든 미소는 안타까움마저 들었다.

고마운 마음에 슬쩍 미소를 지어 보였겠지만, 그 속이 지금 말도 못할 것이다.

최소현은 아버지를 많이 원망하는 것 같았는데.

그래도 자식을 생각하는 부모의 마음은 역시 다 같았다.

"후우⋯⋯."

그런 내게 케라가 물어 왔다.

-걱정되느냐?

나는 조금 물러나 조용한 목소리로 답했다.

"되죠, 당연히. 모르는 사람도 아닌데. 그동안 옥상에서 터놓고 얘기하고 같이 맥주를 마신 게 얼마인데."

남자 대 여자로서가 아닌, 사람 대 사람으로의 정이 생겼
다.

그러니 걱정스러운 게 당연했다.

게다가 서로 친구까지 먹자고 하지 않았던가.

친구가 사경을 헤매는데 아무것도 안 하는 건 사람도 아닌
거다.

"어떻게 구할 방법이 없을까요?"

내 물음에 제라로바가 답했다.

-저 안에 사람이 많을 거 아니냐? 그럼 네가 감수해야 할
게 많아질 텐데.

"그러다가 저 안에서 죽기라도 하면요? 할아버지 마법도
죽으면 소용없는 거라면서요."

-그렇기는 하지. 그건 산 사람에게나 통하는 거니까. 영혼
이 떠나면 더는 손 쓸 수가 없어. 고쳐도 빈껍데기인 거지.

나는 주먹을 불끈 쥐었다.

"그럼 일단 들어가서 상태부터 확인하죠. 어떤 상태인지
내 눈으로 직접 확인해야겠어요. 다음 일은 그 이후에 생각
하도록 하죠."

빙의로
최강요원

5. 제 팀에 들어와요

빙의로
최강요원

투명 마법으로 모습을 감춘 나는 수술실로 들어갔다.

의사들과 간호사들이 안에서 집중하며 수술을 하고 있는 게 보였다.

"아스라무크스⋯⋯."

이제 두 개의 마법을 동시에 사용할 수 있는 수준에 이른 난, 벽을 통과하여 수술실 내부로 들어갔다.

삐삐삐삐!

"뭐 해! 석션!"

"네!"

갑자기 상황이 급변하며 석션을 통해 피가 마구 빨려 들어가는데, 가슴이 철렁 내려앉았다.

이대로 주저해도 되나, 그래도 사람부터 살리고 봐야 하는 거 아닌가, 수많은 갈등이 스쳤다.

'안 되겠어. 더는 못 보겠어!'

이 일은 분명 큰 논란을 일으킬 거다.

병원에서 그걸 공개할지, 감출지는 알 수 없다.

단순히 기적이라고 여겨 주면 좋으련만.

아무튼 파장이 클 것은 당연했다.

"그래도 어떻게든 삽시다. 살고 봅시다."

"뭐? 방금 누구야? 누가 말했어?"

의사가 놀라며 옆을 볼 때, 나는 상처를 벌리고 있는 집게를 풀고 모두를 밀어내며 최소현의 상처에 손을 내밀었다.

-최강, 이놈아-!

"살려주세요, 어서……! 이대로 두면 죽는다고요!"

-어쩔 수 없구나. 그럼 이렇게 하자!

"아루투무카!"

그 순간, 갑자기 전자기기들이 번쩍거리더니 정전이 일어났다.

"야, 뭐야! 어서 불 켜! 환자 이대로 죽일 생각이야?"

그리고 그 소란 속에서 다른 주문이 조용히 흘러나왔다.

"라울 스미라가 가이라스 코나디아…….."

최소현은 밝은 햇살을 느끼며 천천히 눈을 떴다.

뭔가 모를 개운함이 전신으로 퍼져나갔다.

이런 기분, 얼마 전에도 느낀 것 같은데.

그렇게 신기해하며 눈을 뜨는데, 옆으로 윤석준 반장의 얼굴이 보였다.

"반장님?"

"야, 괜찮냐? 정신이 들어?"

"어? 여기 어디에요?"

"어디긴 인마. 병원이지……."

최소현은 그제야 기억이 떠올랐다.

당진 해안가까지 미행하다가 거래 현장을 확인하고 급히 지원을 불렀었다.

놈들이 움직이자 놓칠 것 같아 다시 뒤따르려고 하는데, 갑자기 나타난 놈들이 다짜고짜 김동운의 복부에 칼을 찔러 넣었다.

[동운아-!]

그걸 막으려다가 다른 둘에게 칼을 얻어맞았던 게 마지막 기억이었다.

"도, 동운이는요? 동운이 괜찮아요?"

"그게……."

"뭐야…… 왜 뜸을 들여요, 사람 불안하게. 괜찮죠? 동운이도 괜찮은 거 맞죠?"

"하아……. 일단 좀 쉬고. 나중에 듣자."

"반장님! 아니죠? 동운이 괜찮은 거 맞죠? 저는 괜찮으니까 얘기해 줘요. 네?"

"말 좀 듣자! 너 어제 위험한 수술 끝냈어! 너 이렇게 흥분하고 그러면 안 된다고!"

최소현은 팔에 있는 주삿바늘을 빼고 자리에서 일어났다.

"말 안 해 주면 제가 직접 확인하죠."

"야, 소현아!"

말려도 안 듣는 그녀의 행동에 결국 윤석준 반장이 사실을 털어놨다.

"죽었어! 죽었다고 인마……. 이제 됐나?"

"말도 안 돼……. 동운이가 진짜로 죽었다고요?"

"출혈이 너무 심했어. 근데 최초 목격자의 말로는 동운이가 너의 상처를 누른 채로 쓰러져 있었다더라. 그 새끼가 자기 죽어 가면서까지…… 너를 살렸더라고……. 그래도지 파트너라고……. 평소엔 그렇게도 말 안 듣더니, 마지막엔 제 역할은 한 것 같더라."

털썩.

그 자리에 주저앉은 그녀는 오열하기 시작했다.

"어흑! 어흐흐흑! 어흑! 어흑! 우리 동운이 어떻게 해요. 어흑, 나 때문에…… 나 때문에……. 꺼흐흑!"

윤석준 반장도 눈물을 훔치고는 그녀를 부축하여 침대로 이끌었다.

"너 마음 어떨지는 아는데, 지금은 좀 쉬자. 그래야 돼……. 그러니까 제발……."

깨어나서 한참을 울던 것도 잠시.

간호사 둘이 들어와 처치를 했다.

"환자분 좀 어떠세요?"

말을 하고 싶지 않은 걸까, 최소현이 돌아누웠다.

파트너가 죽었는데, 혼자 편히 이렇게 누워 있다니.

너무 미안해서 또다시 눈물이 흘러나올 것 같았다.

그런데 뒤에서 두 간호사가 수군거렸다.

"너 그 말 들었어? 저 환자, 완전 기적이래."

"수술 중에 칼에 찔린 상처가 싹 사라졌다면서?"

"근데 병원에서는 감추려고 한다나 봐. 괜히 종교인들 들러붙고 이상한 병원이라고 소문난다면서."

"근데 어떻게 그런 일이 일어나? 넌 그런 거 들어 본 적 있어?"

"없지, 당연히. 그게 말이 돼?"

간호사들이 나가고.

최소현은 저들의 말이 무슨 말인가 싶었다.

"그러고 보니 나도 칼에 몇 번이나 찔렸는데……."

손으로 배를 걷어 본 그녀는 깜짝 놀랐다.

"뭐야……. 왜 상처가 없어?"

상처는커녕, 흉터 하나 없이 말끔했다.

"지난번에도 그러더니……. 나, 대체 어떻게 된 거지? 정말 이상한 능력이라도 생긴 거야?"

믿을 수 없는 일의 연속.

그녀는 혼란스러운 나머지 뭔가를 찾는 눈치였다. 하지만 없다고 판단했는지 다짜고짜 자신의 손등을 꽉 하고 물었다.

피가 날 정도로 물었고, 상처도 생겼다.

하지만 가만히 지켜봐도 상처가 낫거나 하지는 않았다.

"대체 뭐냐고…… 어? 상처가 저절로 낫는 것도 아니면 이게 뭔 건데……. 왜 나만 멀쩡한 거냐고."

* * *

최소현의 병실로 향하는데 그 앞에 서성이는 최경준 서장이 보였다.

"최경준 서장님?"

"아, 자네는……."

"최강이라고 합니다. 어제 인사드렸던."

"그렇군. 내가 경황이 없어서."

"괜찮습니다. 걱정이 많으셨을 테니까요. 근데 왜 안 들어가시고 여기에…….."

그가 병실을 보더니 쓰게 웃었다.

"저 아이가 나를 보는 걸 원치 않을 거라서. 못난 애비여서 차마 걱정을 내비칠 수도 없군그래."

미안해하는 아비와 그 아비를 원망하는 딸.

확실히 둘 사이에 사연이 있기는 한가 보다.

궁금했지만 갑자기 묻는 것도 이상하고.

그렇게 머뭇거리는데 그가 자리를 비켜 줬다.

"아, 소현이를 만나러 왔을 텐데, 들어가 보게."

"네, 그럼…….."

노크를 하고 안으로 들어가자 일어나 창가를 바라보고 있는 최소현이 보였다.

꽃과 과일 바구니를 들고 들어가는데도 뒤도 돌아보지 않는 그녀.

"무슨 생각을 하는데 사람이 들어와도 그러고 있어요?"

그제야 그녀가 슬그머니 돌아 나를 보았다.

"왔어요…….."

"네. 걱정 많이 했어요."

"그랬군요…….."

그녀의 손을 보니 붕대가 감겨 있었다.

아직 낫지 않은 곳이 있었나?

그럴 리가 없을 텐데.

"손은 왜 또 그래요?"

"아, 이거요……. 자꾸 저절로 상처가 낫길래. 이해가 안 돼서."

"그래서 자해라도 한 거예요? 에이…… 바보같이 왜 그랬어요."

"그러게요. 난 내가 울버린이라도 된 줄 알고……."

울버린?

아이고야…….

두 번이나 같은 일을 겪고 났더니 그런 오해도 하는구나.

그런 거 아니니까 조심 좀 하지?

"그런 거 아닌 거 확인했으면 조심 좀 해요."

"대체 왜 나한테만 이런 일이 일어난 걸까요? 나 말고 동운이한테 그랬으면 좋았을 텐데……."

나는 다가가 그녀를 위로했다.

"파트너 일은 유감입니다."

"그 새끼들……. 꼭 전문 킬러들 같았어요. 내가 그 새끼들 보면 진짜 가만히 안 둬……. 다 죽여 버릴 거야!"

"진정해요."

"어떻게 진정해요! 내 파트너가 죽었는데!"

"부스터. 그거 쫓다가 그런 거예요?"

"투기장 쪽 놈들은 아니었어요. 장익조하고 그 일행은 잠깐 와서 물건만 받더니 돌아가는 것 같았거든요. 미리 감시 중이던 부스터 유통 쪽 놈들인 게 틀림없어요."

그녀가 대뜸 옷장으로 가더니 자기 옷을 막 꺼내서 입으려고 했다.

"뭐하는 거예요? 당신 환자인 거 몰라요?"

"다 나아서 이제 괜찮아요."

"이봐요, 최소현 씨! 당신 죽을 뻔했다고!"

나는 그녀를 막고 옷을 빼앗아 양팔을 붙잡았다.

그런데 그녀가 나를 째려보더니 눈물을 주룩 흘렸다.

"이거 놔요."

"그만해요."

"놓으라고요. 아파요."

손을 놓아주자 그녀가 털썩 주저앉았다.

그러더니 울기 시작하는데 가슴이 왜 이렇게 불편해지는지.

화도 나고, 짜증도 나고.

대체 이 감정은 어디를 향한 걸까?

"부스터……. 짜증나서 더는 가만히 못 두고 보겠네……."

답답했던 나머지 나는 아무 말 없이 병실을 나와 버렸다.

그리고 복도로 나와 곧장 전화를 걸었다.

"원장님, 접니다. 지난번에 하셨던 그 제안, 아직도 유효합니까?"

* * *

최강의 등장.

그로 인해 국정원 내부가 들썩였다.

복도를 걸어 원장실로 향하는 그를 보며 요원들이 저마다 수군댔다.

"최강 요원 맞지?"

"어."

"그 말 진짜야? 과장으로 승진해서 들어온다는 게?"

"그렇다고 하나 봐. 원장님 특별 지시래."

여자 요원들에 이어 남자 요원들도 말들이 많았다.

"이야, 그 큰일을 치르고서 사표까지 확 던지고 나가더니, 과장이 되어서 돌아온다고?"

"솔직히 실적으로 따지면 큰일 한 건 맞지. 7과 요원들을 죽인 내부 암약 조직을 소탕한 건 물론, 자기 누명까지 스스로 벗긴 거니까."

"근데 말단 지원요원이었는데 갑자기 과장이 된다고 해서 제대로 운영이나 할까?"

"너 벌써 잊어버렸냐? 여길 감쪽같이 빠져나가면서 우리 전부 병신 만들어 버린 거?"

"그러고 보면 보통 능력이 아닌 건 분명한데."

"그땐 진짜 어떻게 빠져나간 거지? 아직도 알 수가 없단 말이야."

신우범 원장이 자신의 사무실에 와서 앉아 있는 최강을 보며 무척 뿌듯해했다.

"이렇게 와서 보니 정말 반갑군."

"국정원 내부가 저 하나 때문에 소란스러운 것 같던데요. 괜찮으시겠습니까?"

"그거야 검증 절차를 밟게 되면 잠재워질 문제 아닌가?"

"검증이요?"

"날짜를 보게."

"2월 27일. 그렇군요. 내일이 현장요원들 단체훈련이 있는 날이군요."

"사격, 침투, 개인 격투와 단체 격투까지. 한 번 같이 참여해서 자네 능력을 증명해 봐."

"제 능력을 너무 크게 보시는 거 아닙니까?"

신우범 원장이 책상에서 태블릿 하나를 가져와 최강에게 건넸다.

"이걸 보면 내가 자네를 가볍게 볼 수 없는 이유를 알 것이라고 보는데."

영상을 재생하자 철장의 링 위에서 화려한 격투를 벌이는 최강의 모습이 나타났다.

-오! 저건 내가 싸우던 장면이구나!

최강이 난처해하며 어색하게 웃었다.

"감시 철저한 투기장 내부에서 이걸 찍는 게 쉽지는 않았을 텐데……. 누군지 몰라도 잘 찍었네요."

"우리 요원들이 그렇게 수준이 낮지는 않지만, 그래도 자네라면 우리 요원들 정신 한번 번쩍 차리게 할 수 있을 것 같은데. 미래의 팀원들에게 좋은 인상도 줄 겸, 훈련에 동참해 보는 게 어떤가?"

최강이 강하게 눈빛을 반짝였다.

"좋습니다. 참여하죠. 대신, 오늘 사격 연습 좀 하고 가겠습니다."

"그렇게 하게."

사격장으로 간 최강은 총에 총알을 끼워 넣기 전 총알 위로 손을 올리며 주문을 외웠다.

"아카브로 레이브리아."

그러자 총알마다 검은 표식이 생겼다.

그것은 일전에 최강이 마법에 대한 훈련을 한다면서 바둑알에 새겼던 그 마법이었다.

생각하는 대로 바둑알을 자유자재로 움직이던 훈련을 명중률을 높이는 데 시험하려는 거였다.

"권총 사격은 진짜 기초 훈련 이후로는 해 본 적이 없는
데."

-흘흘, 그렇지만 마법이라면 뭐든 가능하게 되지.

탕! 탕! 탕!

과녁의 이마 한가운데로 박혀 드는 총알.

그런데 그 총알이 같은 곳만 계속해서 박혀 들고 있었
다.

그거로는 재미가 없다고 여긴 걸까.

주변으로 점차 꽃 모양을 만들어 갔다.

찌이이이이잉…….

확인을 위해 과녁이 다가오고 있었지만, 최강은 중간쯤
부터 더 확인할 필요도 없다는 듯이 자리를 떴다.

그리고 그가 떠난 자리를 다른 요원들이 달려와 차지했
다.

"야, 사격 실력이 어때?"

"나도 좀 보자. 비켜 봐!"

과녁을 본 요원들은 남녀를 불문하고 입을 다물지를 못
했다.

"미쳤다……. 이게 말이 돼?"

"총알로…… 그림을 그렸어……?"

"얼마나 정확하면 이게 돼? 이거 뭐, 쏘기 전에 매달아
놓은 거 아냐?"

"우와······ 완전 사격 귀신이네. 꿀꺽."

그사이 최강은 진한 미소를 그리며 유유히 국가정보원을 빠져나가고 있었다.

"후훗."

* * *

의사들이 서로의 등을 떠밀었다.

최소현의 병실 앞에서 서로 싸우던 그들이었고, 결국 한 명이 떠밀려 그녀의 병실로 들어오게 되었다.

"아잇! 진짜!"

하지만 그는 최소현과 눈이 마주치고 나서야 어색한 미소를 머금으며 들어왔다.

"아······ 그러니까 이건, 회진 겸 해서······."

"네."

의사는 그녀에게로 다가오며 눈치를 살폈다.

"몸은 좀 어떠십니까?"

"괜찮아요. 처음부터 안 다쳤던 것처럼."

"그러니까요. 저희도 이게······ 이런 경우는 처음 있는 일이라······. 아, 환자께서도 많이 당혹스러우시죠?"

"제가 당혹스러워해야 할 일인가요?"

"아, 아니! 그런 건 아니고요. 음음, 이게 뭔가 흔한 일이지는 않아서요. 저희도 어떻게 판단해야 할지……. 어흠! 음음."

최소현이 의사에게 물었다.

"제 수술 날에요. 대체 무슨 일이 일어났던 거죠?"

"그게 그날 정전이 일어났는데……. 이게 또 병원 전체가 그랬던 건 아니고, 수술실만. 네…… 그런 일이 있었네요. 그런데 급히 수술실을 옮기고 나니까 이렇게…… 상처가 말끔해지셔서……."

"그럼 저 이제 퇴원해도 되는 거죠?"

"잠깐만요. 그게 저희 쪽에서도 이 현상에 대해 정밀한 검사를 해 봐야……!"

"이 사람들이 지금 장난치나. 내가 실험용 쥐야? 퇴원해도 되는 거야, 아니야?"

"그게 더 검사를……."

"나 아픈 거 아니잖아. 상처도 없고. 수술 직후에 이것저것 찍어 봤더니 다 괜찮았다면서."

"네, 그랬죠."

"그럼 퇴원해도 되는 거죠."

"뭐, 원칙적으로는……."

"그럼 좀 나가 줄래요? 옷 좀 갈아입게?"

"끙…… 네, 알겠습니다."

병실 앞에 있던 최경준 서장은 진료를 마치고 나오는 의

사에게 물었다.

"좀 어떻던가요?"

"그게 저희는 좀 더 검사를 해 봐야 한다고 했으나, 환
자분께서 강력하게 퇴원을 말씀하셔서 저희도 더 이상
은……."

의사가 설명을 하는데, 후다닥 옷을 갈아입고 나온 최소
현이 그런 최경준 서장을 보게 되었다.

"서장님께서 여긴 웬일이세요?"

"어? 아, 그게. 그냥 좀 걱정이 되어서."

"서장님께서 저를 왜요? 우리 그런 사이 아니지 않나
요?"

"소현아, 이 아버지는……."

"그만!"

소리를 빽 하고 지른 그녀가 눈을 부릅뜨고 그에게 말했
다.

"혹시라도 제 앞에서 아버지 노릇하려고 그랬다 그런 말
씀하실 거면 당장 집어넣으세요. 서장님께서 저한테 그랬
던 적은, 우리 엄마 죽었을 때 이미 끝났어요. 그걸 아직
도 몰라요?"

"후우……."

그녀가 몸을 돌렸다가도 다시 성질이 나 따져 말했다.

"알츠하이머였다고요. 자기 마누라가 자기 정신도 없어

서 길거리에 나가 차에 치어 죽을 때도 일만 하시던 분이……. 아니지, 또 일만 하셨던 건 아니지. 다른 살림까지 차려놓고 우린 내팽개쳤던 분이…… 가족? 진짜 너무 염치 없는 거 아니에요?"

"이제 와서 하는 말이다만, 네가 알고 있는 건 오해가 좀 있단다, 소현아."

"오해? 엄마 죽자마자 나를 그 집으로 데려가 놓고는 오해라고요?"

"그때 내가 너의 마음을 배려하지 못했던 건 미안하다. 그렇지만 소현아……."

"친숙하게 이름 부르지 마세요, 구역질나니까. 그리고 이런 취급받고 싶지 않으시면 애초에 아는 척도 하지 마요. 어차피 그때나 지금이나 나한테 아버지는 엄마를 버린 쓰레기니까."

최소현은 슬픔에 잠겨 아무 말도 못하는 최경준을 놔두고 자리를 떠 버렸다.

그곳 복도에는 눈치만 보는 의사들과 그의 탄식만 남아 정적을 만들어 갔다.

* * *

집으로 막 도착하는데, 맞은편에서 차를 세우고 내리는

최소현이 보였다.

"소현 씨?"

"아, 최강 씨. 어디 다녀와요?"

"뭡니까? 벌써 이렇게 퇴원해도 되요?"

"아픈 곳도 없는데. 더 있으면 뭐 해요."

"그렇군요. 아무튼 완쾌되어서 다행입니다."

최소현은 안으로 들어가려다가 말고 나를 쳐다봤다.

"저기 최강 씨."

"네, 소현 씨."

"저기 나…… 이런 부탁하기 그렇지만, 나 한 번만 도와
줄래요?"

뭘 그렇게 어렵게 부탁하나 했더니, 파트너인 김동운 형
사의 유골이 있는 납골당에 데려다달라는 거였다.

그녀는 그곳에서 한참을 오열했고, 그 안쓰러움을 차마
볼 수 없는 나는 자리를 피했다.

"누군가를 잃는다는 거…… 정말 사람 할 짓이 아닌 것
같습니다."

-나랏일을 하다 보면 위험은 항상 곁에 두고 산다고 봐
야겠지.

그러고 보니 이들도 따지고 보면 나랏일을 하던 사람이
었지.

나라의 위계와 질서를 지키기 위해 헌신하는.

"근데 웬일로 아무 말씀이 없으시네요, 두 분 다. 제가 국정원 다녀온 거에 대해서요."

-그야 너의 그 분노와 짜증을 우리도 공유하고 있으니까.

그렇구나.

고통만이 아니라 감정도 같이 느끼는 것이었지.

그러고 보면 이 빙의, 뭔가 일반적인 것과는 다른 것 같은데.

도통 그 원인을 모르겠다.

그렇지만 또 이런 부분에선 굳이 동의를 구할 필요가 없어 편하기도 했다.

말을 하지 않아도 이들도 이미 내가 왜 그런 선택을 했는지 이해하고 있었다.

"그 부스터라는 약 하나로 제 주변이 너무 고통받고 있는 것 같아서. 근데 내가 보지 못하는 다른 곳에선 또 얼마나 많은 이들이 고통받고 있을지. 도저히 가만히 있을 수가 없단 말이죠. 짜증이 나서."

오늘 길에 최소현과 국밥집에 들렀다.

그녀가 김이 모락모락 올라오는 국밥을 보며 미소 지었다.

"따뜻한 거네요. 안 그래도 생각났는데."

"감정이 많이 심란할 것 같아서. 그래도 따뜻한 걸 먹으면 진정이 될까 봐."

"오오~ 배려 있는 남자. 은근히 멋있어."

"얼른 들어요. 배도 고플 텐데."

그녀가 몇 수저 떠먹더니 말했다.

"사실 병원을 나오자마자 동운이한테 오고 싶었는데. 갈 때 가도 올 때는 쉽게 못 올 것 같아서. 그래서 최강 씨한테 부탁한 거예요. 마땅히 부탁할 사람이 생각나지 않아서. 알잖아요, 나 친구 없는 거."

"친구 없다고 하지 마요. 그럼 나는 뭐가 돼. 안 그래요?"

"헤헷, 그러네. 이렇게 좋은 친구를 놔두고서 친구가 없다고 하면 안 되는데."

"이해해요. 납골당에서 사진이고 뭐고 보고 나면, 감정이 격해질 테니까. 그 정신으로 운전했다간 큰일 나지."

그녀의 눈시울이 다시 붉어졌다.

"사실 아직도 실감이 안 나요. 대체 뭐가 어디서부터 잘못된 건가. 내가 놈들을 너무 쉽게 보고 접근했던 건 아닌가. 우리만 움직일 게 아니라 팀원 전체가 갔어야 했는데 하고……."

"그놈들 전문 킬러 같았다면서요. 그랬으면 거기 갔던 사람들 다 당했지. 안 그래요?"

"그래도 그랬으면 동운이가 그렇게 가지는 않았을 것 같아서……. 선배인 내가 너무 무능해서 걔가 그렇게…….”

나는 살짝 주저했지만, 이 정도는 괜찮지 싶어 그녀의
손을 잡아 주었다.

“자책하지 마요. 그거, 앞으로의 일을 해결하는 데 아무
도움 안 되니까. 잘못은 나쁜 놈들한테 있는 거고, 당신은
그냥 피해자인 거야.”

“최강 씨…….”

나는 분위기가 이상해질까 봐 손을 놓으며 말했다.

“그리고 이번엔 내 부탁 하나 들어줍시다.”

“네?”

“며칠 나가지 말고, 집에서 푹 쉬어요.”

“어떻게 그래요. 지금 동운이를 저렇게 만든 놈들이 밖
에 버젓이……!”

“내 말 들으면, 대신 내가 도와줄 테니까.”

“최강 씨가요?”

“나 사실 조금 열 받았거든요. 그 부스터 때문에. 그러니
까 나 믿고 며칠만 기다려요. 그럼 내가 뭘 얼마나 할 수
있는지 보여 줄 테니까.”

* * *

기조실장 박명훈이 신우범 원장을 찾았다.

"축하드립니다. 원하시는 대로 최강을 얻으셨더군요."

"아직 축하를 받기는 이르지. 최강이 다른 요원들한테 인정도 받아야 하고, 팀도 짜야 하고. 팀을 짜더라도 공식적인 7과로 만들기는 조금 어려울 거야."

"그렇지만 기대가 큰 게 사실이지 않습니까? 그리고 이번에야말로 최강의 능력이 진짜배기가 맞는지 제대로 확인할 기회이기도 하고요."

신우범 원장이 턱을 쓸며 말했다.

"우리가 골치 아파 했던 일을 최강이 잘만 해결해 준다면, 정말 더 바랄 게 없을 것 같은데."

"그 부스터라는 게 골치가 아프긴 합니다. 보니까 중국 쪽 에이전시가 우리를 따라 한답시고 규모를 키우며 제약 쪽을 흡수하고 이런 일을 벌이고 있는 것 같던데요. 그것 때문에 국내 우리 점유율이 많이 줄어들었다고 하더군요."

"자네는 그 부스터라는 거, 어떻게 보나?"

"단순히 마약이라고 하기보단 뭔가 군사적인 목적을 위해 만든 것 같았습니다. 대놓고 인체 실험을 하긴 어려우니까 암흑세계에 뿌려 놓고선 일종의 실험을 하고 있는 게 아닐까요?"

"실험……. 그럼 그 환각이나 흥분 같은 것은 부작용이라고 봐야겠군."

"그럴 수도 있지요. 하지만 그 약, 중독성과 그런 부작용만 없애면 정말 위험한 물건이 될 수도 있습니다. 이제 막 치고 들어오는 세력이, 소수여도 단숨에 우리를 위협할 수도 있다는 거죠."

"일단은 발라스 내의 조직을 이용해 보기도 할 테지만, 최강이 뭘 할 수 있는지 지켜보자고."

* * *

이진석은 보고서를 보다가 재미있다는 듯이 웃었다.

"없애지 말라더니, 이러려고 그런 거였나?"

"신우범 원장이 최강에게 7과 과장 자리를 약속했다고 합니다."

"골치 아픈 놈을 품안에 넣어 놓고 써먹겠다. 재밌는 발상이야. 어떻게 될지 두고 보는 재미도 쏠쏠할 것 같고. 영악한 늑대의 계획은 과연 어디까지일까……."

이진석은 보고서를 내려놓고 물었다.

"정이한은. 아직이야?"

"그날 모습을 감춘 이후로는 어디에서도 움직임이 감지되지 않고 있습니다."

"머리도 비상하고 숨기도 잘하고. 아주 용의주도한 놈이야. 우리 발라스 내에도 이런 놈이 하나 있어야 하는데. 그렇게나 훈련받은 놈들이 이놈 하나 잡지 못해서 끙끙대

제 팀에 들어와요 293

고 있으니…… 발라스 체면이 뭐가 되냐고."

한 차례 정이한과 붙었다가 졌던 터라 양충열은 할 말이
없었다.

"다음에 잡으면 그땐 반드시 제가 끝내겠습니다."

"아니. 다른 놈들 동원해서라도 제대로 끝내. 또 혼자 맞
붙다가 실수하지 말고. 위에서도 다 너의 실책을 지켜보고
있다는 걸 잊지 마라, 충열아. 평가에서 미달되면 직책 불
문하고 어떤 일이 벌어지는지, 몰라?"

"네. 다시는 실수하지 않겠습니다."

이진석이 자리에서 일어나 창가로 갔다.

"지금 중요한 건 신우범 원장이 뭘 생각하고 있느냐야.
그 양반, 지금도 회주 자리 노리느라 바쁜 나날을 보내고
있을 텐데……. 최강 일도 그렇고, 근래 움직임도 그렇고.
도무지 뭘 생각하는지 모르겠단 말이야."

그때, 양충열이 전화를 가져왔다.

"실장님, 김종기 의원님이십니다."

그러나 이진석은 본체만체였다.

"그 노인네도 애가 닳기는 하는 모양이군. 뭘 또 이렇게
지겹게 연락을 해 대는지. 머리 위 권력다툼에 내가 도움
이 될 리가 없잖아. 안 그래?"

"그래도 계속 안 받으시면 곤란해지실 텐데요."

"충열아. 이미 배 방향 틀어진 지 오래다. 부는 대로 움

직이는 게 바로 배야. 역주행하다 보면 배만 밀려서 좌초 되는 거야. 알아?"

그럼에도 양충열은 안절부절못했다.

이진석이 그런 그를 보며 물었다.

"왜, 넌 받고 싶어?"

"예?"

"그럼 받아."

"실장님 전화를 제가 어떻게 감히……."

이진석이 실실거리며 그를 지나쳤다.

"멍청한 새끼. 그러니 위에서 너를 비중 있게 안 보는 거야, 인마. 언제까지 시키는 대로만 살래? 알아서 스스로 일하는 모습을 보여 줘야 믿고 뭐든 시키지. 안 그러냐?"

말귀를 알아들었는지 양충열이 즉시 전화를 받았다.

"네, 전화 받았습니다. 아, 실장님은 지금 다른 원로분의 지시를 받느라 바쁘셔서요. 네, 돌아오시면 바로 연락드리라고 하겠습니다."

그런 양충열을 보며 이진석이 만족스러운 듯 박수를 쳤다.

"굿……. 그렇게 하나하나 배워 가자고. 그래도 이건 잊지 마라, 충열아. 파도를 타는 것도 잘해야 한다는 거. 과하면 그것도 눈 밖에 나는 거거든."

알아서 일은 하되, 심기 불편할 일은 하지 말라는 경고였다.

"명심하겠습니다, 실장님."

이진석이 소파에 몸을 눕히며 말했다.

"키워 줄 때 잘 배워 둬라. 내가 아니면 누가 널 이렇게 아끼겠냐⋯⋯."

"늘 항상 감사하게 여기고 있습니다. 훈련소 시절부터요."

"후훗, 그랬지. 그땐 진짜 하루하루가 지옥이었는데. 지금은 정말 천국 아니냐? 어려운 시절 버텨 냈으면 이 정도는 즐기고 살아야지."

* * *

국가정보원 내의 모든 현장요원들이 야외 훈련장에 모였다.

테러 진압과 폭발물 유통을 맡고 있는 2과 과장 이선호가 모두에게 공표했다.

"다들 여기 있는 사람이 누구인지는 이미 알리라고 본다. 이번에 우리 현장요원 훈련에 참가하여 함께 훈련에 임하기로 했으니, 다들 그렇게 알고 동료처럼 맞이해 주도록."

첫 훈련은 테러범 진압을 위한 고무탄을 이용한 사격 훈련이었다.

탕! 탕!

타앙-!

서로 어깨를 두드리며 전진과 후퇴를 반복하였고, 과녁이 올라올 때면 정확한 명중력을 보이며 가장 빠른 시간 내에 훈련장을 빠져나가야 했다.

그러면서도 서로 교차될 때마다 같은 팀을 쏘지 않게 조심해야 했는데, 최강이 길목에서 몸을 튼 순간, 상대 측 여자 요원이 모르고 최강에게 총을 쐈다.

탕-!

그녀는 방아쇠를 당겼을 찰나 아차 싶었지만, 이미 쏘아진 총알을 어찌 할 방법은 없었다.

그런데 놀랍게도 최강이 미친 몸놀림으로 몸을 틀어 그걸 피했다.

그리고는 두 손가락을 눈에 대며 잘 보고 쏘라는 경고를 주었다.

약간의 사고가 있을 뻔하긴 했지만, 가장 빠른 시간 내에 도착하여 모두의 환호를 받았다.

"최강 씨, 미안해요. 제가 마음이 급한 나머지."

"안 맞았으니 됐죠. 그래도 다음엔 조금만 침착하자고요."

주변에서 여자 요원들이 이상한 소리를 냈다.

"오오~ 화도 안 내네."

"매너 쩌는데?"

"오우~! 강하면서도 부드러운 남자, 매력적이야."

"야, 들려~!"

"들리면 어때?"

괜한 이상한 분위기에 최강은 얼른 자리를 피했다. 그런데 그 피한 곳에서도 남자 요원들이 질투 어린 시선이 얼굴로 박혀 들었다.

"아주 인기를 독차지하고 난리 났구먼."

"지가 무슨 제임스 본드라도 된 줄 아나. 야, 아까 봤냐? 과녁 쏘면서 막 멋진 척."

훈련장 내부에 카메라가 있어 모두가 지켜본 거였다.

최강은 피식 웃고는 조용히 중얼거렸다.

"이러다가 내가 말뚝 제대로 박고 차장도 되고 그 위로도 계속 올라가면 어쩌려고 저러는지. 마음에 안 드는 놈 있으면 확 뒤질 곳으로 전근을 보내든가 해야지 말이야."

남자 요원들의 표정이 순간적으로 싸늘하게 굳었다.

잠시 그가 차기 7과 과장이 될 사람이란 걸 잊은 거였다.

그 반응이 만족스러웠을까, 최강이 더욱 진한 미소를 머금었다.

두 번째는 개인 사격 훈련.

가까운 카메라가 총알이 박혀 드는 과녁을 찍고 있었다.

탕! 탕! 탕!

최강이 쏘는 것만 정확히 똑같은 자리만 통과하는데, 그 횟수가 늘어 갈수록 모두가 입을 벌려 갔다.

"대박……."

"저거 리얼이냐?"

"야, 뭐 어디 누가 총 고정시켜 놓고 대신 쏴 주는 거 아니냐?"

"저런 사람이 국가 대표를 해야지, 왜 여기에 있어……."

사상 최초의 만점 사격.

그를 바라보는 남자 요원들의 시선은 질투를 넘어 경이로움으로 뒤바뀌어 갔다.

"아니, 저런 사람이 왜 그동안 평직원으로 지낸 거지?"

"혹시 100미터 200미터가 되도 저렇게 쏘는 거 아냐?"

"야이, 씨……. 진짜일까 봐 무섭다, 인마."

그래도 격투 훈련에서는 다르겠지 하는 생각으로 남자 요원들이 하나둘 최강에게 덤벼들었다.

그런데 수년 간 현장에서 뛰었을 현장요원들을 최강이 애들 다루듯 가볍게 쓰러뜨리고 있었다.

좀 한다는 현장요원조차 맥을 못 추고 매트에 등을 대자 모두가 혀를 내둘렀다.

"뭐가 지나갔냐?"

"진짜 빠르네……."

"꼭 공격할 곳을 알고 미리부터 피하는 것 같지 않나?"

단체 격투에서도 마찬가지.

같은 팀을 먹었던 남자 요원들이 일부러 져 주는 척 쓰러지더니 상대 팀 전원이 한 번에 최강에게 덤벼들었다.

최강은 짜고 치는 승부 조작이란 걸 알았지만, 져 줄 생각이 없었다.

퍼억!

"크억!"

"컥!"

하나둘 얼굴, 복부, 정강이를 때려 맞으며 쓰러져 갔다.

다섯 명을 순식간에 쓰러뜨리자 여자 요원들이 환호성을 지르고 난리 났다.

"와아아아-!"

"최강 씨, 최고!"

부끄러움을 무릅쓰고 큰 소리로 응원하는 여자 요원까지.

다른 여자 요원들이 웬일이냐며 놀리는 모습까지, 영락없는 소녀 팬들이다.

훈련 과정을 모두 지켜본 신우범 원장은 매우 만족하며 박수를 쳤다.

"역시 봤던 그대로군그래."

그의 옆에서 박명훈 기조실장이 맞장구를 쳤다.

"격투 실력은 예상했지만, 사격까지 저럴 줄은 정말 몰랐습니다. 요원들 말처럼 정말 올림픽에 보내야 하는 게 아닌가 싶네요."

"요원을 할 사람이 그렇게 세계적으로 얼굴을 알려서야 쓰나."

"저런 인재가 국가를 위해 헌신한다니, 이 나라가 운이 좋다고 해야겠네요."

다시 2과 과장 이선호가 말했다.

"자, 이것으로 오늘 훈련을 마치겠다. 다들 요원 평가 점수에 오늘 훈련 기록이 모두 올라간다는 거 잊지 말고, 앞으로도 더욱 정진하도록."

"네!"

"다들 수고했다."

"수고하셨습니다!"

모두가 박수를 치며 훈련을 마무리했다.

* * *

흘린 땀을 씻고 옷을 갖춰 입고서 신우범 원장의 사무실로 들어갔다.

그런데 내가 올 걸 알았는지 그 혼자만 있는 게 아니었다.

세 명의 차장들과 기조실장도 와 있었다.

"어서 오게, 최강 군. 아니, 이제 최 과장이라고 해야 하나?"

허리를 반쯤 숙여 네 사람에게 인사를 하자 신우범 원장이 앉기를 권했다.

"앉게."

"네."

자리에 앉자 신우범 원장이 곤란한 듯 서류 하나를 보았다.

"자네가 준비하고 오는 사이에 각 요원들의 의중을 물었네만. 이게 좀 의외의 결과가 나와서 말이야."

"요원들의 의중이라고 하시면, 혹시 제 밑으로 지원할 사람들에 관한 것입니까?"

"그런 셈이지. 근데 남자 요원보단 여자 요원들이 많아. 사내 연애는 곤란한데 말이야."

그곳에 있는 모두가 저마다 웃음을 흘렸다.

나도 딱히 원해서 그렇게 된 건 아닐 텐데.

그래도 인기가 없는 것보단 있는 게 낫지 않나?

엉뚱한 생각은 여기까지.

"저기 원장님. 팀원 구성에 관해서 말씀드릴 게 한 가지 있는데요. 팀원을 많이 뽑을 생각은 없습니다. 팀원은 저를 포함해서 총 다섯, 국정원에서 둘, 그리고 둘은 다른 쪽에서 섭외했으면 싶습니다."

"다른 쪽? 다른 쪽 어디?"

* * *

최소현이 강남 경찰서로 오며 윤석준 반장에게 따졌다.

"반장님! 전화했던 게 무슨 말이에요? 제가 발령이 나요? 이거 뭐에요, 진짜? 나 지금 쫓겨나는 겁니까?"

"야, 그런 거 아니니까 진정하고 앉아."

"그런 거 맞네~! 아, 나 어이가 없어서."

그녀의 큰 목소리에 다른 팀 형사들까지 하나둘 모여들었다.

"그러니까 파트너 잃은 등신 같은 년은 강력반에 필요 없으니까 꺼져라! 아, 씨팔 진짜 세상 엿 같네! 아무리 그래도 이건 아니지~! 목숨 걸고서 일하다가, 칼 맞고서 방금 퇴원한 사람한테 이게 할 짓이냐고요!"

윤석준 반장이 사정하듯 말했다.

"최소현, 제발⋯⋯! 그 앞뒤 없이 성질부리는 것 좀 고치고 얘기부터 들어!"

잠시 후, 최소현은 윤석준 반장을 떠나 서장실 앞에 섰다.

"뭐에요? 여긴 왜 와요?"

"들어가 보면 알겠지."

"같이 안 들어가고요?"

"나는 알 거 없는 일이라고 하더라. 아무튼 들어가 봐. 안 그래도 너 올 거라면서 다들 기다리고 계셔."

"아~ 나 진짜……."

그녀가 반발심으로 돌아서서 가 버리려고 하자 윤석준 반장이 그녀를 확 휘어잡았다.

"말 좀 들어, 인마! 여긴 네 직장이야! 엄연히 위계질서가 존재하는 곳이라고! 왜, 아버지 덕분에 특혜받고 있다 그런 말 듣고 싶어?"

"반장님!"

"그런 거 아니면 가족 일 끌어들이지 말고 일로서 대해! 그게 아니면 경찰 그만두고 당장 나가든가!"

들어가기는 죽기보다 싫은데, 윤석준 반장이 하는 말이 있어서 안 들어갈 수도 없었다.

"후우……. 무슨 일인지 진짜 몰라요?"

"몰라."

"알았어요. 들어가면 될 거 아냐."

"이 자식이……!"

온갖 짜증을 다 부리는 그녀의 행동에 윤석준 반장은 서장실로 들어가는 그녀를 한 대 쥐어박고 싶은 시늉을 하다가 꾹 눌러 참았다.

"어이쿠, 내가 이러다가 10년은 일찍 죽지. 죽어······. 어우, 뒷목. 스트레스가 너무 많아······."

못이기는 척 억지로 서장실로 들어온 최소현은 가장 먼저 최경준을 보며 시선을 피했지만, 그 피하는 시선 속에 최강이 들어와 눈을 치켜떴다.

"최, 최강 씨? 당신이 여긴 어쩐 일로······."

최강뿐이 아니라, 그곳엔 신우범 원장도 함께 있었다.

"반갑군요, 최소현 경위."

"누구신지······."

"나는 국가정보원 원장 신우범입니다. 긴급한 사안으로 강남경찰서에 제안이 있어 이렇게 찾아오게 되었습니다."

잠시 후, 설명을 들은 최소현이 놀란 얼굴로 모두를 둘러봤다.

"진짜요? 그러니까 정말로 국가정보원과 경찰이 한 팀이 되어서 사건을 맡는다고요?"

신우범이 답했다.

"그렇습니다. 국가정보원의 정보력과 경찰의 인력이 이번에 새로 신설되는 7과에 지원되게 될 것입니다. 상황에 따라선 국가정보원 요원들도 출동할 것이지만, 경찰 쪽 특공대도 언제든 출동하여 지원을 도울 테니까 앞으로 잘 부탁드립니다."

"말도 안 돼······."

최강이 그녀를 보며 말했다.

"내가 그랬죠? 도와주겠다고."

"그럼 이게 지금 최강 씨 때문에 일어나는 일이란 거예요?"

신우범 원장이 말했다.

"최 과장이 다시 국가정보원에 들어와서 일하는 조건이 바로 최 경위를 포함시키는 것이었습니다. 처음엔 무슨 엉뚱한 소리인가 했는데, 이렇게 경찰의 인력과 국가정보원의 정보력을 합쳐 보겠다고 하니, 새로운 시도로서 해 볼 법하다는 결론에 도달하게 되었습니다. 이미 청장님과도 합의를 본 사항이니까, 그렇게 알고 한 팀이 되어 주시죠."

최강이 최소현을 보았다.

"부스터. 잡아야죠."

최소현이 감격하여 최강을 보았다.

"네, 잡아야죠."

"그럼 제 팀에 들어와요. 거기서 함께 잡읍시다."

최소현은 이 남자, 대체 뭔가 싶었다.

도와준다고 하더니 아주 국가정보원은 물론이고, 경찰 인력까지 총동원할 수 있는 자격까지 갖추고 나타났다.

뭔가 감격스러우면서도 고마웠다.

그리고 이 남자의 곁에서라면 상대가 얼마나 무서운 조직이라 할지라도 힘내서 해볼 수 있을 것 같았다.

"네. 그럴게요. 저도 그 팀에 들어갈래요. 아니, 꼭 하고 싶어요."

* * *

나는 신우범 원장이 차를 타고 가는 걸 배웅했다.

그런데 뒤에서 최경준 서장이 다가와 말을 건넸다.

"최강 과장. 잠시 얘기 좀 할 수 있겠나?"

"아, 네."

곁에 있던 최소현이 눈치를 보며 자리를 비켜 주었다.

나는 안으로 들어가 최경준 서장이 빼 주는 자판기 커피를 받아 들었다.

"고맙습니다."

"내가 하고 싶은 말은 말이야. 다름이 아니라, 한 가지 부탁을 하고 싶어서이네."

"혹시 따님 걱정 때문입니까?"

굳이 넘겨짚을 필요도 없는 것이었을까, 그가 쓴웃음을 지어 보였다.

"젊어서는 승진이나 실적, 성공에 참 목을 매었던 것 같은데, 이 나이쯤 되면 그런 것들이 다 무슨 소용일까 싶어. 돈, 명예 그런 것보다도 하나 있는 가족이 가장 소중하더군."

"저도 가족이 어머니 한 분뿐이라, 그 마음 잘 알 것 같습니다."

"그렇군. 그럼 굳이 긴 얘기 안 하겠네. 우리 소현이 무사히 잘만 데려와주게. 내가 부탁하고 싶은 건 이거 하나뿐이네."

"걱정 마십시오. 다치게 하려고 이번 일에 포함시킨 게 아닙니다. 그동안 억울하고 분했던 거, 나쁜 놈들 다 때려잡으면서 풀라고 포함시킨 겁니다. 다치는 일 없이 무사히 데려다 놓을 것이니 아무 걱정 마십시오."

"고맙네. 그럼 자네만 믿겠네."

"네, 서장님."

밖으로 나가니 최소현이 궁금함이 가득한 얼굴로 나를 기다리고 있었다.

웃으며 바라보자 그녀가 달려와 물었다.

"서장님하고는 무슨 대화를 그렇게 했어요?"

"별말 안 했어요. 급하게 지원이 필요하면 언제든 연락하라고 하시더라고요."

"그래요? 뭐 다른 쓸데없는 말 듣고 그런 거 아니죠?"

"뭔가 제가 들어야 할 게 있었던 건가요? 다시 가서 여쭤볼까요?"

"아, 아니요! 아무것도 아니니까 그냥 가요."

"아니, 그래도 제가 뭘 안 들은 것 같은데."

"아니라고요. 그냥 가자고요."

나는 장난을 치고 싶었다.

마구 잡아끄는 그녀의 모습에 왜 그리도 재미가 있는지.

"배고픈데, 밥 먹었어요?"

"아니, 무슨 나만 보면 맨날 뭘 먹재."

"나한테 할 말 많은 것 같아서."

"집에 가서 해요, 그냥. 옥상 가서."

그런 우리를 멀리서 최경준 서장이 지켜보는 것 같은 건 나의 착각이었을까.

아마 아닐 것이다.

자식을 향한 모든 부모의 마음은 같을 것이기에.

* * *

다음 날 아침, 최소현과 함께 두 사람을 만났다.

"여기는 국정원 직원 김지혜 씨, 그리고 이형석 씨. 앞으로 주변 감시 카메라를 통해 늘 현장에서 뛰고 있는 우리의 눈이 되어 줄 사람들입니다. 그리고 이쪽은 강남경찰서 최소현 경위, 현재 경찰이기는 하지만 우린 지금부터 특무 7과로서 함께 움직이게 될 겁니다."

그들은 서로 악수를 하며 인사를 나누었다.

"그리고 난, 그 책임자를 맡게 될 최강. 앞으로 잘 부탁드립니다."

김지혜가 물었다.

"저기 근데 과장님?"

"네, 김지혜 씨."

"저희 다섯 명이 한 팀으로 움직인다고 했는데요. 왜 네 명인 거죠?"

"한 명은 지금부터 영입을 하러 가야 합니다."

"누구인데요?"

"장태열."

김지혜도 놀랐지만, 이형석이 더 놀라 말해 왔다.

"장태열이면, 한 2년 전쯤에 교통사고를 크게 내서 잘린 그 사람 말입니까?"

"간첩 하나 쫓겠다고 서울 시내를 아주 박살을 냈었죠."

김지혜가 거부감을 나타냈다.

"근데 그런 사람을 다시 들인다고요?"

"지금 그 사람, 얼마 전까지 카레이서로 활동하다가 스폰서한테 주먹 한 방 먹이고 쉬는 중이라고 하던데. 쉴 때 제안해 봐야죠."

이형석이 물었다.

"근데 장태열은 왜 팀에 넣으시려는 거죠?"

"2년 전까지만 해도 현장요원 내에서 사격 실력 1등, 테러 훈련 1등, 격투 훈련에선 정이한 요원과 엎치락뒤치락.

성격이 좀 급하고 거칠어서 그렇지 요원으로서는 에이스였다고 들었는데요."

"아무리 그래도 명령 거부도 꽤나 많았던 걸로 기억하는데요……."

"딱 그런 사람이 필요한 겁니다. 앞뒤 따지지 않고 어떻게든 일을 성사시키려는 사람. 그리고 가장 적절한 시기에 원하는 장소에 데려다 줄 수 있을 것 같은 사람."

나는 최소현과 외부 사무실에서 나가며 두 사람에게 말했다.

"오늘을 시작으로 설비는 내일까지 계속 들어올 거니까 두 사람이 세팅 완료해 주세요. 전 장태열 채용하러 다녀오겠습니다. 소현 씨, 갑시다."

차를 타고서 장태열 주소지로 향하는 동안 최소현이 그의 사진을 확인했다.

"이 사람이구나. 근데 좀 무섭게 생겼다."

"나이가 우리보다 많아서, 아마 쉽게 말을 듣거나 하진 않을 겁니다."

"그걸 알면서 이 사람을 쓰려는 거예요?"

"앞으로 상대할 놈들, 대충 어느 정도 하는 요원들 데려다가 놨다간 상대도 못 됩니다. 얼마 전에 대전으로 엄마 만나러 갔다가 부스터 뺀 놈 하나 만나 봤는데, 보통 위험한 게 아니었어요."

"정말요? 말해 봐요. 어떻게 만나게 되었는데요?"

"별건 없고 클럽 앞에서 시비가 붙었는데, 두 손으로도 들기 힘든 책장을 한 손으로 가볍게 던지더군요. 복싱 같은 운동을 좀 한 놈이었는데, 맞으면 뼈가 남아나지를 않을 것 같았고요."

"오오~ 근데 그런 사람을 최강 씨가 이겼어?"

나는 황당한 눈길로 그녀를 쳐다봤다.

"쓰읍! 이봐요, 최소현 직원? 가만 보면 은근히 나를 너무 낮게 보는 경향이 있어."

"호호, 최강 씨 이미지가 그렇게 강하진 않아서요. 왠지 보호 본능이 생긴다고 할까?"

"아…… 내가 첫인상이 너무 약했나? 이러면 곤란한데. 쩝."

얼마 지나지 않아 장태열이 사는 빌라 앞에 도착하게 되었다.

주소지가 여기이긴 한데, 첨부 사항을 보면 누나 집에 얹혀사는 모양이었다.

"안 들어가요?"

"들어가 봐야죠."

그런데 막상 벨을 누르고 나오는 중년 여자를 만나 보니 집에 없단다.

"태열이 지금 집에 없는데. 근데 누구세요?"

"저희는 장태열 씨가 전에 근무하던 곳 직원들인데요, 이번에 채용 제안을 하러 온 겁니다."

"아~ 국정원?"

나는 살짝 놀라 물었다.

"그, 그걸 아세요?"

"그만두고서는 다 털어놓더라고요. 근데 난 그 새끼 말하는 거 다 뻥인 줄 알았는데. 진짜예요? 어디 흥신소 이름이 국정원인 거 아니고?"

최소현이 빌라를 나오며 한숨을 푹 내쉬었다.

"이 사람 사는 게 그렇게 믿음은 없었던 모양이네요. 어떻게 가족들 평가가 저래……. 국정원 들어가려면 공부도 엄청 잘해야 하는 거 아니에요?"

"공부도 잘하고 운동도 잘해야 하고……. 빠른 판단력에 적응력, 이런저런 능력들까지. 종합적으로 남들보단 뛰어나야죠. 아무렴 국가를 위해 목숨 걸고 일하는 사람을 아무나 뽑겠어요?"

"최강 씨는 아니잖아요."

"나는 특채라 특별한 경우고."

"요 밑에 게임장에 있을 거라고 했는데, 거기에 정말 있기는 할까요?"

"사무실이 정리가 되면 최소한 헛걸음 같은 건 안 해도 될 텐데, 지금은 어쩔 수 없이 몸으로 움직여야겠네요."

제 팀에 들어와요 313

노란색 코팅지에 과일과 숫자, 고래 몇 마리가 그려진 문을 열고 안으로 들어갔다.

이 사람 저 사람 둘러보는데 저 끝에 앉아 담배를 태우는 사람이 보였다.

장태열이었다.

추리닝에 슬리퍼, 다듬지 않은 수염이 영락없는 동네 아저씨지만, 확실한 장태열이었다.

"장태열 씨?"

이름을 부르자 그가 슥 쳐다본다.

흐린 눈으로 잠깐 힐끔 쳐다보는 것 같지만 은근히 그 눈빛이 매섭다.

"누구냐……."

"국정원에서 나왔습니다."

"큭큭, 거기서 왜? 나한테 무슨 손해배상 청구라도 할 게 있다든? 거 되게 치사한 놈들이구먼."

"저는 7과 과장, 최강입니다. 당신을 채용하고 싶어서 찾아왔습니다."

그가 다시 나를 쳐다봤다.

"7과 과장? 7과면 허상훈 과장님 과잖아?"

"예전엔 그랬죠. 7과 사람들이 전부 다 죽기 전에는요."

"큭큭, 그 동네 아주 발칵 뒤집혔겠네."

"카레이서 일은 그만두신 것 같고, 대출금도 점점 쌓여

가시는 것 같던데. 저랑 같이 일하시죠. 월급은 두둑하게 챙겨 드리겠습니다."

"얼마 줄 건데."

"원하시는 가격을 말씀해 보시죠."

"원하는 가격을 말해 봐라. 아주 돈으로 나를 사겠다는 걸로 들리네."

그의 목소리가 점점 더 거칠어졌다.

"야. 과장? 웃기지 말고, 귀찮으니까 꺼져. 니들이 지금 나한테 그런 거 제안하는 거면 뻔하지. 어디 가서 총알받이 하고서 대신 처 죽으라는 거잖아. 됐다고 그래라~! 내가 다신 그 일 안 한다."

나는 피식 웃었다.

"훗."

"웃냐? 왜, 내가 이렇게 말하니까 웃겨?"

"어. 웃겨."

"큭큭큭, 아…… 이 새끼 재밌는 새끼네. 젊은 나이에 과장 되니까 내가 우습냐? 처 맞고서 깽값 물어 달라고 하지나 말고 조용히 꺼져라. 그러다가 죽는다."

"몸을 보니 일 그만둔 뒤로는 운동 한 번 안 한 것 같고. 근력도 약해졌을 텐데 나이도 먹고. 늘어 가는 대출금에 조만간 파산해서는 가족들한테 폐나 끼치며 살 것 같은데. 정말 그렇게 살고 싶어?"

"뭐, 이 새끼야!"

"누가 봐도…… 지금 쓰레기잖아. 딱."

장태열이 고개를 비틀어 나를 보더니 씩 웃었다.

"말…… 다 했냐?"

* * *

퍼서석-!

차자장-!

와장창 깨지는 창문.

그 창문을 깨고 땅을 구르는 장태열.

몸을 굴리던 그가 입가의 피를 닦으며 나를 죽일 듯이 쏘아봤다.

"이 새끼, 좀 하네?"

최소현이 얼른 나와 그 사이로 섰다.

"저기 잠깐만요. 이제 그만 하죠? 사람들 다 보는데 여기서 뭐하는 짓이에요?"

장태열이 그녀에게 말했다.

"어이, 여자. 맞은 건 내 쪽이거든? 이렇게 된 이상 여기서 그만 못 두지!"

"당신이 먼저 주먹 휘둘렀잖아요!"

"어쨌거나 저 새끼는 피하고 나는 맞았잖아!"

그가 다시 나에게 말했다.

"남자가 시작을 했으면 끝을 봐야지?"

"물론."

최소현이 버럭 소리를 질렀다.

"아이, 진짜! 계속 이래야겠어요?!"

장태열이 먼저 달려들며 최소현을 밀쳤다.

"거기 여자는 좀 빠져 있지?"

"아앗!"

최소현이 넘어지려 하는 걸 얼른 다가가 잡아 주었다.

그러는 사이 장태열의 주먹이 귓가를 스쳤다.

나는 얼른 최소현을 세워 준 후에 다시 뒤통수로 날아드는 공격을 피하고 손등을 가볍게 올려 얼굴을 가격했다.

퍼억!

"억! 아, 코피네. 와, 이 새끼. 뒤에도 눈이 달렸나."

"감도 많이 떨어졌고. 주먹도 별로 날카로운 것 같지 않고. 고쳐 쓰려고 해도 겨우 이 정도면 곤란한데."

"뭐 이 새끼야?"

"당신, 지금 현장 뛰고 있는 요원 하나도 이기지 못할 것 같다고."

"그건 내가 몸이 좀 안 풀려서 그렇고. 근데 이제 좀 풀릴 것 같거든? 자, 계속 가 보자. 응?"

몇 번 주먹이 오가니 날카로움이 더해졌다.

내가 내지르는 주먹도 처음엔 못 피하고 맞더니 하나둘 피하기도 했다.

역시 실력은 어디 안 가는 건가.

그래도 다리를 거니 금방 넘어져 버렸다.

철퍼덕!

"아이, 쪽팔리게."

"호흡 딸리는 것 같은데. 계속해도 되겠어?"

"아직 끄떡없거든!"

휘익! 휙!

그런데 내가 잠깐 뒤로 피할 때, 대뜸 최소현이 달려들 었다.

"그만 좀 하라고, 씨팔!"

퍼억!

최소현이 주먹을 날리는데 그 주먹이 장태열에게 제대로 들어갔다.

턱이 확 돌아가던 장태열이 그 자리에서 철푸덕 쓰러져 버렸다.

"아……."

"씨익! 씨익! 그러게 말을 안 들어. 아우! 사람 성질나게 진짜."

"완전 뻗은 것 같은데요."

"최강 씨도 맞기 싫으면 그만해요."

"하하, 네······."

이 여자, 보통이 아닌 건 알았지만 주먹이 생각 외로 매운 것 같다.

아무리 제대로 들어갔어도 이렇게 뻗을 인간은 아닌데.

아무튼 소란은 정리되었으니 이걸로 만족하자.

* * *

장태열은 얼마 지나지 않아 휴게실로 만들어 놓은 침대 위에서 정신을 차렸다.

"뭐야, 여기가 어디야?"

"정신이 좀 들어요?"

내 말은 들은 것 같은데, 그의 시선은 문틀에 기대고 서 있는 최소현에게로 향했다.

"당신이 나 쳤어?"

"당신이 먼저 나 밀쳤잖아. 맞을 만했지."

"아이고 턱이야. 당신, 뭐하던 여자야? 격투기 선수야?"

"경찰."

"뭐?"

"이름 최소현, 직급은 경위. 앞으로 7과에 합류해서 함께 일할 사람이에요."

그가 나를 쳐다봤다.

"야, 저거 진짜야?"

"네."

"뭐냐, 너? 왜 또 존대야? 하던 대로 해, 새끼야."

"제가 쓰레기한테는 말을 까는데, 또 사람한테는 예의가 있어서요."

"너, 이 씨……."

"그러니까. 사람으로 저랑 일 하나 합시다. 정식 직원이 싫으면 건당 해도 좋고."

"뭐?"

"총알받이 뭐 이딴 거 안 세울 거니까 제대로 일 한 번 하자고요. 이번 한 건에 당신 가진 대출금 다 갚아 주고 플러스로 1억. 어때요?"

"뭐? 진짜?"

"싫어요? 이렇게까지 했는데 싫다고 하면 나도 더는 붙잡을 생각 없고."

장태열이 갈등하는 표정을 머금었다.

조금만 똥구멍을 더 긁어 주면 넘어올 것 같았다.

"예전으로 돌아가고 싶지 않아요? 맑은 정신으로 다른 사람들이 우러러 보던 에이스 요원으로."

"에이스 요원은 무슨. 언제 적 일을……."

"위계질서 그딴 거 지키라고 안 합니다. 강요도 안 하고요. 일의 흐름에 맞춰서 그때그때 잘 따라 주기만 해요.

그럼 됩니다."

"대체 나한테 뭘 시키려고 그러는데 이래?"

"임무에 관한 건 극비 사항."

나는 곧장 그에게 계약서를 건넸다.

"사인하면, 그때 공개됩니다."

"이거 괜히 잘못 엮이는 거 아닌지 모르겠네. 참……."

"계속 일하다가 성공 횟수 늘어나면 그동안의 과오는 다 지우고 정식으로 국정원 직원으로 다시 채용할 겁니다. 당신한테도 좋은 기회 아닌가요? 임무가 싫으면 국정원 훈련 조교가 되어도 좋고. 그럼 위험한 일 할 필요 없이 안정적으로 살아갈 수도 있을 텐데."

"내가 위험한 일 싫어서 국정원 나갔을 거 같아? 제재가 심해서야. 이것저것 하지 말라고 하는 일이 너무 많아서."

"적어도 내 과에선 그런 일 없을 겁니다. 뭐든 하세요. 책임은 제가 집니다."

그가 나를 빤히 쳐다봤다.

머릿속으로 계산을 하는 거겠지.

그 결론은 아마도 손해 볼 게 없다는 것일 테고.

"근데 정말 네가 과장 맞아? 과장 대리가 아니라고?"

"아직 정식 7과는 아니지만, 과장 맞습니다. 자, 어떻게 할래요? 제안, 받아들일 건가요? 아니면 지금 바로 댁으로 모셔다 드리고."

그가 펜을 강하게 휘어잡는 것도 잠시, 곧 결심을 굳히며 사인을 했다.

"자, 했다. 됐나? 자, 이제 말해 봐. 나한테 뭘 시키고 싶은 거야?"

나는 최소현을 보며 웃었다. 그녀도 나와 시선을 마주치더니 잘됐다며 웃음을 건넸다.

우리 둘은 그를 보며 동시에 답했다.

"마약 조직 퇴치."

* * *

사무실로 각종 기기들이 들어와 설치가 되자 이제야 구색을 갖춘 것 같았다.

"봐 줄 만하군."

-그럼 이제부터 재밌는 일이 시작되겠구나.

-그래, 잘 생각했다. 원래 어떤 짐승이든 놀던 물에서 놀아야 하는 거야.

"여기서는 송충이는 솔잎을 먹고 살아야 한다고 하죠."

-흘흘! 그거 좋은 말이구나.

장태열도 수염을 밀고 말끔해진 옷차림으로 나타났다.

어쭈, 이 남자.

저렇게 나타나니까 완정 상남자다.

은근한 야성미가 있으면서도 정신을 차렸는지 눈빛도 많이 좋아졌다.

거기에 생긴 것도 저만하면 나쁘지 않았다.

30대 후반의 나이이긴 하지만, 그래도 여성들에게 꽤나 인기가 많을 얼굴이었다.

"왔어요?"

"사무실 정리가 끝난 모양이군."

최소현도 그 뒤로 다가와 눈인사를 했다.

"다 모인 것 같으니까 서로 인사부터 할까요? 여긴 앞으로 우리의 뒤를 맡아 줄 지원요원들인 김지혜 씨와 이형석 씨."

서로 이름을 말하며 의례적인 인사를 건네기를 잠시, 장태열이 뭔가 이상하다는 듯 물어 왔다.

"근데, 왜 사람이 이것뿐이야?"

"우린 소수 정예로 갑니다."

그가 표정을 굳혔다.

"마약 조직 소탕이 목적이라면서? 근데 겨우 이 인원으로 놈들을 잡겠다고? 미쳤어?"

김지혜가 한마디 했다.

"저기요, 장태열 요원. 그래도 과장님이신데 미쳤냐는 건 좀 과하지 않나요?"

나는 손을 들어 괜찮다는 의사를 밝혔다.

"괜찮습니다, 지혜 씨. 마음은 알겠지만, 원래 이런 사람이니까 사소한 건 신경 쓰지 맙시다. 그리고 조사나 미행을 해 혐의점을 발견하면 그 후로 국가정보원이나 경찰 병력이 동원되어 곧바로 놈들을 소탕하게 될 계획입니다. 그러니 소수여도 상관이 없다는 거죠."

"경찰까지 동원된다고?"

"네. 어떤 경우에도 요청하면 곧바로 출동해 주기로 했으니까 인력에 대한 건 걱정하지 않아도 됩니다. 그리고 지원은 이렇게 두 사람, 김지혜 씨와 이형석 씨가 맡아 줄 거고, 현장은 최소현 씨와 장태열 씨 두 사람이 맡게 될 겁니다."

최소현이 깜짝 놀랐다.

"네? 날더러 이 사람하고 파트너가 되어서 같이 다니라고요?"

"어떻게 보면 두 팀이라고 해야겠네요. 두 사람이 한 팀, 나는 나 혼자서 한 팀. 저는 항상 두 사람을 지켜보면서 뒤에서 지원하는 형식으로 간다고 보시면 됩니다."

장태열은 불만이 많은 모양이다.

"팀 구성 한번 별나군. 그래, 싸움 좀 하는 건 봐서 인정하는데, 넌 혼자 다녀서 안 위험하겠어?"

"훗, 제 걱정은 마시고, 서로를 좀 잘 챙겨 주고 잘 지켜 주셨으면 하는데요. 첫인상에 좀 안 좋았던 것 같은데,

이왕이면 같이 다니면서 좀 친해지시고요."

"허, 참. 내 생에 처음으로 아구창을 맞은 여자와 한 팀이라니. 환장하겠구먼."

최소현도 발끈했다.

"이봐요. 나라고 좋은 줄 알아요? 이 일만 아니었으면 나도 당신하고 한 팀 먹을 일 없었거든요?"

나는 분위기도 환기할 겸, 박수를 크게 한 번 쳤다.

짝!

"자, 그럼! 임무를 시작하기에 앞서 면담이 있겠습니다."

"간단히 이 일을 하기에 앞서 각오 같은 거나, 애로 사항에 관해 알아두기 위함이니까 너무 부담스러워하지는 마시고요."

하나둘, 신지혜부터 시작해서 마지막으로 최소현까지 내 사무실로 드나들었다.

최소현은 서로 아는 바가 많아 어색해하며 자리에 앉았다.

"이렇게 서로 앉으니까 되게 어색하다. 그죠?"

"집에서 볼 때야 친구였지만, 여긴 엄연히 직장이니까. 솔직히 나도 엄청 어색. 알죠?"

"그니까요. 근데 뭘 물어보려고 면담을 하는 거예요?"

"소현 씨한테는 딱히 물어볼 건 없고. 내 목적은 김지혜하고 이형석이거든요."

"저 두 사람이 왜요?"

"지원자 중에서는 해킹 능력이나 침투 능력이 가장 뛰어나서 뽑기는 했는데, 그래도 혹시나 다른 이유로 내 팀에 합류한 게 아닐까 하는. 그런 생각에서."

"다른 이유? 다른 이유 뭐요?"

이 여자, 모르는 척 연기하거나, 거짓말 같은 건 잘 못하는 부류다.

알려 줬다간 괜히 표를 내고 어색해질 것 같아 알려 주진 않았다.

"그냥 누구나 목적이 있을 거 아닙니까? 승진이든, 일을 더 잘 배워 보기 위해서든. 그게 아니면, 소현 씨처럼…… 음음, 단순히 마약 조직의 소탕만이 목적이 아닌 사람도 있듯이."

"아……."

최소현은 마약 조직 소탕의 이유도 있지만, 파트너를 죽인 놈들을 찾고 그들을 응징하기 위해 이 팀에 합류했다.

사실 내 면담은 다른 목적을 위해서지만, 둘러대기엔 적당한 핑계다.

"그렇군요."

"처음엔 불편하기야 하겠지만, 장태열 요원하고도 잘 지내보도록 해요, 최소현 요원."

"요원?"

"7과니까 이제부터는 요원."

"아……. 호호, 그렇게 불리니까 뭔가 진짜 어색하다."

"훗."

최소현이 나갈 때까지만 해도 진하게 머물러 있던 내 얼굴의 미소는 싸늘하게 식었다.

곧 제라로바의 목소리가 머리로 울렸다.

-설마 발라스가 침투해 있을 거라고는 생각지도 못했구나.

발라스.

신정환의 일로 전부 색출했을 거라고 생각했는데.

그게 아니었던 모양이다.

정말로 그들은 어디에나 있었고, 작은 틈도 비집고 들어오는 무서운 존재들이었다.

"그렇다고 여기서 빼 버릴 수도 없고. 난감하네요."

제라로바에 이어 케라가 말해 왔다.

-그렇지만 놈들도 부스터를 경계하고 있다고 하니, 이용 가치는 있다고 본다.

"그것도 옳으신 말씀. 그래서 굳이 쫓아낼 필요는 없다는 결론입니다. 적의 적은 아군이니까. 물론, 이용하기에 따라서겠지만. 그래도 설마 그분까지 연관되어 있을 줄은. 아, 진짜 충격."

제라로바가 물었다.

-혹시 이런 것까지 생각해서 팀을 그렇게 짠 것이냐?

"네. 지원요원들이 다른 현장요원들을 집중적으로 살펴봐 줘야지 나에게서 신경을 끌 테니까요. 간혹 마법도 사용하게 될 텐데, 아무리 팀원들이라고 해도 그걸 까발릴 순 없잖아요. 특히 발라스에겐 더더욱."

-최소현만 조심하면 되겠군.

"그렇죠. 소현 씨가 가장 큰 위험 요인이죠. 남 속이는 건 못해도, 또 감은 좋은 여자라서."

근래 들어 자기 주변에서 이상한 일이 일어나고 있다는 것쯤은 충분히 감지하고 있을 것이다.

거기에 내가 마법을 쓰는 걸 보면 더는 숨길 수 없게 된다.

경찰 특유의 예리함을 가진 여자이니 들키는 순간 모든 걸 알게 될 것이다.

혹시 이미 의심을 받고 있을지도 모르고.

"아무튼 이제 일을 시작해 봅시다."

밖으로 나온 나는 모두를 회의실로 불러 모았다.

그리고 자료 검색 담당인 김지혜에게 설명을 부탁했다.

"김지혜 씨? 시작해 주시죠."

"네, 과장님."

김지혜가 화이트보드 위에서 스크린을 내리더니 빔 프로젝터를 켰다.

"2월 18일. 태진그룹 회장의 셋째인 장성기가 클럽 내에서 다섯 명을 죽이면서 처음 부스터라는 마약이 알려졌습니다. 사실 그 전까지 신고는 없었지만 포항, 부산, 광주, 대전까지……. 보이는 신체 능력을 훨씬 넘는 과한 힘으로 폭력 사건이 일어난 정황도 포착되었고요. 그리고 현재 잡힌 용의자들은 모두 마약 복용은 아니라며 발뺌을 하고 있는 실정입니다."

"그래도 마약 검사를 했으면 뭐라도 검출이 됐을 게 아냐?"

장태열의 물음에 김지혜가 답했다.

"필로폰, 엑스터시, 대마 등 기타 흥분제와 환각제를 포함하여 약물 검사가 시행되었지만 모두 미검출로 나왔다고 합니다."

"그럼 기존의 약물과는 성분이 다르다는 건데……."

"국가정보원 내에서도 그 성분을 분석 중인데, 과도한 도파민 상승과 혈류 증가로 인해 흥분과 환각이 부작용으로 형성되고 있다는 내용밖에는 아직 다른 보고는 없었습니다."

나는 설명을 보탰다.

"국제 범죄 담당이신 김재혁 차장님의 말씀에 의하면, 한국 쪽으로의 침투 루트가 중국 쪽이라는 말이 있었습니다. 중국 쪽 제약회사 쪽에서 신약 개발을 하고, 그 실험을 시장에 풀어 인체 실험을 하는 게 아니냐는 의문도 제시해 주셨고요."

"허, 그걸 이런 식으로 시장에 풀어서 인체 실험을 한다고?"

나도 그 말을 듣고는 똑같은 말을 했던 기억이 떠오른다.

"부작용 사례가 이 나라 각 지역은 물론이고, 다른 나라에서도 계속 보고가 올라올 텐데 손 놓고 그 부작용 사례들을 모을 수 있으니 얼마나 편하겠습니까? 거기에 대한민국 의료 기술력은 세계에서도 손에 꼽힐 정도이니, 부작용에 대한 보다 정확한 기록을 산출할 수 있겠죠."

"개새끼들이구먼."

거친 언행이 거슬리는지 김지혜가 표정을 찌푸리며 따지려고 했다.

"저기요, 장태열 요원!"

무슨 말을 할지 알기에 내가 선수 쳐서 말했다.

"그리고 회의 중에는 다른 사람들의 입장도 있고 하니 언행에 대해선 조금만 조심해 주셨으면 합니다. 장태열 요원."

"쳇, 언제는……!"

"위계질서 이런 거 안 지켜도 된다고 했지만, 다른 사람이 불편해하는 건 조심해 주시죠. 서로 얼굴 맞대고 계속 일할 사이인데."

"아우, 알았어. 알았어."

장태열이 비스듬히 앉아서 물었다.

"그래서 이제부터 뭘 하면 되는데?"

나는 모두를 보며 말했다.

"이걸 운이 좋다고 해야 할지는 잘 모르겠는데⋯⋯. 조만간 전국에 있는 투기장 관리자들이 큰 건의 시합을 치른다고 합니다. 거기서 대량의 부스터가 쓰인다는 정보가 있었고요. 일단 각 투기장 사장들이 소량의 약만 받아서 참가자들에게 먹일 생각인 모양인데, 저는 이 경기에 부스터를 공급하는 주요 인물이 와서 지켜볼 거라고 보고 있습니다. 왜? 이렇게 대놓고 약의 효과를 지켜볼 기회도 없을 테니까."

최소현이 고개를 끄덕였다.

"그렇겠네요. 약을 복용 후에 얼마나 지속적으로 힘을 쓸 수 있는지, 어느 시점에 힘이 빠지고 부작용이 나타나는지. 격한 움직임에는 또 어떤 영향이 있는지 전부 살펴볼 수 있겠어요."

"내부에선 카메라로 찍지 못하는 게 거기 룰이긴 하지만, 이게 또 화면으로 보는 것과 실제로 보는 게 다를 테니까."

"근데요. 우리가 거길 들어갈 방법이 있나요? 누굴 선수

로 참가시키는 게 아니고서야…….''

나는 장태열을 보았다.

내가 하는 건 귀찮고.

그를 참가시켜 대충 몇 경기 치르게 하고 카메라만 설치하고 나오면 어떨까 싶어서다.

하나둘 내 시선을 따라 그에게로 고정되자 그가 깜짝 놀랐다.

"야이, 씨……! 총알받이 안 시킨다며! 근데 날더러 지금 그 약 빤 놈들이랑 죽어라고 싸우라고?''

펄쩍 뛰던 그가 날 쳐다본다.

"그리고, 야! 싸움은 나보다 니가 더 잘하잖아?!''

나?

그렇긴 하지.

ㅡ저놈 말이 맞다! 싸우는 거라면 내게 맡겨라!

케라 아저씨, 이보세요.

그럼 유통하는 놈은 누가 찾고 그 뒤는 또 누가 뒤쫓습니까.

싸움 말고는 앞날 예측이 그렇게 힘드나?

장태열이나 최소현이 미행했다간 더 위험해지기만 한다.

나도 생각이 있어서 장태열을 시키는 건데, 이렇게 부정적으로 나와서야.

물론, 두 지원요원들로 하여금 카메라를 통한 차량 추적을 시켜도 될 일이긴 하다.

그렇지만 더러 놓치는 경우가 있어 보완을 생각해 두고 싶은 것이다.

"그럼 장태열 씨도 약을 복용하면……."

모두가 그 무슨 말도 안 되는 소리냐며 눈을 크게 뜨며 나를 노려보기 시작했다.

"아, 아니. 그건 역시 안 된다는 거고! 그렇다고 부작용도 모르는 약을 어떻게 요원한테 복용시킵니까. 안 그래요?"

제라로바가 말해 왔다.

-너라면 괜찮을 거다! 회복 마법을 걸면 어떤 부작용이든 정상으로 되돌려 놓을 것이야!

아이고, 두야.

어떻게든 장태열을 설득하고 싶은 내 마음도 모르고 안에서 왜들 이러는지.

그사이 장태열이 쐐기를 박았다.

"야, 나는 그 약 빨고 병신 될 생각도 없고, 그런 싸움은 절대 못 한다. 그러니까 나 시킬 생각이면 꿈 깨."

최소현이 난감하다는 듯이 말했다.

"그럼 거기로 침투할 방법이 없는 거 아닐까요? 그 안을 들어가야 약이 돌고 있는 것도, 그 효과를 보러 온 놈도 포착할 수 있을 텐데요. 경기가 끝나거나 시작할 때에는 사람들 이동이 많아서 분별하기 어려울 거라고요."

어떻게든 싸우는 것 좀 떠넘기려고 했더니 어쩔 수 없는 건가.

암흑세계의 유명인이 될 생각은 추호도 없었는데.

그렇지만 밖에서만 지켜보는 건 한계가 있는 것도 사실이고.

마법으로 몰래 들어갔다가 카메라만 설치하고 나올 수도 있지만, 뭐라고 설명하지?

아무튼 떠넘기기는 실패!

결국 스스로 솔선수범을 보이는 것밖에는 방법이 없었다.

"후우……. 어쩔 수 없네요. 경기에는 제가 참가하겠습니다."

그러자 모두가 놀라며 나를 쳐다봤다.

"네에에?!"

"과, 과장님께서 직접 참가하신다고요?"

"최강 씨 아니, 최 과장님. 진심이세요?"

머릿속에서 둘이 적극적으로 원하는 것도 같고.

내 나름대로 재미도 있을 것 같아서 내린 결정이었다.

피할 수 없으면 즐기라는 말도 있잖아.

〈3권에서 계속〉

박현수 현대판타지 장편 소설
DONG-A MODERN FANTASY STORY

낮에는 대기업 회장이, 밤에는 악귀를 잡는 악귀가 되는 사가운.
태양신의 축복과 악귀의 저주가 함께하는 몸으로 이백 년을 살아온 남자.

오랜 세월에도 잊지 못한 과거의 인연을 유령으로 재회하지만
그와 함께 과거의 악연이 되살아나 사회에 악의 씨앗을 뿌린다.

기괴한 사건사고가 끊이질 않는 현대 한국의 밤거리를 무대로
수백 년 전의 원한을 끝맺기 위해 사가운이 움직인다!

동아
COMMUNICATION GROUP

동아
COMMUNICATION
GROUP

영상은
움직이지
않는다

영상은
움직이지
않는다

초판 1쇄 인쇄일 2022년 09월 11일
초판 1쇄 발행일 2022년 10월 10일

지은이 이훈희
펴낸이 양옥매
편　집 한국미디어문화협회
디자인 표지혜 송다희
교　정 김민정

펴낸곳 도서출판 책과나무
출판등록 제2012-000376
주소 서울특별시 마포구 방울내로 79 이노빌딩 302호
대표전화 02.372.1537　**팩스** 02.372.1538
이메일 booknamu2007@naver.com
홈페이지 www.booknamu.com
ISBN 979-11-6752-187-3 (03680)

동굴벽화에서 메타버스 타고 NFT로 거래하는
세상에서 가장 쉬운 영상미학

영상은
움직이지
않는다

이훈희 지음

정형석 감독의 영화 '선산' 촬영 현장

영상을 기획해서 촬영하고 편집해서 공유하는 작업은 이제 더이상 특별한 것이 아닌 시대가 됐다. 유튜브에서 수십만 회 조회 수를 기록하는 콘텐츠 대부분이 미디어 전문가가 아닌 일반인의 손을 거친다. 즉 영상의 촬영과 편집과 공유에 있어서 과거와 같은 장벽은 무너졌다. 매체의 장벽, 또는 기술적 장벽이 사라진 시대다. 300만 원짜리 카메라 하나면 TV나 영화 못지않은 질감의 영상물을 만들 수 있다. 편집 프로그램과 디지털카메라, 촬영용 드론의 성능도 매우 좋다. 공중파나 영화의 미장

센을 구현하는 것도 그리 어렵지 않은 이유다. 지금 시대 영상을 공부하는 이들은 크게 세 부류로 나눌 수 있는 것 같다. 하나는 장르로서의 영상이다. 다큐멘터리, 드라마, 미니드라마, 영화, 숏폼, 광고와 같은 문학적 성격이 강한 영상의 문법과 제작을 배우는 것이다. 또 다른 하나는 촬영과 제작, 편집과 효과 등의 영상 기술적 부분이다. 마지막 하나는 영상예술 이론이다.

그런데 문제는 마지막에 언급한 바로 이 영상예술 이론이다. 기술교육만을 하는 학원과 달리 학부 과정에선 어떤 영역이든 '영상'이라는 말이 들어간 학문을 배우면 개론의 성격으로 이 '예술이론'을 거치게 되어 있다. 이 학문을 처음 접한 학생들은 당혹스러워한다. 자신은 좋은 시나리오 제작자나 영화감독, 혹은 독특한 광고 제작자가 되기 위해 왔는데, 교수 혹은 학자들은 '기호학'과 '미학'을 들이민다. 언어학과 영상 기호학, 이미지와 시각 반응에 대한 연구, 디지털 아트 등등 대부분의 전공자에겐 하품이 쏟아질 정도로 지루한 고행의 과정이다. 책은 물론이고 개념도 무척이나 어렵다. 평론가나 미학을 할 요량이 아니라면 영상으로 먹고살겠다는 청년들에게 이런 학문이 필요할까 싶을 정도다.

이 책을 쓴 이유가 바로 여기에 있다. 조금 더 흥미롭게 미학

과 영상이론에 접근하게 할 순 없을까. 영상이론을 공부하고자
하는 사람에겐 이런 질문이 필요하다고 생각한다.

"배워서 어디에 쓸 것인가?"

학위를 따거나 교수가 되고 싶다는 사회적 관문 말고 현실에
서의 효용 말이다. 막막할 것이다. 왜냐면 사회적 수요가 거의
없으니까. 그렇다면 왜 사회적 수요가 없을까?

그 이유는 한국에 소개된 영상미학과 관련한 대부분의 내용
이 번역학문에서 벗어나지 못하기 때문이다. 특히 유럽의 철학
자와 기호학자들의 언어는 상당히 주관적이며 자가 명명한 개념
들이 많아 학술적 개념으로서의 보편성을 발견하기 상당히 어렵
다. 독창성을 중시하며 새로운 학술적 개념을 명명하길 좋아하
는 그들의 글을 따라가려면 맥락은 물론 개인의 언어습관까지
요해(了解)해야 한다. 이런 텍스트와 콘텍스트의 장벽은 한 번
더 관문을 형성한다. 그리고 또 하나의 이유라면 영상 또는 영
상미학이 철학적 개념을 확장하기 위한 수단으로 활용된 점도
없지 않다. 즉 철학자들이 영상을 다루는 이유는 철학적 사유를
발전시키기 위함이지 영상에 대한 이해를 위한 것이 아니기 때
문이다. 그리고 결정적으로 한국에 연구성과가 뛰어난 이들은

많지만, 이를 대중의 언어로, 또는 자신의 언어로 다시 풀어 쓸 수 있는 공력의 소유자가 너무 적기 때문이다.

그렇다면 영상으로 밥벌이하겠다는 사람에게 철학이나 미학, 기호학, 미술과 같은 학문은 더는 필요 없는 것일까? 단순히 편집실에 틀어박혀 새벽이 밝을 때까지 편집 노동만을 해서 먹고 살아야 한다면 아마 그 말이 맞을 것이다. 하지만 특별한 다큐멘터리나 영화, 유니크한 명품의 광고, 독보적인 드라마를 만드는 예술인으로 살고자 한다면 공부하고 끝없이 읽고 생각해야 한다. 왜냐면 당신은 사람의 마음을 훔쳐야 하기 때문이다. 영화를 보고 왔다면 잠자리에 돌아와서도 계속 따라오는 장면과 궁금증으로 뒤척이게 만들고 비싼 제품의 광고라면, 그 광고 이미지 때문이라도 카드를 긁게 만들어야 하기 때문이다. 미학과 기호학, 영상 커뮤니케이션은 사람의 눈과 마음, 사유체계를 연구하는 학문이다.

앞서 언급한 것처럼 이 책은 **어려운 개념을 쉽게 이해시키기 위해 쓴 책**이다. 섬세한 관념과 이론 구조를 단순화시켰다는 비난을 할 수도 있지만, 이미지와 영상에 대해 진지하게 접근하고자 하는 초심자들에게 좀 더 구체적인 영감과 약도를 주려는 의도라는 것도 이해해 주었으면 좋겠다. 학문이란 것이 그렇다. 대학시절 교수님이 내주는 커리큘럼을 의무적으로 소화하고 과제를 제출하면서 배우는 방법도 있지만, 우연히 전해 들은 이야기나 책, 전시회나 영화관에서 한참을 먹먹한 감정에 젖어 나오지 못하는 체험이 공부에 대한 큰 동기를 유발하기도 한다. 생각이 한 번 열리기 시작하면 밤잠을 아껴도 아깝지 않은 공부 말이다.

영상이라는 것이 하나의 거대한 산업이자 예술이며, 문화의 총체이기 때문에 분화되고 파생된 관련 학문의 범위 또한 엄청나다. 그것을 모두 익힐 필요는 없다. 다만 어쩌면 영화를 만드는 생각의 질료를 구축할 방향은 탐색할 수 있을지 모른다. 이 책은 그렇게 썼다. 알타미라 동굴벽화에서 현실의 영상은 물론

영상은 하나의 거대한 산업이자 예술이며 문화의 총체

가상공간 메타버스의 환경과 NFT가 유행하는 시대에도 개인적인 철학과 가치는 있어야 한다. 끝으로 이 책에 사용된 이미지는 위키미디어, 언플래쉬, 출판사 등의 도움을 받거나 직접 촬영한 사진을 다수 포함했지만 영화의 스틸컷을 담지 못한 점은 못내 아쉽다. 그럼에도 불구하고 미학과 생동감이 넘치는 영상의 홍수 세상에 살아가고 있어 감사하다.

2022년 여름
이훈희

● *Contents*

1

Before
Cinema

2

After
Cinema

Digital
Cinema

3

· 1

◄ ‖ ►

Before Cinema ·

아름다움의 탄생

    인류가 최초로 예술을 한 시점은 언제일까. 프랑스 남부 휴양 도시 니스(Nice)의 한 구릉 지역, 테라 아마타(terra amata)에서 인류 최초의 예술 흔적을 발견할 수 있다. 프랑스 건설업체가 아파트를 건립하기 위해 땅을 파던 중 선사시대 인류의 뼛조각과 집터, 도구 등이 나왔다. 파견된 문화재 조사단은 주황색 물감 덩어리와 붓의 역할을 했을 것으로 추정되는 노간주나무 조각을 발견했다. 그 연대가 무려 40만 년 전이라는 사실이 알려지자 인류학자들은 지금까지 자신이 썼던 논문을 철회하거나 인용하지 못하게 되었다. 고고학이나 인류학이 원래 그렇지 않은가.

    도구는 발견됐지만 그 예술품의 실체는 찾을 수 없었다. 이후 1869년 스페인 북부 알타미라의 동굴에서 벽화가 발견되자 인류는 비로소 '선사의 예술'을 볼 수 있었다. 9m 폭의 넓은 방엔 섬세한 필치로 역동적인 동물 형상을 그려놓은 벽화로 가득했

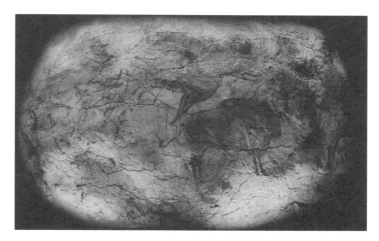

알타미라 동굴벽화

다. 상처 입은 들소, 뛰어가는 말, 거대한 뿔을 가진 수사슴 등. 보존이 너무나 완벽했고 선사시대의 것이라곤 믿어지지 않는 컬러의 배합과 덧칠(마티에르)기법, 바위의 윤곽까지 활용한 입체감 있는 그림들. 선사의 것이라곤 도저히 믿을 수 없었기 때문에 이 동굴벽화의 조사단은 진위를 둘러싼 공격을 받아야 했다. 발표장에서 전문가들이 조롱했다. "누굴 바보로 아나!" 과학적 방법으로 실체가 규명되자 그들의 야유는 칭송으로 바뀌었다. 이런 충격 때문이었겠지. 당대 화가 피카소가 말했다.

"알타미라 이후 모든 미술은 쇠퇴했다."

인류 예술행위의 근원에 대한 주장은 대략 노동 기원설, 주술 기원설, 유희 기원설 정도로 나눌 수 있다. 원시 부족의 노동요와 군무, 몸에 새긴 문신이 수렵하고 살아남기 위한 집단적 노동의 산물이었다는 주장이 노동 기원설이다. 집단적 노동을 위한 도구가 바로 원시예술이었다는 것이다.

　원시 부족의 문양과 목걸이 깃털 모두에 주술적 상징이 들어가 있는 것을 보면 알 수 있듯. 유희 기원설은 쾌락과 스트레스에서 벗어나기 위한 놀이라는 설명이다.

　위의 2가지 주장도 설득력 있지만, 인류학자들은 '주술 기원설'을 중심으로 보고 나머지 2개의 주장 모두 인용하고 있다. 선사시대 인류가 살아남기 위해선 태양과 열매, 출산과 사냥할 수 있는 동물이 필요했는데 이들을 향한 강력한 염원이 주술과 상징으로 발전했고, 이 주술행위 중 하나가 바로 벽화와 같은 예술이라는 것이다. 알타미라의 동굴벽화가 사피엔스의 일상공간이 아니라 집단의 사냥 제의를 위해 장치된 일종의 종교적 제의공간이었다는 주장이 자연스럽다.

　한편 진화심리학자들은 이 모든 행위를 번식전략으로 설명한다. 공작새의 거대하고 아름다운 꼬리는 실제 생존에는 도움이 안 되지만 짝짓기에선 다른 공작에 비해 우월한 종자(DNA)라는 것을 보여주는 징표가 된다. 선사시대의 초기 벽화에선 수렵 대상을 그렸지만 이후에 남성은 수렵 능력을 과시하는 이미지로 표현되었고, 여성은 번식을 상징하는 거대한 유방과 엉덩이로 표현되었다는 것이다. BC. 3000~2000년경의 빌렌도르프의 비너스나 홀레펠스의 비너스는 지금 보면 엄청난 비만의 소유자로 혼자서는 의자에서 일어나지도 못할 정도의 심각성을 보인다. 하지만 그 시대 여성에 대한 가치 기준은 출산과 육아에서의 압도적 능력이었을 것이다. 거대한 유방과 엉덩이는 지금 시대 군살 하나 없이 매끈한 몸매를 자랑하는 여성과 같이 당대에선 매우 중요한 상징이었다. 결국 인류는 짝짓기에서 승리하기 위해 자신의 아름다움과 상징을 관객에게 드러내는 행위로 발전해왔다는 이야기다.

이 시기 아름다움은 '생존'이었다. 그것은 당장에 '먹거리'였고 '출산과 성장' 이었다. 그리고 자연의 이치를 모두 알지 못했던 부족에겐 수호신이 필요했다. 번식과 사냥, 주술 이것들이 당대엔 가장 중요한 가치였다. 대부분의 학자는 주술(상징)에서 종교, 철학, 예술, 과학으로 분화한 것이 인류가 지금 학문이라 부르는 것들의 서사라고 보고 있다. 유발 하라리(Yuval Noah Harari) 교수는 『사피엔스』를 통해 깊은 통찰력을 보여주었다. 그는 사피엔스가 수많은 유인원 중 살아남을 수 있었던 이유를 '상상력'으로 설명했다. 한 집단에 동일한 것을 믿게 할 수 있는 상상력, 신탁(神託)을 상징하는 리더의 자질은 바로 주술을 통해 집단을 단결시키고 싸움을 조직했다는 점이다. 유발 하라리는 사피엔스가 네안데르탈인을 학살했다는 쪽에 무게를 둔다. 하지만 이후 유전자 검사로 사피엔스와 네안데르탈인의 혼종이 발견되어 그들의 사랑으로 혼종이 탄생했고 이것이 꽤 오래 지속하였다는 연구결과도 나왔기에 '학살 멸종론'을 일방적으로 믿을 수 없다. 사피엔스와 네안데르탈인이 공존했던 시기가 수만 년이었기 때문에 하나의 원인으로 모든 것을 규명할 수 없다. 미국 스탠퍼드대학 생물학 연구팀은 '바이러스'에 대한 면역력에서 그 원인을 찾기도 한다. 또 호주 뉴사우스웨일스대학교 연구팀은 4만 2천 년 전에 무려 500년간 지속된 자극 역전 현상을 네안데르탈인의 멸종 이유 중 하나로 본다. 북반부에 쏟아진 엄청난 우주 방사선으로 인해 멸종한 것이라는 내용이다. 이처럼 여러 연구 결과가 있지만 적어도 사피엔스의 언어(기호)가 종을 가장 강력한 포식자로 만들었다는 주장은 설득력 있어 보인다.

언어가 아직 다양하게 발달하지 않았던 선사시대 동굴과 제의는 가장 강력한 집단적 기호였다. 선사시대의 초기 계급은 아마 집단의 장이나 주술사와 전사를 상위계층으로 한 형태였을 것으로 추정된다. 그래서 주술 기원론이 더 많은 지지를 얻었다. 하지만 주술(呪術)을 단순히 많은 짐승을 잡을 수 있게 비는 의식으로만 이해해선 곤란하다. 특정 짐승은 신성시되었다. 메소포타미아 지역에서 발견된 인류 최초의 신전이라는 '괴베클리 테페'는 적어도 1만 1600년에 지어진 것으로 보인다. 신전의 기둥엔 사자 여우 가젤 뱀 전갈 멧돼지 같은 동물들이 생생하게 조각돼있다. 주술은 짐승의 영혼을 위로하거나 짐승의 영혼을 불러 집단의 재앙을 물리치는 성격도 강했다.

　고대국가가 처음 형성될 때의 예술관(세계관)은 서양과 동양 모두 비슷했다. 당시 사람들에게 가장 절박한 것이 무엇이었을까? 하늘의 이치와 삶과 죽음의 문제였다. 고대 이집트에서는 사람이 성령(카 · Ka), 혼(바 · Ba), 육체(아크 · Akh)로 이루어진다. 사람이 죽으면 혼(Ba)은 떠나는데, 육체(Akh)마저 떠나면 성령(Ka)이 있을 곳이 없다고 믿었다. 해당 지역의 기후조건과 이런 믿음은 미라로 사체를 보관하는 장례문화를 발전시켰다. 사계절이 있고 무엇이든 쉽게 부패하는 동북아 지역에선 응당 사체는 깨끗이 사라져야 하고 사람의 영혼은 혼(魂)이나 백(魄)으로 나뉘어 하늘로 간다는 신앙으로 자랐다.

　이집트에서 미라나 살았을 때의 모습을 조각하는 사람, 즉 지금 조각가라고 부르는 이들은 당시 이집트어로 '영원히 살게 하는 자'로 불렸다. 이집트에선 인간이자 신이었던 파라오와 왕비에 대한 동상과 회화가 예술이었고, 예술은 국가의 제의(祭儀) 중 하나였다.

고조선을 계승했던 고구려인들은 자신을 위대한 태양의 후예라고 믿었고 그 태양의 정령이 바로 삼족오(三足烏)였다. 그래서 고구려의 고분벽화에는 삼족오가 등장한다. 하늘에서 나와 하늘로 돌아간다는 민족신앙을 상징하는 것이다. 예술이 국가의 소유가 되었을 때 나타나는 현상은 그림의 대상과 인물의 배치다. 이집트와 고구려 모두 지배계급은 화폭의 중심에 크게 그렸고 아랫사람은 그 권력만큼 작게 그려야 했다. 그림의 대상은 응당 당대의 지배계급이어야 했다.

인류 예술사에서 아름다움을 논하려면 그리스부터 시작하고, 미학은 플라톤과 아리스토텔레스부터 시작한다. 한국의 일부 미학자는 이러한 점을 아쉬워한다. 미학이라는 개념은 동양에는 분화된 적이 없는 개념이다. 이는 동양에서 아름다움에 관해 관심이 없었던 것이 아니라 아름다움에 대한 관점이 서양과 달랐기 때문이다. 동북아에서 아름다움이란 사람의 행실과 내면이 하늘(天道)을 닮아야 한다는 문인주의이며, 그림의 대상은 응당 사람의 선한 소망이 투영된 것이어야 했다.

동양의 세계관은 하늘과 땅, 사람이 하나라는 천인합일(天人合一)의 생명주의 사상이다. 동양에서 사람의 내면을 투영한 자연을 그린 이유가 바로 여기에 있다. 자연이 사람이고 하늘이 곧 자연이기 때문이다. 또한 사물의 구성이 애초 음과 양으로 이루어져 접하는 방식에 따라 수천 가지 방향으로 변한다는 것이 기본적 관념이다.

서양의 세계관은 신의 선택을 받은 인간과 그렇지 않은 자연과 분리된 인간중심(人間中心)의 세계관이다. 하지만 그리스, 로마의 예술엔 단연 사람이 예술의 당당한 주인공으로 등장한다. 그리고 그 사람은 독립적이며 자유로운 정신을 지닌, 있는 그대로의 아름다운 육체를 지닌 사람이어야 했다. 그래서 동양은 '관계'를 중심으로 아름다움에 대한 관점을 발전시켰고, 서양은 단독자로서의 '존재' 즉 '인간'을 중심으로 미학을 발전시켰다. 학문의 핵심도 서양은 '존재론'이며 동양은 '관계론'이라는(이었다는) 성공회대학교 고 신영복 교수의 주장은 매우 설득력 있다.

다만 서양이 인간중심의 예술관을 가졌다는 것은 엄밀히 보자면 사실이 아니다. 신과 인간이라는 범주로 보자면 동양의 인간이 하늘과 땅의 중간자로 존재했던 반면, 서양의 경우 신의 의지

에 따라 구원받거나 시련을 받는 복종자, 피지배자로서의 인간
이라는 성격이 강했기 때문이다. 특히 가톨릭이라는 유일신 사
상이 유럽을 지배한 기간을 살피면 오히려 인간중심의 예술관이
발전한 곳은 동양이었다. 동양의 불교에선 신을 인정하지 않고,
유교에선 신앙을 잡스러운 것으로 보았기 때문이다. 심지어 도
교의 신선(仙) 역시 인간이 수양하면 신선이 된다는 세계관이다.

　행동심리학자들의 재미난 실험이 있다. 동·서양인을 대상으
로 판다, 침팬지, 바나나를 한 화면에 보여주고 어떻게 묶겠냐
고 물었다. 동양인은 침팬지와 바나나를 묶었다. 왜냐고? 침팬
지가 바나나를 좋아하니까. 하지만 서양인은 판다와 침팬지를
묶었다. 둘이 같은 종(種)이니까. 관계를 통해 세상을 바라보는
동양인과 범주를 통해 분리해 바라보는 서양인의 차이다. 서양
인은 각기 분리되어 독립한 명사를 발전시켰고, 동양인은 상호
작용, 관계와 연관된 동사를 발전시켰다.

　이는 예술과 주거 형태에도 그대로 구현되었다. 동양에서 화
폭에 담은 집은 집 자체가 아니라 산과 강 그 어디에 안겨있는
모습이다. 서양에선 집의 조형적 특성을 그대로 담아 집만을 보
여준다. 대상을 전체 속의 부분으로 보는 동양과 대상을 쪼개어
질 수 없는 범주로 보는 서양의 차이다. 동북아에서 2천 년 넘게

연구되어왔던 주역(周易)이 바로 하늘과 인간의 운명에 대한 학문이라면, 서양에선 사람과 자연을 관찰해 그 독립적 본성을 연구하는 학문을 발전시켰다.

개방적인 다신교 사회였던 그리스와 로마에서 인간의 아름다움을 찬양하고 이를 미의 기준으로 삼는 예술이 발전한 이유가 바로 여기에 있다. 그리스어로 '엘레우테리아(eleutheria)'라는 언어가 고대 오리엔트 어느 지역에서도 번역된 바 없다는 데에도 주목해야 한다는 학자도 있다. 엘레우테리아는 바로 '자유'다. 그래서 그리스의 조각가들은 비로소 살아있는 그대로의 인간을 만들어내기 시작한다. "도깨비나 귀신을 그리긴 쉽지만, 개나 말은 그리기 어렵다."[1]고 했다. 살아있는 인간을 그리기 위해 화가와 조각가들은 과거의 온갖 상징으로만 가득 찼던 조악한 화풍을 버리고 사람의 머리털과 갑옷의 장식, 팔뚝의 힘줄과 펄럭이는 옷감의 결을 재현할 수 있어야 했다.

서양에서 아름다움을 탐구하고 이를 평가하는 미학이 발전하게 된 토대는 또 있다. 결정적으로 당대 예술가들은 클라이언트

---

[1] "대체로 개나 말은 사람들이 다 알고 있고 아침저녁으로 눈앞에 보이므로 똑같이 그릴 수가 없습니다. 그래서 어렵습니다. 그러나 귀신이나 도깨비는 형체가 없고 눈앞에 보이지도 않기 때문에 그리기가 쉽습니다." 「도덕경」

의 주문으로 먹고사는 사람들이었다. 처음엔 황제와 귀족 계층의 인물화를 그렸고 르네상스 이후엔 교황청과 메디치가(Medici family)와 같은 짱짱한 귀족 가문의 주문으로 신화나 성화의 주인공이 된 교황과 주교, 귀족의 모습을 그려 넣어야 했다. 시장

밀로의 비너스

도 있었다. 도시 광장과 성당, 집 앞의 정원엔 조각이 들어섰고, 넓은 벽으로 구축된 빌라형의 주택이나 대성당에는 그림을 채워 넣을 공간이 충분했기에 큰 화폭의 그림과 벽화 주문이 이어졌다. 주문자와 관객, 시장이 만난 것이다. 동양의 사대부(귀족) 계층이 자신의 수양이나 벗을 위한 선물로 그림을 그리고, 결코 그림 실력을 밖으로 드러내지 않으려 했던 문인주의 화풍과는 대조적이다. 단축법, 투시 원근법, 명암법, 해부학적 묘사와 상징체계, 도상학이 지중해를 중심으로 발

전한 배경이다.

  그리스 아름다움의 기준은 〈밀로의 비너스(Aphrodite of Milos)〉
로 대표된다. 아프로디테 신전 앞의 밭에서 발견되었다. 비너스
의 신체는 완벽한 해부학적 관찰로 완성되었고, 키가 머리 길이
의 8배인 팔등신(八等身)의 비례법을 관철했다. 무엇보다 인간의
신체를 가장 역동적이고 아름답게 표현한다는 이른바 S자 형태
의 '콘트라포스토(Contraposto)'가 그토록 신비하게 표현된 작품
은 이전엔 없었다.

  로마 포도밭의 공중목욕탕 유적에서 발견된 〈라오콘 군상

헬레니즘 시대의 작품 사모트라케의 니케(파리 루브르미술관 소장)

〈Laocoon and His Sons)〉 역시 라오콘과 두 아들의 고통을 치밀하게 묘사한 걸작이다. 미켈란젤로가 이 작품을 '예술의 기적'이라고 추앙한 것도 과장이 아니다. 그리고 헬레니즘 시대 가장 위대한 작품이라는 〈사모트라케의 니케(Nike of Samothrace)〉까지. 두상이 없는 여신상이지만, 두상이 없어도 경탄을 불러일으키는 작품이다.

여기서 잠깐, 중요한 포인트를 짚고 간다. 비너스의 신체는 보는 사람을 황홀경으로 몰아넣을 만큼 아름답다. 하지만 인간의 몸은 비너스의 신체와 같지 않다. 같을 수가 없다. 헬레니즘 시대 예술가들은 실재를 모사하면서 아름다움을 얻은 것이 아니다. "실재하지 않지만 아름답게 보이는" 그 무엇을 확보한 것이다.

이렇게 비로소 공간감과 역동성을 모두 표현할 수 있는, 인간(신)을 아름답게 보이게 할 수 있는 사실적 묘사가 아름다움의 기준으로 정착되었다. 논란은 있지만, 이 시점을 보통 고전기 후기에서 헬레니즘 시대라고 본다. 결정적으로 이후 시대를 규정할 만큼 새로운 이론을 제시한 철학자가 나왔다. 플라톤이다.

절대적 아름다움

인류의 예술사에선 그 어떤 시조가 너무나 큰 족적을 남겨 관련 분야가 크게 발전하기도 하지만 그 지배력이 너무 큰 나머지 다른 방향으로의 발전을 제약하는 경우를 볼 수 있다. 대표적인 인물이 플라톤이나 아리스토텔레스가 아닐까. 그들의 영향이 너무나 컸기에 어떤 학자들은 플라톤이나 아리스토텔레스가 예술만은 손을 대지 않았다면 더 좋았을 것이라는 이야기를 한다. 그도 그럴 것이 플라톤과 아리스토텔레스는 철학, 수학, 논리학, 연희예술, 조각 등 손대지 않은 영역이 거의 없었다. 그럼에도 불구하고 플라톤 철학을 지금에도 중요하게 보는 이유는, 그가 예술을 고귀하고 진지한 인류의 철학적 사명의 반열로 올려놓는 발판 역할을 했기 때문이다.

플라톤의 '동굴의 비유'는 잘 알 것이다. 동굴의 벽을 향해 세워 놓은 죄수들은 동굴 밖에서 태양이 움직이며 만들어내는 그림자를 볼 뿐 그 실체를 알 수 없다. 여기에서 죄수는 인간이다. 인간은 신의 숨결에 가까이 갈 순 있지만, 결코 신이 주신 진리와 본질을 완벽히 볼 수 없다. 즉 이데아를 절대적으로 이해할 순 없다. 그림자가 현상이라면 이데아가 본질이다. 플라톤은 자신과 같은 철학자는 신의 진리를 향해 절뚝거리면서도 전진하는, 진실의 모방자이지만, 인간의 감각만을 그릴 수밖에 없던 예술가는 허위의 그림자만을 좇는 나쁜 모방자들이라 보았다. 이것이 미학사에서 가장 오래된 논쟁, 미메시스(mimesis) 논쟁이다. 신과 인간, 자연을 모방하며 만드는 (또는 예술 창작하는) 과정을 미메시스라 한다. 그렇다면 플라톤은 왜 '모방'이라 했을까? 인간은 그 절대적 진실에 가까이 갈 수는 있지만 완벽히 이해할 수는 없다고 보았기 때문이다.

이데아란 누가 보아도, 어느 때에도 절대 변하지 않는 영원한 진리요 절대적인 아름다움이다. 다만 불안전하고 타락해 보이는 인간에게도 신의 숨결이 남아 있는데, 그것은 바로 육신을 얻기 전 인간의 영혼은 이데아와 친숙했고 완벽히 숭고한 사랑과 같은 이데아의 속성도 얻을 수 있다고 보았다. 플라톤은 이데아의 세계와 현상세계를 분리해서 보았기에 현상은 이데아의 모사(摹寫)일 뿐이었다. 화가가 그 무엇을 그려도 이데아의 모사된 현상세계를 다시 모사할 수밖에 없다는 결론이 나온다. 그는 이데아에 다가가기 위한 방법론을 테크네(techne)로 정의했는데, 이 테크네는 진리에 다가서기 위해 제작하고 획득하는 것이다. 테크네는 참된 것에 가까울 수도 있으나 거짓을 다시 거짓으로 제작하는 가짜가 될 수도 있었다.

　일반적으로 플라톤과 탈레스는 서양철학의 시조(始祖)이며, 피타고라스학파는 수학자 집단으로 예단하는 시선이 있다. 하지만 플라톤에게 기하학과 세계관의 핵심을 전수한 단체가 바로 피타고라스학파였다. 그들은 당대에 수학자가 아닌 가장 선진적인 사상가로 명망을 떨쳤다. 무엇보다 그들은 인간의 영혼은 죽은 후에도 사멸하지 않고 다른 몸으로 옮겨진다고 믿었다. 이러한 영혼 불멸의 세계관은 플라톤에게 그대로 전수되었고, 만물의 근원과 진리의 가늠자가 바로 수학(기하학)에 있다는 믿음 또한 그랬다. 단순히 직사각형에서 빗변의 제곱은 다른 두 변의 제곱의 합에 일치한다는 '피타고라스의 정리'를 뛰어넘어 행성의 운행과 음악의 원리, 자연의 섭리가 모두 수학의 비례와 기하학에 있다는 믿음이 있었다. 탈레스가 만물의 근원을 물이라고 주장했다면, 피타고라스학파는 바로 '수(數)'라고 생각했다.

　그래서 플라톤 역시 비례와 기하학에서 절대적 아름다움을 찾았다. 자연에는 없는 완벽한 삼각형과 정다면체 등의 기하학적 결과물이야말로 이데아 현상 중 하나였다. 수학 연산은 어떻게 해도 그 값이 변하지 않으며, 물질의 본질을 찾기 위한 변증법적 추론 역시 이데아에 가까워질 방법이었기 때문이다. 플라톤이 만약 인간은 결코 진리와 절대적 아름다움에 다다를 수 없다고 결론 내렸다면 플라톤 이후의 예술은 발전할 수 없었을 것이다. 그가 지(智)에 대한 탐구와 사랑, 물질적 현상보다 고귀한 정신적 가치를 강조했기에 예술은 비로소 신의 숨결을 품게 되었다. 육체적 아름다움을 넘어 정신적 가치인 덕(德과) 선(善)의 아름다움을 추앙한 것. 이로써 비로소 숙련공의 공예품이었던 예술은 절대적 아름다움의 경지에 오를 수 있었다.

"무언가를 위해서 살아야 하는 것이 있다면
그것은 미를 바라보는 것이다."

플라톤이 에로스를 다뤘던 책, 『향연(Symposion)』에 쓴 글이다. 흥미로운 점은 동양의 공자가 죽기 2년 전에 플라톤이 태어났고, 맹자가 태어나고 10년쯤 뒤에 아리스토텔레스가 태어났는데 이들 모두 인간은 천도(天道)나 정신적 고귀함을 다다를 수 있다고 믿었다. 하늘의 천성대로 선하고 어질게 살아야 함을 역설했다. 다만 서양이 기하학으로 예술적 형태를 발전시켰다면, 동양은 하늘과 사람, 사람과 사람의 관계 속의 아름다움을 찾기 위해 노력했다는 점이 다를 뿐이다.

플라톤은 당대의 예술이 결코 높은 사상과 진실에 접근하지 못할 나쁜 모방의 가짜에 지나지 않는다고 주장하고 싶었지만, 역설적으로 이런 접근은 후대의 과학발전에 따라 예술이 '리얼리티'를 얻기 위한 투쟁으로 이어졌다. 플라톤이 세웠던 학당 아카데미아의 정문엔 이런 말이 박혀있다.

"기하학을 모르는 자는 이곳에 들어오지 마라."

플라톤만 이런 주장을 한 것이 아니다. 기하학은 그리스 시대

이탈리아 두오모 성당

이후 건축가와 철학자, 조각가, 화가들에겐 가장 중요한 화두였다. 기하학과 비례에 영향받은 서양예술은 20세기를 넘어 지금까지도 계속되고 있다. 레오나르도 다빈치, 세잔, 피카소, 몬드리안, 샤넬에 이르기까지 단적으로 기하학을 빼고선 서양예술을 말하기 어렵다. 그 시대부터 지금까지도 아름다움의 기준은 기하학이 되었다.

 기하학(geometry)이 뭐길래 그러냐고 할 수 있다. 애초 나일강이 범람한 이후 토지를 다시 측량하기 위해 시작한 토지측량법이 기하학의 원류다. 이 학문이 그리스로 넘어와선 도형의 개념을 형성, 비례의 정식과 피타고라스의 정리로 발전했다. 건축엔 축성술이었던 화법기하학(畵法幾何學)이 사용되었고 유클리드 기하학과 해석 기하학으로 발전한 이후 미적분이 발견되자 미분 기하학으로 발전하였다. 이후 비유클리드 기하학, 위성 기하학 등…. 기하학은 점, 선, 면, 공간 등의 상관관계에 대한 학문이다. 즉 우주 만물의 모든 공간을 측정하고 재구축하는 학문이다. 이는 놀랍도록 복잡해 보이지만 연역적으로 추론 가능한 질서의 세계다. 이탈리아와 스페인에 가면 과거의 성당을 비롯한 건축물, 심지어 궁전의 정원까지 완벽한 비례에 기하학적 배율을 고집하고 있음을 확인할 수 있다.

여담이지만 우리 한옥은 어떨까. 한옥에선 완벽한 배율이나 비례와 대칭을 찾아볼 수 없다. 왜 그럴까. 바로 온돌의 문제다. 불을 지피는 부뚜막은 부엌에 있어야 했고 부엌이 있는 이상 한옥은 대칭일 수 없다. 아니 그럴 필요조차 없었다. 하지만 난방이 필요 없던 종묘(宗廟)와 같은 곳은 후대 왕이 죽어 신위가 더해지면 정전을 서쪽으로 증축했고, 그 결과 삼도가 향한 새로 증축한 정전 앞의 기단, 즉 월대(月臺)를 옮겨서라도 대칭을 맞추고자 했다. 하지만 애초 한옥의 집터를 잡는 일이 뒷산과 내, 동네 길의 방향 등을 고려한 풍수(風水)의 영역이었기에 비례가 중요한 것이 아니라 자연을 담을 수 있는 위치와 어울림이 더욱 중요했다. 이는 조선의 달항아리와 질그릇이 투박하지

개방된 조선 시대 궁궐에 관람객이 방문한 모습

만 볼수록 빠져드는 아취(雅趣)를 지닌 것과도 비슷하다.

그럼 동양엔 기하학이 없었을까? 인도와 중국, 근동 지역 등지에서도 피타고라스의 정리가 있었다. 다만 동양은 실용에 초점을 맞췄고 그리스 철학자들은 이를 형이상학적 논증까지 밀고 나갔다. 동양에선 계산과 측정을 위한 것이었지만, 그들에겐 신의 진리를 얻기 위한 도구였던 셈이다. 그렇게 비례와 기하학은 서양 미학의 근원, 즉 아름다움의 기준이 되었다. 조금 앞선 시기 동양의 공자는 내용과 형식의 통합을 이야기했다.

"바탕이 꾸밈을 이기면 야해지고, 꾸밈이 바탕을 이기면 사해진다. 꾸밈과 바탕이 조화를 이룬 뒤에야 군자라고 할 수 있다."

이것이 문질빈빈(文質彬彬)의 예술관이다. 예술적 성취 그 결과물보다 중요했던 것은 창작자의 심성이었고, 꾸밈이 그 본질을 넘어 화려하다면 조악하다 했다. 이쯤 되면 눈치 빠른 독자들은 알았을 것이다. 서양의 미학이 신에 관한 물음이었다면, 동양의 예술론은 하늘과 사람에 관한 물음이었다는 것을. 신에 귀속된 중세 시대에 아름다움이 빛을 잃게 된 이유이기도 하다.

빛과 어둠

　　〈판테온(Pantheon)〉을 로마 시대 최고의 걸작이라 꼽는 사람들이 많다. 로마의 신전이었던 판테온은 당시 사상 최대의 아치 구조의 돔 건축물이었다. 중학교 미술 시간에 소묘의 소재로 등장했던 로마의 집정관 '아그리파'가 지었지만, 로마 대화재로 완전히

그리스 로마의 판테온

소실된 이후 재건축된 것이다. 지름과 높이 모두 43.3m인 반원형 구조물이다. 내부에 어떤 골조도 넣지 않았다. 4,334톤의 무게를 지탱하도록 화산재를 배합한 콘크리트로 설계한 로마 최고의 축조술이 녹아있다. 원래 아치 하중이 집중되는 정중앙 천장엔 쐐기돌을 박아 넣는 것이 일반적인데, 판테온은 그 지점을 비우는 대신 건물 외벽의 돔 역시 같은 아치형으로 만들어 하중의 균형을 찾았다. 고대 건축의 혁명이라고 하는 것도 무리가 아니다.

천장의 원형 구멍 오쿨루스(oculus)을 통해 쏟아지는 햇살의 향연을 보고 있노라면 이곳이 신들의 장소라는 것이 실감 난다. 돔이 우주라면 오쿨루스는 태양을 상징한다. 태양에 따라 돔을

오쿨루스를 통해 쏟아지는 햇살

밝히는 광선의 이동을 보고 있으면 경외심이 절로 들 정도다. 태양이 가장 긴 하지(夏至)엔 구멍에서 쏟아진 원형의 빛이 출입구 아치를 축복하듯 비춘다. 석굴암의 아미타불이 어둠이 가장 긴 동지(冬至)의 일출점을 향하고 있는 것과는 반대다. 미켈란젤로가 '천사의 건물'이라 극찬했고 두오모 성당(산타 마리아 델 피오레 성당 · Santa Maria Del Fiore)의 건축 비결을 판테온에서 찾았다는 것은 많이 알려진 이야기다.

　판테온 설계의 핵심은 빛이다. 이제 빛은 천상의 신호가 되었다. 중세의 성당은 모두 신과 천사의 영성을 체험할 수 있는 '빛의 공간'으로 설계되었다고 해도 과언이 아니다. 비잔틴, 로마네스크의 모자이크, 고딕 양식의 스테인드글라스 모두 신의 자취인 빛을 위해 설계된 양식이다. 물론 여기엔 철학과 건축술이 모두 영향을 미쳤다. 플로티노스(Plotinos)는 신플라톤주의자로 불릴 만큼 형이상학에 심취했다. 그에게 정신은 빛이고 물질은 어둠이자 덩어리였고, 세상 만물의 근원인 일자(一者)는 광휘로 빛을 발하며 존재하다 그 빛이 약해지면 어둠으로 들어가 사멸한다고 주장했다. 간단히 말하면 빛이 생명과 존재의 징표였다. 지금 보면 신비주의적인 접근이지만, 태양과 빛이 생명의 근원이며, 생장의 원인이었고 빛이 약해지는 겨울이 사멸의 계절이라는 점을 생각하면 당시로는 꽤 자연스러운 추론이었다. 중요한 점은 플로티노스가 당대 지배계급과 식자들에겐 지금의 '인문학 스타' 정도의 영향력을 발휘했다는 것이다. 그렇게 기독교의 중세는 빛의 상징성에 천착(穿鑿)했다.

금빛 모자이크와 빛을 아름답게 투과하는 스테인드글라스가 성당을 수놓는 중요한 장식이 되었다. 심지어 이 시대 성경은 금박 필사본으로 만들었다. 늑재궁륭(肋材穹窿)을 사용해 벽을 얇게 축조하는 기술도 창조했다. 햇빛을 방안 가득 들일 수 있는 큰 창도 도입되었다. 이것은 건축술의 발전으로 인한 것이었다. 과거에 두꺼운 벽과 좁은 창문은 건축물의 하중을 오직 벽체와 기둥으로만 견디도록 한 건축양식의 결과였다.

교회의 첨탑은 하늘을 향해 더욱 높아졌는데, 아찔하게 높은 건물이야말로 교회의 권위와 신성을 대변하는 것이었다. 개방성과 시민계급의 평등을 지향했던 아테네의 원형극장과는 정반대의 건축물이 바로 교회 건축이었다. 아테네의 원형극장에선 관객이 무대를 내려다볼 수 있었지만, 교회에선 신도들이 아래에서 성전의 신부들을 우러러봐야 했고 그런 이치는 건물 밖도 마찬가지였다. 공간구조와 축조를 어떻게 해야 사람에게 특정한 감정을 불러일으키는지 건축가들이 과학적으로 규명하기 시작한 것이다.

중세 교회의 첨탑은 권위와 신성을 대변하는 것으로 하늘을 향해 높아졌다

　당대 누구도 따라 하기 힘들 정도로 크거나 높고 어렵게 지은 건축술은 그렇게 권력을 상징했다. 물론 이런 성향은 지금도 랜드마크라는 이름으로 이어지고 있다. 인구밀도와 상관없이 서양 건축물이 높이 올라가는 빌라형을 추구하게 된 시점도 이때였고 이 모든 미학적 근원은 바로 '빛'이었다. 명암법의 발견이 이 시대에 이루어진 것도 놀랍지 않다. 촛불과 색유리, 빛나는 금과 은에 대한 미학적 가치가 정립된 시기이기도 하다. 결국 고대로부터 쌓인 인간의 시각적 관점과 이를 받아들이는 관념의 바탕 위에서 탄생했다는 것을 이해할 수 있을 것이다.

아이콘 ①

도상학(iconography)이라는 용어는 '이미지'를 뜻하는 에이콘 (eicon)과 '기록하기'를 뜻하는 그라페(graphe)라는 그리스어에서 탄생했다. 즉 이미지가 전하는 이야기를 탐구한다. 회화나 조각 의 형식보다 전달하고자 하는 내용에 집중한다. 일반적으로는 아이콘(icon)을 해석하는 학문(graphy)이다. 신화나 성화(聖畫) 등 에 사용된 상징에 대한 해석술인데 이런 전통이 러시아에 들어 가서 신성이 깃들었다고 믿는 이콘화(ikon)로 발전했다.

이탈리아의 대성당과 박물관에 처음 간 동양인들은 당황한다. 수많은 인물이 등장하는데, 성서의 내용과 전통적 표현방식, 신 화의 상징체계를 알지 못하면 누가 누군지 분별조차 못 하는 것 이다. 공부하지 않으면 알 수 없다. 그들이 천 년 이상 지속시 킨 약속의 상징(icon)을 알지 못하는 건 결코 부끄러운 일은 아니 다. 풀을 엮어 만든 쪽배로 도강하는 남루한 도인의 모습을 보고 불교와 동양화를 아는 이들은 바로 '육조 혜능(六祖 慧能)'이라는 것을 알아차리고 뿔 난 머리에 방망이를 들고 있는 자가 사탄이 아니라 도깨비라는 걸 우린 안다. 그것뿐인가. 궁 진입로에 버티고 선 뿔 달린 짐승이 사자가 아니라 '해치'고 정의를 사수하는 영물이라는 걸 알고 있다. 신사임당의 그림에 등장하는 수박과 가지, 산딸기, 사마귀가 '다산(多産)'을 상징한다는 것을 아는 외국인은 몇이나 될까. 그렇다면 그 상징의 근거는 무엇일까? 사료(텍스트)다. 설화와 민담, 종교적 신화를 담은 텍스트가 근거가 되고 또 이를 활용한 예술가들의 작품기록과 시대에 따른 변천을 추적하면 그 근거를 확인할 수 있다. 그 근거가 없을 때 해석에 어려움을 겪는다. 이 경우 모두 추론으로 남겨놓을 수밖에 없다. '도상학'이라는 학문 역시 인류학적 관점에서 보면 방대한 자료를 기반으로 하는 고증학으로도 볼 수 있을 것이다.

그렇기에 동양예술 서양예술 할 것 없이 일정한 상징(기호)이 주는 이미지를 알지 못하면 창작의 의도를 알 수 없다. 석류는 동북아에선 다산을 상징하지만, 중세 유럽에선 '유대 12지파의 결속'이라는 의미로 쓰였다. 그리고 이 상징체계는 당대에 절멸되지 않고 지금까지도 이어지고 있다.

성화에서 구유에 아이가 있으면 아기 예수님이고 빛나는 별빛을 따라가는 3명의 사람과 낙타가 보이면 동방박사다. 십자가는 당연히 예수님의 상징이다. 그러면 거꾸로 박힌 역십자가는? 베드로다. 베드로가 순교할 때 '나는 감히 주님과 같은 방식으로 죽을 수 없다'고 고집해 역십자가형으로 화형당한 일을 상징한다. 예수가 그에게 천국의 열쇠를 약속했기에 성화에 열쇠를 지닌 사람이 나오면 베드로고 그가 예수를 3번이나 배신하고 닭이 울었기에 닭이 나와도 베드로고 어부였기에 그물이 나와도 베드로다. 조개껍질이 상징하는 것은 야고보, 그를 매장한 무덤이 조개 무덤이었기 때문이다. 신화도 마찬가지다. 번개 창을 들고 있으면 제우스, 화살을 쏘는 여신은 아르테미스, 바다의 풍랑은 포세이돈, 바다에서 요염한 자태로 어부를 유혹하는 여성이나 새의 몸으로 노래 부르면 세이렌(사이렌)이다. 무지개가 등장하면 아이리스다. 구약 외경(外傳)도 활용되었다. 침대에 쓰러진 남자의 목을 칼로 벤 여성은 유딧(Judith)이고, 남자의 목을 들고 있어도 유딧이다.

1305년에 제작된 지오토(Giotto di Bondone. 1206~1337)[2]의 프레스코(fresco painting)[3] 〈성탄(Nativity)〉을 살펴보자.

---

2 13세기 말~14세기 초까지 지오토가 활동한 시대는 고딕이 르네상스로 넘어가는 분수령이었다. 입체적이며 감정묘사까지 충실했던 그의 회화기법은 이후 700년간 후대에 영향을 미쳤다.

3 회반죽 벽에 그리는 벽화. 인류의 가장 오래된 회화기법이다.

지오토 작품 중 아레나 예배당 프레스코화 예수의 탄생

　이 그림엔 노인, 그리고 좌우에 염소 한 마리와 당나귀 한 마리, 양 세 마리. 양옆에 남자 2명, 목제 구조물 안에 아이와 여인 한 명, 여성 노인, 그리고 구유 위에서 이를 지켜보는 날개 달린 존재가 등장한다. 사실 지금과 달리 당시 예수의 탄생과 관련한 민담이나 신화, 관련 텍스트는 무수히 많았다. 하지만 우린 그가 루가 복음서를 기초해 그림을 그렸다는 것을 어렵지 않게 확인할 수 있다.

"마리아는 달이 차서 드디어 첫아들을 낳았다. 여관에는 그들이 머물 방이 없었기 때문에 아기는 포대에 싸서 말구유에 눕혔다."

– 루 2장7절

그래서 우린 목제 구조물이 말구유라는 것을 알게 되고 아이는 예수, 산모는 마리아라는 것을 알게 된다. 말구유가 있는 그곳은 소와 양들을 길렀던 마구간이라는 추측도 해낼 수 있다. 그리고 성경엔 요셉이 자신보다 훨씬 젊은 마리아와 결혼했다고 나온다. 하지만 나이는 특정되지 않는다. 그림에 등장한 남자는 중년도 아니다. 백발의 노인이다. 아무리 나이 차이가 나도 마리아가 50살 이상 차이가 나는 노인과 결혼했을까? 그렇다면 그 노인은 요셉이 아닌가? 이것은 당시 '동정녀 마리아'와 관련한 수많은 논쟁과 공격에 대해 가톨릭을 중심으로 한 화가들이 어떻게 대응했는지를 살펴야 한다. 마리아가 요셉과의 동침으로 인해 아이를 낳은 것이 아니라 하나님의 개입으로 인해 예수를 잉태했다는 이야기가 설득력 있으려면 요셉은 동침할 수 없을 정도의 노인이어야 한다. 그래서 거의 모든 성화에서 요셉은 형편없이 늙은 백발의 대머리 노인으로만 그려졌다. 이런 역사적 맥락을 이해하면 구유 밑의 남성은 요셉이다.

그렇다면 구유 옆의 남자들은 누구일까? 하늘 위의 날개 달린
존재들은?

그 고장에는 들에 살면서 밤에도 양 떼를 지키는 목자들이 있었
다. 그런데 주님의 천사가 다가오고 주님의 영광이 그 목자들의 둘레
를 비추었다. 그들은 몹시 두려워하였다. 그러자 천사가 그들에게 말
하였다. "두려워하지 마라. 보라, 나는 온 백성에게 큰 기쁨이 될 소식
을 너희에게 전한다. 오늘 너희를 위하여 다윗 고을에서 구원자가 태
어나셨으니, 주 그리스도이시다. 너희는 포대기에 싸여 구유에 누워 있
는 아기를 보게 될 터인데, 그것이 너희를 위한 표징이다. 그때에 갑자
기 그 천사 곁에 수많은 하늘의 군대가 나타나 하느님을 이렇게 찬미
하였다. 지극히 높은 곳에서는 하느님께 영광, 땅에서는 그분 마음에
드는 사람들에게 평화!"

– 루 2장 8절~14절

루가복음으로 인해 우린 구유 옆의 남자들이 목동이고 천상엔
천사들이 찬미하는 것이라고 이해할 수 있다. 그리고 여인 옆의
여자 노인은 산파다. 야보고서에는 동정녀의 수태를 받아들이지
못한 노파의 손이 굳자 하나님께서 이를 펴주셨다는 대목이 있다.

    그런데 분명 천사가 목동에게 예수 탄생의 비밀을 일러준 장소는 마구간이 아니다. 왜 지오토는 마구간에 염소와 양, 목동을 배치한 것일까? 이것에 대해선 로리 슈나이더 애덤스의 주장을 살펴보자.

    지오토는 두 가지 사건 ─ '성탄'과 '목자에게 알림'─을 결합했을 뿐 아니라 헛간의 내부와 외부 풍경도 결합시켰다. 그는 황소와 당나귀로 이 헛간이 마구간임을 알 수 있게 하고 헛간을 개방함으로써 내부와 외부의 결합을 이루어낸다. 황소는 마리아와 예수를 바라보고 있고 반면에 당나귀는 무심하게 머리를 숙이고 있다. 이것은 황소가 중요한 사건이 일어나고 있음을 알아보는 현명한 동물이라는 의미를 나타낸다. 반대로 당나귀는 무슨 일이 일어나는지 모르고 있고, 따라서 무지와 죄를 상징하는 동물이 된다. 황소와 당나귀는 마구간 안에 있지만 양과 염소는 밖에 있다. 후자는 '성탄' 장면에서 약간 떨어진 곳에 있는 목자들과 연결하여 해석할 수 있다. 그러나 염소 한 마리가 섞여 있기 때문에 이들은 그저 큰 양들이 아니다. 이 양들은 상징적인 양이고 염소와 함께 배치된 것은 〈최후의 심판〉에 나오는 양과 염소의 의미를 나타낸다. 이에 대해 마태오 복음서에서는 다음과 같이 묘사하고 있다. (25:31~33)

    사람의 아들이 영광을 떨치며 모든 천사들을 거느리고 와서 영광스러운 왕좌에 앉게 되면 모든 민족들을 앞에 불러 놓고 마치 목자가 양과 염소를 갈라 양은 오른편에 염소는 왼편에 자리 잡게 할 것이다.

오른쪽과 왼쪽에 대한 긍정적, 부정적 의미는 마태오 복음서에 잘 기록되어 있다. 그리고 조토의 그림에서 염소의 부정적인 성격은 양들이 흰색인데 반해 검은색으로 그려진 것에서 찾을 수 있다.[4]

가톨릭 국가에선 당시 집에 십자가나 성화를 들여놓는 것이 축복과 평안을 위해 대단히 중요한 것이었다. 특히 뛰어난 성화는 예술품으로서의 가치도 높았다. 이를 이해하는 안목은 귀족들에겐 필수였다. 이런 이유로 1593년 출판된 체사레 리파(Rippa)의 『이코놀로지아 (ICONOLOGIA)』는 출판 후 30년간 유럽 귀족들의 필독서가 되었다. 고대와 중세의 미술의 어휘와 도상사전을 총망라한 사실상의 도상학 원전이기 때문이다. 중요한 건 이 아이콘이 시대에 따라 섬세하게 달라지기도 하고, 진화했다는 점이다. 그래서 이 아이콘을 알아야 당대 창작자의 메시지를 독해할 수 있었다는 점이 중요하다. 또 르네상스 시대 화가들은 이런 소재를 활용해 자신의 진정한 메시지를 숨겨놓기도 했다는 주장이 있다. 레오나르도 다빈치의 〈최후의 만찬〉

---

4   로리 슈나이더 애덤스. 박은영 역. 『미술사방법론』. 서울하우스. 67쪽~68쪽.

을 둘러싼 '성서 외경 논란'이 대표적이다. 도상연구 미술 사학자 파노프스키 역시 이런 신비주의적 관점을 유포하는 데 일정한 역할을 했다고 본다.

도상연구에 있어 새로운 단초를 연 학자는 파노프스키(Erwin Panofsky)였다. 특히 르네상스 시대에 대한 도상학적 탐구는 미국의 르네상스 미술사에 결정적인 영향을 미쳤다. 그는 1939년에 발표한『도상학 연구(Studies in Iconology)』를 통해 미술사 연구 방법론을 정식화했다. 그의 연구 토대는『뒤러의 〈멜랑콜리아 I 〉:기원과 전형의 역사에 대한 연구』와『〈갈림길에 선 헤라클레스〉와 르네상스 미술에서의 다른 고대의 모티브』였다. 그는 미술 작품을 이해하기 위한 단계를 셋으로 구분했다.

첫째, 전(前) 아이코노그래피 단계의 '인식'로 그림에서 발견되는 사실적 요소와 표현을 감각적 경험으로 인식하는 것이다.
둘째, 아이코노그래피 단계의 '분석'으로 관습적인 의미, 그림의 주제를 유래한 문헌적 자료를 통해 분석했다.
셋째, 아이코놀로지 단계의 '해석'으로 내재적 의미, 소위 상징적 가치를 구성하는 것들을 해석하는 데 있어 종합적 직관, 즉 개인의 심리와 세계관에 의해 규정된 내면의 본질적 경향을 이해해 온전히 파악할 수 있다고 주장했다.

첫 번째, 두 번째 단계가 그림의 내용에 관한 분석이라면 세 번째 단계는 좀 미묘하다. 이른바 내재적 의미에 대한 분석인데, 내재적 의미는 그림과 형식, 내용 모두를 통해 드러난다고 주장했다.[5]

하지만 그의 방법론 중 세 번째, 즉 내재적 의미에 대한 분석에 대해선 후대 학자들에 의해 충분히 반박을 당했다. 그 해석이 주관성을 피하기 어려우며 시대적 맥락을 파악하는 것은 충분히 중요하지만, 기독교 박해 시절이 아닌 이상 이 상징을 화가들이 굳이 숨길 필요가 있었냐는 반론에 부딪힌 것이다.

그는 <플랜더스 성화>에 자신의 방법론을 대입했는데, 성화에 보이는 가구나 기물이 모두 (감추어진!) 내재적인 의미를 내포하고 있다고 주장하는 데까지 나아갔다. 로베르 캉팽(Robett Campin)의 <메로드 제단화>를 예로 들어 촛불은 인류의 빛으로 예수를 상징하고, 의자의 사자 조각은 솔로몬의 왕자를, 꽃병의 백합은 성모의 순결을 상징한다고 주장했다. 하지만 앞서 언급한대로 캉팽이 굳이 자신의 성화의 상징을 숨길 이유가 있었을까. 무엇보다 화가의 그림은 화가 자신도 모르게 시대의 상징체계를 반영하고 드러나게 되어 있는데, 이것이 어

---

5   신준형. 『파노프스키와 뒤러; 해석이란 무엇인가』. ㈜사회평론. (2015). 29쪽.

떻게 무의식적으로 발현되냐는 것이다. 그것은 고도의 치밀한 계획과 절묘한 숨김이 필요한 작업이기 때문이다.[6]

이쯤 되면 독자들은 파노프스키의 방법과 영화 〈다빈치 코드〉의 소재가 매우 흡사하다는 것을 떠올릴지도 모른다. 레오나르도 다빈치(Leonardo da Vinci)가 교회 권력의 압박을 피하고자 수없이 많은 성서 외경의 코드를 그림 속에 숨겨놓았다는 이야기 말이다. 파노프스키는 도상해석을 신비적이고 잠재적인 영역까지 끌어올리려 했지만, 많은 사례를 통해 종교화의 경우 교회가 인정할 수 있는 명백한 상식과 대중의 관습을 그대로 반영했다는 사실이 밝혀지고 있다. 문제는 당대의 문화와 상징체계, 관습을 모두 들여다 볼 수 없다는 점에서 르네상스 시대 종교 회화의 분석에 어려움을 겪고 있다. 그래서 추정할 순 있지만 단언할 수 없는 요소들도 많다. 단언할 수 없는 모티브라 해서 신비롭고 잠재적인 암시라고 볼 근거는 없다는 뜻이다.

이후 다시 언급하겠지만, 파노프스키의 방법론은 사실 구조주의 철학의 경향에 영향을 받은 것 같다. 어떤 문화의 언어와 행동을 온전히 이해하기 위해선 밖의 시선이 아니라 그 문화권 내

6   위의 책. 43쪽.

부의 생산양식과 문화적 토대로 이해해야 한다는 내재적 방법론 말이다. 문제는 그 내재적 방법론이 과잉 해석되거나 주관적 추론에 의지한다는 점이다.

2016년에 발표된 방탄소년단(BTS)의 〈피 땀 눈물〉 뮤직비디오야말로 이런 도상학을 활용해 자신의 메시지를 가려놓은 대중적인 사례라 할 수 있다. 소년이 성숙하는 과정을 미혹(迷惑)의 악(惡)과 가까워지는 과정으로 표현해 부뤼헬(pieter brueghel)의 그림 〈반역천사의 추락〉과 트레이퍼(herbert james draper)의 〈이카루스를 위한 탄식〉이라는 그림을 소품으로 설정했다. 성숙이 결국 모성과의 단절, 정서적인 부친살해라는 것을 암시

부뤼헬의 그림 〈반역천사의 추락〉

트레이퍼의 그림 〈이카루스를 위한 탄식〉

하기 위해 알코올 도수가 너무 강해 심각한 환각까지 일으켰던 압생트(absinthe)와 모성을 상징하는 피에타(Pieta), 메두사의 목을 벤 페르세우스로 부친살해라는 코드까지 넣었다. 그리고 선악과와 소설 「데미안」의 사탄으로 상징되는 싱클레어와의 키스 등, 현대 젊은이들과는 어울리지 않을 법한 중세와 전근대의 아이콘을 모두 빌어 이미지를 만들었다. 성숙, 새로운 깨달음, 고통의 상징 코드를 따온 것이다. 그들의 2017년 작품 〈봄날〉 역시 소설 「오멜라스를 떠나는 사람들」에서 이야기의 기둥을 가져왔고 객실의 주인 잃은 옷, 9시 35분에 멈춰 선 벽시계, 설국열차의 대결, 산더미처럼 쌓인 옷더미, 녹슨 놀이기구, 나뭇가지에 걸린 운동화 등으로 세월호에서 사라진 고교생들을 추모했다. 그들이 동원한 상징은 고전적인 것이 아니라 모두 현대적인 것이었다. 특히 산머리 같이 쌓인 옷은 설치 예술가 크리스티앙 볼탕스키(Christian Boltanski)가 30t의 옷을 쌓아놓았던 작품, 〈주인 없는 땅〉에서 모티브를 가져왔다.

　이런 아이콘, 심볼은 하루아침에 형성된 것이 아니라 오랜 역사를 거쳐 사회구성원의 상징언어(심볼)로 정착된 것이다. 개인의 상상에 따른 창조물이 아닌 세기를 거쳐 전승된 언어의 결과물이다. 이러한 역사적 심볼들을 상징으로 구현하는 것이야말로 인간의 합리적 이성과 근대적 문화의 중심을 가져온 과거와 시스템에 복속된 것이라고 보는 이들이 있다. 그들은 관습적 언어를 의도적으로 배제하고 해체하기 위해 노력한다. 해체주의와 초현실주의다. 즉 사회적으로 합의되지 않아 유추하기 어렵고 관습적으로도 모방하지 않은 모티브를 인위적으로 배치하는 것이다.

　르네 마그리트(Ren　Magritte)는 〈이미지의 배반〉(1929)이라는 작품에 파이프를 그려놓고 "Ceci n'est pas une pipe"(이것은 파이프가 아니다)라고 달았다. 파이프라는 '언표'만 있을 뿐이지 이것은 파이프 데생에 불과하며, 담뱃대와 유사한 이미지와 닮았을 뿐 파이프의 실체나 재현은 아니라는 뜻이다. 이 그림은 당시에 별로 유명하지 않았다. 푸코의 열렬한 지지자였던 마그리트가 푸코에게 이 그림을 보냈고 미셸 푸코가 이 작품을 소재로 논문을 썼기에 더욱 유명해졌다.

　〈사람의 아들〉(1964)에선 정장을 입은 사내의 얼굴 부분에 녹색 사과를 그려놓고 왼팔은 뒤집어 그렸다. 익숙하지 않은, 쉽게 간파되지 않아 결국 해석을 독자들이 알아서 해야 하는 이런 미술 사조는 인류가 만들어 놓은 오랜 축적물, 아이콘을 거부하는 것으로 시작된 것이다. 이런 사조의 철학적 근거는 뒤에서 다시 언급하겠지만 기호학이다. 언어학자 소쉬르(Ferdinand de Saussure)가 규범화된 사회적 문법의 언어를 랑그(langue)라고 하고 파롤(parole)을 랑그와 대비하여 언술처럼 랑그를 실생활에 이용하는 언어행위이며 과정이라 규정한 이래 구조주의 기호학이 크게 유행했다.

아이콘②

그렇다면 이런 도상은 유럽에서만 발달한 것일까? 그렇지 않다. 미학과 도상학이라는 학문이 로마에서 발전했기에 그들은 이야기에 상징을 심고 발견하는 것을 즐겼지만 동양에서도 이에 못지않은 엄격한 상징체계를 가지고 있었다.

일반적으로 언어는 기표와 기의, 상징(심볼)의 기능을 한다. 그런데 동양에선 아이콘이지만 기의와 텍스트, 서사까지 담아 놓은 기호체계가 이미 존재했다. 바로 주역(周易)의 대상전(大象傳)이다. 64개의 괘, 양과 음의 괘가 6개 자리에 각기 위치하면서 대응하는 별개의 뜻을 내포하는 상징체계다. 그래서 중화 문명권에선 이 주역의 아이콘을 통해 색과 방위, 간지와 별자리 등을 표현해왔다.

정확히 말하면 태양과 달(음양), 별자리(오행)을 통해 인간의 아이콘을 설정했다. 대표적으로 방위의 경우 동쪽은 아침, 남쪽은 한낮, 서쪽은 저녁, 북쪽은 밤을 상징한다. 이것이 계절로 확장되면 동쪽이 봄, 남쪽이 여름, 서쪽이 가을, 북쪽이 겨울이다. 이 계절의 순환을 표현한 도형이 바로 태극 문양이다. 동쪽은 해와 남자, 생과, 길함, 홀수의 개념, 서쪽은 달과 여자, 흉수, 짝수의 개념이다. 별자리로 가면 동쪽은 목성, 남쪽은 화

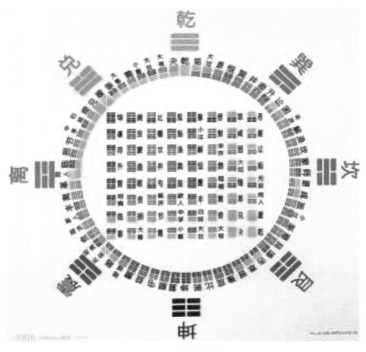

주역 대상전

성, 서쪽은 금성, 북쪽은 수성, 중앙은 토성이다. 물성으로 표현하면 동쪽은 나무(木), 남쪽은 불(火), 서쪽은 금(金), 북쪽은 물(水)다. 이걸 사람으로 상징하면, 동쪽은 보는 것, 남쪽은 말하는 것, 서쪽은 듣는 것, 북쪽은 사람의 형상, 중앙은 생각하는 것을 뜻한다.[7]

이를 컬러로 표현하면 동쪽은 청(青), 남쪽은 적(赤), 서쪽은 백(白), 북쪽은 흑(黑), 중앙은 황(黃)으로 표현했다. 그래서 경복궁 서쪽 문의 이름은 서쪽이라 가을을 상징하는 영추문(迎秋門)이고 가을은 백색이라 백호(白虎)를 그려 넣었다. 좌측 문엔 봄을 상징하는 건춘문(建春門), 그림은 청룡(青龍)을 그렸다. 그리고 궁의 중앙인 근정전(勤政殿)엔 황룡을 그려 넣었다. 임금은 중앙이며 그렇기에 황색은 임금의 색이었다.

직업의 성질 역시 동쪽은 문인, 서쪽은 무인을 상징하고, 생사 역시 동쪽은 잉태 서쪽은 사망을 의미했다. 맛도 방위로 상징했다. 동쪽인 목(木)는 신맛(酸), 남쪽인 화(火)는 쓴맛(苦), 서쪽인 금(金)은 매운맛(辛). 북쪽의 수(水)는 짠맛(鹹), 중앙의 토(土)는 단맛(甘)을 상징한다. '갑을병정경신임계(甲乙丙丁庚申壬癸)'라는 십간(十干, 天干) 역시 동쪽에서부터 원형을 둘러 위치가 정해졌다. 가치체계도 이에 맞췄다. 동쪽은 사랑, 북쪽은 예

---

7   김석진. 『대산주역강해』. 한길사. 1999.

의, 서쪽은 정의, 남쪽은 지혜, 중앙은 믿음이라는 인의예지신(仁義禮智信)말이다. 더 놀라운 것은 훈민정음을 창제한 세종마저 창제원리가 음양오행이라고 설명했다는 점이다.

喉居後而牙次之 北東之位也 舌齒又次之 南西之位也
"목구멍은 뒤에 있고 어금니는 그 다음이니, 북쪽과 동쪽의 자리다. 혀와 이가 또 그다음이니, 남쪽과 서쪽의 자리다."

脣居末 土無定位而寄旺四季之義也
"입술은 끝에 있으니, 흙이 정해진 자리가 없이 네 계절에 이르러 왕성하게 함의 뜻이다."

是則初聲之中 自有陰陽五行方位之數也
"이는 곧 초성 가운데에는 저절로 음양오행과 방위의 수가 있음이다."

그리스 로마가 처음엔 신화, 그다음엔 성경을 근원으로 아이콘을 배치해왔다면 우리 민족은 하늘과 별의 운행을 담은 음양오행을 근원으로 모든 건축과 관혼상제, 의복과 민담의 아이콘을 형성했다. 영상미학을 공부하는데 동양의 것은 필요 없을 것 같다고 생각한다면 오산이다. 이는 동양의 음양오행은 미신이고 서양의 신화와 성경은 좀 그럴듯해 보이는 서구 중심적 가치관이다. 성경과 신화의 아이콘은 2천 년간 인류가 사용했고 영화에서도 지겹도록 반복된 것인 반면 동양의 아이콘은 2천 년간 지속했으나 알려지지 않은 신비의 상징체계다. 앞으로 무엇이 더 경쟁력 있을 것인지는 쉽게 판단할 수 있을 것이다.

그렇다면 영상을 창조하는 사람에게 도상(icon)은 어떤 의미일까. 영상 제작자들은 늘 독창성을 고민하지만, 영상이라는 매체는 이미 관습이라는 토대 위에서 새로운 것을 추구하고 있다는 사실을 잊어선 안 된다.

고대의 고인돌, 마야의 신전, 영국의 스톤헨지, 이집트의 피

이집트 피라미드

라미드, 인류 최초의 신전으로 불리는 터키의 괴베클리 테페의 공통점은 무엇일까? 거대한 조형물로 사람들이 올려보게 만들거나 엄청난 높이의 계단을 만들었다는 점이다. 심지어 괴베클리 테페(Göbekli Tepe)는 무려 1만 년에 형성된 신석기 도시임에도 자체의 성소(聖所)를 가지고 있었다. 더 놀라운 점은 주변 지역의 신석기인들이 이곳까지 와서 제물을 바친 흔적이 남아있다는 점이다. 인류학자들이 충격에 빠진 이유는 과거엔 채집과 수렵을 하던 사람들이 모여 부족사회를 이루고, 이후 부족사회가 통합되어 신전과 같은 성소를 만들었을 것이라 추론했지만, 사피엔스는 그보다 훨씬 빨리 신전을 먼저 만들고 부족을 통합했다는 근거가 나온 것이다.

애니메이션 〈하울의 움직이는 성〉(2004년)은 계단이 상징하는 위계를 잘 보여준다. 고도 비만인 황야의 마녀가 국왕을 만나려고 성의 계단을 힘겹게 오르는 장면이 기억나는가. 영화 〈전함 포템킨〉(1925년)에서 계단은 계급을 상징했다. 봉기 군중들이 격돌하는 장소가 우크라이나의 오데사 계단인데 봉기를 진압하는 황제의 군대는 계단 위에서, 항거하는 민중은 계단 아래에서 위를 향해 격돌한다. 아이가 타고 있는 유모차가 계단 아래로 떨어지는 장면은 이후에도 여러 차례 오마주 될 정도로 강렬한 장치였다.

봉준호 감독의 〈기생충〉(2019년)이야말로 계단의 상징성을 있는 그대로 표현했다. 반지하의 세계와 대비되는 하늘과 가까운 곳 부자들의 저택, 그리고 저택의 지하 밀실에서 기생하는 이들까지. 이 계급적 공간구성을 가장 극명하게 보여주기 위해 감독은 홍수를 연출했다. 불어난 물이 온갖 배설물과 함께 고이는 곳 또한 지하다.

　사람의 무릎 높이로 고안된 계단은 원래 편의를 위해 설치한 것이지만, 신성과 고대의 왕들은 자신들의 강력한 힘과 넘지 못할 권위를 상징하기 위해 활용했다. 범접하기 어렵고 대단히 크며 오르는 동안 땀을 비 오듯 흘릴 정도의 고통을 감내해야 하는 계단의 여정을 만든 것이다. 역대 왕궁은 도시의 가장 높은 곳, 그리고 반원형으로 치면 반지름의 중앙쯤 자리에 위치했다.

누구나 우러러 보게 되는 권력이자, 누구의 반란도 쉽게 확인할 수 있는 위치 말이다. '죽은 왕들의 정원'이라 불리는 종묘(宗廟) 또한 마찬가지다. 신위를 모신 정전만은 월대를 높이 세워 주변을 내려 보게 설계되었다.

　우리가 주목해야 할 점이다. 어떻게 수만 년 넘게 축조되어왔던 아이콘을 21세기 영화에서도 그토록 노골적으로 사용하고 있단 말인가. 심지어 봉준호 감독의 전작 〈설국열차〉(2013년)에선 계급의 공간이 방향으로 설정되었는데, 엔진실과 1등칸에서 꼬리칸으로 계급을 결정한 것도 모자라 자본주의의 심장을 '열차의 엔진'으로 상징했다.

인류 서사의 비밀

    성질 급한 독자들은 필자가 영상 이야기 대신 태곳적 예술의 발생과 아름다움의 기준, 아이콘, 화풍의 변화, 사진의 발명 등을 설명하는 것이 못마땅할 수도 있을 것 같다. 하지만 영상을 문화와 예술적 관점으로 이해하기 위해선 꼭 필요한 과정이다. 영상은 모든 장르를 아우르는 종합예술이기도 하지만, 인류의 문화적 성취를 가장 집약적으로 반영하는 장르다. 스토리와 이미지, 사건, 캐릭터, 배경 모두 감독의 천재적 발상에서 뚝 떨어진 것이 아니라 수천 년간 축적된 인류의 기호(記號)에 기반한다. 다만 이 책에선 핵심적인 내용만 추려서 소개할 뿐이다. 매우 아름다운 서사시를 소개하기 위해 필자는 그 서사시에 쓰인 몇 소절을 뽑아 들려줄 뿐이다.

    워쇼스키 형제(지금은 워쇼스키 자매)의 영화 〈매트릭스〉(1999)의 흥행을 어떻게 볼 것인가. 이 영화는 흥미롭게도 인류사에서 흥행이 되었던 철학적 서사를 모두 빌려왔다. 그리스신화, 기독교, 불교, 도교, 힌두교, 플라톤, 데카르트, 칸트, 니체, 실존주의 등. 필자의 전작인『예술이 밥 먹여준다면』에서 '디지털 시대의 서사'를 설명한 대목을 보자.

앤디와 래리(워쇼스키) 형제는 원래 만화가 출신이다. 이들은 시오니즘을 뼈대로 "성경", "동양철학과 도교", "주역", "오즈의 마법사", "와일드 번치", "하드 타깃"과 같은 모든 철학적 주제를 쑤셔 넣었다. 영화였음에도 현대 철학가들은 한동안 영화 〈매트릭스〉 이야기로 대중들에게 철학을 강의했을 정도다.

(중략) 새로운 디지털 시대에는 이 문법이 바뀌고 있다. 〈매트릭스〉에서 보여 준 첨단을 구가하는 이미지와 360도 초고속 촬영기법에 얹힌 서사에 사람들은 열광한다는 사실이다.

즉, 캐릭터는 서사성을 띠고 서사는 디지털 혁명 위에서 새로운 출로를 얻는다. 과거 조각과 회화, 건축과 같이 숭상받던 전형적 이미지는 현대에 들어 텍스트가 되고, 텍스트를 얹은 이미지가 새로운 예술이 되는 시대다. BTS가 한국어로 노래하고, 한국 학교의 현실과 뮤지션의 고충을 가사에 담아도 이것은 지구 반대편에선 또 다른 의미의 차별성과 독자성을 구축한다.

(중략) 2019년 BTS의 월드투어(Speak yourself Tour) 역시 북미와 영국, 남미권에서 큰 호평을 받았다. 참고로 2019년 BTS의 티켓값은 비욘세나 브리트니 스피어스보다 비쌌고, 재판매 사이트에선 티켓값이 한때 3,000달러까지 치솟았다. 우리 돈으로 360만 원이다. 스타디움 공연을 직접 취재한 기자에게 미국 TV 프로그램의 앵커가 소감을 묻자 기자는 이렇게 답했다.

"정말로, 정말로 환상적이었어요. 모든 것이 다 있었어요. 말로는 설명할 수 없을 만큼."

공연을 보고 온 팬들은 며칠간 몽환 상태에 있었다. 대형 LED 스크린은 현대적인 무대 디자인의 힘을 한껏 과시했다. 노래와 효과에 완벽하게 조응했으며 오히려 전통적인 조명세트가 초라해 보일 정도였다.

초기 미디어아트가 등장했을 때에는 배우와 무대, 작품이 메인 텍스트이고 미디어는 서브 텍스트로 관객에게 특정 이미지를 심어 주어 원작을 훼손하거나 원작을 혼종으로 만들기도 한다는 주장이 심각한 논쟁거리 중 하나였다. 그래서 미디어를 활용한 아트는 매우 철학적인 메시지를 형상화하고 있다. 비디오아트의 선구자인 백남준의 작품은 한국은 물론 서구에서도 문화재급으로 보존되고 있는지를 고려한다면, 이런 논쟁과 실험적 재현이 결코 쓸데없는 짓만은 아님을 집작할 수 있을 것이다. 이미지와 기호, 예술과 관련한 내용은 이미 서구에선 철학과 미학, 기호학, 언어학에서 모두 심중한 주제로 받아들이고 연구도 활발하다. 비트겐슈타인이나 가스통 바슐레르, 움베르트 에코, 하이데거 등의 저술을 한 번이라도 본 적 있다면, 이 학문의 연원이 얼마나 뿌리 깊은지 알 것이다.[8]

대항해시대 이후 민담과 설화 연구자들은 백설공주나 신데렐라, 헨젤과 그레텔, 선녀와 나무꾼 이야기가 유럽에만 국한된 것이 아니라는 것을 발견했다. 심지어 신데렐라 이야기는 전 세계 2,000여 종이 넘게 분포되어 있다. 한국의 콩쥐팥쥐전이 대표적이다. 어린 시절의 시련과 죽음을 통한 부활, 계모에 대한 복수, 그리고 잃어버린 신발과 같은 이야기가 전 세계 부족마다 내려오고 있었다. 이 이야기의 원형들은 부족의 탄생 설화와 잇닿아 있다. 그들은 부족을 통치하기 위한 상징을 이야기에서 빌려왔는데 당연히 시련을 딛고 하늘의 도움을 받아 제사장 혹은 리더가 되었다는 것이다.

영화 〈매트릭스〉에서 네오가 구원자로 각성하는 과정 또한 전형적인 인류의 서사에서 벗어나지 않는다. 고난과 실험을 통해

---

8 이훈희, 『예술이 밥 먹여준다면』, 책과나무, 2020, 193~196쪽.

죽음(입사, 入死)을 경험한 후 얻게 되는 힘, 그리고 리더로 인정받기 위한 두 번째 입사의 구조 등이 그렇다. 좀 더 단순화하자면 한 인간이 비범한 존재로 부활하기 위한 통과의례는 죽음, 또는 죽음에 이를 만큼의 고통을 수반한다. 이야기뿐 아니라 이러한 통과의례는 남태평양과 아프리카 부족들의 성인식에서도 찾아볼 수 있다. 어른이 된다는 것, 새로운 존재로 부활하기 위해선 죽음을 통해 신이나 하늘과의 접신의 과정이 필연적으로 동반된다는 설정 또한 그렇다. 우리가 흔히 지나치기 쉬운 고조선의 건국설화인 곰과 호랑이의 동굴 시련 이야기를 보자. 곰이 인내해 사람이 되고 곰 사람은 환인과 결혼해 단군을 낳고 단군이 고조선을 세운다. 이 신화 역시 동굴 속의 고난(숲의 시련)을 통해 하늘의 사명을 부여받은 환인(왕자 또는 왕)에게 간택되는 서사를 띠고 있다. 연구자들은 곰을 숭배하는 부족이 호랑이를 숭배하는 부족을 통합하는 과정에서 민담이 신화로 승격되었을 것이라고 본다. 곰을 숭배하는 부족이 다른 부족을 지배하거나 통합하기 위해선 특정의 상징이 필요한데 그것이 바로 신화다. 홍익인간(弘益人間)의 이념이 "널리 인간을 이롭게 한다."는 것인데 원문을 자세히 보면 환인이 인간을 이롭게 하기 위해 하늘에서 내려와 고조선이라는 국가를 설립한다는 이야기다.

백설공주가 버려져 시련을 겪는 공간은 숲이며 일곱 난쟁이는 금을 채굴하는 광부였다. 백설공주 설화의 원형에 백설공주는 일곱 난쟁이를 통해 아이에서 여성으로 성장한다는 것으로 나온다. 독이 든 사과를 먹고 죽었다 살아난 공주는 왕의 권력을 얻고 계모에 대한 잔혹한 복수극을 벌인다.

어찌 보면 거칠어 보이기까지 하는 이런 스토리의 구조는 놀랍게도 인류 역사에서 단 한 번도 바뀌지 않았으며 더욱더 놀라운 것은 백설공주, 신데렐라와 같은 이야기가 아직도 살아남아 디즈니를 통해 현실적인 위력을 발휘하고 있다는 점이다. 이런 이야기 구조는 현실의 흥행 여부를 떠나 없어지지 않는다. 백설공주는 무려 1937년에 디즈니에 의해 제작되었는데 여전히 변형된 버전으로 실사화되고 있다는 점을 주목해야 한다.

왜 아직까지도 이야기의 구조가 바뀌지 않는지. 그리고 이야기에는 일종의 패턴이 있다고 하는데 왜 그것이 신화와 민담의 구조를 따라가야 하는지가 궁금하지 않은가. 이것은 바로 바뀌지 않는 이야기의 원형이기 때문이다. 부족 탄생 설화가 메소포타미아(근동 지역)처럼 종교화 되면 경전이 되고, 신화로 정착되면 그리스 로마와 같이 다신교 사회로 발전하는데, 한 부족이 타 부족과의 융합이나 통합과정에서 지배적인 이야기를 강요하면 유일신 사상으로 정착된다는 것이 전문가들의 이야기다.

그래서 인류의 바뀌지 않는 서사는 주인공과 적대자(빌런), 그리고 시련 또는 죽음을 통한 동기부여와 부활로 이어지는 것이다. 천문학적인 제작비를 쏟아붓는 마블(MARVEL) 시리즈 〈토르:천둥의 신〉은 북유럽 신화의 캐릭터를 그대로 가져왔고, 영화 〈반지의 제왕〉은 유럽의 지방 설화를 근간으로 한 톨킨(J.R.R. Tolkien)의 소설『잃어버린 이야기들(The book of Lost Tales)』에서 모티브를 얻었다. 아무리 4차 산업혁명 시대 새로운 디지털 기술로 무장한 장르가 출현해도 인류의 서사가 잘 바뀌지 않는 이유가 있는 것이다.

톨킨의 소설, 잃어버린 이야기들

사진이 바꾼 예술

　　1827년 조제프 N. 니에프스(Joseph Nic phore Ni pce)는 직접
제작한 카메라를 세워두고 창밖의 풍경을 찍었다. 인류 최초의
사진이었다. 유태역청을 햇볕에 노출한 뒤 라벤더 오일을 이용
해 지우는 방식이었는데, 당시 그는 한 장을 사진을 위해 무려 8
시간이나 노출해야 했다. 비슷한 시기 L.J. 다게르(Louis Jacques
Mand Daguerre) 역시 실험에서 사용한 은판을 화학약품과 함께
보관하다 무언가의 형상을 발견했다. 수은 증기로 인한 것이었

최초의 카메라

물감의 개발로 화가들은 야외로 나가 일상의 구체적인 모습을 담기 시작했다

다. 니에프스와 다게르는 사진의 상용화를 위해 동업했지만 니에프스가 먼저 죽었다. 이후 다게르는 요오드은판에 수은 증기를 쬐어 형상을 드러내고 이후 소금물에 담가 정착시키는 '감광법' 개발에 성공한다. 오랜 시간이 걸리던 촬영은 2시간으로 단축되었다. 1839년, 최초의 상업용 사진기가 출현했다. 2천 년이상 이어오던 모사(模寫)라는 예술의 핵심가치가 산산이 부서지는 계기였다.

사진은 모사(模寫)가 아닌 재현(再現)을 가능하게 했다. 이제사람들은 대상을 너무나 사실적으로 그린 그림을 보고 "정말 사

모네의 루앙대성당

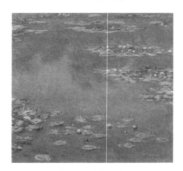
모네의 수련연못

진 같다."라고 말하고 정형화되고 (관습적인) 아름다운 실풍경을 보곤 "그림 같다."라고 한다. 사진이 탄생하지 않았으면 이런 역설적인 관용구는 나오지 않았을 것이다. 물론 사진의 발명 이전에도 자연과 사물을 모사하는 데서 벗어나 창작자의 주관적 관점을 표현하려는 시도는 많았다.

비록 사진이 흑백이었지만 대상을 있는 그대로 옮겨놓자 그 어떤 그림도 사진보다 현실을 더 잘 반영할 순 없다는 생각이 굳어졌다. 그렇다고 사진의 발명이 회화를 시장 밖으로 일방적으로 밀어내진 못했다. 과거 8시간 넘게 고정된 자세로 서 있어야만 했던 인물화의 공정은 이제 사진 한 장으로 대체될 수 있었다. 역설적으로 당시 카메라에 열광한 사람들은 화가들이었다. 오히려 사진사들은 화가의 회화를 위해 고용되었다.

화가들은 출력된 사진을 보며 그림을 그렸고 의뢰자는 사진사를 불러 그림을 찍은 후 화가에게 보냈다. 화가의 도록을 촬영하는 몫도 사진사의 것이었다.

다만 사진에 없는 것이 있었으니 바로 '컬러'였다. 회화의 컬러는 더욱 다채로워졌고 진해졌다. 비슷한 시기였던 1830년 영국의 리버풀 항구에서 맨체스터까지 이어지는 최초의 증기기차가 등장하고 1841년 미국 화가 존 랜드(Jonn Rand)가 튜브형 물감 발명을 발명하자 회화의 변화는 걷잡을 수 없을 정도로 변하기 시작했다. 화가들은 비로소 장거리를 이동해 새로운 풍경을 확인할 수 있었다. 물감의 개발은 실내에 갇혀있던 그림을 해방했다. 1841년 미국에서 튜브형 물감마저 개발되자 화가들은 야외로 나와 이전과는 비할 바 없는 속도로 그려댔다. 대상도 달라졌다. 과거 신화와 역사적 영웅, 귀족을 묘사하던 그림은

인상주의 대표적인 화가, 반 고흐
대표적 인상주의 화가로 표현주의의 시원으로 칭송되고 있다

일상의 구체적인 모습을 담기 시작했고 노동자와 빈민이 캔버스에 담겼다.

사실주의와 인상파(외광파) 화가들은 이런 기류 속에서 탄생했다. 특히 날씨와 시간, 일광과 구름, 비바람의 움직임에 따라 시시각각 바뀌는 풍경을 '사실적'으로 담으려는 치밀한 탐구는 계속됐다. 화가들은 있는 그대로 날것의 태양 빛을 담기 위해 사물이 원래 지니고 있던 원색을 과감히 버리고 빛에 반사된 새로운 컬러를 찾아 그렸다. 빛에 따라 달리 보이는 자연의 풍광을 캔버스에 쓸어 담기 위해 필사적인 노력을 기울였다. 대표적인 화가가 클로드 모네(Oscar-Claude Monet)다. 날씨에 따라 바뀐 사물을 포착하기 위해 〈루앙성당의 파사드〉와 〈수련연못〉을 반복적으로 그렸다. 그가 평생 그려서 남긴 250여 개의 〈수련연못〉 연작을 보고 있노라면 일종의 경외심마저 든다. 화창하게 빛나던 수련 연못은 그가 백내장에 걸리자 그 형태가 뭉개지기 시작했고, 녹내장에 시달렸던 말년의 작품들은 청색으로 가득하기 때문이다.

반 고흐(Vincent van Gogh, 1853~1890)와 고갱(PaulGauguin, 1848~1903)은 인상주의의 대표적인 화가로 지칭되지만, 현대미술에선 표현주의의 시원으로 대접하고 있다. 그들에게 색채는 태양 아래의 대상을 묘사하는 데 그치지 않고 창작자의 주관적 욕망과 의도를 표현하는 데 주목해야 했다. 고갱은 사물의 형태도 그 사실성과는 관련 없이 극단적으로 단순화시키거나 왜곡시

반 고흐의 작품 〈구두 한 켤레〉(A pair of shoes)

컸다. 고흐의 작품 〈구두〉를 놓고 후대의 해체주의 철학자 자크 데리다(Jacques Derrida)와 추상미술 사학자 마이어 샤피로(Meyer Shapiro), 후기 기호학자 마틴 하이데거(Martin Heidegger) 모두 세월을 넘는 미술사적, 철학적 논쟁을 벌였다. 그래서 기호학자나 현대철학을 연구하는 이들에게 가장 유명한 그림 중 하나로 고흐의 〈구두〉를 손에 꼽는다. 하이데거가 예술의 본질을 규명하기 위해 낸 책 『예술작품의 근원(Der Ursprung des Kunstwerks)』(1950)의 소재 중 하나가 바로 '고흐의 〈구두〉였다.

하이데거가 하필 작품 속 구두의 주인을 잘못 적시하는 바람에 논쟁은 더욱 커졌다. 구두의 주인은 하이데거의 주장처럼 어떤 농촌의 아낙이 아니라 고흐 자신이었으며 심지어 중고가게에서 그림을 위해 사 온 것이었다. 하이데거는 원래 '존재자(das Seiende)'와 '존재(das Sein)'라는 철학적 사유와 범주를 규명하려 이 작품을 골라 설명했다. 하지만 그가 하려고 했던 최종적 언명은 "예술작품이란 은폐된 삶, 즉 존재의 모습을 '숨기지 않고' 드러내는 것이며 예술의 사명은 아름답게 치장하거나 미적 쾌감

로마의 덴마크 예술가 그룹 디지털아트

을 주는 것이 아닌 은폐된 존재의 본래 모습, 즉 진리를 드러내는 활동이다."였다.

고흐의 〈구두〉가 기존의 작품과 다른 이유가 여기에 있다. 사람들은 이 그림에서 구두라는 상품을 보는 것도, 일반적으로 구두라고 불리는 도구를 보는 것도, 그림 속에 그려진 구두의 디테일한 기법만을 보는 것도 아니다. 사람들은 구두의 주인, 구두를 신고 벗었을 도시에서 완벽히 소외된 아낙의 삶을 〈구두〉를 통해 보고 있고, 〈구두〉라는 예술작품은 도시를 위해 복무하고 희생해야 했던 비시민들, 농부나 농노의 삶의 현실을 폭로하는 것이다.

농부 아낙의 세계의 속한 그 구두에 대한 하이데거의 묘사는 이렇다. "낡은 구두 속이 컴컴하게 드러난 것"은 "농부 아낙의 힘든 걸음걸이를 보여주는 것이며, 뻣뻣하고 실팍한 무게는 거친 바람이 부는 넓게 펼쳐진 평탄한 밭고랑을 천천히 누비고 다니며 축적한 강인함"이며, "구두의 가죽은 흙에 젖고 절어 있으며 구두의 주인은 굶주림과 출산의 위험과 죽음 앞에서 불평하지 않는다."

복제의 가치

정작 사진의 출현을 심각하게 받아들인 이들은 철학자였다. 미학이 아름다움에 대한 학문에서 세상의 진리에 대한 철학의 반열로 올라선 것도 이즈음이다. 사진의 출현은 예술에 대한 기존의 관념을 붕괴시켰다. 과거의 그림은 진품(眞品)인지 위작(僞作)인지가 중요했다. 그 진품성이야말로 예술적 가치의 핵심이었다. 하지만 사진은 진품이 중요하지 않다. 첫 번째 현상한 것을 진품이라 할 수 있는가? 같은 작품을 수백 번 출력해도 역시 같은 작품이라는 진위성을 지니고 있다.

그렇다면 팝 아트와 같이 프린트할 수 있는 작품을 만들어 수백 장을 인쇄한다면 무엇이 진품이라 특정할 수 있을까. 눈치 빠른 독자들은 2020년에 사기죄로 기소당한 가수 조영남의 대작 논란을 떠올릴 것이다. 당시 쟁점은 2가지였다. 화투 그림의 대부분을 보조작가에 맡겼고 보조작가의 실력 또한 조영남보다 완숙했으며, 무엇보다 이를 구매자에게 고지하지 않은 건 사기라는 것이다. 5년간의 공방 끝에 법원은 조영남에게 무죄를 선고했다.

그림의 대량생산 여부, 보조작가의 고용 여부, 그리고 보조작가가 어느 정도 비중의 작업을 했는지는 작품의 진위성에 전혀 영향을 미치지 못한 것으로 본 것이다. 즉 아이디어라는 콘텐츠가 누구의 것인가에 따라 어떤 제작방식을 택했던지 그것은 콘텐츠 소유자의 작품이라는 것이 현대미술의 관점이라고 보았다. 현대미술의 관점을 이해하고 있던 예술가들은 당연한 판결이라 반겼고, 근대적 전통에 익숙해 있던 한국의 원로 화백들은 반발했다. 그렇다면 독자는 누구의 편인가?

이제 더는 작품의 '진위성'이 의미 없게 되었다는 주장에 독일의 철학자 발터 벤야민(Walter Benjamin. 1892~1940)은 '아우라(Aura)의 붕괴'를 주장했다. 원래 아우라는 사람이나 물건이 풍기는 그 자체의 고고한 분위기, 영기(靈氣)를 의미하는데, 벤야민의 논문 「기술복제시대의 예술 작품 Das Kunstwerk im Zeitalter seiner technischen Reproduzierbarkeit》」 이후 미학의 보편적 개념으로 정착되었다. "어느 여름날 오후 휴식 상태에 있는 자에게 그림자를 던지고 있는 지평선의 산맥이나 나뭇가지를 보고 있노라면, 우리는 이 순간 이 산, 이 나뭇가지가 숨을 쉬고 있다는 느낌을 받는다." 이 아우라는 일반적 아름다움을 넘어서는, 사람이 그 사물에 완벽히 함몰되어 겪는 경험을 의미한다. 그것은 일회적이고, 가까이 있는 것 같지만 사실은 손에는 닿지 않는 곳에서 오는 것이다. 이 아우라는 종교적 제의, 이를테면 성당의 미사에서 가장 많이 볼 수 있다.

벤야민은 원본만이 해당 시간과 공간에서 유일한 현존성을 가지고 있어야 하고 그것에서 아우라가 나오는데, 사진과 영화처럼 대량생산 되거나 복제된 작품엔 현존성이 결여된 것으로 보았다. 이에 따라 아우라는 붕괴했고 대중의 지각(知覺)도 완전히 변하게 되었다고 주장했다. 시간은 흐르고 사물은 단 한 번 스쳐 지나갈 뿐이지만 사진과 영상은 이를 반복해낼 수 있고 심지어 렌즈를 당겨 클로즈업하거나 몽타주와 같은 기법으로 떨어진 공간을 잇거나 분리하는 것이 가능해졌다는 것이다. 과거 예술이 숭배 받았던 이유 중 하나는 제의(祭儀)적 가치였는데, 앞으로는 전시(展示)적 가치가 이를 대체할 것이라고 보았다. 대성당의 조각상과 천재 화가의 작품들은 세계 곳곳으로 이동하며 전시되고, 영화와 사진은 복제되어 동시에 전시 또는 상영된다. 유일무이성(唯一無二性)이 붕괴된 예술의 가치는 그렇게 전환된다는 뜻이다.

과거 바티칸이나 대성당에서 예술작품을 보며 경외감에 사로잡혔던 대중들은 이제 사진과 영화로 작품을 보며, 작품이 사람을 압도하는 것이 아니라 대중이 작품을 비평하는 시대로 접어들었다. 사진과 영화는 무엇보다 이미 벌어지고 있던 종교와 예술을 완전히 분리하는 한편 어설픈 가상이나 환상적 그림이 설 자리는 없어졌다. 이에 따라 예술에 대한 신비주의적 경향 또한 과학적으로 비평하기 시작했다. 과거 추상적이고 모호했던 예술의 권위는 이제 땅에 내려와야 했다. 현실과 일상을 담는 사진의 출현으로 더는 허상이 존재할 터전이 사라진 것이다. 벤야민은 이를 '예술의 정치화'라 불렀다. 철학자들은 사진이 태생부터 정치적 도구로 활용될 것이라고 보았다. 사건을 기록하고 증거를 기록했으며 위정자들의 선동에 대항할 수 있는 민중의 강력한 무기가 될 것이라고 보았다.

과학기술 혁명이 과학적 인식을 가져줄 것이라는 확신이 있었기에 당대의 과학기술 혁명은 대체로 사회변혁의 도구로 인식되었다. 하지만 벤야민은 과거의 아우라를 복원해 정치적 이미지를 조작하는 세력 또한 나올 수 있다고 보았다. 현실을 망각하게 만들고 사회문제와는 전혀 무관한 신비로운 가치를 주입하는 것이다. 그리고 예술의 영웅주의적 신화와 코드, 스토리텔링은 다시 무능한 정치인들에게 활용된다. 그의 예상대로 사진은 파시스트에게도 적절한 선동의 도구가 되었다. 이를 벤야민은 '정치의 예술화'로 규정했다. 아이를 바라보며 웃고 있는 히틀러를 포커싱하고 나머지 군중은 아웃포커싱하는 카메라 기법이나, 한밤중 아래에서 위로 솟구치는 광선 줄기 사이로 뻗은 높은 계단에서 히틀러가 등장하고 수만의 붉은 횃불이 춤추는 광경과 같은 장면 또한 신화적 서사를 응용한 것이다.

그렇다면 예술작품에서 재현 불가능한 고유성의 가치는 사라지게 된 것일까? 그렇지 않다. 2021년 전기자동차 회사 테슬라의 CEO 일론머스크의 전 아내이자 가수인 그라임스(Grimes)는 디지털 회화 10점을 경매에 부쳤다. 디지털 회화라 누구나 볼 수 있고 복제도 가능한 그림을 굳이 살 사람이 있을까? 이 그림들은 옥션에서 580만 달러에 낙찰되었다. 이런 디지털 장르에 고유성을 부여한 기술은 다름 아닌 가상화폐의 NFT(Non fungible Token 대체 불가능 토큰)이었다. 블록체인 기술을 디지털 예술에 적용한 것이다. 복제 가능해도 자체의 고윳값을 가지고 있기에 대체는 불가능하다. 디지털 아티스트 '비플'의 10초짜리 비디오 클립은 2020년엔 6만 7,000달러(7,500만 원)에 팔렸지만 불과 4개월이 지나자 다시 660만 달러(74억 원)에 팔렸다. 100배 오른 가격이다. 이것을 예술작품 고유성에 대한 욕망으로 이해하는 것은 순진하다. 디지털 화폐 시대를 앞둔 '수집품'의 투자

가치에 사람들이 몰린 것으로 봐야 한다.

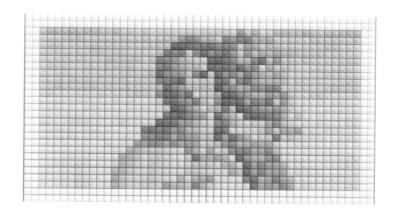

사진에 밀린 회화의 선택

칸딘스키 작품

현직 서양화가인 안정환 화백은 꽤 유명한 작가다. 그의 그림은 극사실주의적이다. 나무와 숲을 그린 그의 그림 앞에서 관람자들은 실사와 그림을 혼동할 지경이다. 거의 완성된 큰 그림 앞에서 작업하고 있는 그의 사진을 보고 "살아있는 나무에 물감을 칠하는 줄 알았다."는 놀라운 반응이 많다. 그가 운영하는 SNS나 유튜브에 올라온 사진이나 영상을 보면 이런 반응을 실감할 수 있다.

독일 화가 게르하르트 리히터(Gerhard Richter)는 사진과 그림, 구상화와 추상화를 모두 성공시킨 화가로 유명하다. 그는 사진과 회화의 경계선을 찾았다. 그의 그림은 마치 사진의 초점을 자유자재로 조절하고 있다. 〈에마, 계단 위의 누드〉(1966)는 뭉개기 기법을 통해 사진의 초점이 나간 것으로 표현했다면, 사진으로 착각할 만큼 섬세하게 그린 〈베티〉(1988)는 극사실주의 작품으로 보이는데, 그 이유는 카메라의 포커싱 정도까지 반영한 회화였기 때문이다. 여기서 중요한 것은 그가 '실재하는 것처럼 보이게' 그린 것이 아니라 '사진으로 착각'하도록 그렸다는 점이다.

지금은 추상화나 구상화에 대한 우열논쟁을 하지 않지만, 사진의 발명 이후 화가들은 '회화의 고유성'을 입증해야만 했다. 사진보다 더 실제 같은 그림은 존재하지 않고 그림 같은 사진은

사과와 복숭아가 있는 정물

점점 시장을 넓혀가고 있었다. 특정 대상을 찍은 사진을 캔버스 옆에 놓고 그림을 그리는 화가들도 점차 늘어갔다. 야외로 나가 자신이 목도한 빛의 풍광(인상)이 사라지기 전 그림을 그려야 했던 인상파의 작품은 대체로 빠르고 거친 붓놀림을 구사했다. 하지만 1880년대의 파리의 화가들은 '대상의 이미지가 아니라 자신이 본 것으로 발화한 감정을 어떻게 담을 것인가?'를 고민하기 시작했다. 말년에 눈이 상한 모네의 〈수련〉연작을 본 청년 화가들은 거친 붓점으로 터치된 이미지에 매료되어 '구상'을 자기 뜻대로 분방하게 표현하는 연습을 했다.

자연에서 사람으로, 사람의 외양이 아닌 구체적인 감정과 깨달음, 진리, 영혼의 떨림을 담아야 한다고 생각한 것이다. 구상화에서 추상화로의 전환이며, 후기 인상주의에서 현대미술로의 진화가 시작된 것이다. 어쩌면 앞서 언급했던 고흐의 〈구두(Shoes)〉가 그 전조였을 것이다. 고흐 이전엔 누구도 낡고 더러운 구두를 작품으로 남길 생각을 하지 않았다. 〈구두〉를 본 이들은 고흐가 그린 것은 구두였지만 자신의 머릿속엔 수백 가지 농민의 이미지와 자신이 목도했던 이야기가 스쳐 지나가는 것을 부인할 수 없었다. (사실 이 구두는 고흐가 벼룩시장에서 낡은 구두 한 켤레를 사서 진흙을 묻혀 더럽힌 뒤 그린 것이다.) 고흐는 현실의 그림에 성경적 이야기를 집어넣었고 현실에서 있을 법하지 않은 색감을 일부러 선택해 몽환적 이미지를 구현했다.

  표현주의 운동의 선구자이자 추상화의 시초라 할 수 있는 사람 바실리 칸딘스키(Wassily Kandinsky, 1866~1944)는 1911년 「예술에서의 정신적인 것에 대하여 On the Spiritual in Art」라는 글을 통해 이렇게 말한다.

  "색은 영혼에 떨림을 줌으로써,
  영혼에 직접적으로 영향을 미치는 힘이다."

추상주의 화가 카지미르 말레비치 작품 〈A Peasant Woman Goes for Water〉

    이제 그림은 인간의 영혼을 반영하고 울림을 줄 수 있어야 했다. 그림의 소재는 자신을 에워싼 주변 세계가 아니라 인간 자신의 내면과 상상력과 같은 추상적인 것들도 가능해야 했다. 음악과 공포, 좌절과 죽음에 대한 갈망까지도.

세잔은 사람은 두 개의 눈(양안 兩眼)이 각기 다른 초점을 지니고 있는데 왜 그림은 하나의 각도에서 본 하나의 초점만이 존재하는가에 대해 질문을 던졌다. 그의 작품 〈사과와 복숭아가 있는 정물〉은 정면과 측면, 눈높이와 부감으로 본 장면을 모아 그렸다. 자신이 '진정으로 본 것'을 그리려면 역설적으로 원근법과 같은 기존의 과학적 토대를 무시해야 했다. 눈앞에 있는 듯한 산이 실제로는 13km 밖에 있다면, 기존 방식으로는 원근법에 따라 시야와 산까지의 풍경이 모두 담겨야 했지만, 세잔은 이런 방식을 과감히 버린 것이다. 세잔이 일정한 시점에서 차원을 달리하는 그림을 그렸다면, 피카소는 3차원 입체를 모두 그림에 반영하려 했다. 마티스는 어둠은 검정, 밝음은 흰색이라는 기존의 회화 문법을 넘어섰다. 대신 현란하고 강한 색채를 사용하거나 보색을 이용해 그만의 회화를 완성했다.

　　그리고 프로이트(Sigmund Freud)가 있었다. 당대에 프로이트가 미친 영향은 컸다. 무의식(unconsciousness)과 리비도(Libido)라는 개념을 받아들이면 이성과 합리성으로 축조된 세상은 반쪽이며 현상에 불과하다는 인식을 심었다. 프로이트에 영감을 받은 초현실주의는 이성을 배제한 무의식, 비합리성, 비구상, 기존의 구상에서 감히 범접할 수 있는 새로운 상상력을 화폭에 옮겼다. 대표적인 화가가 달리(Salvador Dalí)다. 뭉크(Edvard

Munch)를 표현주의 화가로 분류하지만 철학적 기초를 살피면 프로이트에서 벗어날 수 없다. 추상주의 화가 카지미르 말레비치(Kazimir Severinovich Malevich)는 구상의 흔적을 모두 지워버린다. 하얀색 바탕에 검은 원 하나만 그린 극단적 추상을 탐닉하기에 이른다.

사진이 발명된 후, 구상에서 추상으로 이행하던 시기에 미술사에서 가장 빛나는 발명과 전설적인 작품이 쏟아졌다. 프랑스의 야수파, 입체파, 오르페우스 입체파, 독일의 다리파, 청기사파, 러시아의 광선주의, 이동파를 거치면서 현대미술은 탈주했다.

갤러리에서 전시되는 미술품은 저마다 고유의 아이덴티티가 있다

미술에서 '추상'이 등장하지 않았다면 회화는 지금 무엇을 하고 있을까. 구체적인 사물의 이미지가 '구상'이라면 개념을 추출한 것이 '추상'이다. 인간이 인지하고 분류하는 모든 정신적 개념이 추상인데, 이것은 다시 말해 인식(Cognition)을 말(word)로 전환한 것이다. 그래서 과거와 달리 추상화를 내건 화가는 자신의 작품을 논리적 개념으로 해설할 수 있어야 했다. 단단한 예술적 논리가 추상작품에는 필수가 된 것이다. 그림을 말로 설명해야 했는데, 이를 두고 인류의 예술이 태고로 돌아갔다고 표현한 철학자가 있을 정도다.

18세기 이전 예술가들은 구상적 이미지를 다루는 이들이었다. 하지만 21세기 예술가들은 '말', 즉 메시지를 다루는 사람들이 되었다. 변기에 라벨을 붙여도 작품이 되고, 연주회에서 연주는 하지 않고 웅성거리는 객석의 소음을 채집한 것이 예술이 된다. 타인과 마주 앉아 온전한 침묵 속에 서로를 응시하는 '행위'도 사회적 맥락에 던지는 그 메시지만 탁월하다면 예술이 된다. 인류가 지금껏 여성을 그려왔던 태도에 질문을 던지기 위해 전통적인 여성 인물화 기법 위에 전혀 어울리지 않는 그림을 덧씌운다.

현대미술의 개념을 이해하기 위해선 하이데거, 헤겔의 숭고,

테도도르 아도르노, 들뢰즈, 리오타르 등 철학자들의 주장을 들어야 한다. 모두 근대 이후의 사상적 전환과 맞물려 있는 철학적 개념들이다. 왜 변기를 미술관에 설치한 것이 예술이 되고, 검은색만으로 형식적인 아름다움을 폐기한 회화 작품이 고가에 거래되는지. 현대미술이 지금, 오늘의 해체와 전복을 목표로 하고 있으며, 창작자의 주관적 의도마저 배제하는 방식으로 발전했는지 이해할 수 있다. 작품을 보고 깨닫는 경우도 있지만, 평론가들이나 갤러리에서 작품 의도를 설명하지 않으면 도저히 알 수 없는 작품들이 넘쳐난다. 심지어 그 '의도성' 자체를 경멸하는 화가들도 많다.

현대미술의 비평가들조차 현대미술은 정말 모르겠다고 말하는 시대가 온 것이다. 어쩌면 미술품이 갤러리에서 고가에 거래되고 유작이 되면 몇 배로 호가되기 시작하면서 그 운명은 결정된 것이나 다름없다. 달러나 금, 비트코인과는 달리 가격이 안정적이며 재산을 축적하거나 거래하기에 가장 좋은 상품이 된 이상 미술품의 가치는 세계 상위 1% 자산가들의 자본의 법칙 안에서 움직이게 된다.

여기에 갤러리와 화단의 비평가와 경매, 거래소가 만들어 낸 일종의 가치법칙이 통용된다. 쉽게 이해되거나 기존의 것을 답

습했거나, 간파하기 어려운 작품을 오랫동안 해온 작가, 작품에 대한 해석이 선구적 현대철학의 어느 지점에 있으면, 그리고 당연히 광대한 벽에 걸 수 있을 정도의 큰 사이즈의 작품이어야 이 시장에서 하나의 류(流)를 형성한다.

· 2

◀❙❙▶
_____

_____

_____

After Cinema ·

경이로운 전설

기술적으로 보자면 영상은 사진을 모아서 빠른 속도로 보여주는 것에 불과하다. 사진은 사물의 고정된 찰나를 담고 영상은 '움직이는 것'이라 착각하지만 움직임을 그대로 재현할 수 있는 영상은 없다. 사진(프레임) 수백만 개를 이어 붙여 '마치 움직이는 것처럼 보일'뿐이다. 한 장 한 장 그려서 이어 붙인 애니메이션과 다를 바 없다. 그래서 학자들은 영상의 시초를 자끄 망테 다게르(Louis Jacques Mand Daguerre)의 수은 증기 실험에서 찾는다.

영상에 담긴 시간의 본질을 표현한 작품이 있다. 스키모토 히로시(Hiroshi Sugimoto)의 작품 〈극장〉 시리즈를 살

스키모토 히로시 작품
2시간 동안 사물의 움직임을 한 장의 사진에 담았다

펴보자. 히로시는 영화관 객석 뒤에 카메라를 설치하고, 영화가 상영되는 2시간 정도 조리개를 열어뒀다. 무엇이 남았을까. 환한 백색의 스크린과 선명한 객석의 의자만이 남았다. 극장을 드나들었던 사람은 단 한 명도 남질 않았다. 순간의 것들은 모두 사라지고 오직 그 자리에 있던 것만이 남았다. 그렇다면 히로시의 사진에 담긴 것은 무엇일까? 히로시는 분명 2시간 동안의 모든 사물의 움직임을 한 장의 사진에 담았다. 찰나의 것들은 모두 사라지고 원래 있던 것들만 남았다. 사진을 찰나의 예술이라고 하는 말은 오래전 폐기되었다.

주프락시스코프

에드워드 마이브리지의 동물 로코모션

　최초의 영사기 '주프락시스코프(zoopraxiscope)'를 개발한 에드워드 마이브리지(Eadweard Muybridge)는 사진의 특성을 누구보다 잘 이해하고 있었다. 미국 요세미티나 알래스카의 풍광을 담던 사진작가 마이브리지는 1870년 샌프란시스코 조폐국의 건설과정을 사진에 담았다. 동일한 장소에서 주기를 두고 찍은 사진(파노라마)을 재현하자 기나긴 건축 과정이 압축되어 상영되었다. 현재 스마트폰의 타임랩스 기능이자 '밈(Meme)'의 원리와 동일하다.

　1872년 미국 승마 애호가들 사이의 논쟁이 그의 운명을 바꿨

동물의 움직임을 포착하기 위한 마레의 크로노포토그래픽

다. "말이 빨리 달릴 땐 4개의 말굽이 모두 땅에서 떨어질까? 땅을 짚고 있다면 몇 개의 말굽일까?" 사람의 눈으로 포착할 수 없는 동물의 움직임에 대한 논쟁이었다. 스탠퍼드 대학의 설립자 릴런드 스탠퍼드(Leland Stanford)는 이 논쟁을 종식하기 위해 마이브리지에게 촬영을 부탁하고 연구자금을 지원했다. 당시 초고속 촬영기계가 개발되기 전이었기에 마이브리지의 실험은 계속 실패했다. 하지만 6년 후, 1878년 마침내 1,000분의 2초 단위로 말의 움직임을 포착하는 데 성공한다. 1피트 단위로 설치한 끈에 연결된 24대의 카메라로 경주마가 달리는 순간을 잡는 데 성공했다.

이후 그는 연속 촬영된 동물의 사진을 둥근 유리판에 붙여 볼 수 있는 '주프락시스코프'를 만들었고, 그의 작업에 영감을 얻은 생태학자 마레(Etienne Jules Marey)를 만난다. 마레는 동물 움직임

키네토스코프를 연구하는 에디슨

의 포착을 위해 '크로노포토그래픽 건(Chronophotographic Gun)'을 제작했다. 기관총처럼 생긴 이 기계의 방아쇠를 당기면 필름이 고속으로 회전하며 1초에 12장의 사진이 찍혔다. 그들이 협업하자 새로운 동영상(Motion Picture)의 시대가 열렸다.

1888년 조지 이스트먼(Geoge Eastman)은 상영시간이 몇 초에 지나지 않던 주프락시스코프의 단점을 개선했다. 원반 대신 롤을 이용한 것이다. 롤의 크기만 늘리면 몇십 분짜리 영화도 가능했다. 그가 개발한 셀룰로이드 필름은 얇고 단단했으며 무엇보다 롤 안에 말아 넣을 수 있었다. 이후 에디슨은 이스트먼의 기계를 변형시킨 키네토스코프(kinetoscope)를 만들어 대중적 인기를 얻었다. 전구의 빛을 빠르게 통과하는 필름을 작은 구멍으로 보게 한 1인용 관람 장치였다. 이제 기록을 위한 기계장치의 산물이었던 모션 픽처가 영화라는 예술장르로 전환하는 건 시간문제였다.

1894년, 파리에서도 에디슨의 키네토스코프의 관람 행사가

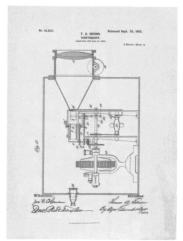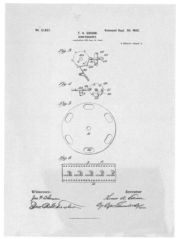

에디슨이 발명한 키네토그래피 카메라의 인쇄된 특허 도면

열렸다. 오늘날 상업영화의 창시자로 불리는 '뤼미에르 형제'의 형인 오귀스트는 이 놀라운 장면을 대형 스크린에 옮길 수 있다면 얼마나 대단할까 생각했다. 연구에 매달린 형제는 촬영기계이자, 초당 16장의 사진을 현출하는 영사기였던 시네마토그라프(cinmatographe)를 개발하는 데 성공했다. 전기 없이도 야외촬영을 하고 대중적 상영이 가능한 기계의 발명이었다.

1895년 3월 19일 정오, 형제는 몽 플레지르 공장을 나서는 노동자를 영사기에 담았다. 이 작품이 바로 50초짜리 〈리옹의 뤼미에르 공장을 나서는 노동자〉다. 6월 '사진가회의'에서 형제는

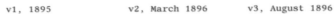

v1, 1895   v2, March 1896   v3, August 1896

영화 〈뤼미에르 공장을 나서는 노동자〉의 3가지 다른 버전의 영화 스틸을 비교하는 콜라주

라 시오타 역으로 들어오는 기차

이 영상 이외에도 〈정원사 골탕 먹이기〉, 〈아기 우유 먹이기〉, 〈바다〉 등을 상영했다. 그리고 12월 전설의 영화 〈라 시오타 역으로 들어오는 기차〉, 속칭 〈열차의 도착〉이 상영되었다. 물론 이 영화의 상영 바로 2달 전에 독일에선 바이오스코프를 만든 독일의 스클라다노프스키 형제가 만든 〈권투하는 캥거루〉가 상영되었지만, 그리 큰 주목을 받지 못했다. '사람에게 놀라움을 선사했다는 점에서' 영화인들은 이 〈열차의 도착〉을 최초의 상업영화로 인정하는 듯하다. 기차가 사람들을 향해 달려오는 장면에 혼비백산한다는 입소문에 상영관은 인산인해를 이루었다.

"영화가 시작되고 기차가 스크린을 향해 달려오자
사람들이 비명을 지르며 자리에서 일어나거나 뛰쳐나갔다."

하지만 프랑스의 영화이론가 자크 오몽(Jacques Aumont)은 이 구전(口傳)은 완벽히 "경이롭지만 전형적인 전설일 뿐"이라고 말한다. 뤼미에르 형제에 이르러 대중적 상영이 가능해졌고 놀라운 연출이 시작되었다. 시네마라는 말을 시네마토그라프(cinmatographe)에서 따온 것은 전혀 놀랍지 않다. 앞서 스키모토 히로시는 장노출을 통해 극장의 2시간을 한 장에 사진에 담았다면 마이브리지는 샌프란시스코 조폐국의 건설과정을 몇 초로 압축시켰다. 영화는 시간과 공간을 잘라 붙이는 예술인 셈이다. 사

에디슨은 키네토스코프를 사용하여 사진이 스크린을 통해 확대된 발명품이 자신의 것이라 선언했다

진을 이어붙이는 행위로 인해 모션 픽처가 개발되었는데 이러한 영상의 특징은 150년이 지난 오늘날에도 변하지 않는다는 것이다.

영화가 밀어낸 것들

    19세기까지 서양 회화의 오랜 숙제 중 하나는 만질 수 없는
것, 바람과 빛, 시간 같은 것들을 어떻게 표현할 수 있는가였
다. 특히 시간의 문제는 중대했다. 시간에 따라 빛도 바람도 그

뤼미에르가 촬영한 장면

림자도 모두 바뀌는데 시간의 사라짐을 어떻게 표현할 것인가에 대해 화가들은 다양한 도전을 했다. 그런데 뤼미에르 형제의 짧은 영화 〈아이의 식사〉에선 그것이 너무나 간단히 재현되었다. 화면 속 마당 구석에서 빛을 받은 나뭇잎들이 바람에 흔들리고 있던 것이다. 〈잡초를 태우는 여자들〉에선 연기와 안개, 수증기와 찰랑거리는 파도가 등장한다. 일반 관객들은 피사체의 변화에 감탄했겠지만, 회화를 연구했던 사람들에겐 엄청난 충격이었다. 한 세기 넘게 회화가 이루려고 노력하고 논쟁했던 것을 아무렇지도 않은 듯 넘어버린 것이다. 19세기 프랑스를 풍미했

루소의 작품에는 수많은 나뭇잎이 등장한다

던 테오도르 루소(Theodore Rousseau)가 힘들게 그렸던 백여 개의 나뭇잎들은 이제 모두 대체되었고 게다가 움직이기까지 한다.[1]

회화의 오랜 염원이었던 만질 수 없는 것, 재현할 수 없는 것, 순간적인 것과 시간이라는 테마를 놓고 주장했던 화가와 평론가들의 모든 논쟁을 사변적인 것으로 만들어 버렸다. 화가들은 더 이상 순수한 풍경화에 매달리지 않게 되었다. 이것은 사진의 등장과는 또 다른 변화이다. 사진의 경우 모더니즘의 탄생 이전까지는 회화의 전통을 그대로 사진에 박제하려 노력했기 때문이다. 즉 가장 사실적인 회화의 자리를 사진이 차지하려 했다. 사진가들은 회화의 조형성을 완벽히 따라 하려고 사진을 보정하고 합성했다.

얼핏 추정하면 사진의 등장으로 회화가 큰 충격을 받아 휘청거린 끝에 모더니즘 등의 새로운 활로를 찾아 나간 것으로 오해할 수 있다. 하지만 오랜 회화적 전통은 오히려 전문 사진사들을 곤혹스럽게 만들었다. 오히려 화가들은 사진을 캔버스 옆에 걸어두고 새로운 시도를 했다. 사진사들은 화가들에게 고용되었다. 도록(圖錄)을 만들기 위해 화가를 부르는가 하면, 귀족

---

1   자크 오몽. 심은진·박지회 역. 『멈추지 않는 눈』. 아카넷. 2019. 37쪽.

들은 자신의 사진을 찍게 한 후 사진을 화가에게 보내 초상화를 그리도록 했다. 당시 사진과 회화의 관계를 풍자한 아래의 글을 보자.

1890년경 유행하기 시작한 그림엽서는 엄격한 의미에서는 현대적 볼거리였고 영화와 그림엽서는 둘 다 사람들이 선호하는 장르였다는 연관성 이상의 의미가 있다. 그러나 그게 아니라 해도 최소한 주제적인 면에서 일치를 보였다고 할 수 있다. 재현되기는 했지만 그림 같은 장소들 기념물, 도심, 교회 -, 일상이지만 숭고한 자세로 굳어져 있는 이상화된 노동세계, 혹은 군대 행진을 비롯한 관례적 축제들이 그러하다. 그림엽서와 영화의 차이는 예외적 주제를 다루는 방식에서 찾을 수 있다. 물론 계급적인 측면도 지적할 수 있을 것이다. 뤼미에르 영화는 파업하는 노동자들보다 왕을 선호한 반면 그림엽서는 파업 노동자를 간과하지 않았다.

과장일 수도 있겠지만 어쨌든 화가 뤼미에르는 회화적인 전범들을 다른 영역으로 옮기려고 한 것은 분명 아니다. 단순히 사진과 비교해 보는 것만으로도 확인이 가능하다. 19세기에 사진은 특수하면서 제한적인 목적 (거의 증거자료로, 예를 들면 수사 자료 같은 것이다.)을 제외하고는 회화 예술의 주제들은 뻔뻔하게 표절함으로써, 정확하게 말해 회화 예술의 수단들을 표절함으로써 자신의 정당성을 찾으려 했다. 화가의 스튜디오를 본떠 만든 스튜디오에서 사진가는 필요에 따라 부자연스러운 공모 관계를 끊임없이 만들어냈다. 이러한 사생아 콤플렉스로 무장한 프랑스 영상파 사진가—드마쉬(Demachy), 퓌요(Puyo)는 바르비종 학파나 코로를 모방하려고 애썼다. 더 심각한 것은 이들은 사진 찍는 행위가 요구하는 강제성을 제외하고는 사진과 전혀 유사하지 않은 다양한 가공물을 통해 회화적 터치와 비슷한 어떤 것을 생산하고자 했다. 그러나 표면상 회화와 유사하기 때문에 사진 작품에 사인을 할 수 있다는 것 외에 이 둘 사이에는 본질적으로 아무런 관련이 없다. [2]

왜 사진이 아닌 영화의 발명이 인류의 문학예술사에서 더 큰 변화를 가져왔는지는 아래의 글이 잘 정리하고 있다. 사진이 현실을 기록하는 사실적인 장르였다면, 영화는 사실적이지만 예술적 환상을 구현했다.

이미지를 향한 미메시스의 역사에서 사진술이 '참된 것과 비슷하게 만들어진 것'을 실현했다면, 영화는 찰나적 사상을 넘어 눈이 생산하는 시각에 비견할 만한 영상의 실현을 성취했다. 사실적 이미지의 완벽함과 움직임의 결합은 영상의 지평을 정점으로 끌어올리며 다른 시각 매체와는 비교할 수 없는 탁월함을 형성하게 된 것이다.

2   자크 오몽. 심은진, 박지회 역. 『멈추지 않는 눈』. 아카넷. (2019). 31쪽~32쪽.

영화는 사상의 극점에 도달한 것에서 나아가 영화적 장치를 기반으로 새로운 세계를 창조했다. 사진이 소재와 주제의 선택, 프레이밍과 노출 등 주체적 선택의 연속 선상에서 작품을 찰나적으로 완성했다면, 영화는 사진의 그것을 능가하는 과정을 거치며 의미화를 완성한 것이다. 영화는 하나의 장면이 아닌 여러 종류의 컷을 조합하여 완성하기 위해 다양한 각도에서 이미지를 생산한 후, 창조적 편집의 과정을 거쳐 보다 심화한 의미를 창조해 나갔다. 이것이 바로 영화의 끊임없는 생명력의 원천이기도 하다. 영화는 다양한 카메라의 관점과 내러티브의 구성 속에 관객을 편승시켰다. 이와 같은 일련의 과정에서 감독과 많은 스태프는 다채롭고 기이하며 괴기스러운 세계를 시험했다. 현실에서 불가능한 세계는 관객을 끌어당겼고, 영화 속에서 관객은 타자의 주체성을 경험하게 되었다. 영화는 이 탁월성을 딛고 오르며 언제나 도약을 시도했다. '참된 것과 비슷하게 만들어진 것'의 성취에서 뚫고 미메시스의 정점을 향해 솟구침을 시도한 것이다. 바로 '참된 것이 아닌 것: 존재하지 않으면서 닮은 것'을 향해 나아감이다.[3]

물론 초기에는 영화가 현실을 기록해 상영하는 것만으로도 대단한 것으로 받아들여졌다. 하지만 영화는 자신의 예술적 환상을 구현해내기 위해 특별한 장치를 고안해 냈다. 바로 영화관이

---

3   최원호, 『디지털 영상 미학』, 커뮤니케이션북스, (2021). 50쪽~51쪽.

조르주 멜리에스의 〈달세계 여행〉

다. 인위적으로 외부와 차단된 공간에서 관객은 갤러리의 그것과 같이 동선과 시선이 자유로울 수 없었다. 고정된 의자에 앉아 스크린이 인도하는 대로 따라가야 했다. 영화의 이미지가 왜 관객을 매료시켰는지에 대한 외적 장치였다. 이와 함께 영화는 내러티브와 몽타주로 무장하면서 환상의 무대를 창조했다. 1902년 조르주 멜리에스의 〈달세계 여행〉은 사실과 현실적 요소의 편집이 아닌 가상의 환상적 공간을 창조한 대표적 영화였다. 당시 프랑스인들은 영사기만 들이대도 마법이 이루어진다

고 생각할 정도였다.[4]

영화의 등장은 과거의 구상(具象)적 전통을 더욱 격렬하게 밀어버렸다. 회화와 사진 모두에게 변화해야 한다는 압력을 준 것이다.

사진의 변화와 관련해선 알프레드 스티글리츠(Alfred Stieglitz)를 빼놓을 수 없다. 그는 취미로서의 사진, 기록으로서의 사진이 아니라 예술로서의 사진을 추구한 포토 모더니즘 계열의 선구자로 추앙받고 있다. 물론 그의 전 여인 조지아 오키프(Georgia O'Keeffe. 1887~1986) 역시 '꽃과 사막의 화가'로 널리 알려졌다. 2014년 뉴욕에서 오키프의 1932년 작품 〈흰독말풀〉이 4,400만 달러(500억 원)에 낙찰되었는데 당시 여성 작가로는 최초의 거금이었다. 스티글리츠는 '제대로 된 사진'을 위해 미국사진협회와 사진가그룹을 병합시키고 '갤러리 291'을 설립해 피카소, 몬드리안, 마티스 등의 작품을 뉴욕에 처음 소개하며 모더니즘 운동을 이끌었다. 그가 공들여 찍은 〈겨울의 5번가〉, 〈종점〉, 〈이스터하우스〉 등의 작품은 미국의 사진을 더는 후퇴하지 못하도록 자극한 걸작으로 평가받는다.

---

4 위의 책. 72쪽~73쪽.

알프레드 스티글리츠의 이퀴벌런트

    그는 기록사진과 예술사진을 더 높은 경지에서 하나로 결합하는 스트레이트 포토(Straight Photography)를 주창했다. 회화 수법만이 예술로 인정받던 시대에서 인공적으로 조작하지 않고 일상의 소재에서 예술적 창작이 가능하다고 주장했고 그는 이를 보여주었다. 또한 그는 받아들이는 사진 그 순간을 새롭게 해석할 수 있도록 기존의 사진으로부터 '분리'되어야 한다고 생각했다. 그가 추진한 '사진 분리파 운동'이 바로 그것이다. 그는 말년이 되자 〈이퀴벌런트(Equivalent)〉와 같이 구름이라는 소재를 통해

자신의 감정을 표출했다. 일상의 그 무엇을 특별한 순간에 도달하는 그 지점을 '포착' 하는 리얼리즘으로도 예술은 가능하다는 것을 보여주었다. 그가 말했다. "구름이나 하늘 사진을 통해 나는 나의 살아가는 철학을 나타내보고 싶었다. 피사체는 무엇이라도 좋았다. 어떤 피사체라도 나는 거기에서 나 자신을 찍을 수가 있었다."

영상의 아름다움을 추구하는 학문

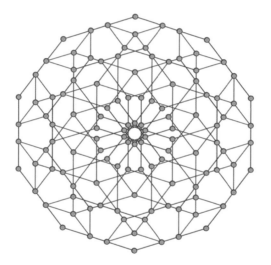

스페인 내전 당시 바르셀로나의 특별한 색채 감옥에서는 죄수들에게 이러한
작품만 보게 했다

스페인 내전이 한창이던 1938년, 쿠데타를 일으킨 프랑코는
정부 측 인민전선에 협조한 이들을 바르셀로나의 특별한 감옥에

보냈다. 죄수를 움직이지 못하게 하고 하나의 작품만을 보게 했다. 방을 차지한 그림은 아방가르드 작품으로 색채와 원근법 등을 이용해 정신이 혼미해지도록 구성한 작품이었는데, 고문을 위해 고안된 색채 감옥(colored cells)이었다. 이 방은 원래 프랑코 측 포로를 고문하기 위한 방이었다. 이렇듯 그림은 사람의 인식과 심리에 큰 영향을 미친다.

공간 역시 마찬가지다. 한국 현대건축의 대표적인 인물 김수근이 고안한 남영동 대공분실. 눈이 가려진 채 끌려온 사람들은 끝없는 원형계단을 걸어 5층의 취조실로 가야 했다. 굳이 취조실을 5층으로 두고 원형계단을 이용하게 한 것은 체포된 사람의 위치감각을 상실케 하고 끝없이 올라가며 느낄 수 있는 공포심을 최대한 활용한 것이다. 고문실에 타공판을 설치해 고음의 비명과 신음 같은 높은 주파수 대역은 벽을 타고 옆방으로 전달되도록 고안했다.[5] 이제는 공간이 인간의 심리에 미치는 영향을 연구하는 공간 심리학도 자리를 잡았다.

종이신문이나 TV 뉴스 채널에선 주요 사건에 얽힌 인물들의 사진을 선별한다. 타격을 가하려는 정치인의 경우 야비하거나

---

5   김명식. 『건축은 어떻게 아픔을 기억하는가』. 뜨인돌. 2017

과거 악명 높았던 남영동 대공분실 건물

의뭉하게 찍힌 사진을 보여주고 정부의 행태가 독단적이라는 점을 강조할 경우 인상을 찌푸린 채 정면을 날카롭게 응시한 모습을, 장관 후보자의 도덕성을 공격할 땐 청문회장에서 땀을 닦거나 물을 먹는 사진을 선별해 편집한다. 곤혹스러움을 부각하는 것이다.

'모나리자의 미소'는 근 5백 년간 논쟁의 대상이었다. 웃는 듯 마는 듯한 모나리자의 표정을 두고 신비의 미소라 평하는 사람들이 늘어갔다. 스페인의 신경과학자 루이스 마르티네즈 오테로와 디에고 알론소 파블로에 따르면 모나리자의 눈을 바라보면 미소가 나타나지만, 입술에 초점을 맞추면 미소가 사라진다고 주장했다. 그림의 오른쪽에 놓인 동그라미가 왼쪽의 것보다 더 무게감을 지니고 있는 것 같이 보이는 시각효과도 있다.[6]

영상미학은 이러한 효과를 연구한다. 회화와 사진, 건축 등에서 정립된 '장면의 효과', 구도와 구성의 유산은 모두 영화가 물려받았다. 사람의 눈이 사물을 볼 때, 어떤 감정을 느끼는지에 대한 것은 인지심리학(시지각 심리학)으로 정립되고 있다. 앞서 머리말에서 언급했던 게슈탈트 심리학(Gestalt psychology)이 바로 그것이다. 그뿐만이 아니다. 인간의 지각은 일정한 패턴이 있고 사회가 구축한 기호체계 역시 역사적 맥락을 지니고 있다. 그리고 대부분은 인류 진화과정에서 형성된 것이기도 하다.

조명, 세트, 구도, 색, 인물, 의상, 카메라 앵글 등이 시각적 부분이라면 청각적 요소와 시각적 요소의 결합, 내러티브, 이야기의 서사성 등도 영상미학의 중요한 소재가 된다. 영상을 통해 특정한 이미지와 메시지를 전달하려 할 때 어떤 방식이 더 효과적인가를 다루는 학문이 영상미학이다. 기술적으로 분류한다

---

6   김찬수. 김광일. 「질 들뢰즈의 영토화 이론에 의한 프레임의 재해석」, 동의대학교, 2011. 32쪽.

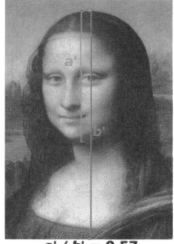

$a / b = 0.30$ $a' / b' = 0.57$

모나리자의 미소 얼굴 지수 계산도

면 5가지 기본 구성요소라 할 수 있는 빛과 컬러(Light, Color), 2
차원적 공간(2-Dimensional Field), 3차원적 공간(3-Dimensional
Field), 시간과 동작(Time, Motion), 음향(Sound)을 어떻게 효과
적으로 다룰지에 대한 것이다. 이것을 영상으로 만든 것이 바로
프레임(Frame), 숏(Shot), 컷(Cut), 신(Scene), 시퀀스(Sequence)와
같은 기초단위다. 하지만 영상미학은 더 깊고 복잡한 영역까지
다룬다. 미학적인 요소들이 사람의 일상을 어떻게 다루며 어떻
게 메시지를 소구하는지 다룬다. 영상은 인류가 창조했던 수없
이 많은 미학적 요소가 필요하다.

디지털 영상이 출현하기 이전까지 영상은 '매체'로서 철학자와 미학 연구자들에게 좋은 연구 소재였다. 앞에서 언급했던 모방과 재현, 반복성, 핍진성과 같은 영역 말이다. 하지만 이제 그런 류의 연구는 의미 있게 받아들여지지 않고 있다. 디지털 문명이 준 변화가 너무나 압도적이라 이제 철학자들은 자신들이 텍스트를 통해 전달하려고 했던 메시지를 영화적 환상을 통해 설명하려 든다. 그리하여 이제 영상미학은 국어사전에 등재된 의미처럼, 영화나 TV 드라마 따위에서 '영상의 아름다움을 추구하는 학문'이 되었다.

이 영상미학의 원리를 증명하기 위해선 철학적 담론보다 신경과학이나 뇌과학, 행동심리학, 시지각-인지학이 더 많이 동원된다. 보여주고 관찰하고 기록해서 동일 환경에 놓인 피실험자들의 반응을 데이터로 뽑아낸다. 뒤에서 다루겠지만 사실 이런 효과를 가장 선진적으론 구현하는 집단이 광고업계다. 글로벌 회사에선 제품 점유율을 높이기 위해 10~20%까지의 순익을 광고에 투자한다. 이 투자금으로 과학자들은 영상을 보여주고 구매자의 반응을 그룹별로 묶어 원인을 연구한다.

이야기를 명상할 수 있는 틀

영화는 프레임의 예술이
라고 한다. 프레임(frame)
은 정지된 동영상의 완전
한 하나의 이미지를 뜻한
다. 콤마(comma)로 표현
하기도 한다. 하지만 미학
에서 프레임은 여러 가지

영화는 프레임의 예술이다

뜻으로 사용된다. 왜냐면 프레임이라는 용어 자체가 여러 뜻을
내포하기 때문이다. 고정된 창과 틀이라는 의미로 사용할 때는
영화 스크린의 좌우 둘레를 뜻한다. 무성영화는 4:3의 직사각형
이었지만 이후 정사각형으로 변했고 최근 와이드 스크린은 2:1,
내지 2.7:1까지도 사용하고 있다. 최근에는 기술의 발달로 휴대
폰의 성능이 향상됨에 따라 정사각형이나 세로형 프레임도 활용
되고 있다.

이 프레임은 영화가 상영되는 2시간 동안은 바뀌지 않는다. 그래서 프레임은 틀이 되고 한계가 된다. 모든 이야기의 시작점이자 귀결점이 프레임이 되는 것이다. 미술사학자 다니엘 아라스(Daniel Arasse)는 프레임이란 '바로 거기서부터 시작해서 이야기를 명상할 수 있는 틀'이라고 말한다. 모든 이야기와 의미가 시작되는 곳이 바로 '프레임'인 것이다. 이렇게 보면 회화의 캔버스나 영화의 캔버스 모두 한번 시작하면 그 안에서 모든 서사가 이루어진다는 점에서 프레임은 바꿀 수 없는 틀이 된다. 그림, TV, 영화, 사진 모두 시각적 영역은 제한되고 우린 창작자가 보여주고 싶은 것을 보게 된다. 그래서 프레임은 시각적 영역을 제한한다. 이 제한된 영역 안으로 들어간 '프레임'을 위해 창작자는 사물을 선별해 배치하고 움직인다. 기술적으로 영상의 최소단위는 프레임이지만, 영화의 최소단위는 '숏(쇼트)'라고 주장하는 이들도 많다. 쇼트와 관련해선 철학자들까지 가세해 논쟁했기에 약간은 복잡한 철학적 사유를 해야 한다. 이는 뒤에 영상기호학을 다루면서 다시 이야기하자.

프레임을 영화제작자나 미학 연구자들이 흥미롭게 받아들인 이유는 회화에서의 프레임과 영화에서의 프레임 효과가 사뭇 달랐기 때문이다. 과거에도 프레임은 화가에게도 중요한 문제였다. 사람 시각의 특성으로 인해 프레임에도 중력과 인력이 작용

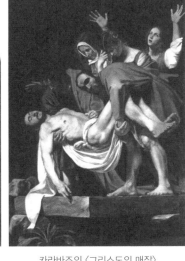

레오나르도 다빈치의 〈암굴의 성모〉　　　카라바조의 〈그리스도의 매장〉

했기 때문이다. 이 그림의 틀을 단절로 표현할지 중앙을 비우고
양쪽을 대칭으로 보여주며 마감할지(탈 중심화), 그림 하단의 프
레임을 단단한 버팀목의 성격으로 활용할지, 아니면 이중 테두
리(프레임)로 심연을 깊고 견고하게 표현할지에 대한 전략 말이
다. 회화에서도 프레임은 경계와 열림의 역할을 해냈다.

　그림, 그려진 작품은 일반적으로 수직으로 보아야 하는 것으로 간
주된다. 따라서 그림은 수직적인 오브제에 속한다. 우리 경험의 가장
확실한 상수들 중 하나　지각의 '생태학적' 이론들이 지적하듯 시각

적인 것을 포함하여—에 따르면 그림은 중력에 구속된다. 이것은 재현된 사물들이 무게가 나가는 것 같은 환상을 품게 하기 때문일 뿐만 아니라 '시각적인 전체'(아른하임)는 그 자체로 '아래로 떨어지는 경향을 지니고 있기 때문이다. 달리 말하면 그림의 아래 테두리는 문자 그대로 모든 것의 버림목이다. 아래 테두리가 바닥, 직각적이고 상상적인 버림이라는 이러한 기능을 고려한 특별한 처리에 속한다는 것은 매우 놀랍다. 나는 그에 관해 모든 고전 회화에서 빈번하게 나타나는 두 현상을 인용하고자 한다. 하나는 아래 테두리에 다소 위협적인 틈새, 심연을 열어주고자 하는 전략이고, 다른 하나는 반대로 이중 테두리(rebord)로 심연을 강화하고 견고하게 하고자 하는 전략이다. 레오나르도 다빈치의 〈암굴의 성모〉나 카라바조의 〈그리스도의 매장〉(바티칸 미술관에 있는)과 같은 작품은 '심연'의 경향에 속한다. 이중 테두리 경향은 훨씬 일반화되었던 것으로 1500년경 초상화의 전형적인 특성이었다. (라파엘, 페루지노 등을 참고할 것) 이 상반된 두 전략은 '추락'의 잠재성이라는 형식으로 된 외화면 존재에 대한 동일한 신념의 흔적임과 동시에 경계로서의 프레임에 대한 날카로운 의식의 흔적이기도 하다. 이 두 전략을 보다 노골적으로 드라마화하는 영화는 프레임의 테두리를 분명 좀 더 교환 가능한 것으로 만든다. 그렇다고 영화가 이러한 시각적인 '무게'에 무감한 것은 아니다. 측면 테두리들이 무엇보다 입장과 퇴장에 해당되는 것이라면 아래 테두리는 보다 스펙터클하게 사람이 나타났다가 사라지는 곳이다.(모든 훌륭한 영화감독 중에서 프레임을 가장 잘 잡는 감독 중 하나인 히치콕의 영화를 보면 죽어가는 인물이 아래쪽으로, 비어 있는 곳으로, 프레임의 아래 테두리 쪽으로 쓰러진다) 그렇지 않으면 영화는 프레임을 이중화하는데, 예를 들어 관객이 보고 있으리라 추정하는 창문으로 프레임을 이중화한다.(<중국 여인>의 살인 장면을 참조할 것)[7]

자크 오몽은 "회화적 프레임의 역할이 분명히 있고 프레임 밖의 외화면 효과가 있지만 그것은 평면적 구조의 한계에서 벗어나지 못한다. 영화의 경우 '더 신속하고 더 쉽고 더 자주 실현된다는 것을 인정해야 한다.'"고 주장했다. 자크 오몽은 '프레임화'라는 개념은 오직 영화에서만 적절하다고 주장했다. 그 이유는 아래와 같다. 다소 길지만 한 번은 분명히 살펴보고 넘어가야 할 대목이라 아래에 인용한다.

회화적인 외화면은 상상력을 가동하게 하지만, 상상력은 결국 별 소득 없이 가공된 세계로, 그림의 제작으로, 화가에게로, 간단히 말해 회화에서 프레임 바깥에 해당하는 것으로 귀결된다. (…) 하지만 픽션 영화는 항상 조명과 마찬가지로 프레임의__ 가장자리와 유희적 관계에 있다. 더욱이 '상상적'인 외화면은 버치의 정의에 따르면 이것은 결코

7   자크 오몽. 앞의 책. 145쪽~146쪽.

관객에게 보이지 않는 외화면이다.─그것이 어떤 것이라고 해도 끈질기게 보이지 않는 상태를 유지한다면 그것의 불안정한 지위로 말미암아 프레임─바깥의 침입 또는 불안을 야기한다. 때로는 미심쩍기도 하지만, 나는 이미 앞에서 말한 바 있는 프레임의 아래 테두리와의 유희를 그 증거로 들고 싶다. 이러한 효과를 보여주는 원형인 〈버라이어티〉(1925)에서 화면이 지속되면서 인물과 오브제가 비워지고 프레임 아래쪽에서 살인이 일어난다. 칼을 쥔 손이 이전과 같은 프레임의 아래쪽에서 서서히 출현하면서 급격히 아래로 떨어지는 데, 이 모든 것으로 인해 관객은 불편한 상황에 놓인다. 여기서 관객은 외화면을 보이는 화면의 무대 뒤라고 생각하면서 이런 시각적인 생략을 제도적 구속의 산물이라고 느끼게 된다. 즉 폭력적인 살인을 보여주는 것을 금하고 있기 때문에 이 외화면을 영화적 형식으로 치환하는 영화적 예의의 한 코드라고 말이다. 이 모든 논의는 다르게 표현될 수 있다. 영화 이미지에서 가장자리가 침투적인 동시에 방어적이라면 그것은 영화가 가변적인 눈의 보다 완벽한 구현이기 때문이며, 제작하는 눈인 카메라가 영화 이미지에서는 스스로에 대해 시각적인 피라미드, 장면의 채집, 그와 관련한 절단이라는 환상을 더 잘 가질 수 있기 때문이다. "프레임화"라는 용어가 만들어진 것은 영화를 위해서이며 그것이 진정한 의미, 틀을 주조하는 프레임 활동과 탈프레임화의 의미를 갖는 것도 영

화 안에서다.[8]

　이렇듯 프레임이 '제작자가 세상을 보여주는 창'이라면, 사회적 프레임은 어떤 이슈에 대한 관점과 통념, 고정관념을 형성할수 있다. 정치인들은 "프레임을 덧씌운다.", "상대의 프레임에서 빠져나와야 한다."라는 말을 사용한다. 이 이론의 근거는 『코끼리는 생각하지 마』라는 책이다. 이 책의 저자인 미국학자 조지 레이코프(George Lakoff)는 미국 민주당이 공화당에 패배하는이유를 이름 짓기에 따른 '프레임 전쟁'에서 지기 때문이라고 분석했다. 책 제목의 코끼리는 미국 공화당의 로고다. 인지 언어학자인 그는 정치세력이 자신의 이익을 대변할 수 있는 지식인그룹을 통해 프레임을 제기하고 대중의 의식(헤게모니)을 장악하는 방법을 살폈다. 워싱턴의 로비스트들은 글로벌 기업과 슈퍼리치들의 세금을 경감시키기 위해 '세금구제'라는 말을 사용했는데 대중들은 이 세금구제의 대상을 자신으로 받아들였다. '부자감세'라는 말을 '세금구제'로 바꾼 것이다. 유력 정치인과 폴리페서, 방송에서 세금구제라는 말을 반복하자 '세금은 가혹한 폭정'의 대명사가 되어버린 것이다. 이것이 바로 '세금구제'라는 프레임이다. 이 용어는 이미 공화당에 절대적으로 유리한 단어였

8　위의 책. 159쪽.

영화는 현재 24fps가
대중적으로 정착되었다

기에, 공화당에서 프레임을 선점한 후에 민주당은 '세금' 이야기만 나와도 진절머리를 낼 정도가 되었다. 민주당에서 이 이슈를 제기할수록 지지율이 더욱 떨어지게 된 것이다.[9] 이것이 바로 프레임이다.

예리한 독자라면 TV의 종횡 화면비와 영화의 화면비가 서로 맞물려 변해왔음을 알아차렸을 것이다. 프레임을 기술적으로 나눌 수 있는 최소단위라는 의미로 쓸 때 '초당 프레임 수'를 말하는 FPS(Frame Per Second)를 사용한다. 초기 영화는 16fps였고 현재는 주로 24fps를 사용한다. 사람의 눈은 15fps 이상일 때 깜빡임을 알아차리지 못한다. 스마트폰이나 온라인 게임의 경우 60fps 이상도 구현하지만 유독 영화에서만큼은 24fps가 정착되었다. 이유가 뭘까? 한때 24fps를 사용하는 이유로 가장 영화스러운 움직임을 보여주기 때문이라는 주장이 폭넓게 받아들여졌다. 60fps가 너무나 부드러워 프레임 변화에 따른 몰입감을 오히려 방해한다는 것이다. 하지만 필자가

9   조지 레이코프. 유나영 · 나익주 역. 『코끼리는 생각하지 마』, 와이즈베리. 2018.

보기엔 영화를 기억하는 대중의 눈이 고정된 것이 가장 큰 이유다. 그리고 소소한 기술적 이유를 들자면 24fps 영화가 자르고 편집하기가 용이하기 때문이다. 1초에 24프레임 영화라면 0.5초면 12프레임, 0.25초는 6프레임, 0.125초는 3프레임이다. 짝수로 딱 떨어지기에 필름영화나 디지털영화나 편집하기 쉽다는 이유다.

프레임의 중심점을 어디에 둘 것인지와 관련해 영화인들은 '황금비'의 전통에서 우선 답을 찾았다. 우리 눈에 완벽한 대칭과

면의 중요한 구성 중 하나인 삼등분의 법칙

비례감을 주어 아름답게 보이게 하는 황금비는 1 : 1.618로 알려져 있다. 화면을 3분할 했을 때 이 황금비를 사용하기도 한다. 파르테논 신전과 피라미드, 경복궁의 근정전과 석굴암에서도 발견된다. 하지만 카메라 앵글을 움직일 때마다 이 황금비를 계산할 순 없다. 그래서 영화인들은 삼등분의 법칙(Rule of the third)을 만들었다. 화면을 가로로 삼등분, 세로로 삼등분해서 강조영역을 2/3의 지점에 두고 피사체(중심점)를 잡는 방식이다. 심지어 영화의 길이 또한 3등분해서 3막 구조나 5막 구조로 만들기도 한다. 왜 사람이 1 : 1.618의 비율을 가장 이상적으로 받아들이는지에 대해 시신경과 뇌신경이 만나는 교차점에서 시신경과 뇌신경이 꼬여 있는 가닥의 비율이 약 1 : 1.618의 황금비라는 것을 밝힌 신경학자의 발표도 있다. 사람의 눈이 흡수하는 프레임 정보가 황금비와 유사할수록 인식률이 높아진다는 말이다.

그렇다면 시청자는 프레임이 제시하는 정보만을 받아들일까? 시청자는 프레임 바깥을 생각하고 자신이 습득해온 이미지를 활용해 자신만의 심상을 굳힌다. 프레임 안의 정보가 많거나 적다면 작자의 의도는 각기 다르게, 주관적으로 수용될 가능성이 더 높다. 프레임의 크기는 제한되어 있기에 감독은 화면 외의 공간을 연상할 수 있도록 연출한다. 회화에서 사용하는 '화면의 장력’이라는 개념은 영화에서도 유효하다.

수많은 군중이 모인 장면을 잡을 때 만약 드론을 이용해 프레임에 군중을 담으면 초라하게 보이지만, 프레임 가장자리를 활용해 군중을 배치하면 더 큰 집단으로 보이게 된다. 이 차이는 광주 민주화운동을 다룬 영화 〈꽃잎〉(1996)과 〈화려한 휴가〉(2007), 〈택시 운전사〉(2017)가 유사하지만 군중 장면을 다른 방식으로 다룬 것을 확인할 수 있다. 주인공의 뒷모습만 보여주고 군중의 모션을 통해 더 격렬한 환상을 불러일으키는 장면도 있다. 영화 〈향수-어느 살인자의 이야기〉(2007)에서 주인공 ‘장 바티스트 그르누이’가 형장에서 벌인 퍼포먼스가 대표적이다.

지금은 전설이 된 장면 히치콕의 〈싸이코〉의 ‘욕실 살해 신’에선 범인의 모습은 보이지 않는다. 놀란 여성의 표정과 부여잡는 손아귀와 욕실 커튼, 그리고 배수구에 빠져드는 핏물과 눈동자를 몽타주 기법으로 연출했다. 영화 〈덩케르크〉(크리스토퍼 놀란. 2017)에선 독일 폭격기의 폭격보다 전투기 소음과 함께 하늘을 보며 공포에 질린 영국 병사의 표정이 더 큰 몰입감을 주는 이유다. 〈살인의 추억〉(봉준호. 2003) 마지막 장면도 마찬가지다. 살해 현장인 맨홀을 보고 있는 박두만의 눈을 보며 시청자는 박두만의 눈 너머 무엇을 볼까?

앵글의 노림수

　프레임을 연출하기 위한 첫 질문이 "무엇을 볼(보여줄) 것인가?"였다면, 두 번째 질문은 "어떻게 보여줄 것인가?"다. 프레이밍(framing) 또는 장면화(mese-en-scène)라고 한다. 프레임 안에 피사체(오브제)를 배치하는 연출이다. 만약 우리가 '일상의 진실'을 그대로 보여준다는 구실로 CCTV를 고정하거나 카메라로 나의 24시간을 촬영해 편집 없이 상영한다고 가정하자. 이것이 예술 혹은 상품이 될 수 있을까?

　영화는 3차원의 세상을 2차원의 스크린으로 옮기는 작업이다. 그리고 예술의 사명은 일상과 가치를 명료화하는 것이다. 심지어 다큐멘터리라 할지라도 필요 없는 부분을 과감히 없애고 전달하고 싶은 이미지만 선별해 프레임에 담는다. 시간과 공간, 피사체는 모두 선택되어야 하며 전달하고자 하는 이미지(메시지)를 위해 과감히 편집되어야 한다. 부모님 팔순 잔치를 담거나 자녀의 돌잔치를 촬영한 홈 비디오가 영화의 영상미와 차이 나는 이유기도 하다.

대부분 영화의 앵글은 우리 생각처럼 많이 움직이지 않는다. '들고 찍기'를 고수하는 감독도 있지만 이 경우 몰입감을 더하기 위해 배우를 따라가며 찍기 위함이지 흔들기 위함이 아니다. 화면이 흔들릴수록 피사체의 모션을 인지하기 어렵고 일정 시간 이상 사용하면 시청자는 피로감과 구토감까지 느끼게 된다. 심지어 마블(MARVEL)의 어벤져스 시리즈조차 그렇다. 화면이 역동적으로 보이는 이유는 CG와 특수효과를 활용해 많은 편집점을 두었기 때문이다. 그래서 초기의 영화 제작자들은 사진을 공부했고, 사진의 화각에서 안정감을 얻으려 했다. 지금과 같이 화면구도를 학술적으로 정립한 것은 50년도 채 되지 않았고 현재진행형이기도 하다. 이렇듯 화면의 구성에도 문법과 원리가 있다.

통일성

영상제작에 입문하는 초보자들의 실수 중 하나는 너무 다양한 화면효과를 구사하기 위해 산만할 정도로 많은 촬영기법을 끼워 넣는 것이다. 웨스 앤더슨 감독의 〈그랜드 부다페스트 호텔〉(2014)이나 이창동 감독의 〈버닝〉(2018)에 다양한 기법의 화

영화의 영상미는 예술의 사명감이 가치를 명료화 하기에 일반인의 영상과 차이가 나는 것이다

면이 끼워져 있다고 생각해보자. 시청자는 감독의 말하는 법과 얼굴이 모두 바뀌었다고 느낀다. 통일성은 내용과 형식의 조화를 의미하고 말하는 방식의 일관성을 뜻하기도 한다.

조화

영화를 보다가 영화음악이 오히려 영화의 몰입을 방해한다고 느낀 적이 있을 것이다. 영화의 서사를 음악이 강조하려는 것처럼 극적이고 감동적이지 않은데, 장엄한 OST가 귀청을 때린다. 이 조화의 법은 가장 적절한 장소에서 서로 유관한 사물을 숏에 배치하여 음악과 조명의 힘으로 이미지를 확장하고 심리적 통일감을 부여하는 작업이다.

문학작품에선 양상이라 표현하고 영화예술에선 아우라라고도 표현할 수 있다. 유괴범에 아이를 잃은 엄마가 골방에서 울부짖으며 신을 향해 저주를 퍼부을 때 그 방은 어떤 방이며 방에 놓여있는 적절한 소품은 무엇일까. 톤은 TV 드라마의 여주인공을 빛내주는 반사판 효과가 적절할까? 첨단 가습기나 화장대 위에 비타민 영양제가 잔뜩 있다면 어떨까. 새로 산 듯한 성경책은? 리얼리티라는 표현을 착각하는 경우가 있는데, 예술에서의 리얼리티란 현실을 그대로 보여주는 것이 목적이 아닌, 현상 뒤에 가려진 사건의 본질을 가장 선명하게 보여주는 작업이다.

이렇듯 조화의 법칙이란 해당 숏의 분위기를 하나로 만드는 작업이다. 과거엔 슬프거나 끔찍한 사건은 비 내리는 밤에 이루어져야 했다. 심지어 낮에 시작한 격투 신이 어느새 밤으로 이어지는 웃지 못할 편집도 많았다. 조화롭지만 창의적인 화면을 구성하는 감독으로는 박찬욱 감독을 빼놓을 수 없다. 영화 〈아가씨〉의 세트와 성인소설을 구연하는 장면에서 사용한 소품, 그리고 탈주 장면의 OST를 확인해보자.

변화

앞서 통일성을 강조한다고 숏의 변화를 억제할 필요는 없다. 〈올드보이〉의 '장도리 롱테이크 신'은 박찬욱 감독의 숏 중 가장 유명한 것으로 알려져 있다. 가령 사막에서부터 일주일간의 탈출 과정을 화면에 담는데, 피사체가 오직 사람과 모래사막뿐이고 동일한 화면구도가 반복된다면 관객들은 잠시의 시간이 지나면 하품할 것이다.

영화 〈1917〉(샘 멘데스. 2019)은 처음으로 숏의 분절을 느끼게 하지 못하는 '원 컨티뉴어스 숏(One continuous Shot)'을 사용했다. 시청자는 숏이 끝없이 이어지는 것 같은 느낌을 받는다. 하지만 새벽이 오기 전 주인공 스코필드는 정신을 잃는데 감독은 이곳에 완전한 암전을 배치했다. 이후의 양상은 완전히 지쳐버린 한 인간이 악몽을 뚫고 전진하는 것을 반복하는 듯한 몽환적 느낌으로 바뀐다. 이렇듯 변화는 적소에 활용되고, 이는 대부분 감독의 특별한 노림수다. 이 노림수 장면을 관객은 오랫동안 기억하기 마련이다. 하지만 이는 제한적 영역에서 특별한 인상을 주기 위한 '섬광'과 같은 존재이지 느닷없이 자주 사용하라는 뜻은 아니다.

이동과 속도

영화의 모든 장면엔 속도가 있다. 피사체가 빨리 움직이는 신이나 피사체는 그대로 있더라도 드론 촬영을 통해 사건의 장소를 둘러싼 전경을 보여주기 위해서도 사용된다. 이런 속도가 있기에 응당 리듬과 템포가 생성된다.

가령 모터사이클을 타고 추격하는 장면에서 피사체의 속도감을 그대로 표현하기 위해 카메라가 함께 따라가며 촬영할 수 있고, 열차 위의 격투를 표현할 땐 주인공의 시점을 그대로 옮겨 빠르게 다가오는 터널과 구조물 등을 촬영할 수도 있다. 그렇다면 숏의 속도는 빠른데 막상 피사체의 움직임은 더디게 보이거나, 음악은 현란한데 액션 장면이 지루하게 보일 수 있을까? 그렇다. 그래서 가장 적합한 속도와 영상 템포를 찾는 것이 중요하다.

연속성

장면(shot)과 장면의 연결이며 이것이 집합적으로 모여 신(scene) 등을 이루고 신이 모여 시퀀스(sequence)를 형성한다. 이 모든 단계에서 긴장감이 전혀 다른 개별의 장소의 신이 반복적으로 들어간다면 산만해지고 시청자는 금방 흥미를 잃게 된다. 만약 평면적 구도의 숏이 반복된다면 시청자의 집중력은 더욱 떨어질 것이다. 다른 장면과 숏을 연결시키면서도 긴장감을 유지하고 흐름을 자연스럽게 만드는 작업을 '콘티뉴이티(continuity)'라고 한다.

신과 신, 시퀀스와 시퀀스의 콘티뉴이티, 즉 연속성을 유지하는 것이 중요하다. 그래서 주요 인물의 대화 장면이나 액션 신을 반복적으로 촬영하고 다양한 숏을 편집해 화면의 속도감과 긴장감을 유지하기도 한다. 물론 음악도 여기서 중요한 역할을 한다.

평형과 균형

우리는 습관적으로 물체의 평형을 요구한다. 벽에 걸린 시계가 비뚤어져 있을 때나 수평선이 기울었을 때 본능적으로 불편함을 느끼는 것이다. 심지어 이 평형감은 대상을 보는 무게감으로도 다가온다.

미술사학자 하인리히 뵐플린(Heinrich W lfflin)은 르네상스와 바로크 시대 회화를 통해 평면과 심오, 선적과 같은 미술사학의 개념을 정립시킨 인물이다. 그는 모든 구성요소의 중요도가 같을 때 사람들은 왼쪽에서 오른쪽으로 그림을 보는 경향이 있다는 것을 밝혔다. (사실 이것은 서양의 읽기 전통에 유래한 것이며, 동양의 읽기는 좀 다르다) 눈의 종착점이 오른쪽이기에 오른쪽이 더 무게감을 가지게 된다는 것이다. 그래서 중요도가 높은 주인공을 오른쪽에 배치하거나, 오른쪽으로 쏠릴 수 있는 무게감을 상쇄하기 위해 왼쪽에 오브제를 배치하기도 한다. 만약 화면 오른쪽에 거대한 석상이 있다면 왼쪽에 작은 오브제를 배치해 균

형을 유지하기도 한다. 그렇다면 완전한 대칭의 화면이 좋을까?
꼭 그렇지 않다. 완벽한 대칭은 운동감과 이동감을 봉쇄한다.

　화면의 위와 아래도 무게감이 다르다. 화면의 위쪽이 무게감
이 더 크기 때문에 아랫부분에 더 무게감이 나가는 오브제를 배
치한다. 반대로 계급과 권위, 신적 존재에 대한 서열 관계를 드
러낼 땐 위에 더 높은 계급적 인물을 배치하는 것이다. 물론 이
것이 고정적인 것은 아니다.

이끌림의 활용

    원경으로 잡은 화면에는 선들이 존재한다. 이 중 화면을 지배하는 힘을 가진 선이 있다. 가령 거대한 철탑이 서 있는 평원이나, 사막을 사선으로 질주하는 차량이 뿜어내는 먼지, 에스컬레이터를 오르다 마주친 범인, 직사각형으로 분할된 창틀 안의 연인들. 물론 이 선들은 선명하게 보이지 않을 수 있다. 하지만 화면에 선이 등장하는 순간 시청자는 선의 방향이나 선의 교차점, 선이 끝나는 지점 등에 관심을 집중한다. 푸른 언덕으로 이루어진 지평선이 화면의 1/3 상단을 차지하고 이를 사선으로 관통하는 황톳빛 길이 수직으로 분할하고 있다면 시청자는 그 교차점에서 무엇인가 나올 것을 기대하고 집중하기 마련이다. 이렇듯 선은 그 무엇인가를 암시하고 방향을 지닌다.

    수평의 선은 왼쪽에서 오른쪽으로, 수직의 선은 아래에서 위로의 힘을 암시한다. 수평선이 안정감을 준다면 수직선은 경직

되고 장엄한 느낌을 준다. 사선은 이동 방향이나 활기찬 운동감을 준다. 곡선은 직선보다 비규정적이다. 곡선은 그 흐름이 바뀔 것을 암시하며 부드러운 움직임을 가능하게 한다. 또한 곡선의 경계 지점 역시 시청자의 눈길을 끄는 부분이다. 곡선을 이채롭게 배치하면 하나의 패턴이 형성되고 이 패턴은 리듬을 부여한다.

크리스토퍼 놀란 감독의 〈인터스텔라〉(2014)에선 중력방정식을 전하는 과정을 밝은 수직 빛으로 표현했다. 이 빛은 처음엔 방안에 쌓인 먼지의 문양으로 표현되고, 후반부 블랙홀에선 선과 선으로 교차하는 4차원의 공간으로 표현된다. 중력으로 인한 시공간의 왜곡을 다루는 장면은 과학적 상식에서 크게 벗어나지

파리의 센 강을 가로지르는 다리

않으면서도 상상을 탁월한 이미지로 그렸다는 평가를 받았다. 놀란 감독이 시도한 화면의 구도와 기하학적 선을 활용한 연출도 좋은 참고자료가 될 수 있다.

자력(magnetism)

피사체의 위치에 따라 안정감은 달라진다

프레임의 가장자리는 마치 자석과 같이 가까이 있는 물체를 잡아당기는 듯 보인다. 피사체가 중앙에 있을 땐 안정감을 받지만 가령 수송기가 프레임 상단에 위치하면 절대 추락하지 않을 것 같은 느낌을, 반대로 아랫부분에 있다면 중력의 이끌림을 금방 받을 것 같은 느낌을 받는다. 좌우측에 각각 비슷한 피사체가 있다면 사람들은 이 둘의 거리를 실제보다 멀게 인식한다. 피사체가 화면을 가득 채운다면? 시청자는 그것이 스크린 밖으로 튀어나오거나 폭발할 것 같은 느낌을 받는다.

프레임은 인력도 발생시킨다. 큰 이미지는 질량이 더 커 보이고 주변의 작은 이미지를 잡아당기거나 집어삼킬 것 같은 느낌을 준다.

벡터(vector)

화면에서 피사체가 특정 방향으로 질주하고 있다면 시청자의 눈은 자연스럽게 질주하는 방향으로 쏠리게 된다. 이런 지향성을 '벡터'라고 한다. 동작 벡터와 같이 특정 방향으로 가는 움직임이 만드는 방향성도 있지만 피사체가 달려가지 않는데도 시선이 자연스럽게 쏠리는 화면구도가 있다. 사선으로 길게 뻗은 도로나 잘 구획된 도시의 전경을

시선이 쏠리는 화면구도

드론으로 촬영했을 때에도 도로에 시선이 쏠린다. 규칙적으로 배열된 가로수와 줄지어 서 있는 사람 역시 마찬가지다. 이런 지향성을 그래픽 벡터라 한다. 배우가 지시하는 행동을 함으로써 시선을 이끄는 지향성도 있다. 배우의 시선과 손으로 가리키는 방향, 총구나 망원경 등이 만드는 지시 벡터다. 이 경우에도 시청자의 시선은 등장인물이 보려는 곳을 보려 한다. 같은 지향성이라도 화면에서 차지하는 질감과 크기에 비례해 더 크게 느껴지며 화살표와 같이 직관적 지시인 사인이나 자동차의 질주와 같은 것 역시 더 큰 지향성을 보인다.

지향성의 원리를 알아버린 제작자들은 이를 더욱더 흥미롭게 활용할 방법을 찾았다. 지향성의 힘을 다음 숏에서 이어가 활용하는 것이다. 가령 우주탐사를 향해 출발하는 로켓의 경우 첫 숏에선 맹렬한 화음을, 다음 숏에선 서서히 상승하는 기체를, 그리고 더 거세진 속도에서 분리된 2단 로켓의 화염과 기체 내에서 구름을 뚫고 상승하는 숏을 보여준다. 마지막 숏에선 지상에서 아득히 멀어져가는 불꽃의 궤적을 보여준다. 이러면 한 번 획득된 힘의 방향을 소실하지 않고 원하는 만큼 끌고 갈 수 있다. 이것을 연속 지향성이라고도 한다.

이와 반대로 차량 2대의 치킨게임을 표현할 때 피사체 2개의 상반된 지향성을 활용하기도 한다. 두 대의 자동차가 서로를 향해 질주하는 숏을 이어붙이면 시청자의 긴장은 더욱 고조된다. 만약 두 대의 마주 보고 달리는 자동차의 방향을 단방향으로 설정했다면 충돌에 대한 긴장감은 훨씬 부족했을 것이다. 꼭 자동차처럼 질주하지 않더라도 두 사람을 같은 구도에서 클로즈업하며 논쟁하는 장면 역시 이러한 지향성을 내포하고 있다. 봉준호 감독의 〈설국열차〉는 화면구도를 단방향 지향성으로 유지하고자 했다. 즉 열차가 달리는 방향과 꼬리칸에서 엔진실을 향한 3등석 반란자들의 전진 방향을 일치시켰으며 영화가 끝날 때까지 단 한 번도 바꾸지 않았다.

이끌림

이런 원리 때문에 영화제작자들은 화면에 공간을 배치해 방향감을 그대로 유지하고자 했다. 연기자가 움직이는 방향엔 공간을 여유 있게 두어 시선을 자연스럽게 다음 컷으로 유도하는 것이다. 만약 배우가 왼쪽으로 걸을 때 왼쪽 리드룸이 충분히 확보되어 있지 않다면 왼쪽의 가장자리(테두리)는 배우의 이동을 방해하는 것으로 보이고 걸리적거린다고 느끼게 된다. 이를 리드룸(lead room)이라 한다.

리드룸은 시선에도 적용된다. 인물을 카메라 중앙에 배치하지 않고 시선 방향으로 여유를 두는 이유가 여기에 있다. 인물이 정면을 바라보고 있는 장면에선 중앙에 배치해도 상관없지만, 측면 각도가 커질수록 이러한 공간도 더 여유 있게 두는 것이 좋다. 이러한 공간은 루킹룸(looking room)이라 한다. 앞서 언급했던 테두리의 자성을 고려해 인물을 얼굴과 상반신을 연출할 땐 머리 윗부분을 조금 남겨두기도 한다. 헤드룸이 없을 경우 프레임 상단에 얼굴이 붙어버린 느낌이 들기 때문이다. 헤드룸을 일부러 적게 두기도 하는데 외줄타기를 하는 공중의 인물과 아래에서 지켜보는 사람을 대비해 외줄타기 주인공을 더욱 위태롭고 높게 보이기 위해 사용한다.

리드룸이 시선에 적용되어 루킹룸을 확보하면 안정된 이끌림을 보여줄 수 있다

이차원 속 삼차원

　영상은 분명 3차원의 세상을 2차원의 스크린으로 보여주는 작업이지만, 시청자는 3차원으로 보려 한다. 이것은 사진에서 영상이 발명된 이유와 같다. 사진을 이어 붙어 빠르게 보여주면 움직이는 것으로 보이는 것처럼, 남은 잔상으로 인해 시청자는

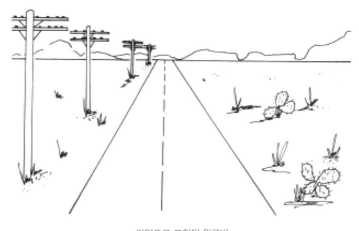

라인으로 표현된 원근법

현실 세계의 그것을 보는 듯한 환상에 빠지는 것이다. 옛날이었다면 영사기가 멈춘 순간이 바로 그 환상에서 깨는 순간일 것이다. 환상이기에 실체가 없지만 시청자들이 3차원으로 인식하기에 영화제작자들은 화면에서의 깊이감을 연출하려고 노력해왔다. 영상의 깊이감이란 화면의 표면에서 가장 먼 곳까지의 '거리감'에 의해 결정된다. 이 깊이감은 공간, 크기, 색, 조명, 삽입물, 원근감, 시간 등으로 연출한다.

두 인물이 마주 보며 말하는 장면에 비해 멀리서 멀어지는 인물을 지켜보는 장면이 더 깊이감이 있다. 이 배치와 관련해선 프레임의 가로를 X축, 세로를 Y축이라 한다면 이 가상의 공간을 사선으로 가로지르는 라인을 Z축이라 하자. 출발점(x=0, y=0)에서 가장 멀어진 Z축의 지점이 가장 깊고 먼 곳이다. 이 Z축 상에 인물과 사물을 배치에 입체감을 부여하는 기법을 Z축 블로킹 기법(Z-axis blocking)이라 한다. 가로 폭이 넓은 무대나 영화에서보다 TV에서 이 기법은 자주 보인다. TV의 경우 가로축이 짧아 X축의 움직임을 충분히 전달하기 어렵기 때문이다.

숏에 따라 달라지기도 한다. 클로즈업 숏은 깊이감이 없지만 롱숏은 깊이감이 있다. 또한 사선에 두 인물을 배치한 후 말을 하는 배우에게만 포커스를 맞추고 다른 배우를 흐리게 하는 방식을

화면에서 롱숏은 깊이감을 보여줄 수 있다

교차해 둘 사리의 거리감과 화면의 깊이감을 연출할 수 있다.

삽입물을 통해 깊이감을 보여줄 수도 있다. 화면의 심도를 전경과 중경 후경으로 나눠 가장 중요한 인물이나 오브제를 중경에 배치하고 연관 있는 사물을 전경과 후경에 배치할 경우 화면은 다층적 공간을 확보하게 된다. 과거에는 렌즈의 한계로 이를 모두 담지 못했지만, 현재는 광학렌즈의 발달로 이런 딥 포커스(deep focus)도 모두 담을 수 있다. 〈해리포터와 마법사의 돌〉에서 호그와트 마법학교의 입학식과 학생들이 엄청나게 긴 식탁에 줄지어 앉아 식사하는 장면을 보라.

이와 달리 실제로 구불구불 이어진 먼 길을 주인공이 걸어오는 장면을 롱 테이크(long take)로 찍어 실제의 거리감을 있는 그대로 보여주는 방법도 있다. 언덕길의 경우 내리막을 내려오는 장면과 다시 올라오며 사라진 배우의 모습과 다시 머리 부분부터 등장하는 장면을 통해 시간을 통해 공간감을 표현할 수도 있는 것이다.

· 3

◄ ‖ ►

After Cinema ·

인류의 환상 구현

"영화를 보고 난 후 세상은 잿빛으로 보였다."

제임스 카메론(James Cameron)의 영화 〈아바타〉(2009년)를 본 사람들은 심한 우울감을 토로했다. 심지어 영화 속 나비족의 행성인 판도라에서 다시 태어나고 싶다는 염원에 자살까지 생각했다는 이들의 고백이 잇따랐다. 정신과 의사들은 "영화의 특수효과가 너무나 진짜 같아 이를 본 관객들은 현실과 영화 속 환상의 세계를 구분하지 못하는 분리장애를 앓기도 한다."고 말했다.

특히 이런 현상은 3D로 영화를 관람한 이들에게서 강하게 나타났다. 제임스 카메론은 이모션 캡처 기법을 동원해 동공의 움직임은 물론 눈썹과 근육의 떨림, 바람에 날리는 털까지도 표현했다. 세트장에 설치된 카메라만 250대였고, 판도라의 자연을 구현하는 데에만 1페타바이트(1,024 TB)의 용량이 필요했다.

"원본 없는 이미지가 그 자체로서 현실을 대체하고,
현실은 이 이미지에 의해서 지배받게 되므로
오히려 현실보다 더 현실적인 것"[1]

이제 디지털 영상은 현실보다 더 현실 같고, 현실에선 부재한, 인류 정신을 환상으로 구현하는 지경까지 올라섰다. 플라톤이 영화 〈아바타〉를 보았다면 뭐라고 했을까. 일찍이 사진이 사람의 눈이 보는 시각적 이미지를 완벽하게 재현하고, 진리를 과거보다 더 많이 반영했다면, 디지털 영상은 완벽한 모사는 물론 이를 뛰어넘어 현실에서 존재하지 않는 사람의 사상과 환상을 재현하는 단계로 예술을 끌어올린 것이다. 현실을 정확하게 반영하기 위해 분투했던 예술가의 노력과 과학기술의 발전으로 환상을 새롭게 구현하는 디지털 영상의 역사적 위치에 대해선 아래 최원호의 글이 적절하게 규정했다.

이미지의 역사는 두 갈래의 목표를 향한 수행의 과정이었다. 하나는 '눈'이 생산하는 이미지와 같은 '사실성의 확보'였고 나머지 하나는 '환상의 이미지'였다. 일찍이 플라톤의 철학에서도 이미지의 지향점을 '사상'과 '환상'으로 분류했었고 이미지의 역사도 이를 증명하고 있다.

1   장 보드리아르. 하태환 역. 『시뮬라시옹』. 민음사. 2001. 9쪽.

이때 환상, 즉 "판타스틱이라는 단어의 어원은 여러 단어와 관련된다; 유령, 환영, 환각, 시끄러운 잔치, 공상, 환상, 대벌레 등. 이 단어들은 모두 같은 어휘군에 속하고 그리스어(phainein: 가시화되다. 모습을 보이다. 나타나다. 빛을 향해 나오다의 의미)에서 유래된다. 핍진성을 향하는 '사상'과는 달리 '환상'은 주체 속에 내재된 열망의 반향에 대한 부상이었다. 바로 정신, 사상(思想), 잠재된 의식의 산물들인 것이다.(중략)

사상에 대한 인류의 열망이 시각의 재현에 목적을 두었다면 환상에 대한 의지는 존재 속에 잠재되어 있던 정신적 산물의 시각적 구현에 그 목적을 두고 있다. 그렇다 해서 사상이 정신에 따른 형이상학적 산물이 아닌 것은 아니다. 사상이 실존에 근거를 두고 그 재현의 과정에 정신적 작용이 개입한다면 환상은 잠재되었던 정신의 상상적 소산이 본격적인 이미지로 재현되는 것, 그 자체가 목적인 것이다. 때문에 환상은 반드시 사상을 목적으로 하지 않을 수도 있다.[2]

2020년 미국 대선을 앞두고 두 개의 영상이 공개되었다. 북한의 김정은이 집무실에서 말하는 영상과 러시아의 푸틴 대통령이 연설하는 장면이다. 먼저 김정은이 말한다.

"민주주의는 무너지기 쉬운 존재죠.

2   최원호, 『디지털 영상 미학』, 커뮤니케이션북스, 2021, 61쪽~62쪽.

당신이 믿고 싶은 것보다 훨씬 연약하죠.

만약 선거가 실패한다면 민주주의는 없습니다.

난 아무것도 안 해도 돼요.

당신들이 자행하고 있거든요.

국민들은 분열되고 투표구가 조작되어 있고

투표구는 봉쇄되어 수백만 명은 투표할 수 없죠.

민주주의가 붕괴하는 것은 어렵지 않아요.

당신이 해야 할 일? … 아무 것도 없습니다.“

　그리고 다음 영상, 푸틴이 기자회견장에서 연설한다.

“아메리카. 당신은 내가 당신의 민주주의에 간섭한다고 욕하
지만

난 그럴 필요가 없어요.

당신들이 그렇게 하고 있거든요.

투표소는 폐쇄되고 누굴 믿어야 할 줄 모르죠.

당신들은 분열되었어요.

우리가 활시위를 당길 수도 있지만

그럴 필요가 없어요.

당신들이 우리를 위해 이미 그러고 있거든.“

이 영상은 미국의 반부패 비영리기관인 리프리 젠트어스 (RepresentUS)가 공중파 광고로 내보내려던 투표 독려 광고였다. 하지만 CNN, FOX, NBC를 통해 방영하려던 계획은 광고 중지 처분으로 인해 무산되었다. 왜냐면 영상이 딥 페이크(Deep learning fake) 기술로 제작된 가짜 영상이었기 때문이다. 물론 해당 광고영상의 말미엔 "민주주의는 당신 손에 달려 있습니다. 이 영상은 가짜이지만, 위협은 실재합니다."라는 문구가 있었다.

하지만 영상을 끝까지 보지 않은 사람이나 문맹인 사람들은 실제로 김정은과 푸틴이 말한 것으로 오인할 가능성이 매우 높았다.

딥페이크란 인공지능 기술을 활용해 인물의 얼굴이나 특정 부위를 합성한 영상 편집물을 말한다

딥 페이크 기술이란 인공지능에 원본 영상을 입력한 후 텍스트에 따라 구강의 변화 이미지를 학습시켜 실재 인물이 말하는 것과 동일한 효과를 내는 기술이다. 2017년 미국의 포털 커뮤니티 레딧(REDIT)에 영화 〈겟아웃〉의 감독 조던 필이 오바마 전 대통령의 영상에 자신의 성대모사 음성파일을 합성시킨 영상을 공개했고, 이어 2018년엔 구글 브레인 과학자 수파손 수와자나콘이

'2018 TED 콘퍼런스'에서 이 기술을 시연했다. 충격적인 것은 2시간 분량의 원본 영상만 있으면 가정용 PC로도 이것을 AI에 학습시켜 딥 페이크 영상을 만들 수 있다는 것이었다. 지금은 중국의 신화통신과 우리나라 공영방송의 온라인 서비스에 딥 페이크 기술을 적용한 가상의 아나운서가 등장하고 있다. 아나운서의 출연료를 절약할 수 있기 때문이다. 전문가들도 육안으로는 딥 페이크 기술이 적용된 영상의 진위를 확인할 수 없다. 이 기술은 범죄로도 악용된다. 온라인에서 유통되고 있는 영상 중 딥 페이크 기술이 적용된 콘텐츠의 96%는 포르노였고, 그 중 상당수는 유명 여성 연예인, 또는 헤어진 연인에게 복수하기 위해 연인의 얼굴과 포르노 배우의 나체를 합성한 딥 페이크 영상이었다.

영상이 현재 무엇을 구현하고 있는지를 잘 보여주는 현실 사례다. 사진이 참된 것과 비슷한 이미지를 실현했다면 영화는 찰나의 사상을 넘어 눈이 포착할 수 있는 것과 눈으로 결코 볼 수 없는 것까지 실현했다. 내러티브와 몽타주 기법이 완숙해지고 촬영기술의 혁신, CG 등의 특수효과가 도입되면서 관객을 현실로부터 완벽히 분리한 것이다. 그리고 이제 관객은 영화관에 들어가 앉는 순간 감독과 제작진이 선사하는 그 놀라운 환상에 빠져들 마음의 준비를 한다.

영화 〈달세계 여행〉 포스터 중 일부

1902년 조르주 멜리에스(Georges Melies)의 〈달세계 여행〉은 당시 기술적 한계로 사실성이 부족했기에 그 '환상'의 한계점은 명백했다. 하지만 디지털카메라와 편집기술로 인류의 시각적 욕망을 사실적으로 재현하며 관객을 완벽히 설득하는 수준으로 도약한 것이다. 이제 우리는 이미지만으로는 사실과 환상을 구분할 수 없게 되었다.

디지털 영상과 그 이전의 기계복제 영상과 가장 큰 차이가 뭘까.

기계복제에서 시간성을 분절하여 환원하면 환상은 사진의 수준으로 추락하게 된다. 하지만 디지털 영상은 픽셀의 층위에서 환상을 형성해 나가기에 시간성을 상실한 상태에서도 환상의 원천을 잃지 않는다. 따라서 디지털 이미지가 영상으로 나아가면서 주체는 디지털 영상의 환상에서 헤어 나오지 못하게 되는 것이다. (…) 기계 복제가 이성적 합리성에 근거하여 진보를 거듭해 왔다면 디지털 영상은 선형적인 발전의 과정에 따라 출몰한 것이 아니다. 기계 복제가 이성적 합리성에 근거하여 진보를 거듭해 왔다면, 디지털 영상은 주체의 내면에 존재하는 반향에 대한 응답으로서 문명사에 등장한 것이다. 특히 환상의 지점에서 이유는 더욱 선명해진다. (…) 마치 원근법, 카메라 옵스큐라가 동시대인들의 요청에 의한 응답으로서 그 역할을 수행할 수 있게 된 것처럼, 잠재되었던 인류의 염원이 재부상한 것이다. 물론 기계 복제에서도 환상은 시도되었고, 특히 영화에서는 환상의 창조가 지향점이었다. 하지만 가상성에 기반을 둔 디지털 테크놀로지는 픽셀의 매트릭스 속에서 환상의 이미지를 핍진하게 실현하며 도약했다. 디지털이 실현한 환상이 독자성을 확보하며 끝 모를 지향점을 향해 추동하는 토대이기도 하다. 이제 주체는 환상이 핍진적으로 재현되는 디지털 영상의 매혹성을 뿌리칠 수 없게 되었다. **3**

---

3   위의 책. 121쪽~122쪽.

가장 큰 변화는 예술 수용의 주체성에 대한 것이다. 쉽게 말해 회화와 사진은 아직도 이를 해석하는 주체의 인식이 중요하다. 이미지에 대한 수용과 반응은 일생의 기억과 경험에 의존하기에 관객의 능동적 참여와 해석이 중요했다. 특히 사진만 하더라도 아무리 환상적 장면을 연출해도 결국은 수용자들의 이미지 기억에 의존할 수밖에 없다. 지리산 자락을 가득 메운 운해와 봉우리를 바다 위의 섬으로 표현한 사진도 결국은 관객의 적극적 해석이 있어야 의미를 부여받는다. 하지만 디지털은 그렇지 않다. 영상의 픽셀은 처음부터 환상을 창조하고 보여준다. 서사의 영역이라면 모르겠지만 적어도 이미지의 영역에선 심층적인 해석이 필요하지 않다. 0과 1로 구성된 디지털 픽셀의 세계에선 영상에 압도되어 따라가면 그만이다.

　　영화 〈그래비티〉(알폰소 쿠아론, 2013)에서 폭파된 위성의 잔해에 피격되어 우주공간에 홀로 남겨진 완벽한 고립감과 공포심을 우린, 실시간으로 보듯 체험할 수 있다. "느낄 수 있다", "보는 것이 아는 것이다"라는 과학자들의 말처럼 우린 스크린에서 재현되는 환상의 리얼리티에 압도되고 만다.

위작 논란과 미적 가치

　2차 세계대전의 막바지. 연합군이 오스트리아까지 진격했을 때의 이야기다. 연합군은 한 동굴에서 나치가 약탈한 세계적 명화들을 압수했다. 독일의 군인이자 정치가인 헤르만 괴링이 숨겨놓은 수집품도 있었는데 그 중엔 네덜란드 출신의 세기적 화가 요하네스 페르메이르(Johannes Jan Vermeer)의 〈간음한 여인과 그리스도〉가 있었다. '네덜란드의 모나리자'라고 불렸던 페르메이르는 17세기 화가로 〈진주 귀걸이를 한 소녀〉로 유명하다. 괴링에게 이 그림을 팔아넘긴 사람은 헨리퀴스 안토니위스 판 메이헤런(Henricus Antonius van Meegeren)이라는 네덜란드 무명 화가였다. 그는 나치에 협력했기에 '반역죄'로 기소되기 직전이었다. 그런데 수사가 진척되자 놀라운 일이 벌어졌다. 메이헤런은 반역죄를 피하기 위해 그 그림이 자신이 직접 그린 위작이라고 실토한 것이다.

엠마우스에서의 만찬(The Supper at Emmaus)

문제는 그다음이었다. 그의 위작은 그것 하나가 아니었다.
그가 그린 위작 〈사도들〉, 〈엠마우스에서의 만찬〉은 이미 세
기적 걸작이라고 비평받을 정도로 유명했다. 그는 17세기 무
명 화가의 그림을 사서 그 캔버스에 고전 화가들이 하는 방식
그대로 스케치했다. 캔버스나 안료에 대한 성분 검사를 염려한
것이었다.

게다가 그는 페놀과 포름알데히드를 이용해 자신이 특수 제작

한 오븐에 구워 말려서 균열을 만들고 갈라진 틈엔 검은 잉크를 채워 넣는 방법으로 감정사들을 감쪽같이 속였다. 그는 가치를 측정하기 어려운 추상화에 맹목적으로 가치를 부여했던 화단과 자신의 그림을 혹평했던 브레디위스 박사를 겨냥했다. 4년이라는 숙련기를 거친 메이헤런은 〈엠마우스에서의 만찬〉을 브레디위스 박사에게 가져갔고 그는 이 작품이 페르메이르의 진품이라 판정했다. 곧이어 협회 역시 이 작품을 인정했다. 그의 원래 목적은 진품과 위작조차 구분하지 못하는 비평가들을 조롱하기 위함이었으나 막상 돈을 손에 쥐게 되자 생각이 달라졌다. 2차 세계대전 내내 전문 위조범으로 활약하기 시작한 것이다.

체포된 메이헤런이 살아남는 방법은 오직 하나, 자신의 그림이 위작임을 증명하는 것이었다. 이제 비평가들이 숨기 시작했다. 진품이라 평가했던 비평가들은 이미 톡톡히 망신당한 뒤였다. 그의 그림을 위작이라 판명했다가 진품으로 판결이 나도 문제였고, 그 반대의 경우는 더 끔찍했다. 결국 그의 그림에서 17세기에는 사용하지 않았던 코발트블루가 발견되면서 위작 논란은 종결되었다. 그는 반역죄에서 벗어나 나치를 상대로 보기 좋게 한 방 먹인 사기꾼으로 회자되었다.

위작 논란은 종결되었지만, 이 사건은 대중과 학계에 "도대체 예술적 가치란 무엇인가"를 고민하게 했다. 위작이 진품과 동일한 감동을 줄 수 있다면 그 작품의 예술적 가치는 어떻게 되는가? 완벽히 복제되어 동일한 구도와 색감, 질감까지 구현한 작품의 미적 가치는 진품과 다른 것인가? 복제품의 예술적 가치는 동일한가? 와 같은 것들이다.

국내에서도 천경자 화백의 〈미인도〉 위작 논란이 아직 끝나지 않았다. 천 화백이 자신의 작품이 아니라고 주장했는데, 국립현대미술관은 진품이라 주장하는 희대의 사건이다. 현대미술관은 화랑협회에 감정을 의뢰했는데 진품 판정이 나왔다. 이후 천 화백이 사망하자 유족은 다시 현대미술관 관련자들을 저작권법 위반, 사자명예훼손으로 검찰에 고발했지만 미술계의 감정위원 9명 전원이 과학적 기법을 총동원해 확인한 결과 진품이라고 판명한 사건이다. 반대로 전 세계 갤러리 낙찰가 Top 50에 들어간 적도 있는 이우환 화백은 감정평가원이 위작이라 판명한 작품을 자신의 작품이 맞다며 두둔했다.

사람들은 여전히 진품에 열광한다. 진품이라 평가받았던 작품이 위작으로 판명되는 순간 작품의 경제 사회적 가치는 폭락한다. 이런 논란에서 자유로운 것은 오직 디지털 복제 작품들뿐이었다. 하지만 최근 블록체인 기술로 디지털에도 원본의 유일성을 부여하면서 디지털 작품에도 원본이 존재하게 되었고, 그 가치는 복제품과는 비교도 할 수 없을 정도다. 그렇다면 왜 사람들은 똑같거나 똑같다고 믿어지는 복제품과 위작에 대해선 그 가치를 인정하지 않는 것일까?

20세기 추상표현주의 미국 회화를 대표하는 아이콘, 잭슨 폴록(Jackson pollock)은 거대한 캔버스 위에 페인트를 붓거나 튀기는 드리핑 기법이 새로운 예술적 표현이 될 수 있다고 여겼던 화가다. 아메리칸 인디언들이 모래 그림을 그리던 장면을 참고했

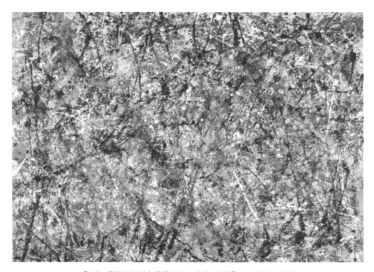

추상표현주의 잭슨폴록의 드리핑 기법을 보여주는 작품

다. 그는 거대한 캔버스를 가로지르며 마치 춤을 추듯 그렸고, 생각이 막히면 며칠이고 그림을 묵혀두었다. 붓에서 페인트가 떠나는 순간 떨어지는 물감은 독자성과 우연성을 확보한다. 하지만 그 우연성조차 화가의 의지에 따라 얼마든지 바뀔 수 있다는 것을 보여주었다. 구상에서 벗어난, 절대로 재현되지 않는 우연성으로 인해 그림은 그 자체로 자신의 운명을 갖게 되었다. 그래서 잭슨 폴록을 기점으로 개념 미술이라는 분야가 떠올랐다. 아무렇게나 뿌리는 물감 자국이 무슨 예술인가 할 수도 있지만, 막상 그 거대한 캔버스에 서면 압도되는 사람들이 많다. 하나의 그림에서 사람들은 수없이 많은 이미지를 보았다.

잭슨 폴록을 흉내낼 수는 있지만 그의 첫 번째 성취와 그의 행위로 인한 그 우연적 결과물은 완벽히 복제하거나 재현할 수 없는 것이다. 앞서 언급했던 메이헤런은 페르메이르의 페인팅 기법을 흉내내기 위해 4년이라는 시간을 투자해야만 했다. 심지어 전문가들은 놀랍도록 정교한 위작조차도 원작과 오랫동안 함께 보며 비교하면 매우 다른 심상을 선사한다고 한다. 위대한 작품은 독창성과 화풍을 선도하는 독자성을 확보하고 있다. 그 예술적 성취를 인정하는 것이다.

색채의 영상미학

영화의 색깔(분위기)을 제목으로 표현한 3부작 영화가 있다. 폴란드 영화감독 크쥐시토프 키에슬로프스키(Krzysztof Kieslowski)의 〈세 가지 색: 블루〉, 〈세 가지 색: 화이트〉, 〈세 가지 색: 레드〉 연작이다. 프랑스 영화계가 그의 후원자여서였을까. 프랑스 국기의 삼색을 모티브로 그는 작품의 분위기를 컬러로 명명했다. 색채가 인간 심리에 미치는 영향을 합리적으로 규명하려 했던 사람은 요한 볼프강 괴테(Johann Wolfgang von Goethe)로 알려져 있다. 〈젊은 베르테르의 슬픔〉의 저자 그 괴테가 맞다. 그는 자신을 스스로 색채학자로 규정했고 자신의 색채론을 완성하기 위해 20년간 색채연구에 매달렸다. 그는 『괴테와의 대화』의 집필자 에커만에게 시인으로서 자신이 이룬 것은 결국 후대에 더 훌륭한 문인이 나타나기에 자만할 수 없지만, 현세기 가장 난해한 학문인 색채론에 있어서만큼은 자신이 가장 올바르게 알고 있는 사람이라는 점이 자랑스럽다고 쓸 정도였다.

아이작 뉴턴이 〈옵틱스(Optics)〉를 통해 백색광 안에 여러 가지 색의 빛이 존재한다는 이른바 프리즘 실험의 결과를 공개했지만, 괴테는 뉴턴의 이론을 공박했다. 색은 물리적 화학적 특성뿐 아니라 밝음과 어둠의 만남에서 생성되며 인간 내면의 세계와 자연의 색채는 서로 연결되어 있다고 주장했다. 괴테가 연구한 색채는 이랬다. 색채는 주관적인 '생리색', 중간단계의 '물리색', 객관화된 '화학색'의 3단계로 존재한다. 화학색은 노랑 파랑 빨강 주황 녹색 보라 등 6가지의 색으로 구성된다. 이 6가지 색은 인간 내면과 각각의 방식으로 연관된다고 주장했다.

그의 이론은 훗날 바실리 칸딘스키(Wassily Kandinsky)에게 큰 영향을 주었다. 칸딘스키는 색채가 언어보다 감정의 느낌을 더욱 효과적으로 전달하는 시각적 언어라고 보았다. 결국 색은 객관적으로 존재하지만 인간의 심리를 떠난 객관적 색채는 존재하지 않고 오히려 인간 심리로만이 색을 온전히 이해할 수 있다고 보았다.

괴테가 정확히 보았다. 지금은 색채 심리학(color psychology)에서 뇌과학 연구방법을 통해 이 문제를 더욱 깊게 연구하고 있다. 색채는 자율신경계와 부교감신경에 영향을 미친다. 붉은색은 사람의 흥분도를 높이고 반대로 파란색은 부교감신경이 활성

칸딘스키는 색채가 효과적인 시각적 언어라고 말했다

화하여 상대적으로 더 여유로운 기분을 갖게 한다.

　이제 색채는 상징과 문화, 아우라, 소비행태까지 포괄하는 의
미를 담고 있다. 아이폰은 화이트여야 한다. 알약과 치약은 하
얀색이 원조고 가전도 백색이어야 했다. 팬티와 기저귀 역시 청
결을 상징하는 백색이어야 한다. 병원 역시 처음엔 모두 백색으
로 지어졌다. 백색은 순수와 무결, 청결을 상징한다. 환경단체
나 안전한 먹거리는 녹색이며 신호등에서 안전을 상징하는 '통
행'도 녹색이어야 한다. 파랑은 녹색이나 빨강과 함께 배색하면
조화롭게 보이며 사람의 호감을 상승시킨다. 붉은색은 따뜻함

과 정열을 상징했다. 피가 상징하는 고결한 희생은 붉은색이다. 그래서 사회주의 국가의 국기엔 적색 바탕이 일반적이다. 붉은색이 충동과 식욕을 자극하고 고기를 신선하게 보이게 하기에 정육점 냉장고엔 붉은색 등을 달았고 노랑은 가볍고 밝고 눈에 잘 띄어 어린이 안전을 상징하는 색으로 자리 잡았다.

색의 상징성은 인류의 언어에도 큰 영향을 미쳤다. 악의적인 거짓말은 '새까만 거짓말'이고, 숨이 턱에 차 "얼마나 가야 정상입니까?" 라고 묻는 초보 등산객에게 거리가 많이 남았음에도 "조금만 가면 바로 정상이에요."라고 희망을 주는 건 '하얀 거짓말'이다. 아기들이 하는 귀여운 거짓말은 '노란 거짓말'이고 연인에게 "눈부시게 아름답다."고 하는 것은 '핑크빛 거짓말'이다. 최근에 나온 것으론 '파란 거짓말'도 있다. 푸른 제복을 입는 미국의 경찰이 동료의 오인사격과 과잉폭력을 옹호하기 위한 거짓말이다. 즉 자신이 속한 조직과 조직원에 의리를 지키기 위한 거짓말이다.

구조와 공간을 모두 노출하는 투명한 디자인은 모더니즘의 분명한 경향

애플사의 투명한 디자인이 돋보였던 아이맥

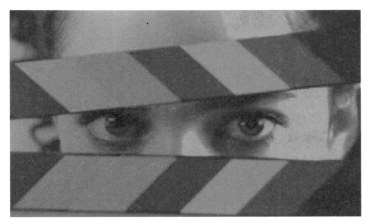

영상은 색이 주는 심리적 효과를 고려한다

성이었다. 애플의 스티브 잡스가 경영권을 행사하게 되며 내놓았던 첫 제품인 아이맥(iMac G3)은 속이 훤히 들여다보이는 것이었다.

영상 역시 색이 주는 심리적 효과를 최대한 고려한다. 사물의 색상과 조명, 등장인물의 피부색 모두 중요한 고려대상이 된다. 따라서 조명기구와 전압, 필터, 편집 등을 이용해 색상과 색온도를 조절한다.

나홍진 감독의 〈곡성〉과 박찬욱 감독의 〈박쥐〉에선 차가움과 공포를 나타내기 위해 파랑과 형광색 온도를 사용했다. 웨스 앤더슨의 〈문라이즈 킹덤〉에선 유아적 분위기를 환기시키기 위해 노랑을 활용했다. 모리 준이치의 〈리틀 포레스트; 여름과 가을〉에서 여름 장면은 온통 초록을 부각시켰다. 샘 멘데스의 〈아메리칸 뷰티〉에서 성욕이 불타오르는 여성의 나신 장면은 붉은색 장미로 표현했다.

영화에서의 색채를 주의 깊게 파고든 김순옥 박사의 글이 흥미롭다. 그는 한국미술진흥원의 인터넷 잡지에 영상미학에서의 색채를 테마로 연재했다. 아래는 관련 내용을 축약해 인용한 것이다.

박찬욱 감독의 〈친절한 금자씨〉에서 복수를 결심한 금자의 복장은 검정 가죽코트다. 차가운 날씨의 가죽 코트의 광택은 금자의 심리를 더욱 차갑게 보이도록 만든다. 검정은 죽음을 의미한다. 눈꺼풀을 온통 빨갛게 칠한 금자는 "친절해 보일까 봐"라고 말한다. 빨강은 긴장과 위험, 증오와 부도덕을 상징한다. 빨강 무늬 벽지 속에서 어린 남자와 관계를 맺는다. 복수가 끝나고 딸과 포옹하는 장면에선 눈이 내리고 하얀색 케이크가 등장한다. 흰색은 속죄와 희망의 상징이다.

애니메이션 영화 〈슈렉〉에선 슈렉도 초록이며 공주의 드레스도 초록, 숲과 풍선 모두 초록이다. 초록은 자연을 상징하며 한편으로 개구리와 도롱농과 같은 징그러움도 느끼게 만든다. 슈렉에서 초록은 정화와 재생, 자연에서의 생명의 힘을 상징한다. 초록이 긴장을 이완시켜 주는 색이라는 점도 고려했는지는 모르겠다. 장이머우 감독의 〈붉은 수수밭〉처럼 컬러의 민족성을 직설적으로 표현한 영화도 드물 것이다. 그는 중국인이 가장 사랑하는 붉은 원색의 수수밭을 아무리 베어도 계속 자라는 중국인들의 끈질긴 민족성으로 활용했다.

이준익 감독의 〈왕의 남자〉에선 의상의 색을 통해 캐릭터를 부각한다. 양반집 잔치에서 눈부신 미모로 여장을 하고 등장한 공길이 입은 저고리 색채는 분홍빛. 분홍은 육신(flesh)을 상징하고 에로티시즘과 사랑, 여성을 상징한다. 반면 공길이 광대로서의 비상을 보여주는 장면에선 열정의 예술혼을 상징하는 붉은색이다. 임금의 곤룡포는 그와 반대로 빨강이 아니라 파랑이다. 남성성과 공포, 왕이 가진 심리적 두려움을 표현하기 위한 장치로도 보인다.[4]

물론 영화제작에서 색채는 전통적인 사회적 의미에 제약받

---

4 김순옥. 「색채학 ; 영화 속의 색채」. 한국미술진흥원. 2005~2006 연작.

는 것은 아니다. 영화에서 파랑을 신뢰와 안정감으로 활용하고 싶다면 그렇게 규정하면 된다. 쿠엔틴 타란티노 감독은 〈킬빌〉(2003)에서 주인공의 체육복을 이용해 노랑을 유독 강조했다. 복수의 이미지는 빨강, 죽음은 흰색과 빨강, 검정 등이다. 여자 주인공 더 브라이드의 체육복과 신발이 노랑인 이유는 이소룡에 대한 오마주였다.

몽환적이며 황홀한 색감으로 영화를 보는 내내 관객의 동공을 확장시키는 영화도 있다. 바로 웨스 앤더슨의 〈그랜드부다페스트 호텔〉이 그렇다. 〈그랜드부다페스트 호텔〉에선 '색채의 황홀한 파티'가 펼쳐졌다. 핑크를 베이스로 한 세트장과 소품, 의상들은 그를 '컬러의 주술사'라 불러도 무방할 만큼의 황홀경을 선사한다. 그의 색감에 반한 사람들이 많아지자 그랜드부다페스트 호텔에 사용된 색을 담은 컬러 팔레트가 출시되었고, 맥스 달튼이라는 화가는 웨스 앤더슨의 모든 영화를 자신의 그림에 담아 분위기와 색감을 그대로 표현했다. 롯데 갤러리에선 〈웨스 앤더슨 특별전〉을 전시하기도 했다. 심지어 그가 연출한 이미지를 모은 책[5]도 나왔다. 웨스 앤더슨은 영화를 촬영하기 전에 자신이 사용할 컬러를 미리 팔레트로 준비해서 세트와 소품을 제

5 위릴 코발. 김희진 역. 『우연히, 웨스 앤더슨』. 웅진지식하우스. 2021.

영화 그랜드부다페스트 호텔

작한다. 원색보다는 부드럽고 따뜻하며 먹음직스러운 파스텔풍이 주조를 이룬다. 색이 영화에 미치는 영향력과 연관성을 이보다 더 잘 보여줄 수 있을까. 그런 탓인지 광고계에선 '앤더슨톤앤매너(tone and manner)'라는 말까지 나왔다. 특별하고 독특한 분위기를 구축하고 있다는 뜻이다.

이 영화가 화제가 된 이유는 화면 비율과 대칭구도에도 있다. 그는 '대칭 성애자'라 불릴 만큼 동 영화에서 대칭구도에 집착한다. 대칭구도는 시각적 안정감을 주지만 이 균일성이 지속되면 관객은 지루함을 느낀다. 그래서 그는 대칭을 기본 구도로 하지만 소품이나 인물, 대상물을 한둘씩 바꿔 대칭 속 비대칭을 만든다. 이것을 찾는 재미 또한 쏠쏠하다. 그는 해당 시대에서 실제로 사용되었던 화면 비율을 사용했다. 1985년에는 1.85:1의 비율, 1968년에는 2.35:1의 비율 그리고 1932년에는 1.37:1의 비율을 사용해 관객이 30년대에서 혹은 60년대에서 영화를 보고 있는 것 같은 환상을 불러일으키게 했다.

〈그랜드부다페스트 호텔〉은 어른을 위한 동화라 할 만큼 따뜻한 색감에 모험과 환상을 보여주었다. 감독은 동화적 환상을 불러오기 위해 미니어처 촬영기법을 자주 사용했다. 특히 탈옥하는 장면은 애니메이션을 보는 듯한 환상마저 불러일으킨다. 대칭을 유지하기 위해 카메라를 수평으로 움직이지만 렌즈는 광각이다. 평면적 구도에 인물과 소품 간의 거리감을 녹인 것이다. 세트와 색감, 구도와 연출이 이토록 딱 들어맞는 영상은 매우 드물다.

영화인의 철학, 철학자의 영화

영화와 철학이 결합된 자료를 찾는다면, 대부분 철학자가 쓴 글을 발견하게 된다. 영화인은 철학을 빌어 이야기하지 않고 철학자는 영화를 빌어 말한다. 왜 그럴까. 이유는 간단하다. 영화 수용자 최대치를 100으로 볼 때, 철학 수용자 최대치는 1도 안 되기 때문이다. 그래서 철학자들은 대중이 보았던 영화를 빌어 철학 이야기를 조금이라도 쉽게 전하고자 한다. 그래서 영화와 철학이 결합된 책을 구매했다면 십중팔구 실망할 것이다. 그 책에 영화 이야기는 10%도 되지 않을 것이다. 그마저도 심도 있는 예술(장르)영화나 사회적 쟁점을 소재로 한 영화만을 텍스트로 활용한다. 즉 철학적 사유를 풀어내기 위한 소재로 서두에 영화를 이용할 뿐이다.

영상미학을 배우고자 한다면 크리스티앙 메츠(Christian Metz)와 같은 영상 기호학자나 장 미트리(Jean Mitry)의 저서를 통독하거나 앙리 베르그송(Henri Bergson), 혹은 질 들뢰즈(Gilles Deleuze)의 철학을 경험하라는 조언을 들을 수도 있다. 프랑스 철학자인 들뢰즈가 『시네마』라는 책을 썼기 때문이고, 이 책에서 들뢰즈는 베르그송의 주장을 많이 인용해서 주장을 전개했기 때문이다. 엄밀히 따지면 이 책은 영화에 대한 책이 아니라 들뢰즈의 인식론을 영화(이미지)를 통해 사유할 수 있는 책이다. 영화 제작자들은 말한다.

> "철학자도 영상학과 교수들도 모두 들뢰즈를 이야기하지만,
> 우리(영화인)에게 들뢰즈가 무엇을 줬는지 모르겠다.
> 그는 오직 우리에게서 가져만 갔다."

그런데 영화는 철학에 빚진 것이 정말 없을까? 그렇지 않다. 다만 당대 대중에게 화두를 던진 철학 사조는 천천히 눈에 띄지 않게 영화에 침전(沈澱)했을 뿐이다. 여전히 영화를 사유하는 데 있어 그 토대는 철학에 있다. 오늘날에도 겉멋 부리다 망한 망작과 깊은 여운을 남기는 명작의 가늠선은 주로 감독(연출)이나 원작의 세계관으로 인한 것이다. 이것은 자료조사만으로는 이루어질 수 없다. 왜냐면 세상과 인간을 바라보는 시선과 사유방식, 어떤 질문을 남겨둘 것인가를 영상으로 구현하려면 고도의 계산과 치밀한 철학적 사유가 있어야 하기 때문이다.

오늘날 철학이 무엇을 연구하는 학문인가는 명확하게 설명하기 어렵다. 시대마다 철학의 근본 질문은 변화되어왔고 그 대상과 연구 방법론 또한 다양하기 때문이다. 다만 자연과학과 사회과학, 뇌과학, 언어학 등이 철학으로부터 분화되어 성장한 오늘, 철학은 삶의 근본문제, 보편적 해답에 대한 것을 탐구한다. 과거 철학의 사명은 인간이 진리를 인식할 수 있는가, 신은 존재하는가. 역사에는 방향성이 있는가. 인간의 운명문제는 객관 세계로부터 자유로울 수 있는가 등이었다. 하지만 20세기 이후 철학은 '인간(인류)의 삶'이라는 근본문제에서 이탈한 적이 없다. 즉 철학은 세계에 조응하는 인간의 운명 문제라는 보편적 진리를 연구하는 학문이 되었다. 그래서 철학은 철학자의 강단에만 머물지 않는다. 사회와 인간의 아픈 곳을 건드리는 문학에도 존재하며 매일 아침의 신문에도 존재한다. 결정적으로 수많은 사람에게 동시에 메시지를 전달하는 영화야말로 철학적 주제를 녹여내기 가장 좋은 매체다. 철학의 근본적인 문제가 동시대인이 발을 딛고 선 삶과 운명에서 시작하기 때문에 관념적이고 사변적인 사조가 유지되기 어려운 환경이다.

적어도 한 가지 확실한 사실은 철학적 토대에 기반한 독창적 사유를 할 수 있는 영화인이라면 흥행엔 실패할 순 있어도 망작은 만들지 않는다. 그리고 흥행에 참패한 영화는 사조의 변화

에 따라 다시 역주행의 신화를 그려내기도 한다. 여기서 말하는 철학적 토대란 철학자들의 주장을 이해하고 그들의 언어를 사용할 줄 아는 영화인을 말하는 것이 아니다. 동시대인이 고민해야 하거나 고민할 수 있는 사회와 인간에 대한 철학을 이야기하는 것이다.

영화 라쇼몬(羅生門, Rashomon)

구로사와 아키라 감독의 〈라쇼몬(羅生門, Rashomon)〉은 산적이 여인을 겁탈하고 여인의 남편이 사망한 사건에 대한 '증언'에 대한 영화다. 산적은 여인을 겁탈한 것은 사실이지만, 여인이 두 남자를 섬길 수 없다고 하자 명예로운 결투를 했고, 그 결과 남편이 사망했다고 주장한다. 이에 반해 여인은 겁탈당한 후 자신을 바라보는 경멸 어린 남편의 시선 때문에 자신이 남편을 살해했다고 주장한다. 무당을 통해 죽은 남자의 영혼까지 소환되는데, 그는 산적에게 겁탈당한 아내가 이후 산적에게 반해 자신을 죽이라고 애원했지만 산적은 이를 거부했고 자신은 모욕감에 자결했다고 주장했다. 여기에 유일한 목격자 나무꾼이 등장한다. 그는 앞서 3명의 증언을 통합한다. 산적이 여인을 겁탈하고 여인에게 아내가 되어달라고 애원하자 여인은 남편과 결투하라고 했고, 남편은 아내에게 정조를 잃었으니 자결하라 명령했으며, 아내는 남편에게 진정 남자라면 산적을 죽여야 옳다고 종용한 반면 산적에겐 남자라면 칼로 여인을 차지해야 하는 것이라 요청했다는 것. 결국 결투 끝에 남편이 죽었고 여인은 도주했다는 것이다. 나무꾼이 유일한 목격자였기에 그의 주장은 재판에 가장 유력한 증거로 채택될 수 있었다. 하지만 또 다른 이는 나무꾼이 여인의 값나가는 단도를 훔쳤고 이를 은폐하기 위해 거짓 증언을 하고 있다고 한다.

이쯤 되면 누구의 말이 진실인지 알 수 없게 된다. 데카르트는 "진리를 확실하게 인식하기 위하여 인간에게 허용된 길은 명증(明證)적 직관과 필연적 연역(演繹) 이외에는 없다."라고 주장했다. 이 과정에 이르는 첫 번째 과정이 바로 끝없는 회의다. 더는 합리적 의심이 들지 않을 정도로 의심해야 하는데 심지어는 감각과 지식마저도 모두 의심해야 한다고 주장했다. 다만 의심할 수 없는 것 단 하나가 있는데 그건 바로 내가 존재한다는 사실이다. 그래서 그 유명한 명제, "나는 생각한다. 그러므로 존재한다. Je pense, donc je suis : cogito ergo sum"라는 말이 나왔다. 데카르트는 이 방법론을 방법적 회의라 정의했다.

영화 〈토탈리콜〉, 〈이터널 선샤인〉, 〈매트릭스〉는 모두 가상 기억, 조작된 의식을 다루고 있다. 특히 '매트릭스'에 갇혀 포유되며 가상세계에 사는 인큐베이터의 인류는 데카르트의 방법론처럼 자신의 세상과 세상으로부터 받아들인 감각을 끝없이 의심해야 할 것이다. 하지만 〈매트릭스〉의 인류가 자신이 존재한다는 것은 어떻게 믿을 수 있을까? 여기서 한 걸음 더 나아가면 사유기능이 정지된 인간의 회의란 얼마나 허망한 것인가도 논할 수 있다. 〈매트릭스〉엔 거짓 세상에서 나와 자각한 인류가 모여 사는 시온이 있다. 하지만 이 시온조차 프로그램 오류로 인한 '버그'를 모아놓기 위해 '설계된 공간'이었다는 결말에 이르면 참담해진다. 내 의식이 내 것이 아니라면, 나는 과연 누구인가.

장자(莊子)의 호접몽 이야기가 유사하다. 꿈에서 나비였던 나는 깨어보니 사람이다. 그런데 인간인 내가 꿈에 나비가 된 것인가, 아니면 나비가 꿈에 인간인 나로 변해있는 것일까. 구분되어 있지만 결국은 물화(物化)되는 것이다. 지금도 해석이 분분하지만, 분명한 것은 인간은 세계로부터 독립되어 있지 않으며 결코 우월하지도, 세계를 인식하는 단독 주체도 아니다. 바로 존재론에 대한 문제이다.

독일의 철학자 마르틴 하이데거(Martin Heidegger)는 지금까지 인류는 '존재자'에만 집중했을 뿐 진정한 존재에 대해선 간과했다고 주장한다. 즉 다른 존재를 알기 위해선 먼저 인식주체인 현존재(인간 존재)에 대해 규명해야 하는데 그 이유는 모든 존재 가운데서 존재가 무엇이냐고 물을 수 있고, 또 존재가 무엇인지 이해할 수 있는 존재는 오직 인간뿐이기 때문이다. 인간이라는 존재가 투여(投與)된 근본구조는 나라, 사회, 직장, 가정 등인데, 이는 자신의 의지와 무관하게 세상일에 몰두하며, 인간은 다른 사물과 타인에게 관심을 쏟기도 하지만 본래의 관심은 자신의 존재로 향하기 마련이기에 염려(Sorge, 마음씀)한다. 그리고 시시각각 다가오는 소멸, 즉 죽음은 현존재로 하여금 결국 한순간만 존재하다 소멸하는 존재임을 자각하게 만든다는 주장이다.

내 의식이 내 것이 아니라면, 나는 과연 누구인가. 나의 감각에 반영된 세계는 믿을 수 있는 것인가. 사실 이 질문은 고대 철학자들이 제기했던 테제(these)였고, 근대과학의 출현으로 규명이 끝난 문제일 것 같다. 하지만 인공지능의 등장과 인간의 사유가 결국 전기신호의 결과일지도 모른다는 의견 앞에서 이 질문은 부활한다. 영화학도라면 매 시대 철학이 던진 질문과 예술이 세상을 어떻게 그렸는지를 탐구하는 것이 도움 된다.

철학 사조 중에는 특별히 〈구조주의〉와 〈기호 언어학〉을 익혀 두면 세상을 바라보는 새로운 시각을 얻을 수 있다. 물론 철학이 인간의 사유 기능 중 가장 고차원적인 영역을 다룬다는 말은 과거에만 맞는 말이다. 분명한 점은 영화는 그것이 높은 차원의 철학적 질문이든 생계, 연애, 관계에 관한 것이든, 어떤 테마에 대해서도 철학적 사유를 멈추지 않는다는 것이다. 결국 영화를 통해 어떤 질문을 던지고 싶은가, 무엇을 말하고자 하는가에 대한 문제는 꼭 예술영화가 아니더라도 영화제작자에겐 꼭 필요한 자질임이 틀림없다. 이러한 자질이 이제는 동영상 크리에이터나 영상제작자들에게 더 필요한 시대가 됐다.

언어와 영화의 세계관

　근현대 문화예술에 가장 큰 영향을 미친 철학 사조가 있다면 마르크스주의(Marxism)와 구조주의(Structuralism)가 아닐까. 모더니즘과 해체주의, 초현실주의가 기존의 패러다임에 대한 안티테제(antithese, 反定立)를 토대로 성장한 것이라면, 마르크스주의와 구조주의는 치밀한 사료분석과 농밀한 비판의식의 산물로 그것이 비록 '지난 것'이라 할지라도 인류 사상의 발전에 획기적인 전기를 마련한 유산이라는 점을 부인하기 어렵다. 그런 점에서 오늘날 구조주의를 하나의 철학사조라고만 규정하긴 어렵다. 구조주의는 20세기 들어 가장 큰 영향을 끼친 것으로, 세계를 어떻게 바라볼 것인가에 대한 거대한 세계관이라고 할 수 있다. 구조주의는 마르크스주의자와 실존주의자에 대한 치열한 논쟁 끝에 이들의 종언(終焉)을 선포하며 승리했다. 그 과정이 학자와 대중에게 모두 공개되었기에 더 큰 영향력을 행사했다. 구조주의는 언어학에서 시작해 인류학, 사회학, 정치학, 정신분석학,

미학에까지 영향을 미쳤다. 왜 언어학에서 이 모든 것이 시작되었을까?

언어만큼 인간의 정신작용과 문화를 잘 보여줄 수 있는 것도 없다. 언어를 연구하면 인간의 사유방법과 활동방식의 연원을 추적할 수 있기 때문이다. 기호학에 큰 족적을 남긴 이는 스위스 언어학자 소쉬르(Ferdinand de Saussure)이다. 우린 흔히 사물과 행위가 존재한 연후 이에 이름(언어)을 부여해 이름이 생겼다고 생각한다. 마치 신이 아담을 만든 이후 이름을 지어주고 강아지를 입양한 후 이름을 부여하듯이. 하지만 그는 인류의 사유는 그렇지 않았다는 것을 규명했다. 이름이 생기고 나서야 비로소 존재하게 되었다는 것이다. 달과 별, 땅과 바다, 호수라는 범주는 인간이 이에 이름을 붙이면서 인간의 관념에 명징(明澄)하게 구획되어(범주화되어) 사유하기 시작했다는 것이다. 사물은 물론 관념인 '월화수목금토일'이나 1년, 밤과 낮이라는 개념을 생각하면 더 쉽게 이해할 수 있다. 어떤 이들은 이를 "내가 그의 이름을 불러주었을 때 그는 나에게로 와서 꽃이 되었다."라는 김춘수 시인의 「꽃」에 비견하기도 하는데 사뭇 다르다. 어떤 사물에 의미를 부여한다는 뜻이 아니라 이름으로 인해 비로소 그 사물이(을) 존재(인식)하게 되었다는 뜻이다. '그것'이 이미 세상에 존재하고 있지 않았냐고 물을 수 있지만, 당신이 '그것'을 모르는 이상 이런 질문조차 사람의 인식작용에선 무의미하다고 볼수 있다.

소쉬르는 언어가 사물을 탄생시키고 심지어 사람의 신체 증상과 생각하는 방법까지도 규정한다고 보았다. 우린 흔히 "내 생각을 말한다."고 말하는데, 소쉬르에 따르면 온전한 자신의 생각은 애초에 존재하지 않았다. 그가 특정 지역에서 태어나 언어를 물려받는 순간 그의 사유방식은 이미 고정화되며, 자라면서 혹은 공부하면서 얻게 되는 지식과 언어 모두 타인이나 조상의 것이다. 즉 타인에게 들은 것들을 자신의 생각으로 착각하는 것이다. 그는 심지어 언어는 고통의 크기까지 규정한다고 보았다. 전쟁에 참여한 병사가 황제와 조국의 위대한 성전(聖戰)이라는 이데올로그(Ideolog)를 어려서부터 지속해서 주입받았다면, 그는 전장에서 총탄에 맞은 팔을 마취 없이 자르는 고통조차 견뎌낸다. 특정 신체적 고통이 별것 아니라는 사회적 훈육이 지속되면 고통 또한 그렇게 느낀다는 것이다.

프랑스 철학자 라캉(Jacques Lacan)은 소쉬르의 이론을 전개하며 이렇게 말했다. "내가 존재하는 곳에서 나는 생각하지 않고, 내가 생각하는 곳에서 나는 존재하지 않는다." 즉 내가 존재하는 곳에서 하는 말들은 모두 타인의 말이기에 생각하지 않고,

내가 생각하면 타인이 나의 말을 생각한다는 뜻이다. 타인이 나에게 들어와 타인의 언어를 하고 타인은 나의 생각을 말한다.

이런 세계관을 유럽에서 왜 중요하게 받아들였는지가 중요하다. 이런 구조주의 이론은 한국에서도 선풍적인 인기를 끌었다. 흔히 구조주의 4인방을 미셸 푸코(Michel Paul Foucault), 롤랑 바르트(Roland Barthes), 레비스트로스(Claude Levi Strauss), 라캉(Jacques Lacan)이라 한다. 푸코는 방대한 사료조사를 통해 구조주의 사회학을 정립했고, 바르트는 후기 구조주의 언어학을, 레비스트로스는 구조주의 인류학, 라캉은 구주주의 정신분석학의 대표자다. 이 중 푸코와 레비스트로스는 당시 유럽사회를 풍미했던 마르크스주의와 실존주의와 맞짱 뜬 당대의 학자라 할 수 있다.

1950년대 유럽에선 마르크스주의와 실존주의가 지식인들의 기초소양에 속할 정도였다. 한국에선 1980년대에 마르크스주의, 1990년대에 실존주의가 크게 유행했는데 이는 출판물에 대한 오랜 검열제도가 무력화된 결과이기도 하다. 1960년대 실존주의를 철 지난 유행으로 만들어버린 구조주의가 유럽을 풍미했는데, 구조주의 철학은 한국에선 2000년대에 인기를 끌었다. 흥미롭게도 30~40년의 시차를 두고 한국 사회가 유럽 지식인의 사상적 풍조를 따라갔다.

　마르크스주의는 그렇다 쳐도 실존주의 철학이나 구조주의가 이렇게 뒤늦게 인기를 끈 건 어떻게 보아야 할까. 번역서가 그 즈음 출판되었고, 무엇보다 유럽과 미국에서 관련 학문을 공부하고 박사학위를 딴 철학자들이 귀국한 시점이기도 하다. 곁가지 이야기를 하자면 한국은 최근까지도 번역에선 후진국에 속했다. 어떤 책이든 세계에서 가장 빨리 번역되는 나라는 미국과 유럽, 일본이다. 번역이 왜 중요하냐면 새로운 학설과 개념, 단어들을 자국어로 번역하는 순간 해당 국민이 비로소 사유할 수 있기 때문이다. 오늘날 일제강점기 때의 용어가 아니더라도 많은 일본식 영어가 남아있는 이유는 일본이 먼저 번역해 이를 다시 수입해온 역사 때문이다.

　마르크스는 상품과 화폐, 생산력과 생산관계, 하부구조와 상부구조로 구성된 자본주의 사회의 작동방식을 규명하며 기존 관념론의 몰락을 선언했다. 인간은 실천으로 인해 세계를 명확히 인식할 수 있다고 보았다. 사회 속의 인간이라는 존재는 결국 생산 관계에 따라 계급을 부여받는 데, 노동자는 생산과정에서의 노동이 바로 계급적 본질이라고 보았다. 자본이 집적되고 축적될수록 더 많은 농민이 노동자로 편입되며 공장 노동자의 수가 사회를 압도한다. 자본 간의 경쟁은 결국 노동자에 대한 임금착취로 이어질 것이며 구매력을 잃은 노동계급의 증가와 자본의 경쟁은 결국 대공황을 불러온다. 국가권력이 노동자의 저항을 탄압하겠지만, 결국은 노동계급이 자본주의를 붕괴시킬 것이라고 보았다. "만국의 노동자여, 단결하라."라는 마르크스의 명언은 자본주의를 붕괴시킬 수 있는 힘이 바로 사회구성에서 압도적 다수를 차지하고 있는 노동자의 단결에 달려있다고 보았기 때문이다.

실존주의에서 인간은 세상에 던져질 때부터 사회적 처지와 지역, 가정 등에 구속되어 태어나지만, 인간의 본질은 그것이 아니라 인간의 행위다. 즉 행동 주체의 행동에 따라 본질이 채워지고 규정할 수 있다고 주장했다. 이런 행동주체, 대중의 결단은 결국 역사가 판명할 것인데, 역사적 필연성은 반드시 존재한다고 보았다. 이런 시각은 세상이 선악의 진영으로 나뉘어 있으며 과거는 퇴행이고 미래는 진보, 현실은 시궁창이지만 미래는 승리로 귀결될 것이라고 보는 역사주의적 인식에 기반하고 있다. 즉 역사는 일정한 지향성이 있고 합법칙성에 따라 움직이며 결국 더 많은 이들의 자유와 진리를 얻는 방향으로 나아간다는 것이다.

미셸 푸코는 이러한 인간중심, 유럽 중심의 가치관에 근본적 질문을 던졌다. 사람들은 흔히 지금, 여기, 나 자신이 사유의 기초이자 원점이라고 생각하지만, 실제로는 역사적으로 사회적으로 지역적으로 언어와 문화를 통해 이어져 왔을 뿐이라고 한다. 즉 현실과 현재의 규범과 가치관을 이해하기 위해선 그 이전의 역사적 실체를 모두 살펴야 하는데, 이는 주류 학문이나 교육제도 등을 통해 널리 알려진 사례가 아니라 밝혀지지 않은, 실재했던 역사를 모두 살펴봐야 한다고 주장했다. 그는 엄청난 양의 사료와 자료를 확인하며 정신병원과 감옥, 학교 제도를 국가가 강제적 시스템으로 운영하게 된 과정을 추적했다.

근대적 가치는 정상과 비정상, 시민과 비시민으로 나누는 일종의 프로토콜을 탄생시켰다. 중세에 가장 혐오했던 나병이 치유되자 국가는 사회적 표준을 따르지 않는 시민을 선별해 격리했다. 과거엔 큰 피해를 주지 않는 정신질환자는 악마가 깃든 것이라고 보아 측은한 마음으로 이를 지켜보았지만 이제 그들은 격리하거나 개조해야 할 대상이었다. 기록에 의하면 이들과 함께 수용된 이들은 노처녀, 게으른 자, 성병에 걸린 자, 창녀, 동성애자, 부랑인과 걸인, 술을 먹고 길에서 잠든 자, 우울증에 걸린 자 등 사회의 최하층 계급이었다. 즉 '시민적 표준과 다르다'고 보이는 이들은 신고나 의사의 지시에 의해 언제든 수용되어 격리되었다. 이들이 수용되어 받은 치료라곤 끔찍한 실험과 고문 또는 장시간 노동이었다. 이를 보고 푸코는 생산성이 떨어지는 비표준 인간들을 선별해 노역시킨 것이라고 주장하는 학자의 견해를 빌려오기도 했다.

푸코는 우리가 근대라고 믿는 진보는 환상에 불과하며, 실상 국가는 '표준'이라는 명목으로 시민을 시스템으로 편입시키고 이를 따르지 않으면 처벌하는 감시자로 전환되었다고 주장했다.

그의 저서 『감시와 처벌』, 『광기의 역사』는 촘촘한 사료분석과 다양한 관점에서의 광범위한 서술로 인해 누구도 쉽게 반박하기 어려운 수준으로 그의 주장을 입증했다. 구조주의 철학의 성장은 이성과 합리주의로 무장한 근대 유럽의 정신과 체제가 사실은 국가권력의 요구에 따라 인위적으로 형성된 질서에 불과하며 표준화를 강제하기 위한 수단이라는 점을 명백히 밝혔다. 세계의 중심은 애초에 없었고 모든 가치는 상대적이라는 것, 그리고 해당 문화권의 행동과 사유를 알기 위해선 해당 문화권 내의 역사적 배경에 따른 '내재적 접근법'을 선택해야 한다는 것을 주장했는데, 이는 현재 보편적인 연구방법으로 정착됐다.

탈근대의 서막

구조주의 인류학의 창시자인 레비 스트로스(Claude Lévi-Strauss. 1908~2009)는 『야생의 사고(La Pensée Sauvage)』(1962)를 통해 당시 유럽 지식인들의 총애를 받던 사르트르의 『변증법적 이성비판(Critique de la raison dialectique)』을 붕괴시켰다. 그는 유럽인들이 세계적 표준과 진보라고 생각하는 유럽의 과학기술 발전과 제도, 사유능력이 '야만'으로 불리는 부족들의 인지력과 상상력, 지식의 정도에 비견하면 결코 우월하지 않다는 것을 풍부한 연구자료로 논증했다.

"주술과 과학은 각각 인간 정신의 발달단계의 차이에 대응하는 것이 아니라 과학적 인식이 자연을 공략할 때의 작전상의 레벨의 차이에 지나지 않는 것이고, 한편은 대체로 지각 및 상상력의 수준을 바라고 있고 다른 편은 그것을 빠뜨리는 것이다."

즉 유럽인이 자랑스럽게 생각하는 교육제도나 기술적 성취는 남태평양 원주민들이 알고 있는 수천 종의 약초 효능과 물고기, 조상의 계보와 이야기에 비하면 절대로 압도적인 것이 아니며 인식 수준 또한 높지 않았다며 결국 환경에 대응하는 인간의 수준엔 아무런 차이가 없다고 주장했다. 유럽의 지식인이 태평양의 섬에 가면 먹을 수 있는 풀과 생선도 분별 못 하는 바보가 되는 것이다. 이렇게 '문명'과 '미개'는 서로의 관심사가 다를 뿐 레벨이 절대 아니라는 것이다. 문화를 이렇게 이해하는 방법론은 '내재적 방법론'이라고 한다. 즉 외부의 일방적 시각이 아니라 해당 지역의 다양한 조건과 역사 속에서 이해해야 한다는 것이고, 그 지역에서의 특정 문화와 규범은 분명히 원인을 지니고 있다는 주장이다. 이 책이 유럽인에게 던져준 충격은 대단했다. 유럽 지식인들이 생각하는 세계 최고이자 국가표준이라고 여겼던 민주 공화정에 대한 자부심, 산업혁명 이후 자신들이 진보했다는 착각을 산산이 무너뜨린 것이다. 그는 심지어 사르트르의 저서를 저격하며 이렇게 말했다.

"그는 역사를 하나의 법정으로 본다.
하지만 인간의 삶은 그렇게 단순하지 않다."

사르트르를 직선적 역사관에 도취된 맹목적 추종자 정도로 만들었다. 당대 지식인들은 결국 시간이 지나면서 레비스트로스의 주장에 더 심취했다. 물론 오늘날 '제국 중심의 일방주의'에 맞선 '문화적 상대주의'는 보편적 지지를 얻고 있지만 모든 요소에서 그러한 것은 아니다. 가령 파키스탄의 명예살인 풍습이나 이슬람의 여아 할례 제도, 율법에 따른 여성에 대한 제도적 탄압과 소수자에 대한 처벌 등을 문화적 상대주의 시각에서 인정하고 침묵해야 하는가 하는 반발이 있는 것이다.

당시 이성 중심의 합리적 전통의 유럽 철학은 인간이 운명개척의 주인이며 세계의 발전 역시 유럽에서의 경험처럼 일정한 법칙성에 따라 전진한다고 믿었다. 하지만 소쉬르 등의 구조주의 철학자들로 인해 이런 역사주의가 종언을 고하게 된 것이다. 개인적인 생각이지만 소쉬르나 레비스트로스와 같은 구조주의 철학자의 등장 없이도 소쉬르 사망 이듬해 벌어진 1차 세계대전을 지켜본 후대에게 인류의 이성과 합리주의적 전통은 설득력이 없었을 것 같다.

언어학적 측면에서 살펴보면 우리가 사용하는 언어가 모두 타인의 말이라면 나는 무엇인가. 또한 문화와 행동규범, 도덕과 행위 모두 지역적 학습의 결과물일 뿐이라면 인간이 세상의 주인이며 운명개척의 주인공이 될 수 있을까? 라는 질문이 가능하다.

이 모든 것이 인간의 기호를 다루는 기호학에서 촉발된 철학이다. 기호학(semiotics)은 기호(sign)를 뜻하는 그리스어 세마(sema)에서 유래한 학문이다. 기호학은 언어와 문학예술과 같은 문화적 표현들이 기호들로 구성되어 있고 각 기호는 '기표' 이상의 뜻을 지니고 있다고 본다. 이런 기호학의 이론을 시각예술에 적용한 대표적인 학자가 소쉬르이다. 그의 이론을 그림이나 영상과 같은 시각매체에 적용한다면, 그림은 기표로서의 붓 자국이 모여 보는 이에게 새로운 영감(기의)을 주며, 영상은 필름 이미지와 픽셀이 모여 환상을 심어줄 수 있다.

기호학적 개념을 이미지로 확장한 사람은 찰스 퍼스(Charles Sanders Peirce)다. 그는 기호가 도상(icon), 지표(index), 상징(sysmbol)으로 구성되어 있다고 주장했다. 이것은 언어와 단어로 축조된 이론에 비해 더 확장된 것이다. 기호학(semiotics)이라는 명칭 또한 그가 처음으로 주장한 것. 그는 도상(기표) 안에는 이미 필연적으로 기의의 속성이 있다고 보았다. 가령 화단 위의 흰나비가 나풀거리는 장면을 연상해 보자. 우린 이를 경험적 표상으로 이해한다. 화단과 나비를 분리해 나비가 어제 보았던 나비인지를 구분해 분리된 실체로 생각하진 않는다. 하지만 우린 얼마 전 보았던 심적 영상(imagination)과 눈앞의 나비가 동일한 유형임을 확인하는데, 이 두 과정은 하나의 행위에서 이루어진다. 즉 우린 도상(icon)을 통한 기호 행위를 하는 것이라고 정리했다. 대표적으로 닭 모양의 풍향계와 바람을 일부러 구획하자면 결과와 원인으로 정리할 수 있을 것이다. 하지만 풍향계가 가리키는 방향이 바로 바람이 가는 방향이다. 풍향계는 바람을 가리키고 바람의 방향은 풍향계를 가리킨다. 이것을 지표(inex)라 했다. 물론 전체의 풍광에서 풍향계는 부분에 불과하지만, 풍향계는 많은 것을 의미한다. 지표로서 기의하게 되는 것이다. 순환적 관계다.

이에 비해 부분과 개별로도 기의할 수 있는 것을 상징(symbol)이라고 보았다. 상징은 지표로 가리킬 수 있는 것이 아니라 그 자체로 의미를 내포하는 독립자인 것이다. 지칭 대상으로부터 완전히 분리된 기호를 상징이라고 불렀다. 우리가 일반적으로 이해하는 언어, 즉 관습과 도입된 규칙에 의해 그 의미가 확정될 수 있는 기호는 사실 상징이다. 하지만 그의 이론은 기표가 사회적 상징으로 자리 잡기 위해선 많은 시간과 상징화되기 전의 상태 역시 너무나 많다는 것을 간과했다는 비판을 받기도 한다.

아마 동양철학을 조금이라고 공부한 독자라면 이런 식의 논리 전개가 당황스러울 수 있다. 앞서 책의 서두에서 설명했듯 동양적 사고방식의 핵심이 바로 관계성이기 때문이다. 사물이

예술은 과학기술의 발전과 궤를 함께 한다

독립적으로 존재하지 않고 음양(陰陽)을 기본으로 존재하며 그 발현을 오행(五行)으로 설명한 주역(周易)의 세계관에선 매우 익숙한 해설이기 때문이다. 물론 서구에선 동양철학을 철 지난 주술로 받아들인 이들이 많았지만, 천재들은 이를 과학기술 혁명에 적용했다. 최초의 기계식 사칙연산을 개발한 라이프니츠가 이진법에 대한 영감을 주역의 괘로부터 얻었다거나 양자역학의 문을 연 노벨상 수상자인 닐 스보어, 아인슈타인, 심리학자 융 모두 주역에서 영감을 얻어 세계를 재해석했다는 이야기는 유명하다.

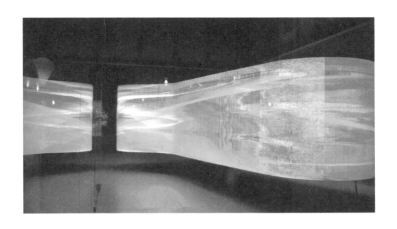

　르네상스 이후 산업혁명 시대까지 예술은 과학기술의 발전과
그 궤를 같이했다. 하지만 구조주의 철학의 등장 이후 예술은
미묘하게 움직이기 시작한다. 해체주의와 모더니즘, 아방가르
드, 탈근대주의와 같이 전사(前史)에 대한 반작용으로서의 예술
이 주류적 위치에 올라서게 된 것이다. 문학과 사진, 회화, 비
디오아트, 언더그라운드 영화에까지 큰 영향을 미쳤다. 현대예
술이 왜 어려워진 것인지. 그리고 그 논쟁의 촉발점은 왜 항상
유럽 아니면 미국이어야 했는지를 이해하기 위해선 20세기에 가
장 막강한 영향을 미친 구조주의 철학을 빼놓을 수 없다.

영화의 내러티브

앞서 언급한 구조주의 기호학은 후기에 롤랑 바르트(Roland Barthes, 1915~1980)에서 만개했다. 물론『장미의 이름』의 저자인 언어 천재이자 작가이자 비평가이자 언어학자였던 움베르토 에코(Umberto Eco, 1932~2016)까지 이어지고 있는 기호학의 계보에 대해 이 책에서 모두 다룰 생각은 없다. 다만 영상과 연관된 미학적 논의의 연장선을 살펴볼 따름이다.

바르트는 언어 이외의 이미지와 그림, 즉 비언어적 기호의 의미를 파고들었다. 음식, 자동차, 가구, 색감, 유행, 광고 등 사회의 보편적 상식으로 자리 잡은 것들이 사실은 자본주의에 의해 주입된 이데올로그의 산물이며 기호라고 보았다. 신화의 개념은 자신의 태동이나 개념을 역사적 동기로 확인할 수 있지만, 그 신화 자체는 자신의 동기를 은폐하는 동시 자신이 전파하려는 그 의미를 자연스럽게 구축한다는 것이다. 애초 특정한 주장과 관념을 자연스럽게 인식하도록 대중을 기만하기 위해선 수많은 이야기(기호)가 동반되며 유통되어야 하는데, 이것이 사회구성체에서 자리를 잡는 순간 이데올로기로 작동한다. 쉽게 말하면 남녀의 성(性) 역할에 대한 사회적 인식, 근로자(노동자)가 지녀야 할 직업윤리, 자동차에 대한 가치, 국방과 전쟁에 대한 의무감 등이다. 바르트는 자신의 기호학 이론을 통해 자본주의 사회의 이데올로기가 대중의 삶에 어떻게 파고들어 자신의 가치체계 구축에 성공하는지를 밝히려 했다.

사실 이 개념은 필자가 보기엔『옥중수고』의 저자이자 '진지론'으로 잘 알려진 안토니오 그람시(Antonio Gramsci)의 헤게모니(hegemony)가 원형이지 않을까 생각한다. 오늘날 정치학에서 오래된 화두, "왜 가난한 사람들이 부자의 이익을 대변하는 정당을 지지하는가?"에 대한 고민은 오래전부터 있었다. 마르크스가 경제주의 관점으로 이데올로그의 유포와 주입을 설명했지만 그람시는 이데올로기가 아닌 헤게모니에 집중했다. 노동계급이 시민사회의 안정을 위협할 정도가 아닌 평시라면 강제적이지 않고 시민사회의 대중들이 수용하거나 문화투쟁으로 교류되고 협상하기도 한다고 보았다. 그는 '대중은 왜 파시즘을 지지하는가?'라는 질문에서 출발했다. 지배계급의 이데올로기를 대중의 일상적 사상문화로 정착시키는 힘을 헤게모니로 보았다. 이데올로기는 국가권력이 체제를 유지하기 위해 특정 사상과 종교를 대중에게 주입하고 강요하는 것이다. 이에 반해 헤게모니란 군중의 자발적 동의를 끌어낸다. 이데올로기가 지배이념이라면, 헤게모니는 체제가 유지될 수 있는 사회적 장치다. 지배계급의 이념이 전 사회적인 상식과 도덕으로 정착될 때 시민은 그들의 이념을 내면화한다.

문학예술과 인간, 인간이 생성한 그 문화와 사회를 연구하는 사람들이 죄다 기호학을 파고드는 바람에 기호학은 20세기 들어 갑자기 만학의 제왕 정도 되는 감투를 쓰게 되었다. 양자물리학이 우주의 근원과 삼라만상의 원리를 설명하는 학문이듯, 기호학은 인간의 사유활동으로 구축한 그 모든 것을 설명하는 학문이 되었다. 그런 기호학이 인간의 고차원적 종합예술 창조물인 '영화'를 가만둘 리 없다. 기존의 기호학 이론의 제한성을 뛰어넘어 '영상 기호'에 대해 파고든 학문을 바로 '영상 기호학'이라한다.

이 문제를 정면으로 다룬 학자가 크리스티앙 메츠(Christian Metz)다. 그는 『Film Language』와 『Film Language and Cinema』를 통해 영화언어에 대해 고찰했다. 기존의 기호학이 모든 것을 텍스트로만 환원시킨다며 그는 소쉬르의 연구를 확장해 영화와 기존의 기호학적 개념과의 차별성을 확인했다. 그는 영화가 분명 언어이긴 하지만 소쉬르가 말한 '랑그'와는 다르다고 밝힌다. 랑그는 한 언어가 갖는 추상적인 체계이며 구성원 모두가 공유하는 사회적 약속인 반면, 영화의 언어는 상호소통을 위한 랑그가 아닌 영화의 제작과 관객에게 수용될 때까지의 시간적 경과가 존재하며, 수용 뒤 관객의 해석은 그것을 뛰어넘는다는 것, 기호가 한 체제 내에서 의미를 가진다면, 영화는 그 대상에 따라 의미가 달라진다는 것.

　무엇보다 영화는 언어의 음소처럼 분절되지 않으며 기껏 해봐야 가장 작은 단위가 숏(short)이라는 것이다. 그런데 이 숏 조차 영화의 내러티브에 따라 각기 완전히 열린 다중적 해석을 가능케 하는데, 영화의 이미지 또한 그렇다는 것이다. 영화에서의 요소는 일정한 관계에서 배열되어 특정한 의미를 생성한다. 영화가 언어적 표현과 이미지로 구성되어 있다고 이를 구획해서 분석하는 것은 전혀 의미가 없다는 말이다. 왜냐면 영화는 수없이 많은 기호의 복합체이며 그 배열과 요소가 조금만 바뀌어도, 심지어는 나라와 대상이 바뀌어도 해석이 전혀 달라지는 성격을 가졌기 때문이다.

　메츠는 이 문제를 해결하기 위해 '거대 통합체적 분석 방법

(grand syntagmatic research method)'을 제시했다. 하나의 숏(shot), 신(scene), 그리고 동시성을 가진 연속적인 통합체, 서사구조의 교체, 시공간의 계속성을 의미하는 신, 상징적인 삽화와 시퀀스(sequence) 등을 통합적으로 고찰해야 한다고 주장했다.

기호학이 워낙 어려운 말들을 골라 하는 학문이라 어렵다고만 생각할 수 있다. 이 문제의 핵심은 내러티브 문제다. 오늘날 영화 비평가들 사이에서 가장 흔히 사용되면서 독자에게 모호하게 다가오는 용어가 내러티브(narrative)다. 내러티브의 어원은 라틴어 narrare(말하다)에서 유래했다. 이야기가 전개된다는 뜻이다. 우리말로는 '이야기를 구축하다'이고 이야기를 이어서 순서대로 펼친다는 서사(敍事)라고 할 수도 있다. 이 용어는 원래 영화에서 '영화의 서사를 단단히 구축하기 위한 연결 또는 편집 구성' 정도의 의미다. 왜냐면 뤼미에르의 영화와 같은 초창기 영화들은 편집점 없이 하나의 숏으로 이루어졌다. 하지만 이후의 영화는 화면을 잘라 이어붙이고 음악을 넣는 등의 '편집'을 했다. 영화에서 내러티브는 이렇게 탄생했다. 하지만 이제는 희곡이나 영화 등의 종합예술에서 두 가지 이상의 복합작용을 의미하는 데에 이르렀다. 시공간에서 인과관계로 엮인 이야기의 연결이나 이야기를 더 설득력 있게 관객에게 동기화하기 위해 짜는 장치, 다양한 전략, 관습, 코드, 형식 등을 포괄하는 개념으로 쓰인다.

　내러티브 전개는 인과관계를 동력으로 전진한다. 이들의 연쇄는 새로운 원인이 되고 새로운 결과로 이어진다. 우연성은 철저히 배제되고, 그럴싸한 내용전개와 사건으로 관객의 몰입을 유도하는 것이 또 다른 특징이다. 캐릭터는 일관성을 갖고 타인과 뚜렷하게 구분되는 인물로 확실한 목표를 향해 움직인다. 그런데 영화에서 이야기란 추상적 개념일 뿐, 소품, 음향, 몽타주, 미장센, 카메라 워킹. 조명, 배우의 의상, 음악 없이 그 서사가 유지될 수 있을까? 그래서 영화의 서사를 전진시키기 위해 동원되는 모든 장치와 연결고리를 내러티브라고 부르게 된 것이다. 시각적 효과를 위해 동원되어 조직되는 것들의 연결이다.

　그런데 정작 중요한 점은 기호학자들이 영화를 어떻게 분석하든 간에 영화는 그 학술적 성취와는 상관없이, 이론적 근거 없이도 독자적으로 자신의 언어를 독창적이고 창의적인 방식으로 밀고 나아갔다는 것이다. 메츠의 이론 이전에 러시아 영화학과 교수이자 감독이었던 레프 쿨레쇼프(Lev Kuleshov)는 연속 이미지를 어떻게 배치하냐에 따라 관객의 심리가 달라진다는 것을 규명했고, 세르게이 에이젠슈타인(Sergei Eisenstein)는 〈전함 포템킨〉에서 몽타주 기법을 이용해 관객들을 극의 일부로 완벽히 동화시키는 데 성공했다. 데이비드 그리피스(David Wark Griffith)는 〈국가의 탄생〉(1915)에서 클로즈업, 크레인 숏, 페이드인과 페이드아웃, 롱숏 등의 영화 고유의 문법을 정착시켰다.

(그리피스는) 단선적인 이야기라는 서사적인 구성 안에서 다양한 사이즈의 성질을 지닌 샷들을 이어 붙임으로써 구성적으로 영상을 새로운 차원의 심리적 경험이 가능한 무한한 확장의 성질을 지닌 개방적 시각 형식으로 발전시켰다는 데 의미를 찾을 수 있다. 그리피스는 이질적인 요소와 성격들의 영상 이미지의 종합을 통해 서사적으로는 내적인 일관성이 있는 이야기를 구성해 내는 미적 방법으로 영화를 확장시켰다. 영상이 단지 서사의 전달뿐만 아니라 미적 상징이나 심리적 경험으로 발전할 수 있는 토대가 되었던 것이다. 영상 이미지란 하나의 독립된 개별적인 의미가 아니라 전후의 맥락에서 이전과 이후의 전개에서의 위치에서만 의미가 발생한다는 점에서 현대 미학의 근본적인 태동과 그 뿌리를 함께 한다.[6]

여전히 한국의 대학에선 영화이론을 배우기 위해선 원하든 원치 않든 기호학을 거쳐야 하고 그 귀결점으로 영화 기호학까지 섭렵해야 한다. 매해 국회도서관과 아카이브에 쌓이는 석사 박

---

6   김현명. 『영상예술의 이해』. 주식회사 부크크. (2019). 42쪽.

사 논문을 보면서 생각한다. 영화학도에게 '논문'은 또 하나의 관문으로 존재한다. 영화적 기법을 실험하고 대중의 반응과 심리변화 등을 탐색하는 것이 아니라 이미 구축된 기호학적 이론을 가지고 현실의 영화를 해석하고 있다. 영화학도 모두가 교수나 연구자의 길을 걸을 것도 아닌데 말이다.

기호학과 관련한 공부가 필요 없다는 것이 아니다. 영상과 미디어, 영화를 해석할 것인지, 개척할 것인지 이 두 가지 길이 분명히 있음에도 왜 대학에선 자꾸 구조주의 이론이나 기호학자들의 선행된 연구를 대입해 현실의 영화연출과 기법을 자꾸 해석하고 가르치는지 의문이다. 그것이 학자의 연구겠지만, 단적으로 말하자면 앞으로의 영화는 기호학을 몰라도 충분히 잘 만들 수 있고 그때 역시 기호학은 영화의 뒤를 쫓아올 것이다. 웹툰의 스토리에 힘입어 개봉하고 인기를 구가하는 OTT[7] 시장의 변화도 한몫 단단히 하고 있다. 그렇다고 철학, 이론, 개념에 대한 공부가 필요 없다는 뜻은 아니다. 공부한 것을 축적해 어디에 쓸 것인가가 더욱 중요한 시대가 되었다는 뜻이다. 자신만의 영화 세계를 구축한 이들이 학자는 아니더라도 자신만의 철학을

---

7 Over-The-Top. 개방된 인터넷을 통하여 방송 프로그램, 영화 등 미디어 콘텐츠를 제공하는 서비스

소유한 자들이 많다. 그들이 만든 영화와 영상은 거대 플랫폼을
타고 더욱 거세지고 다가오고 있다.

영화에서 그리는 사람

    2021년 겨울, 일본의 수출제한 조치로 인해 국내의 반일 경향이 팽배한 와중에도 한국의 극장가엔 일본 애니메이션 〈귀멸의 칼날; 무한열차〉가 개봉되었고 실적은 기대 이상이었다. 코로나 감염사태로 극장이 한산한 가운데에서도 215만 명이나 몰려들었다. 2019년부터 넷플릭스(netflix)에서 투자한 한국 드라마

〈킹덤 시리즈〉가 스트리밍 서비스되었다. 〈귀멸의 칼날〉과 〈킹덤〉, 두 영화 모두 괴수물이라 볼 수 있다. 특히 2021년에는 다른 장르로 분류할 수 있겠지만 〈오징어 게임〉과 〈지금 우리 학교는〉이 넷플릭스를 타고 전 세계 영화영상 시장을 강타했다. 거의 모든 괴수물이 그렇지만 영화에서 인간은 두 부류로 나눈다. 극소수의 히어로와 다수의 희생당하거나 구원받는 대중이다. 괴수의 등장은 곧 아노미를 불러오므로 영화 속의 대중은 탐욕스럽고 어리석고 경쟁하다 죽거나 남들과 같은 선택을 한다. 괴수물만 그런 것이 아니다.

마블(MARVEL)의 히어로물이나 바이러스의 창궐로 인한 디스토피아에 등장하는 대중 또한 그렇다. 블록버스터 영화의 특징

이랄까. 이들 영화에는 한 명의 초인(영웅)과 무기력한 다수의 대중이 있다. 우린 이런 캐릭터엔 이미 익숙해져서 영웅에게만 집중할 뿐 반감을 품진 않는다. 왜냐면 지구적 위기에 대응할 수 있는 영웅에 비해 대중은 자신의 운명조차 어쩌지 못하는 존재로 그려진 것이 너무나 오래되었기

때문이다. 특히 일본의 경우 도쿠가와 막부 시대부터 형성된 대중관이 지금까지도 남아있다. 즉 사람은 권력이 정한 위계-즉, 사는 곳과 직업과 동선까지- 를 벗어나면 죽는다는 고정적인 사회관이 지금도 남아있다. 이는 일본의 정치구조에도 큰 영향을 미쳤다. 그래서 그들 영화에서 대중은 더 단순하며 형편없이 나약한 존재로 그려진다.

그런데 좋은 영화를 만들겠다고 생각하는 영화학도도 주인공과 대립자(빌런)의 캐릭터와 사건에만 집중하지 '대중'을 어떻게 그릴 것인지에 대해선 고민하지 않는 것 같다. 정말 대중은 위에서 언급한 것처럼 아무렇지도 않게 설정되어도 괜찮은 것일까.

시민(citizen)이라는 개념은 프랑스 혁명 과정에서 가장 중요한 테마였다. 투표를 통한 선출 및 의회에 대한 권한 역시 시민권을 지닌 부르주아에 한정되었기 때문이다. 전 국민에게 참정권을 부여한 인류의 역사가 300년밖에 안 된다는 것에 주목하자. 그렇다면 대중이라는 개념은 어떻게 정착되었을까?

실존주의 철학의 대표주자 니체(Friedrich Wilhelm Nietzsche) 이야기를 하지 않을 수 없다. 니체는 철학자 중에선 독특하게 대중에 주목했다. 니체에게 대중은 파도처럼 공장으로 들어갔다

다시 빠져나오는 군집한 인간의 물결이었다. 니체는 대중의 속성을 '균질화'라고 보았다. 귀족이 독립적 사고를 할 수 있는 반면 대중은 남들과 동일하게 행동하며 맹목적으로 선동당하는 무지한 부류였다. 대중은 남들과 휩쓸려 같은 방향으로 가면 적어도 손해 보거나 희생당하지는 않을 것이라고 믿는 존재이며, 그렇기에 그들의 도덕은 '같아지는 것', 즉 균질화되는 것이라고 믿었다. 이것이 바로 '노예의 도덕'이다.

무엇보다 이 노예의 도덕을 가진 대중은 총명한 천재적 인간이나 초인(위버멘쉬 bermensch)를 용납하지 않는다고 주장했다. 따라서 인간의 가치는 대등하지 않으며 초인의 탄생을 위해 대중 따윈 희생 당해도 된다고까지 주장했다. 심지어 여자는 고양이나 새, 잘해야 암소 정도의 존재라고까지 비하했다. 니체가 쇼펜하우어의 열렬한 팬이었다는 것도 잘 알려진 사실이다. 쇼펜하우어의 어머니에 대한 경멸로 시작된 여성 혐오 사상을 니체는 그대로 수용한 것이다. 그가 프랑스 혁명을 전복했던 나폴레옹을 위버멘쉬라 칭송하며 전쟁에서 대중은 초인의 의지를 위해 희생해도 된다고 믿었던 점을 주목할 필요가 있다. 그는 심지어 자유주의자 존 스튜어트 밀의 "남이 너에게 하길 바라지 않는 행동은 너 역시 하지 말라."는 주장에 대해선 혐오스럽다고까지 표현했다.

홉스의 리바이어던

 그렇다면 니체의 실존주의는 왜 이리 인간에게 차가운 것일까? 1차 세계대전의 대량학살을 기억하자. 1차 세계대전 이전 토머스 홉스(Thomas Hobbes)는 『리바이어던(Leviathan)』을 통해 근대철학의 토대를 제시했다. 인간이 할 수 있는 최고의 '자유의

지'는 무엇일까? 바로 타인을 살해하는 것이다. 그렇기에 사회계약설은 자신의 생명과 재산, 자유를 보장하기 위해 개인의 권한을 국가(사회)에 양도하자는 것이 내용의 핵심이었다.

1651년에 홉스의 『리바이어던 Leviathan』이 나왔고 존 스튜어트 밀(John Stuart Mill)의 『자유론 On Liberty』은 1859년에 나왔다. 하지만 반세기도 지나기 전인 1914년에 인류는 유례없는 대학살극을 자행했다. 1차 세계대전은 가장 좁은 영토를 사이에 두고 벌인 원시적인 살육전이었다. 4년 동안 900만 명 이상이 죽고 2,300만 명 이상이 부상당한 전쟁이었다. 인류에게 이성이나 고귀한 품성, 도덕이 있다면 어떻게 이런 일들이 가능할까?

신은 죽은 채로 남아있다. 그리고 우리가 그를 죽였다. 그러나 그의 그림자는 여전히 어둠 속에 드리워져 있다. 모든 살인자 중의 살인자인 우리는 자신을 어떻게 편히 할 수 있을까? 이 세계가 지녔던 것 중 가장 신성하고 강력한 것이 우리의 칼 아래 피 흘리며 죽어가고 있다. 누가 이제 우리에게 묻은 이 피를 닦아줄 것인가? 그 어떤 물로 우리를 씻어낼 수 있단 말인가.

　　　　　　　　　　　－『즐거운 학문 (Die fr hiliche Wissenschaft)』

"나의 고통과 나의 연민, 그것이 무슨 상관인가! 나는 행복을 열망하고 있는가? 나는 나의 할 일을 열망하고 있을 뿐이다! 차라투스트라는 성숙해졌다. 나의 때가 온 것이다. 이것은 나의 아침이다. 나의 낮이 시작된다. 솟아올라라, 솟아올라라, 너 위대한 정오여! 차라투스트라는 이렇게 말했다. 그러고는 그의 동굴을 떠났다. 컴컴한 산 뒤에서 솟아오르는 아침 태양처럼 불타는 모습으로 늠름하게."

— 『차라투스트라는 이렇게 말하였다 (Also sprach Zarathustra)』

중세의 신은 죽었는데, 신을 죽인 것은 인간이었다. 신을 죽인 인간의 자유의지는 인간을 살육했다. 그렇다면 이 살육전에 대중의 책임은 없을까? 니체는 다수의 대중은 진리와 도덕을 선도할 능력도 의지도 없다고 보았다. 그래서 그는 세상을 바꾸려는 초인(위버멘쉬)만이 대중의 멸시 속에도 마치 시시포스의 형벌처럼 바위를 굴려 역사를 바꿀 수 있다고 믿은 것이다. '차라투스트라'를 등장시켜 니체는 비범한 지도자의 책무를 언급했다. 신이 사라진 시대 인간은 세상을 감당할 수 있는지를 물은 것이다.

인간의 언어와 사유활동마저 거대한 구조 아래 복속되어 있다는 것이 구조주의 철학의 핵심 세계관이다. 전체 체계와 구조

안에서만이 사물의 의미가 인식될 수 있으며, 체계의 변화에 따라 사물의 의미도 변화한다는 뜻이다. 또한 구조주의 철학을 비관적으로 보면 자신의 의사와 무관한 거대한 구조물에 갇힌 인간은 결코 운명개척의 독단자로 존재할 수 없다는 것이다. 영화 〈매트릭스〉와 빈센조 나탈리의 〈큐브〉, 피터 위어의 〈트루먼 쇼〉의 세계관을 떠올린다면 쉽게 이해될 것이다.

여기서 홍상수 영화감독을 떠올린다면 '홍상수표 영화'의 미덕을 누구보다 심중하게 탐구해온 사람일 것이다. 〈오! 수정〉이라는 영화에서 그가 얼마나 구조에 집중하고 있는지를 확인할 수 있다. 사건과 시간, 흐름을 바꿔버렸을 때 구조 속의 인물들의 시각이 어떻게 달라지는지를 적나라하게 보여주는 영화다. 물론 이것이 프랑스 구조주의의 본류에 영향을 받은 것은 아니다. 하지만 구조주의 철학 이후에 등장한 주류적 서사와 문법, 인식체계의 관습조차 바꾸려 한 감독을 따지자면 한국에선 홍상수를 빼놓을 수 없을 것이다. 중요한 건 홍상수가 인간을 그려내는 방식이다. 그의 영화에서의 인간은 모두 찌질하다. 성욕 하나를 주체하지 못해 흐느적거리는 남자는 늘 나온다. 현실의 인간에겐 참된 사랑도 희망도 없다. 사회적 관습과 작은 욕망에 나부끼는 못난 인간들이 주인공이다. 그 인간들은 니체가 말한 도착적 도덕, 노예의 도덕이 내면화 된 '대중'이거나 거대한 구조의 관습이 낳은 파생물일 뿐이다.

영화 〈1987〉에서의 대중은 어떻게 그려지는가. 초인은 단 한 명도 등장하지 않지만 남영동에서 희생당한 대학생(故 박종철), 익사라는 사인을 조작하는데 끝까지 항거한 부검의, 교도소에서 비밀을 전달하는 교도관, 평범했던 대학생과 시민이 세상을 바꾸는 위대한 여정을 그렸다. 여기서 대중은 불의에 항거하는 행동하는 양심이다.

하지만 다수의 영화감독은 이런 식의 역사주의적 관점에 경계심을 드러낸다. 왜냐면 스탈린 시대의 예술이론과 중국의 사회주의 문예론의 시작은 '위대한 인민'이었지만 귀결은 '위대한 지도자'였기 때문이다. 필자의 개인적 견해인데, 만약 1987년 정권교체에 성공하고, 그렇게 탄생한 민주정부가 쿠데타에 의해 전복되었거나, 아니면 부패 스캔들로 정권이 붕괴되었다면 영화 〈1987〉은 다른 관점에서 그려졌을지도 모른다. 역사에 대한 해석은 후대인의 몫이니까.

그렇다면 봉준호 감독의 〈설국열차〉가 그린 계급투쟁은 어떻게 보아야 할까. 사실 완벽한 시스템이라고 선전되었던 설국열차가 사실은 부품이 하나둘 망가지고 있고 꼬리칸의 아이들의 희생이 없으면 더는 유지되기 불가능한, 몰락이 뻔한 자본주의 시스템을 상징한다. 자신의 몸을 희생하면서까지 아이를 구했던 길리엄이 사실은 열차의 설계자 윌포드와 한통속이었다는 점이 반전이다. 열차의 인구가 일정한 개체 수를 넘어서면 인위적으로 혁명을 조장해 살상을 통해 인구를 조절하는 시스템의 복무자였다는 것이 충격이다. 감독은 직선적 역사관에 기초한 계급투쟁을 그리려고 했던 것일까? 그렇다면 꼬리칸의 리더 커티스의 세력이 열차를 장악해 열차 안에 새로운 평등의 질서를 구축하는 것으로 끝나야 했을 것이다. 하지만 열차는 불완전하고 언젠간 멈출 것이 분명하기에 열차 내에서의 계급투쟁은 살아남은 인류의 대안이 되지 못한다.

그래서 감독은 남궁민수를 등장시킨다. 그는 혁명에 동참하지만 그의 꿈은 열차 안이 아니라 밖에 있다. 그 문을 열고 나가는 것이다. 이 영화의 테마를 보고 철학자들은 구조주의 이후의 세계관을 보는 것 같다고 말하곤 한다. 왜냐면 열차가 엔진실이라는 중심부와 꼬리칸이라는 주변부라는 이원적인 구조라면 남궁민수와 살아남은 최후의 아이 2명이 마침내 그 구조를 깨고 열차 밖으로 나가는 것이기 때문이다. 남궁민수를 정신이상자로 설정한 것은 푸코가 언급한 표준화의 압력, 즉『광기의 역사』를 떠올리게 한다. 윌포드가 만든 표준화된 열차의 세계에서 이 표준에 따르지 않는 인간들은 처벌받는 세상, 즉 근대가 바로 그곳에 있었다. 그리고 감독은 무엇보다 표면적으로 혁명이 실패하는 것으로 설정한다. 혁명 이후에 혁명 주체의 변질과 독재, 빅 브라더의 탄생이라는 오랜 악순환의 이야기에 자신의 영화를 희생시키고 싶지 않았던 것이다.

영화학도라면 더 이상 철학을 몰라도 된다고 말하진 않을 것 같다. 물론 철학은 철학책에만 있는 것이 아니고 문학작품에 더 많은 요소들이 있다. 유튜버나 영상크리에이터에게 반드시 필요한 항목이라 할 수 있는 클릭이나 플레이 수치에 따라 수익이 창출되는 시대에도 마찬가지다. 소소하거나 다듬어지지 않은 영상을 창작하는 사람이라면 자신만의 건강한 철학 정도는 갖춰야 하지 않을까.

디자인을 소비하는 광고영상

'선영아 사랑해'

2000년 3월 서울 전역의 전봇대와 담벼락에 붙었던 벽보다. 처음 이 벽보를 본 사람들은 여성에 대한 고백을 이런 식으로 대담하게 한다며 애틋한 감성을 느꼈다. 하지만 좀 이상했다. 버스와 택시, 어디에도 이 벽보가 보였던 것. 마침 그해 봄 총선거를 앞두고 있었기에 어느 정당 후보자의 낚시 광고라는 말도 돌았다. 2000년 봄, '선영이'는 전국에서 가장 유명한 여자 이름이었다. 그리고 얼마 후 벽보가 바뀌었다. '선영아 나였어 마이클럽' 그제야 사람들은 이것이 새로운 형태의 광고라는 것을 알아차렸다. 당시 광고비용으로 50억을 넘게 지출했다는 말이 있었다. 여성 전용 포털이었던 마이클럽 가입자 역시 폭발했다. 제작사는 당시 광고효과로만 따지면 800억가량이라 주장했다. 가입자 수의 증가를 보고 말한 것이다. 이를 두고 성공적인 마케팅이었다는 의견도 있었지만, 반대 의견도 만만치 않았다. 광고가 매출로 연결되지 않았다는 것이다.

지금은 이를 바이럴 마케팅(viral marketing)이라 한다. 마치 바이러스처럼 소비자의 자발적 참여, SNS 등을 통해 확산된다고 해서 붙인 이름이다. 입소문(mouth to mouth) 마케팅이 정보 제공자를 중심으로 전파된다면, 바이럴 마케팅은 수용자의 의지에 의해 확산된다. 따라서 과거의 광고방식이 제품 홍보라는 단방향이었다면, 바이럴 마케팅은 사람들이 즐겁게 소비할 수 있는 콘텐츠를 다룬다. 심지어 제품에 대한 정보는 극소량이지만 제품과 관련 없는, 즉 소비자들이 즐겁게 이야기할 수 있는 콘텐츠를 다량으로 소비할 수 있도록 만드는 것이다.

아직도 TV, 라디오, 신문, 유선방송 등 기존 매체의 영향력이 크지만 틱톡(TicTok), 유튜브(YouYube) 등의 동영상 공유 서비스를 통한 바이럴 마케팅이 젊은 세대에겐 막강한 영향력을 발휘하고 있다. 게다가 2022년 현재에는 모먼트(네이버), 숏츠(유튜브), 릴스(인스타그램) 등으로 더욱 짧은 영상으로 메시지를 전달하는 플랫폼이 확산되고 있다. 조만간 대안매체의 광고 영향력이 레거시(legacy)를 압도할 것으로 전망하는 학자들도 많다. 특히 유튜브라는 공간은 매체 비용이 전혀 발생하지 않는 새로운 광고의 토양이다. 거의 모든 동영상 공유 플랫폼 회사들은 초기엔 무료로 고객을 끌어들인 후 광고를 늘리고, 이후엔 광고 없이 플랫폼을 이용할 수 있는 회원권을 판매한다. 하지만 역설적으로 트렌드가 된 광고는 고객들이 일부러 찾아가서 광고영상을 보고 공유하며 자발적으로 확산한다. 이런 대안매체의 경우 매체 이용 비용이라는 단가의 제약도 없지만 시간적 제약도 없다는 것이 매력적이다. 광고의 길이가 30초여야 한다는 법칙은 무너진 지 오래다. 의뢰인 입장에선 동일한 비용으로 더 큰 효과를 얻을 수 있다.

영화 〈존 윅〉, 〈데드풀 2〉의 데이빗 레이치 영화감독은 2019년 겨울, 아이폰 11 PRO의 광고를 제작했다. 〈SNOWBRAWL(눈싸움)〉이라는 영상이 화제가 된 이유는 오직 모든 장면을 아이폰 11 PRO 프로로만 촬영해서다. 아이폰이면 무엇이든 가능하다는 선명한 메시지를 던져주었다. 아이들 눈싸움이었지만 존 윅의 격투 신을 보는 듯했다.

이어서 〈조커〉의 감독 토드 필립스는 같은 기기로 〈Chines New Year－ Daughter〉를 찍어 중국 시장에 선보였다. 같은 해에 애플은 요한 부르조아의 트램폴린 연기를 활용해 단 하나의 CG 사용 없이 에어팟에 대한 예술적인 광고를 선보였다. 물론 이 영상에 달린 댓글은 저건 광고가 아니라 예술이라는 반응이 대부분이었다. 적어도 광고만큼은 가장 감각적이며 세련된 회사가 바로 애플이라는 사실을 고객들은 인정하는 것 같다.

거액의 제작비를 들인 광고영상이 가능한 배경은 산업의 고도화와 자본의 집적으로 인한 글로벌 기업의 탄생, 반도체와 IT 관련 산업의 약진으로 인한 고부가가치 상품의 등장에 있다. 과거 공산품과 가전제품이 주력이었던 광고시장은 스마트폰, 게임, 자동차과 같은 고부가가치 산업에 자리를 넘겨준 것이다. 하지만 결정적인 이유를 들라면 동영상 공유 서비스의 확산으로 인한 사람들의 소통방식 변화가 아닐까.

이런 동영상 공유 서비스가 탄생할 수 있는 발판은 바로 2007년 아이폰(iPhone)의 출시에 있다. 아이폰이 인류를 연결한 것이다. 아이폰의 등장으로 처음에 기존의 음원 시장은 몰락하고 음원을 쪼개서 파는 마케팅이 정석이 되었고, 그리고 그 노래마저 핸드폰에서 몇 초면 구매 가능하게 된 것이다. 당연히 이런 방식은 글로벌 전자상거래 플랫폼 시대를 열었다.

아마존, 알리바바, 쿠팡 등 한국에서 압도적 점유율을 차지하고 있는 모바일 메신저 기업 '카카오'의 경우 금융시장에서 카카오뱅크가 무서운 기세로 치고 올라왔다. 카카오톡이 출시되었던 2010년만 하더라도 인터넷 포털의 양대 산맥은 다음(DAUM)과 네이버(NAVER)였다. 2000년대에는 다음(DAUM)이 압도적 1위였으나 2002년 '네이버 지식 in'으로 인해 네이버가 시장을 잠식했다. 하지만 카카오는 처음부터 모바일 메신저 시장을 노렸다. 카카오, 페이스북(FaceBook)과 트위터(Twitter), 인스타그램(Instargram)같은 글로벌 기업의 성장의 토대는 역시 스마트폰이었다.

2021년 방탄소년단(BTS)의 신곡 〈Permission to Dance〉는 7월 9일 공개되었는데, 공개 52시간 만에 1억 뷰를 돌파했고, 최초 공개 시점의 동시접속자 수는 230만 명이었다. 핵심은 바로 이것이다. 동영상 하나가 2주 만에 20억 회 소비된다. 인류가 같은 문화적 코드를 향유하고 있다는 것. 비단 이것은 문학예술 등의 노래에만 한정된 이야기일까? 그렇지 않다. 상품 또한 그렇다. 소비자는 단순히 상품의 기능적 효용성에 주목하지 않는다. 상품이 담고 있는 사회 문화적 트렌드를 소비한다. 그리고 그 문화적 트렌드와 이미지를 생산하는 작업인 제품의 디자인과 광고다. 바로 브랜드 이미지의 형성이다. 같은 경험은 동일한 미적 가치와 동일한 시각문법을 제공한다.

파울피터(J. Paul Peter)는 "상품에 대한 소비자의 가치는 인간으로서 가지는 가장 근본적인 욕구(needs)의 인지적 표현이라고 하여 소비자가 자신의 생애에서 달성코자 하는 중요한 최종상태에 대한 정신적 표현(cognitive representations)을 의미한다고 했다. (⋯) 상품은 물리적 속성 측면에서는 디자인의 기본 속성인 기능적·심미적·상징적·경제적 등 다면적 속성들의 결합체라고 할 수 있다. 이와 같이 상품을 여러 속성의 결합체로 보는 것은 생산자 중심의 시각인데, 소비자 중심에서 보면 다면적 가치의 결합체라 할 수 있다. 다면적 가치의 결합체(a bundle of values)는 제품의 가치에 대한 만족과 혜택을 기대하기도 하며 그 편리성 때문에 결과적으로 행복한 상태에 이른다. 여기서 편리성은 상품의 구체적 속성과 수단적 가치의 동지적 의미를 가진다고 할 수 있으며 '행복'은 최종가치라고 할 수 있다. (⋯) 소비자 태도에 관한 많은 이론 중에서 고든 올포트(Gordon Allport) 심리학자의 견해에 의하면, '태도란 어떤 대상에 대해 일관되게 호의적 또는 비호의적으로 반응하려는 학습된 경향'이라고 정의하고 있다. 여기서 대상을 상품디자인이라고 가정할 때 소비자는 특정 상품의 기능적·심미적·상징적·경제적 속성에 대해 주관적 태도를 가지게 되면 그 상품에 대한 신뢰와 불신의 형태로 인식이 변화되고 아울러 소비자의 환경에 의해 최종적으로 태도가 형성된다고 할 수 있다. (⋯) 스티브 잡스는 디자인에 대해서 정말 진지하게 생각하였다. "디자인은 참 재미있는 단어다. 어떤 사람들은 디자인을 단순히 제품의 외형 정도로만 생각한다. 하지만 좀 더 깊이 들어가면 사실은 제품이 어떻게 작동하느냐를 의미하는 것이다. 맥(Mac)의 디자인은 단순히 외형만을 뜻하는 게 아니다. 물론 외형을 포함하기는 하지만 가장 중요한 것은 작동방식이다. 정말로 디자인을 잘하고 싶다면 여러분은 이것을 확실히 이해하고 있어야 한다.[8]

디자인과 관련해 "형태는 기능을 따른다."라는 고전적 명제가 있다. 하지만 애플의 스티브 잡스는 "디자인은 제품의 본질"이라 규정했고 "마케터가 팔아야 하는 건 상품이 아닌 '가치'

이며, 애플에겐 그 가치가 바로 '열정을 가진 사람이 세상을 더 나은 방향으로 바꾼다는 것'"이라고 말했다. 헝가리 출신의 아트 디렉터 나즐로 모홀리 나기(Laszlo Moholy Nagy)는 "디자인이란 단순한 직종이 아닌 하나의 사고방식"이라고까지 규정했다. 영상 역시 디자인이며 그중 가장 '치명적인' 영향력을 고민하는 장르가 바로 광고영상이다. '치명적'이라고 표현한 이유는 '우선 보

8   김금주, 박현길 『디자인 어제와 오늘 그리고 내일』 지구문화사. (2019). 227쪽~229쪽.

게 만들어야 하기 때문'이다. 보게 하고 구매하게 하고, 더 나아가 그 제품을 라이프 스타일로 고착시키는 것이 목표다.

국내에선 디자인으로 혁신적인 곳이 있다면 현대카드를 손에 꼽을 수 있겠다. 애초 카드의 기능은 신용결제일 뿐이다. 카드는 금융결제원의 단말기 규격에 꼭 맞춰져 있기에 크기조차 똑같다. 그래서 금융권에선 VIP용 블랙카드를 제외하곤 신용카드 디자인에 큰 품을 들이지 않았다. 카드를 화폐의 범주로 접근하면 당연히 디자인에 막대한 자금을 쏟아부을 이유가 없을 것이다. 하지만 현대카드는 카드를 계층 또는 트렌드를 상징하는 신분증으로 접근했다. 계산대 앞에서 카드를 꺼내는 순간의 멋스러움과 쿨함, 또는 카드의 소유 자체를 쿨한 것으로 규정한 것이다. 현대카드의 1층에 현대카드 디자인 랩이 자리하고 있고 30여 명의 디자이너가 일한다. 현대카드 폰트를 만들어 배포하고 디자인 라이브러리를 별도로 운영할 정도다. 현대카드는 특히 PLCC(Private Label Credit Card; 상업자 표시 신용카드)에서 독보적 성과를 보여준다. 스타벅스, 현대 · 기아차, 이베이코리아, 이마트, 대한항공, 코스트코, SSG닷컴. GS칼텍스, 배달의민족과 콜라보해서 전용 카드를 선보였는데, 카드 출시 이후 해당 제품에 대한 현대카드 고객의 충성도가 상승한 것을 확인할 수 있다. 특히 배달의민족, 스타벅스, 대한항공, 이마트, SSG

닷컴의 경우 30대 여성 고객층의 소비를 더욱 높이는 결과를 낳았다. 현대적 감각을 중시하는 30대 여성고객을 타깃으로 한 현대카드의 광고영상 역시 스타일리시하다.

결론적으로 말하면 광고영상이란 동시대 가장 압도적인 이데올로그와 헤게모니, 문화 트렌드라는 가치를 파는 작업이다. "나는 생각한다. 고로 존재한다."가 아니라 "나는 소비한다, 고로 존재한다."는 호모 콘수무스(Homo Consumus)로 하여금 제품의 이미지를 자신과 동일하게 인식하게 만드는 작업이 광고쟁이의 숙명이다.

가치를 파는 광고

유사한 성능에도 불구하고 명품은 명품으로 취급받는다. 자동차의 배기량과 마력, 운전 편의성과 승차감 정비 용이성과 같은 요소보다 소비자의 선택에 우월한 영향을 미치는 것이 바로 브랜드다. 구찌, 프라다, 발렌시아가, 에르메스, 디올, 샤넬, 까르띠에, 애플, 테슬라 등의 브랜드가 구축한 것이 바로 그것이다. 그것은 주로 디자인으로 인한 것이며 광고를 통해 소비된다.

특히 구찌나 샤넬과 같은 하이엔드 브랜드의 경우 현대미술에서 광고전략을 차용한다. 즉 난해하고 누구도 쉽게 이해하기 어려운 광고를 선보이는 것이다. 명품은 쉽게 얻기 어려울 때 그 가치가 유지된다. 여성이 일생을 꿈꿔 결혼식이나 결혼기념일에 얻을 수 있는 선물, 그 환상적인 욕망이 명품의 토대다. 따라서 그들의 광고는 도저히 속할 수 없는 집단, 접근할 수 없는 시공간, 현실에서 일어날 수 없는 일들을 보여줌으로써 소비자에게 극도의 거리를 두는데 이를 거리두기(Distancing) 전략이라고 표현하기도 한다.

　전자제품과 같이 제품 순환이 빠른 시장의 경우에 있어 그들에게 혁신이란 제품의 성능을 넘어 혁신적 트렌드를 선도하느냐의 문제다. 1997년 공개된 애플의 광고 〈Think different〉만큼 이런 이미지 구축에 걸맞은 사례도 드물 것이다.

애플 광고 〈Think different〉

　　　　　　　　　　　　여기 미친 이들이 있습니다. 부적응자, 혁명가, 문제아 모두 사회에 부적격인 사람들입니다. 이들은 사물을 다르게 봅니다. 규칙을 좋아하지 않고 현상 유지도 원하지 않습니다. 그들을 찬양할 수도 있고, 동의하지 않을 수도 있으며, 찬미할 수도, 비방할 수도 있습니다. 하지만 할 수 없는 일이 한 가지 있습니다. 무시할 수 없다는 사실입니다. 그들은 뭔가를 바꿔왔기 때문입니다. 그들은 인류를 진보시켰습니다. 다른 이들은 미쳤다고 말하지만, 저희는 그들에게서 천재성을 봅니다. 미쳐야만 세상을 바꿀 수 있다고

생각하기 때문입니다.[9]

사회적 트렌드에 반동(反動)하는 광고로 인해 주가가 폭락한 사례도 많다. 대표적으로 2019년 미국의 'PELOTON' 광고사태다. 뉴욕에서 가장 핫한 스포츠 용품 브랜드였던 펠로톤은 실내 운동용 자전거나 러닝머신에 모니터를 장착, 트레이너 강사가 매일 트레이닝을 시켜준다는 콘셉트로 선풍적인 인기를 끌었던 핫한 브랜드였다. 문제는 크리스마스 특집 광고였다. 남편이 아

펠로톤 자전거 경주모습

9   1997년에 로스앤젤레스 광고 대행사 TBWA 사무소에서 만든 광고 문구

내에게 펠로톤 자전거를 선물했고 아내는 매일 자신이 운동하는 영상을 찍어 1년 후 남편에게 감사 영상을 보여준다는 내용이었다. 이 광고는 즉각 대중의 강력한 반발에 부딪혔다. "왜 아내가 살 빼는 걸 위해 남편이 선물하는 것인가, 여자는 남자의 노예인가? 왜 영상으로 자신의 운동량을 보고를 하는가, 여성은 바보인가 왜 스스로 펠로톤 자전거를 구매하지 않는 것인가. 이미 날씬한 여성인데 왜 자전거를 주는 것인가?" 결국 펠로톤의 주가는 하루 만에 9% 폭락해 무려 1조 원이 증발했다.

분명 광고대행사는 고객의 구매 패턴을 통계나 포커스그룹미팅조사(FGI) 등을 통해 확보했을 것이다. 그래서 아내를 위한 최고의 선물이라는 '여성 고객층'을 타깃으로 삼아 로그 라인을 구성했을 것이다. 문제는 혁신적 제품에 구식의 광고방식이었다. 20년 전에 쓰였을 듯한 스토리라인으로 광고를 제작했고 이것이 즉각적인 반발에 부딪혔다. 내막을 조금 더 살피면 펠로톤이라는 회사의 기반이 콘텐츠, 소프트웨어가 아닌 자전거와 러닝머신, 모니터 패널이라는 하드웨어라는 점을 확인할 수 있다. 경영진 입장에서 자신의 제품은 운동기구이며 차별성은 강사와의 네트워킹이라고 규정했을 법하다. 그렇지 않다면 해당 광고가 클라이언트의 결재를 따냈을까? 디자인과 제품의 광고가 곧 생각하는 방식이라는 점을 여실히 보여준 광고가 아닐 수 없다.

자신의 가치를 어떻게 규명하는 가의 문제였다고 본다. 모르긴 해도 보석이나 명품 가방 광고였어도 그런 비난을 받았을지 의문이 생긴다.

가치판매와 관련해선 사이먼 사이넥(Simon Sinek)의 골든 서클 이론(Golden Circle Theory)을 참고할 만하다. TED에 출연한 그의 영상은 역대 TED 영상 중 4번째로 높은 조회 수를 기록했다. 그는 원의 바깥에서부터 무엇을(what), 어떻게(how), 왜(why)를 그렸다. 그리고 그는 세상을 바꾸는 리더들의 사고방식이 일반인과는 다른 패턴을 가지고 있다는 것을 알아차렸다고 말한다.

"아마 이게 세계에서 가장 단순한 아이디어일 겁니다. 난 이걸 골든 써클이라 부릅니다. 지구상의 모든 사람, 혹은 단체는 자신들이 하는 일이 무엇인지 100% 알고 있습니다. 어떤 이들은 그걸 어떻게 하는지 알아요. 하지만 아주 극소수의 리더들만이 그 일을 왜 하는지 알고 있습니다. 여기서 '왜'는 이윤창출 같은 것을 의미하지 않아요. 그것은 단지 결과일 뿐입니다. 여기서 '왜'라는 것은 즉 당신의 목적이 무엇인지를 묻는 겁니다. 당신의 이유가 무엇인지, 당신의 신념이 무엇인지를 뜻하죠. 당신의 조직은 왜 존재합니까? 왜 당신은 아침에 침대에서 일어납니까? 왜 누군가를 신경 써야 합니까? 우리가 행동하고 소통하는 방식은 (골든 써클의) 외부(why)에서 안쪽(what)으로 향합니다. 우리는 가장 명백한 것으로부터 가장 까다로운 것으로 향해가죠. 하지만 영감 있는 지도자들이나 크기나 분야에 상관없이 모두가 안(what)에서 바깥(why)으로 생각하고 행동하고 소통합니다. (…) 많은 경우 실제 커뮤니케이션에선 이렇게 말합니다. "우리는 훌륭한 컴퓨터를 만듭니다. 그것은 매우 아름답고 쉽게 이용할 수 있고 편리합니다." (…) 실제로 애플에선 이렇게 말합니다. "우리가 하는 모든 것들, 우리는 기존 현상에 도전하고 다르게 생각한다는 것을 믿습니다. 기존 방식에 도전하는 우리의 방식은 제품을 아름답게 디자인하며 간단히 사용할 수 있고 편리하게 만드는 것입니다. 우리는 방금 훌륭한 컴퓨터를 만들게 되었습니다. 구입하고 싶은가요?" 저는 정보의 순서를 뒤집어 놓았을 뿐입니다. 이것을 증명하는 것은 사람들이 "당신이 무엇을 하느냐" 하는 것 때문에 구매하지 않는다는 것입니다. 사람들은 당신이 그 일을 왜 하느냐(신념)에 따라 구매합니다. 사람들은 당신의 임무를 구매하지 않습니다. 당신의 신념, 당신이 하는 이유를 구매합니다.[10]

'가치판매'를 추구하는 광고인들에게 이처럼 명확한 메시지가 없다. 즉 광고영상은 일종의 문화적 기호를 확산하는 것이다.

---

10 Simon Sinek, 「How great leaders inspire action」. www.ted.com/talks/simon_sinek_how_great_leaders_inspire_action

보통의 기업들의 판촉행위를 헤게모니 혹은 이데올로그라고 볼 수 있으나, 인류 역사를 바꾼 위대한 기업들의 홍보방식은 분명히 '가치 창출'이다.

MZ 세대의 밈과 숏폼

 일상어로서의 밈(Meme)은 소위 '짤'이나 '애니메이션 GIF', 짧은 동영상을 의미한다. SNS 등을 통해 초기엔 사진이나 플래시, 애니메이션 이미지, 이모지로 유통되던 것이 동영상 압축, 편집 기술 등의 발전으로 인해 분절된 최소한의 영상 이미지로 유통되면서 밈 문화가 정착되었다. 현재는 인터넷에서 유행하는 이미지, 영상, 텍스트를 모두 통칭하는 말로 사용되고 있다.

원래 밈은 진화심리학자 리처드 도킨스(Clinton Richard Dawkins)의 『이기적 유전자 The Selfish Gene』를 통해 처음 등장한 말이다. 인류 진화과정에서 문화의 전달 또한 유전자의 전달 과정처럼 진화의 형태를 취한다. 다만 유전자의 경우 장구한 시대를 거쳐 인류가 생존전략으로 선택한 유전자가 살아남는 것에 비해 문화의 경우 언어, 옷, 관습, 의식과 같은 것들은 모방을 통해 복제된다. 이 문화적 진화를 이끄는 복제자를 '밈'이라고 명명했다. 밈(Meme)은 모방을 뜻하는 그리스어 'MIMEME'와 유전자 'GENE'을 합친 신조어다. 리처드 도킨스의 이 밈에 대한 주장은 현재 진화심리학계에서 많이 인용하진 않는다. 증명할 수 없는 이론이며 굳이 밈이라는 개념을 사용하지 않아도 설명할 수 있는 이론이 많기 때문이다.

그런데 이 신조어가 왜 인터넷의 유행하는 문화요소를 뜻하는 말로 사용되었는지는 확인이 어렵다. 아마 2000년경 북미권 유저들이 UCC 영상을 만들면서 필수적인 동영상 소스를 밈이라 불렀던 것을 한국에서도 따라 쓴 것이 아닌가 한다. 이후 인터넷 등의 발달로 어떤 문화요소든 빠르게 확산하는 현상을 설명하기 위해 지식인들이 붙인 이름이 확산된 것으로 여겨진다.

2021년을 기준으로 본다면 가수 비의 뮤직비디오 〈깡〉의 역주행에서 비롯된 "1일 1깡", 드라마 〈야인시대〉 김영철 분 김두한이 "4딸라", 일본 고이즈미 전 총리의 아들이자 아베 정권 환경성(대신) 고이즈미 신지로의 "기후변화와 같은 큰 문제를 다룰 땐 즐거워야 합니다. 편하고 쿨하고 섹시하게 대처해야 합니다."라는 문제성 발언에서 비롯한 "편쿨섹좌", 영화 〈자전차 왕 엄복동〉의 '엄복동'의 영문 이니셜로 표현한 'UBD'은 해당 영화가 제작비는 고사하고 여러 가지 안타까운 기록을 남기면서 한국 영화 중 형편없는 작품의 관람객 수를 표기하는 단위로 사용된다. 동영상 공유서비스에선 드라마 〈야인시대〉의 인물 심영의 "내가 고자라니.", 애니메이션 〈이누야샤〉의 "안녕히 계세요. 여러분", 영화 〈황산벌〉의 "이게 뭔 개소리야?" 등의 영상이 대표적이다. 이것을 단순히 유행어라고 부르기 어려운 것은 SNS 문화에 친화적이지 않은 이들은 이 맥락을 이해하기 어렵기 때문이다.

어떤 언어학자들은 이모티콘과 밈을 두고 인류에게 가장 중요한 문자혁명이라고 말한다. 대부분의 문자가 상형문자에서 시작해 표의문자나 표음문자로 발전하는데, 이것은 인간이 언어를 표기하는 것에 지나지 않았다. 하지만 이모티콘과 밈은 짧은 기호와 동영상만으로 전달하고자 하는 감정과 언어, 뉘앙스와 표정까지 전달하기 때문이다. 이런 점에서 보면 새로운 세대에겐 없어선 안 될 기호다. 밈은 일반적인 언어와 달리 독특한 정서와 문화를 공유하는 특정 집단의 아이콘으로도 활용된다. 2차세계대전 무렵까지도 미국과 유럽에선 계층에 따라 사용하는 언어가 달랐다. 이런 현상은 특히 영국과 프랑스가 달랐는데, 귀족 출신의 자제들은 철저히 그들의 선조대부터 사용했던 귀족어를 사용하도록 교육받았다. 언어와 문화로 계층 간의 차이를 뚜렷이 구분했다. 오늘에 와서는 비슷한 정서와 문화를 소비하는 계층의 구분을 위해 '밈'이 활용된다. 그건 과거 상류층이 자신의 신분을 과시하기 위해 한 행동과는 정반대의 양상으로 나타났다. 특정 종교집단이나 정치집단이 자신의 심볼과 마스코트를 추앙하는 것과 비슷하다.

대표적인 것이 바로 페페(pepe) 밈이다. 원래 개구리 페페는 작가 맷 퓨리(Matt Furie)의 2005년 만화 〈Boy's Club〉에 등장하는 파란 개구리다. 맷 퓨리는 미국의 한 플랫폼 사이트에 한 개의 에피소드를 공개했는데, 페페가 바지를 모두 내리고 소변을 보았는데 왜 그렇게 일을 보냐는 질문에 "feels good man."이라고 답하는 장면이 등장한다. 요즘 인터넷 용어로 표현하자면 "개쩔어"라는 뜻. 이때부터 북미의 네티즌들은 좋은 기분을 나타낼 때 "feels good man."을 사용했다. 세대를 관통한 유행어였기에 노래로 만들어질 정도였다. 페페는 점차 유명해졌고, 네티

즌들은 페페의 짤로 자신의 감정을 표현했다.

하지만 2015년 이후 유럽과 북미에서 이 페페는 인터넷에서 사용하지 말아야 할 증오의 상징으로 전락한다. 반명예훼손연맹(ADL, Anti-Defamation League)은 페페가 원래 혐오 상징이 아니지만 맥락에 따라 증오와 우익 극단주의의 상징으로 분류했다. 상식적이고 평범한 미국인들은 페페를 KKK(백인우월주의를 내세우는 미국의 비밀결사단체 Ku Klux Klan)나 남부연합 깃발, 나치 문양과 동급으로 취하고 있다. 왜 이런 일이 벌어진 것일까? 시작은 아주 작은 것에서 시작됐다.

페페를 유독 사랑한 이들이 있었는데 바로 '/b/'라는 게시판 이용자들이었다. /b/는 4chan이라는 사이트의 많은 게시판 중 하나다. 이곳의 이용자들은 자신을 찌질한(멍청한) 아웃사이더, 잉여 인간이라는 의미로 'beta male'이라 불렀다. 그들이 자기비하와 사회에 완벽히 부적응한 일화들을 공유했기에 페페는 이곳에선 슬픈 페페(Sad Pepe)로 이용되었다. 페페는 점점 유명해졌는데 2014년 무렵 미국의 여성 팝 스타들이 이 페페의 짤을 이용하면서부터 문제가 발생한다. 팝 스타들의 인스타그램에 영향받은 수많은 북미의 젊은 여성들은 슬픈 페페가 아닌 즐겁고 재미있는 표정의 페페를 생산해냈다. 4chan의 게시판은 분노로 타올랐다. 그들은 스타의 정반대편에 있는 아웃사이더였고, 여성에겐 단 한 번도 선택받지 못했던 찌질한 잉여 인간으로 자신을 규정해왔는데, 자신이 총애하던 슬픈 페페를 '인싸'와 젊은 여성들이 탈취해갔다고 생각했다. 당시 그들은 인싸들을 '노미(Normie)'라고 불렀는데 이는 Normal People에서 유래한 말로, 일정한 배경과 지식도 없이 그저 스타들이나 사회문화를 추종하는 이들을 비하하는 말이었다. 그들은 이 분노를 페페에 담아 화난 페페(Angry Pepe)를 만들거나 'Fuck Normies(개 같은 인싸 놈들아)'라는 노래로 분노를 표출했다. 그들은 인싸(인사이더)들과 대중이 페페를 사용하지 못하도록 매우 단순한 방법을 고안했다. 나치 페페, 인종차별 페페, 테러리즘 페페, 역겨운 페페, 총을 든 페페와 같은 혐오스러운 페페 짤을 유통해 그들이 '감히' 사용하지 못하도록 했다. 이 즈음 그들은 총 든 페페의 짤과 함께 'Beta Uprising(베타들의 반란)'이라는 문구를 자주 올렸다. 즉 인터넷에서 떠들 것이 아니라 세상에 나와 인싸와 여성에 대항해 쓸어버리자는 뜻인데 당시 유저들은 이마저도 인터넷에서의 놀이 정도로 생각했다.

  그러던 중 2015년 9월 30일, 4chan엔 "북서부 사는 놈들 내일 학교 가지 마라."라는 경고문구와 함께 총을 든 페페가 올라왔다. 다음날 오리건주 로즈버그의 엄프콰(Umpqua) 커뮤니티 칼리지에서 한 청년이 총기를 난사해 13명이 사망하고 20여 명이 부상을 당했다. 전날 4chan에 그 문구를 올린 청년이었다. 청년은 극우성향의 공화당 지지자였고, 그 즈음 미국에선 인종차별반대 시위와 트럼프 지지자 간의 충돌이 잇달았던 참이다. 이 사건 이후 페페는 테러리즘의 상징이 되었다. 트럼프 지지자 외에는 페페를 사용하지 않았다.

이 사건 이후 4chan엔 만족한 표정의 페페가 등장한다. 이것이 바로 Smug Pepe, 즉 우쭐한 페페다. 이후 이 페페 밈은 미국 극단주의자들이 애용하는 상징이 되었고, 트럼프는 대통령선거 기간에 이 밈을 적극 활용하며 남부 극우 백인들의 정서를 얻으려 했다. 페페를 활용한 밈은 이제 엄청난 사회적 논쟁이 되었다. 이를 Great Meam War라고 부를 정도였으니까.[11] 이쯤 되면 밈은 일종의 이데올로기의 상징으로 진화한 것이다.

이 밈이라는 용어는 심지어 주식에도 사용된다. 입소문으로 갑자기 뜨는 주식을 '밈 주식(Meme Stock)'이라고 부른다. 일론 머스크의 테슬라, Zoom, GameStop, AMC 주식과 같은 것이다. 확 타오르지만 일정한 수위를 넘어서면 급격하게 하락하기

11　Arthur Jones. 다큐멘터리 〈밈 전쟁: 개구리 페페 구하기〉. 2020.

도 한다.

우린 이 '밈 현상'을 어떻게 해석해야 할까. 서사가 있는 텍스트에서 서사를 함유한 이미지로의 변화다. 인류학자들은 초기 인류 서사의 원형, 즉 신화와 민담의 씨앗을 찾기 위해 태평양의 고립된 섬 원주민과 아마존 부족에서 1년을 함께 살곤 했다. 인류학에선 특정집단의 연구관찰을 위해선 최소 1년이 넘는 기간 동안 해당 그룹에서 함께 살아야 한다고 본다. 그들이 한 섬의 부족마을을 관찰한 이야기 중 하나다.

부족민이 모여 한 사람이 이야기를 하니 모두가 웃더란다. 무슨 이야기를 했냐고 물어보니 "저 사람이 어제 다랑어만 한 고기를 잡아서 혼자 다 먹었다."는 이야기란다. 그다음 날에도 웃음소리가 들려 이야기를 물어보니 역시 토씨 하나 바뀌지 않은 이야기였다.

이 이야기가 만약 민담으로 전승된다면, "한 욕심 많은 어부가 큰 다랑어를 잡아 혼자 먹으려 하다 오히려 다랑어에게 잡아먹혔다."는 이야기가 된다. 만약 신화로 전승된다면 "마을 사람이 모두 굶주려 죽어가고 있을 때 한 어부가 하늘의 도움을 받아 고래만 한 고기를 잡아 온 마을 사람을 살렸다."는 신화적 서사로 바뀐다는 것이다. 민담의 웃음 포인트는 공동체의 규범을 어긴 이가 불행해지는 것이고 신화의 모티브는 시련을 겪은 초인이 초자연적 힘으로 부락을 구원했다는 것으로 출발한다. 이런 신화적 서사가 이미지로 구현된 것이 바로 중세와 르네상스의 미술, 조각, 건축이다. 그것의 맥락과 함의는 신화 또는 성경이었다. 그런데 밈은 어떤가? 짧은 동영상으로 전달되는 메시지는 매우 짧은 기간 사회에서 유행한 이미지 또는 동영상 속의 서사를 비틀어 전달하는 것이다. 90년대에서 2000년대 태어난 Z세대는 이제 더는 공들여 문자를 보내지 않는다. 대부분은 이모지 혹은 GIF 또는 한글의 초성을 딴 약어로만 소통한다.

이런 현상은 문학과 영화, 드라마, 심지어 노래에도 큰 영향을 미쳤다. 젊은 세대가 소비하는 웹 소설이나 웹툰을 보면 이야기의 문법이 변했다는 것을 확인할 수 있다. 과거엔 섬세한 묘사나 깊은 메시지가 소설과 같은 글에서 매우 중요한 요소였다. 물론 장르 영화의 경우에도 이런 전통이 남아있다. 하지만 대중영화나 드라마의 문법은 이런 전통을 거부한다. 꼼꼼한 미장센은 여전히 중요한 요소지만, 이야기를 끌고 나가는 로그라인은 오직 '동사'다. 주인공과 적대자의 행동만이 흥행을 위한 중요한 동력이 된다. 움직이지 않는 것, 행동하지 않는 것, 보여줄 수 없는 것들은 영화와 드라마, 심지어 뮤지컬에서도 로그라인으로 채택되지 않는다. 텍스트에서 이미지로의 변화가 아니라 엄밀히 말하면 텍스트에서 동영상으로의 전환이다.

동영상이야말로 현세대의 사유방식이 된 것이다. 과거 특정 서사나 이미지를 언급하면 책이나 영화, 자신이 체험한 이미지가 표상(表象)이었다. 백설공주는 디즈니에서 유포한 빨간 리본에 점박이 레이스 문양의 드레스를 입은 공주를 떠올렸다. 하지만 이제 사람들은 영상을 통해 본 이미지로 사유한다. 현대미술은 사진과 영상의 등장 이후 자신의 정체성을 '텍스트'와 쉽게 드러나지 않은 메시지로 전환했다. 그런데 영화 이후의 세대들은 모든 스토리를 영상에서 추출한 분절된 이미지로 수용하고 소통하며 확산한다. 그 분절된 이미지엔 물론 당대 특정계층들만 공유할 수 있는 서사가 있다. 변화의 주역은 역시 MZ 세대다. 빅데이터를 기반으로 MZ 세대의 디지털 콘텐츠 소비특성을 분석한 결과 ①스마트 폰을 이용해서 ②언제든 이동하면서 수시로 ③15분 내의 콘텐츠를 즐긴다는 것이 드러났다.

그래서 등장한 장르가 바로 숏폼과 웹툰이다. 숏폼은 10초에서 30초 사이의 짧은 스토리 영상 콘텐츠다. 이제 2분도 길다는 의미다. 숏폼 드라마라는 장르도 새롭게 각광받고 있는데, 통상 15분 정도에서 끝이 난다. 웹툰 역시 업데이트된 1회 분량을 보는 데 1~2분이면 충분하다. 2012년 창업 당시 15초 짜깁기라고

폄하되었던 틱톡이 2020년 기준 17억 회 다운로드를 기록해 인스타그램과 페이스북을 위협할 정도로 성장했다. 심지어 2021년에는 한 해 동안 전 세계에서 가장 많은 방문자 수를 기록했다. 구글이 2위, 페이스북이 3위, 인스타그램은 10위권 밖으로 밀려났다. 인스타그램은 인스타 스토리에 이어 부랴부랴 릴스(Reels)를 출시하고, 유튜브가 쇼츠(shorts)를 선보였다. 특히 넷플릭스(Nexflix)에서 내놓은 패스트 래프(Fast Laughs)가 주목받고 있다. 네이버(Naver) 역시 모바일에서 1분 만에 만드는 숏폼 동영상 에디터 '블로그 모먼트'를 선보였다.

MZ 세대는 이런 숏폼에 더 많은 흥미를 느낀다고 답했다. 이 영상은 모두 스마트폰으로 쉽게 촬영할 수 있는 '세로 영상'이며 빠르게 연달아 소비할 수 있다는 것이 특징이다. 15초라는 분량은 특별히 공들이지 않더라도 웃음 포인트만 제대로 잡으면 높은 조회 수를 끌어낸다는 특징이 있다. 카카오 웹툰은 2021년 8월 처음으로 움직이는 웹툰 썸네일 서비스를 제공했다. 과거 검은 바탕에 대표 이미지와 제목이 있었던 편집을 바꿔 마우스 커서만 대면 10초 내지 3초 정도 웹툰 주인공 이미지가 움직인다.

숏폼에 이용자가 몰리자, 결국 드라마 역시 숏폼이 하나의 장르로 정착되고 있다. 숏폼 드라마는 보통 15분 내에 이야기를 담는다. 숏폼으로 미니 시리즈를 만들기도 한다. 오디오북 또한 자리를 잡아가고 있다. 애초 유튜브 등에서 「노인과 바다」, 「호밀밭의 파수꾼」과 같은 명작을 읽어주는 수면방송 콘텐츠가 유행했는데, 이제는 오디오북 스트리밍 서비스 업체인 윌라까지 등장한 것이다. 과거의 오디오북이 기계음의 합성이었다면, 이제는 성우가 직접 낭송해서 자연스러움을 연출하거나 일반인도 참여하고 인공지능까지 가세했다. 무엇보다 지하철이나 승용차로 출퇴근하는 직장인에게 호응을 얻고 있다. 유튜브에서 스트리밍되는 콘텐츠가 저작권이 소멸한 옛날 책이나 현재 출판되고 있는 책의 일부라면 오디오북은 종이책, 전자책에 이어 활용되고 있다.

또 하나의 세계, 메타버스

2019년 MBC는 다큐멘터리 〈I Met You〉를 방영했다. 엄마에게 3년 전 불치병으로 세상을 떠난 일곱 살짜리 딸 아이를 만나게 해주는 것이다. 제작진은 아이가 살아있을 때 찍었던 VTR 녹화 파일을 모두 모아 음성과 이미지를 추려 AI를 통해 반복 학습을 시켰다. 그리고 가상공간을 디자인하고 아역배우를 모션 캡처 기법으로 촬영해 아이의 이미지를 입혔다. 그렇게 가상

공간에 죽은 아이를 등장시켰다. 아이 엄마는 VR을 착용하고 아이를 만났다. 아이의 손을 잡고 거닐며 생일파티를 해주며 기쁨의 눈물을 흘렸다. VR을 벗은 엄마는 꿈결에서 빠져나온 것이 못내 아쉬운 듯 말했다. "아마도 진정한 천국

입니다. 저를 웃으며 부르는 나연이를 만났어요. 아주 짧은 시간 동안 만났지만, 매우 행복한 시간이었습니다. 제가 항상 원했던 꿈을 꾸었다고 생각해요." 음성은 거의 똑같았고 아이의 이미지는 기술의 한계로 인해 약간은 부자연스러워 보였다.

제작팀은 8개월이라는 작업 기간 동안 이 만남을 위해 쏟았다. 다큐멘터리를 본 시청자 다수는 크게 호응하며 제작진의 도전에 박수를 보냈다. 죽은 이를 살았을 때의 모습 그대로 볼 수 있게 한 것이 가족에겐 큰 선물이라는 것이었다. 하지만 논란도 있었다. 실제가 아닌 가상으로 죽은 이를 부활시켜 만나게 하는 것은 일시적 위로가 될 수 있지만, VR을 벗고 마주해야 할 현실은 엄연히 존재한다. 그런 상실감을 주는 것이 과연 현명한 제안이었냐는 것이다.

이 가상현실(Virtual Reality)은 이제는 더 확장된 개념, 메타버스라는 것으로 미래를 바꾸고 있다. 메타버스(Metaverse)는 현실 세계를 의미하는 'Universe(유니버스)'와 '가공, 추상'을 의미하는 'Meta(메타)'의 합성어로 3차원 가상세계를 뜻한다. 원래 가상과 현실공간은 엄격히 구분되어 있었다. 가상의 공간에서 얻은 돈을 현실에서 사용할 수 없는 것처럼. 하지만 메타버스의 개척자들은 이런 고민을 했다. 게임이나 영화와 같은 부분적 환상의 가상현실이 아닌 현실세계를 그대로 가상세계로 옮길 순 없을까? 가상에서 얻은 것을 현실에서도 똑같이 얻을 수 있는, 엄청난 규모의 플랫폼 말이다. 컴퓨터 과학자 마크 와이저(Mark Weiser, 1952~1999)는 이들에게 힌트를 주었다. 전 세계의 수많은 컴퓨터를 연결해 유비쿼터스 세계가 완성되면 가능하다고 말이다.

이 가상현실에서는 한국 아이돌 그룹 블랙핑크 월드가 구현되고, 대학과 기업에선 오리엔테이션을 메타버스에서 진행한다. 신입생과 신입사원은 각자 아바타를 선택해 그 공간 안에 들어간다. 이벤트나 게임 같은 것이 아니다. 총장 환영사, 신입생 연설, 학교와 기업의 역사 다큐 상영, 교육 등 현실에서 펼쳐졌던 모든 의식을 거행한다. 미국 조 바이든 대통령은 2020년 유세 당시 닌텐도의 3차원 가상현실 게임 '모여봐요 동물의 숲'에 들어가 유세를 펼쳤다.

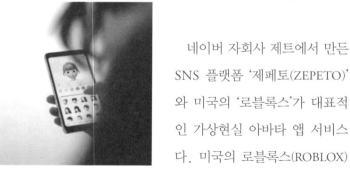

네이버 자회사 제트에서 만든 SNS 플랫폼 '제페토(ZEPETO)'와 미국의 '로블록스'가 대표적인 가상현실 아바타 앱 서비스다. 미국의 로블록스(ROBLOX)

는 2020년 기준 월 이용자가 1억 6천 명, 시가총액만 50조가 넘는다. 글로벌 시장 조사업체 스트래티지 애널리틱스(SA)는 메타버스 시장이 현재 460억 달러(한화 약 52조 원)에서 2025년 2,800억 달러(한화 약 315조 원)까지 성장할 것으로 전망했다. 미국의 10대들은 유튜브를 보며 지내는 시간보다 이 로블록스에서 더 많은 시간을 보내는 것으로 조사되었다.

 더 흥미로운 점은 아바타, 의상, 소품, 차 등 모든 것을 거래할 수 있다는 점이다. 그리고 어스 2(earth 2)라는 게임에선 전 세계 모든 국가의 실제 모습을 위성지도를 통해 1:1 비율로 볼 수 있다. 부동산 10㎡를 1타일 구획해 구매자가 소유할 수 있고 소유한 토지에서 일일 정기 수익이 발생한다. 토지 주변에 광고가 들어오면 광고 수익이 발생할 수도 있다. 업체는 게임 2단계부터는 토지를 이용해 자원을 채굴해서 수익을 얻을 수 있는 기능도 도입한다고 밝혔다. 산유국의 토지를 매입해서 석유를 채굴해 판매할 수도 있다. 이런 세계에서 거래되는 것들을 '가상'으로 인식하는 이들도 많지만, 비트코인처럼 가상의 것이 현실의 가치로 전환될 것으로 보는 전문가들도 많다. 물론 이것이 가능하려면 메타버스의 것이 현실에서도 통용될 수 있는 장치가 구비되어야 한다. 무엇보다 서비스를 제공하는 회사가 망해도 블록체인 기술을 활용해 캐릭터와 게임 머니, 소유물 등이 다른 곳에서 호환된다면 해결된다.

게임 포켓몬스터가 현재의 공간에 일부 게임 콘텐츠를 넣는 증강현실(Augmented Reality) 기술을 선보였다면 구글어스(Google Earth)는 전 세계를 실사화해서 보여주는 데 성공했다. 이를 거울세계(Mirror Worlds)라 부른다. 무거웠던 VR 장비를 2021년 현재 8.8mm 두께까지 얇게 할 기술이 개발되었다. 여전히 메타버스라는 것이 또 하나의 가상현실일 뿐이라고 생각한다면 그

건 착각이다. 앞으로 인류는 두 개의 세상에서 살게 될 지도 모른다. 현실에서 채우지 못한 욕망을 가상에서 채우는 결핍과 충족이라는 두 세계 말이다.

2015년 TED엔 놀라운 영상이 하나 올라왔다. 〈Greg Gage How to control someone else's arm with your brain〉[12], 즉 당신의 뇌로 어떻게 타인의 팔을 조종할 수 있는가였다. Greg Gage

---

12 www.ted.com/talks/greg_gage_how_to_control_someone_else_s_arm_with_your_brain#t−718. 2015. 03.

는 전 세계 인류 20%는 신경장애를 가지고 있다면서, 이들에게 혁신적인 기술을 선사할 것이라며 자신의 장비를 소개했다. 객석에서 자청한 여성의 팔에 디바이스를 장착하고 이를 남성의 디바이스에 연결했다. 여성이 팔을 접자 남성의 팔이 저절로 올라갔고 객석은 웃음바다가 되었다. 이것이 촉각신호를 전달하는 것이 아님을 보여주기 위해 그는 인위적으로 여성의 팔을 접었지만 남성의 팔은 그대로였다. 즉 뇌가 근육에, 근육이 뇌에 전기신호(electroencephalogram)를 전달하고 있다는 것을 보여준 것이다.

2019년 홍콩시립대학 바이오메디컬공학부 위 싱거(Xinge Yu) 연합 연구진은 그해 11월 네이처(Nature)에 「촉각을 송수신할 수 있는 기술」이라는 제목의 논문을 발표했다. 산모의 팔에 디바이스를 부착하고 아이가 스크린을 터치하면 그 감촉이 엄마에게 그대로 전달되는 것이다. 단조로운 자극이 아니라 1초에 200 싸이클을 도는 정밀한 센서로 전달된다.[13] 하지만 더욱 정밀한 감각을 전달하기 위해선 디바이스가 아니라 실제 뇌에 연결하는 기술이 필요하다. 인간 뇌의 뉴런에 신호를 보내거나 수신해 컴퓨터나 인공로봇과 연결하는 기술 역시 상용화를 앞두고 있

13 www.youtube.com/watch?v=tJ0Ds77cYms&t=57s . 2020. 3. 27.

다. 테슬라의 CEO 일론 머스크(Elon Musk)가 투자한 뉴럴링크 (Neuralink) 기술은 처음엔 전신마비나 파킨슨병을 앓고 있는 환자들을 위해 사용되었지만 현재는 마우스와 키보드 입력 없이도 컴퓨터와 스마트폰을 작동할 수 있는 단계에 와 있다. 심지어 가까운 미래엔 컴퓨터 데이터를 통해 수영이나 농구와 같은 운동능력을 단기간에 학습할 수 있고, 전자도서관을 다운로드 받아 수많은 지식을 탑재할 수도 있을 것이라는 전망도 한다. 현재 미국에서 사람을 상대로 한 임상실험을 앞두고 있다.

이러한 연구결과는 앞으로 우리가 이미지와 소리를 넘어 실제 뇌파를 이용해 촉감과 명령을 내릴 수 있는 단계가 멀지 않았다는 것을 보여준다. 이것이 무엇을 의미하는가. 함께 있지 않아도 타인이 느끼는 것을 모두 느낄 수 있고, 내가 전달하고자 하는 촉감과 감정, 이미지를 타인에게 전달할 수 있다는 것을 의미한다. 멀리 떨어져 있어도 연인의 손길을 느낄 수 있고, 다리에 장애가 있는 사람이 파도를 헤치며 질주하는 느낌이나 창공에서 패러글라이딩을 즐길 수 있다는 것을 의미한다. 이성에게 인기 없는 사람이 달콤한 데이트를 즐길 수 있고 돈 없는 사람이 헬기를 타고 여행할 수 있다. 이것은 또 하나의 매트릭스다. 〈매트릭스〉의 인류는 기계에 의해 강제적으로 포유되었지만, 미래의 인류는 현실에서 결핍된 것을 채우기 위해 메타버스를 이용할 것이다.

　물론 과학이 성취한 모든 것이 현실에 구현되는 것은 아니다. 인간을 대상으로 한 유전자 복제나 유전자 조작 실험이 금지된 것처럼 말이다. 무엇보다 EGG 기반 메타버스가 실현되려면 뇌파를 수용하고 전달하는 매개체가 있어야 되는데 이것이 칩이든 링이든 해킹사고가 발생할 경우 그 피해는 헤아릴 수 없을 정도일 것이다. 생각해보라. 누군가가 내 뇌를 해킹한 후 나를 아바타 삼아 자신의 뇌의 명령을 따르게 한다거나, 연인 간의 은밀한 터치나 환상적인 밀회 공간을 해킹 당하는 것 말이다.

　하지만 인터넷과 스마트폰의 카메라 보안이 취약해도 결국 인류는 인터넷을 생활의 토대로 삼았다. 개발 이익이 훨씬 큰 EGG 기반의 메타버스를 인류는 포기하진 않을 것이다. 그리고 그 세계가 너무나 황홀해 현실보다 훨씬 많은 돈과 시간을 메타버스에 쏟을지도 모른다. 영화가 꿈꿔왔던 세상이 현실이 되면 더 이상 오늘날과 같은 영화는 존재하지 않을 것이다. 〈아바타〉의 판도라 행성에 들어가 거대한 새 '이크란'을 타고 전투에 참여할 것이다. 〈런던 시계탑 밑에서 사랑을 찾을 확률〉(벤 팔머. 2015)이라는 영화 속 세상에 들어가 주인공 역할을 하며 바뀌는 스토리를 즐길 수 있다. 지금은 영화 한 편에 하나의 스토리만 있지만, 미래의 메타버스 영화는 관객이 특정 장르를 선택해 입장하면 그의 선택에 따른 수만 개의 가상현실을 제공할 수 있을 것이다.

지난 연말 서울시내 한 대형서점에서 메타버스 전문가를 초대해서 '북라이브' 북콘서트를 진행했다. 『메타버스 골드러시』의 민문호 저자였다. 그는 실무에서 한창 전문가로 활약하고 있으며, 대형 기업과 공공기관 및 대학에도 출강하는 현직 전문가다. 포털사이트 실시간 방송이라 필자 역시 긴장했다. 이런 방송이 이젠 필자나 초대 작가와 같은 사람이 아닌 누군가 혹은 무엇인가가 대체되는 세상이 시작된 것이다. 이미 전 세계를 뒤엎은 코로나19의 여파로 우리는 메타버스 세상에 적응되고 있는 중이며, 비대면 커뮤니케이션이 익숙해지고 있다.

예술작품이 된 NFT

우리가 어쩌다 명품을 구매
하거나 소장하게 되었다면 아
마 인증서에 더 안심하게 될 것
이다. 인증서가 없다면 명품의
가치를 따지기 어렵기 때문이
다. NFT(대체 불가능 토큰, Non-
Fungible Token)도 희소성이 있는

보증서를 의미한다. 종이와 다른 점이 있다면 현재까지의 기술
력으로는 변조가 불가능하다. NFT를 만들기 위해서는 일종의
표준 기획안으로 볼 수 있는 이더리움 기술표준 'erc-721'을 따
른다. 대부분의 이더리움기반 토큰들이 'erc-20'을 기반으로 한
다. 'erc-20'은 누가 몇 개의 토큰이 있는지를 나타내는 표준이
며, 'erc-721'은 누가 어떤 토큰이 있는지를 보여준다. 수치가
중요하지 않은 것은 각 토큰이 모두 다른 토큰이어서 의미가 없

기 때문이다. 이런 토큰이 보증하는 사진, 그림, 작품 등에 온라인 주소를 삽입하면, 정품 증표가 생기게 되는데 바로 NFT인 셈이다.

2017년 캐나다 출신 맷 홀과 존 왓킨슨 프로그래머가 실험적으로 개발한 프로젝트 '크립토펑크'는 'erc-20'을 기반으로 한다. 기술적 한계가 있을 수밖에 없지만 '크립토펑크'는 1만 개의 그림을 이어붙인 거대한 그림을 만들고, 그 그림에 좌표를 새긴 'erc-20' 기반의 1만 개 토큰을 발행했다. 각 토큰에 새겨진 좌표를 보고 내 그림이 어느 위치에 있는지 알 수 있는 방식이다. 이렇게 발행한 NFT는 'erc-721'의 표준이 나오는데 영향을 준 셈이다. 코로나 시국에 마스크를 쓴 NFT라는 상징성도 가미된 결과지만 외계인을 형상화한 크립토펑크 NFT가 세계적 경매업체 소더비에서 한화 130억 원에 팔리기도 했다.

게임 아이템을 돈을 주고 사는 건 이미 구시대의 유물이다. 정말 좋은 아이템을 10만원이나 주고 샀는데, 그 다음 날 갑자기 에러가 발생해서 아이템이 복사될 수도 있다. 그런데 NFT를 적용하면 해당 아이템은 고유성을 갖게 된다. 이렇게 사소하지만 가상의 자산 시장에 나타난 변화가 디지털 세상의 개념을 뒤흔들기 시작한 것이다. 2021년의 NFT 시장은 폭발적으로 성장했다. NFT 시장이 이제 막 시작했다는 점은 좋은 기회를 잡을 수 있는 기회가 될지도 모른다. 변조 불가능한 디지털상의 존재는 무한 확장이 가능해진 세상이 됐다. 이젠 그림을 보는 안목이 있는 사람이라면 직접 투자해보는 것도 재테크에 도움이 될 수도 있다. 해당 그림의 유일성과 가치를 보증하기 위해 중대형 기업들이 아티스트와 계약하기 때문이다.

누구나 아티스트가 될 수 있지만 국내에선 엄선된 아티스트의 작품만 판매한다. 물론 한계도 있다. 그림을 블록체인에 직접 올리는 기술이 아직은 초기 단계다. 아주 간단한 정보만 있는 비트코인 전체 장부가 300GB를 넘는다. 그런데 그림을 블록체인에 직접 올린다면 그 용량은 상상하기 힘든 만큼 커질 것이다. 그래서 블록체인에는 보증서만 올리고 그림은 보통 NFT를 발행한 사이트 등에 저장한다. 따라서 그림을 올려둔 사이트가 존재해야 블록체인에 올린 증표도 의미 있는 가치로 평가받는다. 또 다른 문제는 법이 없다는 점이다. 남의 그림을 복사해서 올려도 NFT는 발행된다. 해당 작가는 같은 그림으로 다시 NFT를 발행하지 않는다. 누군가 복사해서 올려도 정품 NFT와 복제품 NFT가 구분된다. 해당 NFT의 정품성은 업체에서 보증하는 셈이다.

초기이므로 위험요소도 산재해 있다. 지난 2월 영국에서는 약 250개의 가짜 회사가 연루된 사기를 조사하기 위해 NFT 3개를 압수했다. 가치 평가도 되지 않은 예술작품이지만 암호화폐 압류 사례가 생기고, 범죄수익 피난처가 될 리스크를 초반에 기선 제압하는 걸 보면, 분명 부가가치는 말로 형용할 수 없는 셈이다.

곰곰이 생각해보니 수십여 년 전에도 소위 짝퉁명품은 백화점에서 판매하는 진품과 구분하기 힘들었다. 그 당시의 실제 물건이 이젠 가상의 공간에서 가치 있는 상품으로 왕래가 되고 있는 셈이다. 이런 세상에 살고 있는 우리는 실물인지 가상인지 궁금해진다. 따라서 콘텐츠 창작자는 뚜렷하고 건강한 철학이 있어야 하며, 현실이나 가상의 현실 속에서도 뚜렷한 가치관을 유지해야 한다. 후대에도 선한 영향력을 발휘할 수 있는 그런 콘텐츠가 많아지길 바랄 뿐이다.

〈참고문헌〉

단행본

- 그래엄 터너. 임재철 외 역.『대중영화의 이해』. 한나래. 1994.

- 김금주 · 박현길.『디자인 어제와 오늘 그리고 내일』. 지구문화사. 2016.

- 김기용.『기호학이란 무엇인가』. 민음사. 1994.

- 김명식.『건축은 어떻게 아픔을 기억하는가』. 뜨인돌. 2017.

- 김상규.『디자인론』. 디자인누하. 2019.

- 김석진.『대산주역강의 1 (상경)』. 한길사. 1999.
  『대산주역강의 2 (하경)』. 한길사. 1999.

- 김현명.『영상예술의 이해』. 주식회사 부크크. 2019.

- 더들리 안드류. 조희문 역.『현대영화이론』. 한길사. 1988.

- 라이너.『영화 유튜버 라이너의 철학 시사회』. 중앙Books. 2021.

- 조지 레이코프. 유나영 · 나익주 역.『코끼리는 생각하지 마』. 와이즈베리. 2018.

- 로리 슈나이더 애덤스. 박은영 역.『미술사방법론』. 서울하우스. 2014.

- 로버트 스탬. 이수길 역.『어휘로 풀어 읽는 영상기호학』. 시각과

언어. 2003.

- 롤랑 바르트. 김주환 역.『기호의 제국』. 산책자. 2008.

- 롤랑 바르트. 송숙자 역.『사진론』. 현대미학사. 1994.

- 루이스 자네티. 긴진해 역.『영화의 이해』. 현암사. 1999.

- 미셸 푸코. 오생근 역.『감시와 처벌』. 나남출판. 2003.

- 미셸 푸코. 이규현 역.『광기의 역사』. 나남출판. 2003.

- 민문호.『메타버스 골드러시』. 슬로디미디어. 2021.

- 박우성.『영화 언어』. 아모르문디. 2017.

- 박진배.『영화 디자인으로 보기』. 디자인 하우스. 2001.

- 백선기.『영화 그 기호학적 해석의 즐거움』. 커뮤니케이션북스
  2007.

- 보드월 지음. 김숙 외 역.『영화스타일의 역사』. 한울. 2002.

- 설혜심.『소비의 역사』. 휴머니스트. 2017.

- 신중형.『파노프스키와 뒤러_ 해석이란 무엇인가』. ㈜사회평론.
  2013.

- 아서 단토. 정용도 역.『철학하는 예술 ; 예술작품의 철학적 특
  성』. 미술문화. 2007.

- 우치다 다쓰루. 이경덕 역.『푸코, 바르트, 레비스트로스, 라캉
  쉽게 읽기』. 갈라파고스. 2010.

- 이광래.『미술 철학사 1 권력과 욕망: 조토에서 클림트까지』. 미메시스. 2016.

  『미술 철학사 Ⅱ 재현과 추상,독일 표현주의에서 초현실주의까지』. 미메시스. 2016.

  『미술 철학사 Ⅲ 해체와 종말: 포스트 모더니즘에서 파타피지 컬리즘까지』. 미메시스 2016.

- 이동진.『영화는 두 번 시작된다』. 위즈덤하우스. 2019.

- 이일범.『영상예술의 이해』. 신아사. 1999.

- 이해완.『불온한 것들의 미학 ; 포르노그래피에서 공포 영화까지, 예술 바깥에서의 도발적 사유』. 21세기북스. 2020.

- 이형식.『영화의 이해』. 건국대학교 출판부. 2001.

- 이훈희.『예술이 밥 먹여준다면』. 책과나무. 2020.

  『책이 밥 먹여준다면』. 가연. 2021.

- 자크 오몽. 심은진 · 박지희 역.『멈추지 않는 눈』. 2019.

- 진중권.『현대미학 강의_ 숭고와 시뮬라크르의 이중주』. 아트북스. 2003

  『현대미학 강의_ 탈근대의 관점으로 읽는 현대미학)』. 아트북스. 2013

- 최원호.『디지털 영상 미학』. 커뮤니케이션북스. 2021.

- 코디최(최현주).『동시대 문화 지형도』. 컬처그라퍼. 2015.

- 클로드 레비 스트로스. 안정남 역.『야생의 사고』. 한길사. 1996.

- 클로드 레비 스트로스. 임봉길 역.『신화학 1』. 한길사. 2005.

- 페르디낭 드 소쉬르. 김성도 역.『소쉬르의 마지막 강의 (제3차 일
  반언어학 강의 1910~1911, 에밀 콩스탕탱의 노트, Le troisieme
  cours de linguistique generale)』. 민음사. 2017.

- 피터 와드. 김창유 역『영화, TV의 화면 구성』. 책과길. 2000.

논문

- 안상명.「한국패션영화 공간의 구조주의적 의미 연구」. 홍익대학
  교 영상대학원. 2009.

- 오은정.「종말영화 내러티브의 행위소 분석」. 한양대학교 대학원.
  2014.

- 한연숙.「영화 속의 공간에서 빛과 색채의 인식에 관한 기호학적
  분석에 관한 연구　피터 그리너웨이의 구조주의 영화를 중심으
  로」. 건국대학교 대학원. 2001.

- 궁기 · 이태훈.「영화 콘텐츠에 사용된 기호학의 분석 연구　봉준
  호 감독의 영화 분석을 중심으로」. 경희대학교. 2015.